中国历代散文名篇鉴赏

付成波　郭素媛　编著

花山文艺出版社

图书在版编目（CIP）数据

中国历代散文名篇鉴赏/付成波，郭素媛编著.—石
家庄:花山文艺出版社,2017.6（2022.1重印）
ISBN 978-7-5511-3453-8

Ⅰ.①中… Ⅱ.①付… ②郭… Ⅲ.①古典散文—鉴
赏—中国 Ⅳ.①I207.62

中国版本图书馆CIP数据核字（2017）第131286号

书　　名：**中国历代散文名篇鉴赏**

编　　著：付成波　郭素媛

责任编辑：刘燕军

责任校对：齐　欣

美术编辑：胡彤亮

出版发行：花山文艺出版社（邮政编码：050061）

　　　　　（河北省石家庄市友谊北大街330号）

销售热线：0311-88643221/29/31/32/26

传　　真：0311-88643225

印　　刷：三河市华东印刷有限公司

经　　销：新华书店

开　　本：710×1000　1/16

印　　张：24.25

字　　数：385千字

版　　次：2019年4月第1版

　　　　　2022年1月第2次印刷

书　　号：ISBN 978-7-5511-3453-8

定　　价：68.00元

中国散文源流

我们常说中国是诗的国度，岂不知还是文的国度。中国古代散文历史之绵长、作品之浩瀚、种类之繁多、造诣之高深，恐怕只有诗歌可与之匹敌。

在我国历史上，散文概念的内涵和外延曾经历过变化。唐宋时期，散文专指和骈文相对立的散体文章；现代以来，散文则指与诗歌、小说、戏曲相并列的文学体裁。本书所谓中国古代散文，是指中国古代除诗歌、小说、戏曲以外具有文学性的文章。

中国古代散文是一种具有审美和实用双重价值的语言艺术，而且在其发展历程中，大致经历了"由实用重审美时期"到"自觉追求形式美时期"，再到"实用和审美并重时期"几个阶段。中国古代散文产生于实用，是不同时代的作者为了当时的各种直接社会需要或个人需要而写的，"直接实用性"是散文区别于诗歌、小说、戏曲等文体的特性。随着历史的时过境迁，古代散文的直接实用价值不复存在，但因其蕴含的永恒的审美价值即形式美、形象美、情感美而历久弥新，后世读者在"沉浸浓郁，含英咀华"中能够获得美的享受。实用价值和审美价值是贯穿古代散文发生、发展、成熟、衰变的两条线索。从总体上来说，中国古代散文的发展进程是在实用中因审美因素的逐渐加强而日益审美化的过程。

先秦到两汉时期，散文写作的主要目的是实用。这个时期，散文写作为了增强实用效果而努力追求表现方法和表达技巧的提高，因而自觉不自觉地在作品中渗透审美的因素，形成作品不同程度、不同性质的审美意义和审美价值。但这段时期还没有形成独立自觉的审美追求。甲骨刻辞、铜器铭文、《周易》，或占卜或颂功显荣，都是为特定用途而产生。《尚书》作为最早的文献总集，体现了中国散文初生期的面貌。春秋战国时期是古代散文发展的第一个高潮。不管是说理文还是叙事文都蓬勃发展，而抒情言志则融合在叙事、说理之中，尚未形成独立的抒情文体。《春秋》《左传》《国语》《战国策》《晏子春秋》等叙事文，《论语》《老子》《墨子》《孟子》《庄子》《荀子》《韩非子》《吕氏春秋》等说理文，从内容到形式都为整个中国古代散文的发展奠定了基础。西汉散文是春秋战国时期散文发展势头的延续，而在审美表现上显示出更高的追求。东汉散文则更多表现了对形式美的重视，开始呈现出向散文发展的下一个阶段转移的趋势。叙事文以被誉为"史家之绝唱，无韵之离骚"的《史记》为高峰，代表了史传文学的最高成就；而《汉书》则以规矩胜而不以风神胜，文学性明显减弱，从此开始了文学与历史的分流。说理文以《谏逐客书》《过秦论》《淮南子》《盐铁论》等政论、奏疏为代表。汉代出现了旨在抒发情志的抒情表志之作，如《答客难》《报任安书》等。

魏晋南北朝时期，散文写作表现出对形式美的明确的、自觉的追求，呈现出从散文发展的第一个高潮向散文发展鼎盛时期——唐宋时代过渡的倾向。建安、曹魏时期，摆脱了东汉日渐追求整饬的文风，为文崇尚通脱，散文疏散、质朴、自然。代表作如曹操《求贤令》《举贤勿拘品行令》及嵇康《与山巨源绝交书》等。魏晋时期，随着个体生命意识的自觉和文学观念的形成，散文写作由崇尚通脱转向注重雅丽和文饰，显露出自觉追求形式美的势头。首先，散文中抒情因素日益浓重，且多立足于个体生命感受，代表作如曹操《让县自明本志令》、曹丕《与吴质书》、诸葛亮《出师表》、李密《陈情表》等。其次，散文的题材范围开始向表现自然美拓展，代表作如王羲之《兰亭集序》、释慧远《庐山记》等。再次，说理文和叙事文表现出新的特色：史论外，出现许多探讨哲理和处世安身原则的论著，如阮籍《通易论》、嵇康《养生论》

等;在史论基础上衍生出人物专论,如夏侯玄《乐毅论》、何晏《白起论》等;出现了独立成篇的文论著作,如曹丕《典论·论文》、挚虞《文章流别论》等;出现了将主体理想客观化的叙事作品,如陶渊明的《桃花源记》《五柳先生传》等。而随着文学观念的自觉、汉语声律的发现以及对整饬美、文采美、音响美等语言运用中外在形式美的崇尚与追求,骈体文出现并广泛普及,代表作家有谢灵运、颜延之、鲍照、王融、谢朓、沈约等。

唐宋时期,散文是在散体文与骈体文的斗争中曲折发展的,其代表是韩愈、柳宗元发动并延续至北宋的古文运动。古文运动对南北朝时期单纯追求形式美的倾向进行否定,但并不是否定文章独立的审美价值,相反,是对文章的审美意义、审美价值的一种更全面更深入更高层次的自觉与追求。古文运动的口号是"文以明道",表面上是强调"文""道"并重,甚至把道放在第一位,实际上是为"文"而"道"。这一时期的古文大家如韩愈、欧阳修、苏洵、苏轼、苏辙等都曾表示过对文学的热爱和追求,"性本好文学""喜为文辞""生好为文"。正因为如此,唐宋古文才实现了实用文章的全面艺术化,真正达到了实用与审美的统一,出现了散文创作的高峰。韩愈、柳宗元作为古文运动的倡导者,创作了许多优秀的散文作品。入宋之后,柳开、王禹偁等是古文运动的先驱,后欧阳修知贡举,毅然改革应考文体,提倡平实朴素的文风,使古文运动取得胜利。欧阳修还奖掖后进,曾巩、王安石、苏轼、苏辙等人都直接或间接师从于他,并成长为宋代文坛的中坚。后苏轼将散文的实用性、文学性和通俗性提高到一个新高度,体现了北宋散文的最高成就。苏门文人黄庭坚、秦观、张耒、晁补之、陈师道等成为北宋后期文坛名家。南宋散文继续沿着北宋古文运动开辟的道路驰骋,成就不及北宋,但在民族危难和理学盛行的背景下独具特色。胡铨、陆游、辛弃疾、陈亮、叶适、宗泽、李纲、岳飞等都写下了不少充满爱国激情的慷慨雄壮的散文。

明清时期,古代散文的创作高峰已过,于是转移到对散文创作经验和创作规范的总结与探寻上。从前后七子到唐宋派、桐城派,或评点,或选文,从体裁品类,到结构布局、表现方法、风格气脉、锤字炼句,对前人文章进行品味咀嚼,从中寻求规矩、章法,并将自己的所得运用到文章写作中,于是出现了一些颇具个性的作家、作品。明初宋濂、刘基、方孝孺、高启等由元入明的儒臣同时又是有修养的文学家,散文创作不刻意循规蹈矩,但深得前代古文家滋养。弘治、正德年间，李梦阳、何景明等"前七子"发起诗文复古运动，提出"文必秦汉"，向古人学习文章写作的法式规矩。嘉靖、隆庆年间，以李攀龙、王世贞为首的"后七子"继起。针对前、后七子暴露出的深具摹古色彩的形式主义倾向，以王慎中、唐顺之为代表的唐宋派提出宗法唐宋，虽未超越前人，但归有光《项脊轩志》《寒花葬志》等情感真挚、影响深远。在前后七子、唐宋派学习模拟古人的同时，明代中期之后诗文创作领域出现了以强调独抒个性、抒发性灵为特征的作家，其代表有李贽、徐渭，以袁宗道、袁宏道、袁中道为代表的公安派，以及钟惺、谭元春为代表的竟陵派以及张岱。明代中后期，小品文逐渐兴起。小品文内容、形式活泼自由，一时作者甚众，成就斐然。至清代，中国古代散文进入终结期，同时呈现出一种回光返照的状态，整个古文发展历程中所出现过的代表性倾向，都有人继承、倡导而出现其亮色。清初散文作家以顾炎武、黄宗羲、王夫之以及侯方域、魏禧、汪琬为代表。整个清代则以桐城派成就最高、影响最大，其先驱是戴名世，奠基人是方苞，拓大者是刘大櫆，最高成就代表是姚鼐。桐城派以外，陈维崧、汪中、袁枚、郑燮、龚自珍等或擅长骈文，或擅长古文，或兼擅骈古，亦文采斐然，光彩熠熠。

1919 年五四新文化运动之后，白话文逐渐兴起并最终取代文言文成为书面语言，古代散文不得不因语言形式的原因而退出历史舞台。但自先秦以至明清的古代散文作品，作为一笔巨大而丰硕的文化遗产，在中华民族的文化宝库中，放射着永世不灭的灿烂光芒，给后世的文学创作提供用之不竭的借鉴和滋养，给后世读者带来精神的慰藉和审美的愉悦。

编者于泉城历下

目录

秦 汉

魏晋南北朝

隋唐五代

宋金元

明　代

清　代

先秦

先秦是指公元前221年秦始皇统一六国之前的历史时期。先秦文学是人类文明之花初次在九州大地的惊艳绽放，是中华文史哲相容共生繁荣发展的辉煌时期，是浩浩汤汤两千多年中国文学发展的活水源头。

我国文字大约产生于公元前14世纪的殷商中期，文字产生之后，保存至今的成熟的文学作品集中在春秋战国时期，这其中就包括总结历史经验教训为后人提供借鉴的历史散文和展现战国时代百家争鸣局面的诸子散文，这些中国文学的发轫之作，是后代尊崇取法的典范，内容丰富，影响深远。

一、历史散文。甲骨文字和部分青铜器上的铭文，是现在所知最古老的文字。但甲骨卜辞主要是占卜的记录，一般比较简略，而刻在钟鼎彝器上的铭文（又称金文），到西周时已经可以见到篇幅较长、组织得较好的文章，如西周晚期的《毛公鼎》，篇幅近500字，内容较丰富，并具有一定的文采。

历史散文是在史官文化传统的基础上渐进产生并成熟起来的，其发展大体上可分为三个阶段。第一阶段以《尚书》和《春秋》为代表。《尚书》是我国最早的一部历史文献汇编，在中国古代散文史上具有奠基的意义；孔子编著的《春秋》是我国第一部编年体断代史，是编年体史书之祖，其体例和"笔法"对后世散文都产生了经典式的影响。

第二阶段以《左传》和《国语》为代表。《左传》是我国第一部记事详备的编年体史书，也是先秦历史散文中思想性和艺术性非常突出的著作；《国语》是我国最早的一部国别体史书，是由各国的史料汇集而成。

第三阶段以《战国策》为代表。《战国策》也是一部国别体史书，主要记叙的是战国时期谋臣策士们的言行，在语言艺术上达到了一个新的高度。

二、诸子散文。诸子散文是在先秦理性精神觉醒的背景下和百家争鸣的学术氛围中形成并繁荣起来的，其发展大体上经历了三个阶段。

春秋战国之交，以《论语》《墨子》《老子》为代表。《论语》以语录体的形式记述了孔子及其弟子的言行，比较集中地反映了早期儒家的思想和活动，其文学成就主要体现在高超的语言运用水平上；《墨子》是一部墨子及其后学的著作汇编，反映的是墨家学派所代表的小生产者的思想，其艺术特点是文质意显，富于逻辑性；《老子》是道家创始人老子的著作，它以玄深的哲理思辨和精妙的诗歌语言相结合，显示着独特的艺术风格。

战国中期，以《孟子》《庄子》为代表。《孟子》是孟子及其弟子的著作，反映了战国中期儒家思想的面貌，体现了语录体向专题性论文的过渡，突出的文学成就在于高超的论辩艺术；《庄子》是庄周及其后学的著作，亦是道家的又一部经典，其文章以独特的艺术造诣绝响于先秦诸子之中，奇特巧妙的构思、汪洋恣肆的语言、浪漫飘逸的风格，都体现了其在诸子散文中的独特地位和辉煌成就，标志着诸子散文向专题论文过渡。

战国末期，以《荀子》《韩非子》《吕氏春秋》为代表。《荀子》一书多为荀子自作，其思想体系博大精深，是儒学的进一步发展，其文章多为结构严谨、论说周详的专题性论文，标志着先秦说理散文进入到完全成熟的阶段；《韩非子》是法家思想的集大成之作，文章峭拔锋锐、质朴无华，体现着法家文章的基本特色；《吕氏春秋》是吕不韦组织属下门客们集体编撰的杂家（儒、法、道等等）著作，又名《吕览》，是先秦学术思想的一次大规模的总结，体制宏大、内容博杂、兼收并蓄，具有较强的文学性。

在先秦散文中，还保存有寓言。寓言是用虚构假托的故事来寄寓某种事理的文学体裁。先秦散文中，寓言被用作阐明事理的依据，这些寓言或源于民间流传，或从历史传说加工改造而来，或是诸子自己的创造，故事生动，短小精悍，寓意深远，具有高度的文学价值。

《左传》

　　《左传》又称《春秋左氏传》或《左氏春秋》，是配合《春秋》的编年史，相传为左丘明所著。左丘明是春秋时史学家，鲁国人，双目失明，曾任鲁太史，与孔子同时。《左传》记录了自鲁隐公元年（前722年）至鲁哀公二十七年（前468年）间255年的历史，比《春秋》多13年。《左传》内容丰富多彩，它记叙了春秋列国的政治、外交、军事、文化等各方面的活动和有关言论。《左传》通过所记载的历史事件和历史人物的言行反映出来的思想倾向中，有显著的进步意义，如主张重人事轻天命，强调"民心得失"对政治成败的作用，歌颂高度的爱国精神，揭露统治阶级的残暴和荒淫无道；但也存在一些思想糟粕，如宣扬迷信思想和儒家的正统等级观念等。

　　《左传》虽然是一部历史著作，但却有较高的文学成就：它叙述复杂的历史事件有条不紊，富有戏剧性；它能通过典型事件和个性化的语言及细节描写刻画出栩栩如生的人物形象；《左传》对战争的描写，不仅情节曲折、生动逼真，而且头绪分明、井井有条；《左传》的语言具有精练、形象、表现力强的特点。

郑伯克段于鄢

初，郑武公娶于申，曰武姜[1]。生庄公及共叔段。庄公寤生[2]，惊姜氏，故名曰"寤生"，遂恶之。爱共叔段[3]，欲立之。亟[4]请于武公，公弗许。及庄公即位，为之请制。公曰："制，岩邑也，虢叔死焉，他邑唯命[5]。"请京，使居之，谓之京城大叔[6]。

祭仲[7]曰："都城过百雉[8]，国之害也。先王之制：大都，不过参国之一[9]，中，五之一；小，九之一。今京不度，非制也[10]。君将不堪。"公曰："姜氏欲之，焉辟害？"对曰："姜氏何厌之有？不如早为之所，无使滋蔓。蔓，难图也；蔓草犹不可除，况君之宠弟乎？"公曰："多行不义，必自毙[11]。子姑待之。"

既而大叔命西鄙、北鄙贰于己[12]。公子吕[13]曰："国不堪贰，君将若之何[14]？欲与大叔，臣请事之；若弗与，则请除之。无生民心。"公曰："无庸，将自及[15]。"

大叔又收贰以为己邑，至于廪延。子封曰："可矣！厚将得众[16]。"公曰："不义不昵，厚将崩[17]。"

大叔完聚，缮甲兵，具卒乘[18]，将袭郑。夫人将启之[19]。公闻其期，曰："可矣！"命子封帅车二百乘以伐京[20]。京叛大叔段。段入于鄢，公伐诸鄢。五月辛丑[21]，大叔出奔共。

书[22]曰："郑伯克段于鄢。"段不弟，故不言弟；如二君，故曰克；称郑伯，讥失教也；谓之郑志[23]，不言出奔，难之也。

遂置姜氏于城颍，而誓之曰："不及黄泉，无相见也！"既而悔之。

颍考叔为颍谷封人[24]，闻之，有献于公。公赐之食，食舍肉。公问之，对曰："小人有母，皆尝小人之食矣，未尝君之羹，请以遗[25]之。"公曰："尔有母遗，繄[26]我独无！"颍考叔曰："敢问何谓也？"公语之故，且告之悔。对曰："君何患焉？若阙地及泉，遂而相见，其谁曰不然[27]？"公从之。公入而赋：

"大隧之中，其乐也融融[28]。"姜出而赋："大隧之外，其乐也泄泄[29]。"遂为母子如初。

君子曰："颍考叔，纯孝也。爱其母，施及庄公[30]。《诗》曰：'孝子不匮，永锡尔类[31]。'其是之谓乎[32]？"

【注释】

[1] 武姜："武"指武公的谥号，"姜"指娘家姓姜。

[2] 寤（wù）生：胎儿脚先出来，难产。寤，逆着、倒着的意思。

[3] 共（gōng）叔：共，国名，在今河南辉县。叔，排行在最后，说明段是庄公之弟。

[4] 亟（qì）：屡次。

[5] 唯命："唯命是听"的略称。

[6] 大叔：大，后来写作"太"。

[7] 祭（zhài）仲：郑大夫。

[8] 都城：都，都邑；城，指城墙。雉：量词，古城墙长三丈，高一丈为一雉。

[9] 参国之一：国都城墙的三分之一。参，三；国，国都。

[10] 不度：不合法度。非制：非法制所允许的制度。

[11] 毙：这里指垮台。

[12] 既而：不久。鄙：边城。贰：两属。贰于己：一方面属于庄公，一方面属于自己。

[13] 公子吕：字子封，郑大夫。

[14] 若之何：之，它。若之何，就是对两属的情况怎么办。

[15] 庸：用。及：赶上。

[16] 厚：指土地扩大。众：指广大百姓。

[17] 不义不昵：对国君不讲道义，对兄长不讲亲情。昵：亲近。崩：这里指垮台。这句是说："共叔段对国君行不义之事，对兄长做不亲近的举措，土地再多也不得民心，注定要垮台。"

[18] 完：修城墙。聚：聚集百姓、粮草。缮：修理，制造。甲：盔甲。兵：兵器。卒：步兵。乘（shèng）：兵车。

[19] 夫人：这里指武姜。启之：为段把城门打开，以做内应。

[20] 帅：通"率"，率领。以：连词，相当于"而"，也可翻译成"用来"的意思。

[21] 五月辛丑：以干支纪日。辛丑，即二十三日。

[22] 书：此指《春秋》原文。

[23] 郑志：郑伯的意图。

[24] 颍考叔：郑大夫。颍谷：郑边邑。封人：管理疆界的官。

[25] 遗（wèi）：赠送的意思。

[26] 繄（yī）：句首语气词，无义。

[27] 阙：通"掘"，挖的意思。隧：挖隧道。其：加强反问的语气词。

[28] 融融：欢乐祥和的样子。

[29] 泄泄（yì yì）：舒展快乐的样子。

[30] 施及：扩展到，影响到。施，扩展。

[31] 匮（kuì）：穷尽的意思。锡：通"赐"，给予。

[32] 其是之谓乎：大概是说这种情况吧。其，表示委婉的语气词。

【解读】

本文选自《左传·隐公元年》。

文章用简洁、生动的文字记录了春秋初年郑庄公与其弟共叔段争权夺利，矛盾不断激化，最后兵戎相见的历史，深刻暴露和嘲讽了统治阶级内部尔虞我诈的丑恶本质，反映了统治阶级伦理道德的虚伪性。

第一段介绍了郑庄公母子、兄弟不和的原因。武姜因"庄公寤生，惊姜氏，遂恶之"。她宠爱共叔段，"欲立之，亟请于武公，不许"之后又向庄公"为之请制"。庄公自然不会把地势险要的制封给其弟，于是，把京封给共叔段。共叔段得到超过百雉的京后，仍不满足，暗地里把西部和北部的边邑归为己有，渐渐正式吞并，使领地延伸到了郑国的西北边邑。这期间，郑庄公已觉察到，而且大夫祭仲、公子吕直言明谏要求铲除共叔段，但庄公老谋深算，装作不闻不问，实为纵容共叔段，让其恣意妄为，惹火烧身。在共叔段修筑城郭，准备兵器粮马，袭击郑国之时，庄公认为是消灭共叔段的时候了。于是命公子吕率二百辆战车讨伐京邑，一举铲除了共叔段。共叔段逃亡到共。在解除心头之患以后，郑庄公向母后武姜开始了报复行动。他将姜氏幽禁于城颍，并发下毒誓"不及黄泉，无相见也"。在颍考叔的帮助下，母子二人终于团聚，但这不过是他取信于民的一种手段，借以维护神圣家族的面子和国君仁义道德的招牌。

文中刻画了贪婪偏爱的姜氏，娇纵狂妄、野心勃勃的共叔段和阴鸷狠毒、口蜜腹剑的统治者形象郑庄公。忠实的祭仲劝谏后，他说"多行不义，必自毙。子姑待之"。公子吕请求除掉共叔段时，他只说"无庸，将自及"和"不义不昵，厚将崩"。对于共叔段的野心他已了如指掌，他只是在等待有利时机予以一举消灭，可见郑庄公的仁义、宽容都是虚伪的，只是为了维护其自身的尊严和私利。总之，郑庄公是个欲擒故纵、沽名钓誉的阴谋家。

文中插入的"书曰"和"君子曰"两段议论，宣扬儒家的"正名主义"和"孝悌"观念，应该用批判的眼光看待。

曹 刿 论 战 [1]

十年春，齐师伐我 [2]。公将战，曹刿请见。其乡人 [3] 曰："肉食者 [4] 谋之，又何间焉 [5]？"刿曰："肉食者鄙 [6]，未能远谋。"乃入见。

问何以战 [7]。公曰："衣食所安，弗敢专也，必以分人 [8]。"对曰："小惠 [9] 未遍，民弗从也。"公曰："牺牲玉帛，弗敢加也，必以信 [10]。"对曰："小信未孚 [11]，神弗福 [12] 也。"公曰："小大之狱，虽不能察，必以情 [13]。"对曰："忠之属也 [14]，可以一战。战则请从。"

公与之乘，战于长勺 [15]。公将鼓之 [16]。刿曰："未可。"齐人三鼓，刿曰："可矣。"齐师败绩 [17]。公将驰之 [18]。刿曰："未可。"下视其辙，登轼 [19] 而望之，曰："可矣。"遂逐齐师。

既克，公问其故。对曰："夫战，勇气也。一鼓作气，再而衰，三而竭。彼竭我盈，故克之。夫大国，难测也，惧有伏焉。吾视其辙乱，望其旗靡 [20]，故逐之。"

【注释】

[1]《曹刿（guì）论战》：选自《左传·庄公十年》。标题依普通选本。

[2] 十年：指鲁庄公十年（前684年）。我：指鲁国。庄公九年，鲁曾与齐大夫盟于蔇（jì）。十年春，齐以强凌弱，背盟侵鲁。

[3] 乡人：同乡的人。

[4] 肉食者：指在位享有厚禄的贵族。

[5] 又何间焉：又何必参与（替他们谋划）呢？间（jiàn），参与。焉，指示代词。

[6] 鄙：浅陋。

[7] 何以战：依靠什么作战。

[8] 安：指享受。专：指一人独享。分人：分给众人。

[9] 小惠：小恩惠。

[10] 牺牲：牛、羊、猪。玉帛：圭璧帛币，皆祭祀礼神物品。加：虚夸。弗敢加：是说不敢以小为大，以恶为美。信：诚心。

[11] 孚：这里指由于祭祀者的"诚心"而发生的"感应"。

[12] 福：动词，保佑。

[13] 察：指深切明了。情：这里指真实情况。这三句是说，凡是狱诉之事，不论案情大小，虽不能说判断得一点不错，但必根据实情处理。

[14] 忠之属也：忠，尽心，竭诚。属，类。

[15] 长勺：鲁地。沈钦韩《左传地名补注》："《山东通志》，长勺，在兖州府曲阜县北境。"

[16] 鼓之：擂鼓发动鲁军进攻。

[17] 败绩：大败。

[18] 驰之：驱车马追击。

[19] 轼：古代车厢前面供人凭靠的横木。

[20] 靡：倒下。

【解读】

鲁庄公十年（前684年），齐桓公由于鲁国曾经帮助过公子纠和他争夺王位，因此发动了一场攻打鲁国的战争。这就是春秋时代著名的长勺之战。本文的故事即发生在这种背景下。

在齐师压境的关键时刻，曹刿请求谒见鲁庄公，曹刿的同乡说："这是那些做官人的事，你又何必参与进去呢？"短短一语，写尽当时人的浅薄和事不关己、高高挂起的心态。而曹刿简短的"做官者浅陋，不能深谋远虑"则道出了权贵们的无知和曹刿对他们的蔑视。文章一开头就写出了曹刿的胸怀大志，与众不同。

接下来，曹刿和鲁庄公开始论战。曹刿问："凭什么参加战争？"庄公说："衣食等物，我不敢一人独享，必定要分给他人。"鲁庄公背后有强大的贵族统治阶级支持他，但曹刿说："这种小恩小惠没有遍及老百姓身上，他们不会听从你的命令。"庄公继续答道："祭祀用的牛羊猪和珠宝丝绸，不敢自行增加，在向神和祖先祷告时，必定忠诚老实。"庄公以此来祈求得到上天神灵的庇佑而打赢战争。曹刿则不以为然："这种小信还不能取信于神，神是不肯降福的。"接着，庄公又说出了打赢战争的第三个条件："大小不等的诉讼案件，虽然我不能彻底调查清楚，也必定求其处理得合情合理。"这一点得到了曹刿的认同，他说："这是尽心办事的表现，可以凭借它与敌作战。作战时请让我跟随您去。"睿智的曹刿认识到民乃国之本，得到广大人民的支持，成功才能得到根本性的保证。这也验证了"肉食者鄙，不能远谋"。在国家危难时刻，曹刿不仅献计献策，而且"战则请从"积极参战，曹刿这个人物形象逐渐生动、饱满起来。

在长勺交战时，曹刿与鲁庄公乘坐同一辆战车。庄公要击鼓前进，曹刿及时阻止。齐军击鼓三次后，曹刿说："可以出兵了。"齐军果然大败。庄公准备命令军队驱车追击，曹刿又及时阻止，走下车来仔细察看敌军撤退时的车辙，并登上车前横木眺望齐军败退情形，说："可以追击了。"于是鲁军追击齐师。这一段是记述长勺之战的交战过程，作者通过描述曹刿简短的语言和敏捷的动作，突出了曹刿在长勺之战中所起的重要作用。同时也为读者留下了悬念，以便下文解谜。

第四段是全文的关键和点睛之笔。鲁庄公不明白曹刿为何两次阻止他。这时曹刿把个中原因娓娓道来："打仗，要凭一股勇气。第一次击鼓时，战士们鼓足了勇气；第二次击鼓时，士气就低落了；第三次击鼓时，士气就完全丧失了。齐军三鼓故勇气竭尽，而我军士气正充沛，所以我们能够取胜。当追击敌人时，因为他们是大国恐怕会有埋伏，所以我仔细观察。他们的战车车辙混乱，军旗倒下，他们已大乱，所以才去追击他们。"此刻，相信鲁庄公和读者都恍然大悟，不仅懂得了作战的奥妙，也被曹刿的精明机智所折服。曹刿采取的"敌疲我打"的战术和抓住有利时机及时反击的方法，不仅使鲁国获得了长勺之战的胜利，谱写了中国古代战史中以弱胜强、以少胜多的著名战例，也深深影响了历史，为后人留下了宝贵经验。

综观全文，对话贯彻始终，充分体现了曹刿"论"战这一特点。曹刿的伟大之处在于：他认识到取信于民是战斗取胜的根本；战斗中要及时应变，采取"敌疲我打"的方针；战后要抓住时机，及时反击，并深刻反省和总结经验。与曹刿形成鲜明对比的是鲁庄公的愚钝和"肉食者"的"不能远谋"。曹刿的精明、勇敢、谨慎是古今政治家和军事家需要借鉴的。

《国语》是我国最早的国别史，共二十一卷，分《周语》《鲁语》《齐语》《晋语》《郑语》《楚语》《吴语》《越语》八部分。《国语》记事的时间为从西周末年至春秋时期（约前967—前453），除《周语》《郑语》外，其他记载的都是春秋这段时期的史实，所以《国语》又有《春秋外传》之称。

《国语》的作者是谁，历来没有定论。相传它是周朝和各诸侯国的官、私史料，由左丘明或类似左丘明这样的史官，根据原始资料整理而成。

《国语》

勾践灭吴

越王勾践栖于会稽之上[1]，乃号令于三军曰："凡我父兄、昆弟及国子姓[2]，有能助寡人谋而退吴者，吾与之共知[3]越国之政。"大夫种[4]进对曰："臣闻之，贾人夏则资皮，冬则资絺[5]，旱则资舟，水则资车，以待乏也。夫虽无四方之忧[6]，然谋臣与爪牙之士[7]，不可不养而择也。譬如蓑笠，时雨既至，必求之。今君王既栖于会稽之上，然后乃求谋臣，无乃后[8]乎？"勾践曰："苟得闻子大夫[9]之言，何后之有？"执其手而与之谋。

遂使之行成[10]于吴，曰："寡君勾践乏[11]无所使，使其下臣种，不敢彻声闻于大王[12]，私于下执事[13]曰：寡君之师徒不足以辱君[14]矣；愿以金玉、子女赂君之辱[15]。请勾践女女于王[16]，大夫女女于大夫，士女女于士；越国之宝器毕从！寡君帅越国之众以从[17]君之师徒。唯君左右[18]之，若以越国之罪为不可赦也，将焚宗庙，系妻孥[19]，沈金玉于江；有带甲五千人，将以致死，乃必有偶[20]，是以带甲万人事君也，无乃即伤君王之所爱[21]乎？与其杀是人也，宁其得此国也，其孰利乎？"

夫差将欲听，与之成。子胥[22]谏曰："不可！夫吴之与越也，仇雠敌战之国也；三江[23]环之，民无所移。有吴则无越，有越则无吴。将不可改于是矣！员闻之：陆人居陆，水人居水，夫上党之国[24]，我攻而胜之，吾不能居其地，不能乘其车；夫越国，吾攻而胜之，吾能居其地，吾能乘其舟。此其利也，不可失也已。君必灭之！失此利也，虽悔之，必无及已。"

越人饰美女八人，纳之太宰嚭[25]，曰："子苟赦越国之罪，又有美于此者将进之。"太宰嚭谏曰："嚭闻古之伐国者，服之[26]而已；今已服矣，又何求焉？"夫差与之成而去之。

勾践说于国人曰："寡人不知其力之不足也，而又与大国执仇，以暴露百姓之骨于中原[27]，此则寡人之罪也。寡人请更。"于是葬死者，问伤者，养生者；吊有忧，贺有喜；送往者，迎来者；去民之所恶，补民之不足。然后卑事夫差，宦士三百人于吴，其身亲为夫差前马 [28]。

勾践之地，南至于句无 [29]，北至于御儿 [30]，东至于鄞 [31]，西至于姑蔑 [32]，广运百里 [33]，乃致其父母昆弟而誓之，曰：“寡人闻，古之贤君，四方之民归之，若水之归下也。今寡人不能，将帅二三子夫妇以蕃 [34]。”令壮者无取 [35] 老妇，令老者无取壮妻；女子十七不嫁，其父母有罪；丈夫二十不取，其父母有罪。将免 [36] 者以告，公令医守之。生丈夫，二壶酒，一犬；生女子，二壶酒，一豚 [37]；生三人，公与之母 [38]；生二子，公与之饩 [39]。当室者 [40] 死，三年释其政 [41]；支子死，三月释其政；必哭泣葬埋之如其子。令孤子、寡妇、疾疹、贫病者，纳宦其子 [42]。其达士，洁其居，美其服，饱其食，而摩厉 [43] 之于义。四方之士来者，必庙礼之 [44]。勾践载稻与脂于舟以行。国之孺子之游者，无不哺也，无不歠 [45] 也，必问其名。非其身之所种则不食，非其夫人之所织则不衣。十年不收于国，民俱有三年之食。

国之父兄请曰：“昔者夫差耻吾君于诸侯之国，今越国亦节矣，请报之。”勾践辞曰：“昔者之战也，非二三子之罪也，寡人之罪也。如寡人者，安与知耻？请姑无庸战。”父兄又请曰：“越四封 [46] 之内，亲吾君也，犹父母也。子而思报父母之仇，臣而思报君之仇，其有敢不尽力者乎？请复战！”勾践既许之，乃致其众而誓之，曰：“寡人闻古之贤君，不患其众之不足也，而患其志行之少耻也。今夫差衣水犀之甲者亿有三千 [47]，不患其志行之少耻也，而患其众之不足也。今寡人将助天灭之。吾不欲匹夫之勇也，欲其旅 [48] 进旅退。进则思赏，退则思刑；如此，则有常赏 [49]。进不用命，退则无耻；如此，则有常刑。”

果行，国人皆劝 [50]。父勉其子，兄勉其弟，妇勉其夫，曰：“孰是君也，而可无死乎？”是故败吴于囿 [51]，又败之于没 [52]，又郊败之。

夫差行成，曰：“寡之师徒，不足以辱君矣，请以金玉子女赂君之辱！”勾践对曰：“昔天以越与吴，而吴不受命；今天以吴予越，越可以无听天之命，而听君之令乎？吾请达王甬句东 [53]，吾与君为二君乎？”夫差对曰：“寡人礼先壹饭 [54] 矣，君若不忘周室 [55] 而为敝邑宸宇，亦寡人之愿也。君若曰：‘吾将残汝社稷，灭汝宗庙。’寡人请死，余何而目以视 [56] 於天下乎？越君其次 [57] 也！”遂灭吴。

【注释】

[1] 勾践：越王允常之子。允常初曾与吴王阖闾互相攻伐，允常死，吴乃乘越之丧伐越，竟为勾践所败，阖闾伤指而死。栖：本指居住，此指退守。会稽：山名，在今浙江绍兴市东南。

[2] 昆弟：即兄弟。国子姓：国君的同姓，即百姓。

[3] 知：主持、过问、参与。

[4] 种：即文种，字子禽，楚国郢人，入越后，与范蠡同助勾践，终灭吴。功成，种为勾践所忌，赐剑自杀。

[5] 绤（chī）：细葛布。

[6] 四方之忧：指外患。

[7] 爪牙之士：指武士，勇猛的将士。

[8] 无乃：恐怕。后：迟。

[9] 子大夫：对大夫（文种）的尊称。

[10] 行成：求和并达成协议。

[11] 乏：此指缺乏人才。

[12] 彻：通，达。大王：指吴王，特别尊重的称呼。

[13] 下执事：下级办事官员。

[14] 师徒：指军队士兵。辱君：屈尊您（亲自来讨伐）。辱：表示谦卑的说法。

[15] 赂君之辱：慰劳您的辱临。

[16] 请勾践女女于王：第一个"女"作名词，指勾践的女儿，第二个"女"作动词，指作婢妾。下两句同。

[17] 从：带来。

[18] 左右：作动词，处置、调遣的意思。

[19] 孥（nú）：子女。

[20] 偶：一个抵两个。

[21] 伤君王之所爱：谓吴王推恩于越，越民与越器皆为吴王所钟爱。意为如越人拼死决战，则越民与越器都不免遭到损失，岂不影响到吴王加爱于越的仁慈恻隐之心了吗？

[22] 子胥（xū）：即伍子胥，名员，吴大臣。

[23] 三江：指钱塘江、吴江、浦阳江（浙江省中部）。

[24] 上党之国：此指中原各国。

[25] 太宰嚭（pǐ）：太宰，官名。嚭，人名，夫差的亲信。

[26] 服之：使之降服，屈服。

[27] 中原：此指原野。

[28] 前马：仪仗队中乘马开道的人。

[29] 句无：地名，在今浙江省诸暨市南。

[30] 御儿：地名，在今浙江省嘉兴市境。

[31] 鄞（yín）：地名，在今浙江省宁波市。

[32] 姑蔑：地名，在今浙江省衢州市。

[33] 广运百里：方圆百里。东西为广，南北为运。

[34] 二三子：你们，指百姓。蕃：繁殖人口。

[35] 取：同“娶”。

[36] 免：同“娩”，指生育。

[37] 豚（tún）：小猪，也泛指猪。

[38] 母：乳母。

[39] 饩（xì）：口粮。

[40] 当室者：负担家务的长子。

[41] 政：征，赋役。

[42] 疹：疾病。纳：收容。

[43] 摩厉：同“磨砺”，这里有激励的意思。

[44] 庙礼之：在宗庙里接见，以示尊重。

[45] 歠（chuò）：给水饮。

[46] 封：疆界。

[47] 亿有三千：言吴兵有十万三千人。亿，这里指十万。

[48] 旅：俱。指军队有纪律地同进退。

[49] 常赏：合于常规的赏赐，下文“常刑”指合于常规的刑罚。

[50] 劝：勉励。

[51] 囿（yòu）：即笠泽，吴地名，今太湖一带。

[52] 没：吴地名。

[53] 达王甬句东：送王到达甬江和勾章以东。甬、句：甬江和勾章。指今浙江省舟山市。

[54] 壹饭：小小的恩惠。指曾有恩于越（指曾同意与越议和）。

[55] 不忘周室：吴是周的同姓，故曰。

[56] 视：视息，犹言生存。

[57] 次：驻扎。

【解读】

《勾践灭吴》记述的是春秋末期吴越争战的著名历史事件，不但史书上有记载，而且有关它的民间传闻更为丰富。记载这一史实的古代历史典籍很多，而以《国语》中的《勾践灭吴》写得最为简练、精彩，富于文学意味。越王勾践在与吴王夫差的战争中被击败后，以各种屈辱的条件向吴国求和。夫差没有听从伍子胥的忠告，却听信了被越国贿赂的太宰嚭的谗言，准许了越国的求和，使勾践获得了喘息的机会。勾践卧薪尝胆，励精图治，在经过了"十年生聚、十年教训"的长期准备之后，率领军队进攻吴国，吴国因此而亡。统观全篇，故事情节之曲折委婉，人物形象之鲜明生动，外交辞令之巧妙传神，经验教训之发人深省，达到了相当高的境界。

首先是故事情节曲折委婉。这篇文章并不追求错综复杂、紧张惊险，而是讲究节奏适度、曲折尽情。比如，文章一开始，作者就以简练的笔法写出了吴、越交战的形势和越国君臣执手相谋的情景。明明是越兵溃败，退守于会稽山上，国家危在旦夕之间，作者却不紧不慢地叙述勾践的求贤和文种的进见。明君贤臣执手相谋，不难熔铸出克敌制胜的法宝。果然，继这个精彩的开头之后，文章自然地推出那幕更为精彩的外交斗争场面：文种先用谦卑恭顺的措辞来增添吴王夫差的骄矜之气，然后软中带硬地陈述利害得失以显示越国上下刚毅坚定之决心，从而奠定了"行成于吴"的基础，使国家转危为安。尽管吴国忠臣伍子胥进谏之言很有说服力，怎奈吴王听不进去，议和之大局已无法改变，因而越方略施小计，行贿于吴国佞臣太宰，就顺利地金蝉脱壳而去。

其次是人物形象鲜明生动。一篇注重刻画人物形象的历史散文，在勾勒人物形象方面和小说不同，它无意塑造丰富多彩的典型形象，只不过借助历史人物有代表性的言论行动揭示其本质特征而已。这类历史散文的优秀代表作品往往能够刻画出鲜明生动的人物形象,《勾践灭吴》正是如此。在作者的笔下,越王勾践的形象是深沉而丰满的。他不是什么复仇者,而是城府很深、有胆有识的政治家。因为他胸怀大志,才能够处变不惊;因为他知人善任,才能够充分发挥文种的聪明才智;因为他不忘国耻,要成就大事业,才能够忍辱负重、卧薪尝胆、卑事仇敌而面无愠色,抚慰百姓而痛切自责。在"十年生聚"的漫长岁月里,他明白了许多道理,因而善于调动人民群众的积极性。当然,他毕竟是春秋时代的统治者,"可与共患难,不可与共安乐"也是很自然的。在作者的笔下,大夫文种的形象也很鲜明,他那番巧妙传神的外交辞令最足以显示他的性格与才华。

再次是外交辞令巧妙传神。春秋时代,诸侯各国间的外交活动频繁,因而十分讲究外交辞令。《勾践灭吴》的外交辞令就非常巧妙传神,比如文种"行成于吴"时的说辞极尽卑躬屈膝之能事,把对方捧到天上,把自己摔到地下,使骄横的吴王夫差听了更加骄矜得意,自然就不必杀尽这些俯首帖耳、甘愿任人摆布的臣服者了!紧接着上面这段甜言蜜语之后的又是一段软中带硬、硬中有软的外交辞令,大意是:吴王如果不饶恕越国的君民,那么将有全副武装的万名兵士伺候您(字面上是伺候,实际上是拼死战斗),那岂不是伤害了您所钟爱的越国兵士了吗?明明是要与吴国拼命使双方都有损失,却偏偏说吴国的损失还包括他们杀死的越国兵士,因为越国兵士也是吴王所钟爱的啊!说恭维别人的话,说到了这般光景,真是说到家了。

最后是经验教训十分深刻。一篇优秀的历史散文,往往寓深刻的经验教训于客观的历史事实之中,这是我国古代史传文学的优良传统,《勾践灭吴》作为《国语》的压卷之作,它总结的历史经验教训是相当深刻的。在本书叙述越人贿赂吴国太宰而终于达到求和目的之后,读者自然会慨叹:"国有佞臣,敌国之福也!"或者当你读完全篇,掩卷思之,也许会想起欧阳修那两句名言:"忧劳可以兴国,逸豫可以亡身。"《勾践灭吴》中有两句画龙点睛之笔:"去民之所恶,补民之不足"。这确确实实是一条最深刻的历史经验,也确确实实帮助了那些有政治远见的古代统治者,并提醒他们:只有实实在在地去民之所恶、补民之不足,才能成就大事业。

《战国策》简称《国策》，是一部国别体的史书，是战国时游说之士的策谋和言论的汇编，另有《国策》《国事》《事语》《短长》《长书》《修书》等名称，作者不详。

此书记载战国策士的言论和活动，其记事上继《春秋》，下至楚汉，保存着当时许多重要史料，但其中也有夸张与虚构之处，不完全与史实相符合。其文气势纵横，论事周密，善于用寓言譬喻，语言生动。西汉末年，由刘向重新校正编次，并定名为《战国策》。宋时已有缺失，由曾巩作了订补。20世纪70年代初，长沙马王堆出土的西汉帛书残本，记述战国时事，定名为《战国纵横家书》，与本书内容互有异同。

《战国策》

先秦

苏秦以连横说秦

苏秦始将连横，说[1]秦惠王[2]曰："大王之国，西有巴、蜀、汉中之利，北有胡貉、代马之用，南有巫山、黔中之限，东有崤、函之固。田肥美，民殷富，战车万乘，奋击百万，沃野千里，蓄积饶多，地势形便，此所谓天府，天下之雄国也。以大王之贤，士民之众，车骑之用，兵法之教，可以并诸侯，吞天下，称帝而治。愿大王少留意[3]，臣请奏其效。"

秦王曰："寡人闻之：毛羽不丰满者，不可以高飞；文章[4]不成者，不可以诛罚；道德不厚者，不可以使民；政教不顺者，不可以烦大臣。今先生俨然[5]不远千里而庭教之，愿以异日。"

苏秦曰："臣固疑大王之不能用也。昔者神农伐补遂，黄帝伐涿鹿而擒蚩尤，尧伐驩兜，舜伐三苗，禹伐共工，汤伐有夏，文王伐崇，武王伐纣，齐桓任战而霸天下。由此观之，恶有不战者乎？古者使车毂[6]击驰，言语相结，天下为一。约纵连横，兵革不藏。文士并饰[7]，诸侯乱惑，万端俱起，不可胜理。科条既备，民多伪态。书策稠浊，百姓不足。上下相愁，民无所聊。明言章理，兵甲愈起。辩言伟服[8]，战攻不息，繁称文辞，天下不治。舌敝耳聋，不见成功。行义约信，天下不亲。于是乃废文任武，厚养死士，缀甲厉兵[9]，效胜于战场。夫徒处[10]而致利，安坐而广地，虽古五帝、三王、五霸，明主贤君，常欲坐而致之，其势不能，故以战续之。宽则两军相攻，迫则杖戟相撞，然后可建大功。是故兵胜于外，义强于内，威立于上，民服于下。今欲并天下，凌万乘，诎[11]敌国，制海内，子元元[12]，臣诸侯，非兵不可。今之嗣主[13]，忽于至道，皆惛[14]于教，乱于治[15]，迷于言，惑于语，沉于辩，溺于辞，以此论之，王固不能行也。"

说秦王书十上而说不行，黑貂之裘敝，黄金百斤尽，资用乏绝，去秦而归。嬴縢履屩，负书担橐，形容枯槁，面目黧黑，状有愧色。归至家，妻不下纴[16]，嫂不为炊，父母不与言。苏秦喟然叹曰："妻不以我为夫，嫂不以我为叔，父母不以我为子，是皆秦之罪也！"乃夜发书，陈箧数十，得《太公阴符》之谋，伏而诵之，简练以为揣摩。读书欲睡，引锥自刺其股，血流至足，曰："安有说人主，不能出其金玉锦绣，取卿相之尊者乎？"期年[17]，揣摩成，曰："此真可以说当世之君矣！"

于是乃摩燕乌集阙[18]，见说赵王于华屋之下，抵掌而谈。赵王大悦，封为武安君，受相印。革车百乘，锦绣千纯[19]，白璧百双，黄金万镒，以随其后。约纵散横，以抑强秦。故苏秦相于赵而关不通[20]。当此之时，天下之大，万民之众，王侯之威，谋臣之权，皆欲决于苏秦之策。不费斗粮，未烦一兵，未战一士，未绝一弦，未折一矢，诸侯相亲，贤于兄弟。夫贤人在而天下服，一人用而天下从。故曰："式[21]于政不式于勇；式于廊庙之内，不式于四境之外。"当秦之隆[22]，黄金万镒为用，转毂连骑，炫熿[23]于道，山东[24]之国从风而服，使赵大重。

且夫苏秦，特穷巷掘门桑户棬枢[25]之士耳！伏轼撙衔[26]，横历天下，庭说诸侯之王，杜左右之口，天下莫之能伉[27]。

将说楚王，路过洛阳。父母闻之，清宫除道，张乐设饮，郊迎三十里。妻侧目而视，倾耳而听；嫂蛇行匍伏，四拜自跪而谢。苏秦曰："嫂何前倨而后卑也？"嫂曰："以季子之位尊而多金。"苏秦曰："嗟乎！贫穷则父母不子，富贵则亲戚畏惧。人生世上，势位富厚，盖[28]可忽乎哉？"

【注释】

[1] 说（shuì）：劝说。

[2] 秦惠王：姓嬴名驷，秦孝公之子，公元前336年至公元前311年在位。

[3] 少留意：稍加注意。

[4] 文章：法令。

[5] 俨然：庄重认真的样子。

[6] 毂（gǔ）：车轮中心的圆木，周围与车辐的一端相接，中有圆孔，用来插轴。这一句是说车多而跑得急。

[7] 文士并饰：文士，辩士。饰，指修饰文辞，进行游说。

[8] 伟服：华贵的衣服。

[9] 缀甲厉兵：缀，缝缀。厉，通"砺"，磨砺。缝缀战甲，磨砺兵器。

[10] 徒处：无所事事地坐等。

[11] 诎：同"屈"。

[12] 子元元：以广大百姓为子，指统一天下。元元，百姓。

[13] 嗣主：继承王位的君主。

[14] 惛：不明。

[15] 乱于治：对于治理国家的工作头脑混乱。

[16] 纴：织布机的机头。这里是说妻子不下织机，依然纺织。

[17] 期年：满一年。

[18] 摩燕乌集阙：摩，接近。阙，宫阙。燕乌集，宫阙的名字。

[19] 纯：匹。

[20] 关不通：关，指函谷关，是六国通往秦国的要道。六国联合抗秦，因此函谷关的交通断绝。

[21] 式：用。

[22] 当秦之隆：秦，指苏秦。隆，兴盛。指当苏秦尊显得意之时。

[23] 炫煌：同"炫煌"，光辉闪耀。

[24] 山东：崤山以东。

[25] 掘门桑户棬（quān）枢：掘门，在墙上挖个洞为门。桑户：桑木做的门板。棬枢：把树枝弯曲作门轴。

[26] 伏轼撙（zǔn）衔：轼，车前横木，相当于扶手。撙，节制，控制。衔，马勒头。伏在车前横木上，拉着马的勒头。

[27] 伉：通"抗"，匹敌。

[28] 盖：通"盍"，何。

【解读】

苏秦，战国时著名的纵横家。西游说秦惠王不受，后发愤攻读。先后游赵、燕、韩、魏、齐、楚诸国，倡导合纵，并相六国，为"从约之长"。后因替燕国入齐施反间计而被齐王车裂。连横，战国纵横家的外交策略之一，即六国各自与秦国交好，服从秦国，离散合纵。

文章开篇洋洋洒洒，详细写了苏秦广征博引，对秦国地理环境，自然资源和经济、政治、军事形势进行了全面分析，企图说服惠王通过战争"并诸侯、吞天下，称帝而治"。但当时秦国虽变法成功，旧贵族势力仍盛，惠王被迫"诛商鞅，疾辩士弗用"，他深感"文章不成""道德不厚政教不顺"，进攻时机尚未成熟，不肯轻举妄动。但苏秦"愿大王少留意，臣奏其效"，几乎是在哀求。后来"因疑大王之不能用也"，虽感已无把握，仍存侥幸心理，最后直斥惠王昏乱，沉溺不悟，但终不得成功。究其原因，虽然他的说辞连用排比错综句式和夸饰铺张手法，气势奔放，辞意飞扬。在列举典故时，连用五帝、三王、五伯、明主、贤君的九件征伐事例，凌厉挥霍，先声夺人，但这套议论大而空，缺乏简练和揣摩，不中要害，未顾及秦国历史发展和现实情况，缺乏政治家的洞察力和深厚功底。

苏秦说秦王书十上，旷日持久，终不被用。直拖得他裘敝金尽，无可奈何，去秦而归。回家时困顿狼狈，形容枯槁，面目黧黑，自觉愧对家人。家人对他的态度也是冷若冰霜，"妻居家主织，不下机；嫂留家司爨，不为炊；父母不与言"。苏秦自身的深刻反省和家人的冷漠态度，促使他知耻奋发，锥刺股，夜发书，博览精研，终于学有所成。他的忍辱、刻苦、坚韧、勤奋，进取已成为中华民族激励青少年奋发向上的宝贵教材。

苏秦学成之后说赵王，赵王"受相印，革车百乘，锦缎千纯，白璧百双、黄金万镒"，气势显赫自不必说，与前文潦倒时惨状形成鲜明对比。此后作者高度评价了苏秦合纵决策的作用和功效，相继使用了"天下之大"与"不费斗粮"等九个四字排比句，充分肯定，反复强调。

文章最后写苏秦得志，路过洛阳，并未归家。但父母带头隆重远迎，屈尊俯就；妻不敢正视，惶惑不安；嫂匍匐拜谢，惊恐畏惧。尤其是苏秦"嫂何前倨而后卑"一语调侃，其嫂"以季子之位尊而多金"，坦率的回答写尽了封建伦理关系的虚伪和势利。苏秦的自叹又暴露了他卑微、庸俗的人生观及当时社会重名利的价值观。

本文记叙了苏秦游说秦王的说辞和他坎坷曲折的发迹史，刻画了能言善辩、急功近利、意志坚韧、奋发有为的士子苏秦形象。对其家人态度前倨后恭的描写，反映了封建人伦关系的实质，具有深刻的社会意义。照应和对比的表现手法，增强了本文的艺术感染力。如说秦王的内容多而杂，收效毫无；而说赵王的内容只字未提，反获成功，可见作者用心良苦。又如苏秦失意时的狼狈与得志时的显赫相比，家人态度的前倨后恭的对比，都非等闲之笔，含意深远。

本文语言流畅生动，讲究辞藻，注意铺排，文势起伏不平，声律抑扬多变，读来朗朗上口，如珠玉落盘。

冯谖客孟尝君

齐人有冯谖者，贫乏不能自存。使人属孟尝君[1]，愿寄食门下。孟尝君曰："客何好？"曰："客无好也。"曰："客何能？"曰："客无能也。"孟尝君笑而受之，曰："诺。"

左右以君贱之也，食以草具[2]。居有顷，倚柱弹其剑，歌曰："长铗归来乎！食无鱼。"左右以告，孟尝君曰："食之，比门下之客。"居有顷，复弹其铗，歌曰："长铗归来乎！出无车。"左右皆笑之，以告。孟尝君曰："为之驾，比门下之车客[3]。"于是乘其车，揭其剑，过其友，曰："孟尝君客我！"后有顷，复弹其剑铗，歌曰："长铗归来乎！无以为家。"左右皆恶之，以为贪而不知足。孟尝君问："冯公有亲乎？"对曰："有老母。"孟尝君使人给其食用，无使乏。于是冯谖不复歌。

后孟尝君出记[4]，问门下诸客："谁习计会，能为文收责于薛者乎[5]？"冯谖署曰："能[6]。"孟尝君怪之，曰："此谁也？"左右曰："乃歌夫'长铗归来'者也！"孟尝君笑曰："客果有能也，吾负之，未尝见也。"请而见之。谢曰："文倦于事，愦于忧，而性懧愚[7]，沉于国家之事，开罪于先生。先生不羞[8]，乃有意欲为收责于薛乎？"冯谖曰："愿之。"于是约车治装[9]，载券契[10]而行，辞曰："责毕收，以何市而反[11]？"孟尝君曰："视吾家所寡有者。"

驱而之薛，使者召诸民当偿者，悉来合券[12]。券遍合，起，矫命以责赐诸民。因烧其券，民称万岁。

长驱到齐。晨而求见。孟尝君怪其疾也，衣冠而见之，曰："责毕收乎？来何疾也！"曰："收毕矣！""以何市而反？"冯谖曰："君云：'视吾家所寡有者。'臣窃计，君宫中积珍宝，狗马实外厩，美人充下陈[13]；君家所寡有者以义耳。窃以为君市义。"孟尝君曰："市义奈何？"曰："今君有区区之薛，不拊爱子其民[14]，因而贾利之[15]。臣窃矫君命，以责赐诸民，因烧其券，民称万岁。乃臣所以为君市义也。”孟尝君不说[16]，曰：“诺。先生休矣[17]！”

后期年[18]，齐王谓孟尝君曰：“寡人不敢以先王之臣为臣[19]！”孟尝君就国[20]于薛。未至百里[21]，民扶老携幼，迎君道中正日[22]。孟尝君顾谓冯谖曰：“先生所为文市义者，乃今日见之！”

冯谖曰：“狡兔有三窟，仅得免其死耳。今君有一窟，未得高枕而卧也。请为君复凿二窟。”孟尝君予车五十乘，金五百斤，西游于梁[23]。谓惠王曰：“齐放其大臣孟尝君于诸侯[24]。诸侯先迎之者，富而兵强。”于是梁王虚上位[25]，以故相[26]为上将军，遣使者黄金千斤，车百乘，往聘孟尝君。冯谖先驱，诫孟尝君曰：“千金，重币也；百乘，显使也。齐其闻之矣！”梁使三反[27]，孟尝君固辞不往也。

齐王闻之，君臣恐惧，遣太傅赍黄金千斤，文车二驷，服剑一[28]，封书，谢孟尝君曰：“寡人不祥[29]，被于宗庙之祟[30]，沉于谄谀之臣，开罪于君。寡人不足为[31]也；愿君顾先生王之宗庙，姑反国统万人乎？”冯谖诫孟尝君曰：“愿请先王之祭器，立宗庙于薛[32]。”庙成，还报孟尝君曰：“三窟已就，君姑高枕为乐矣！”

孟尝君为相数十年，无纤介[33]之祸者，冯谖之计也。

【注释】

[1] 孟尝君：即田文，齐王室贵族，任相国封于薛，号孟尝君。

[2] 食（sì）：给食物吃。草具：装盛粗劣食品的器具。

[3] 车客：能乘车的食客。孟尝君将门客分为三等：上客食鱼、乘车；中客食鱼；下客食菜。

[4] 出记：出通告，出文告。

[5] 计会：今指会计。责：通“债”。薛：孟尝君的领地，今山东省枣庄市附近。

[6] 署曰“能”：签名于通告上，并注曰“能”。

[7] 倦于事：为国事劳碌。愦（kuì）于忧：因于思虑而心中昏乱。懧：同“懦”，怯弱。

[8] 不羞：不因受怠慢为辱。

[9] 约车治装：预备车子，治办行装。

[10] 券契：债务契约，两家各保存一份，可以合验。

[11] 何市而反：买些什么东西回来。市，买；反，返回。

[12] 合券：指核对债券（借据）、契约。

[13] 下陈：后列。

[14] 拊爱：即抚爱。子其民：视民如子，形容特别爱护百姓。

[15] 贾（gǔ）利之：以商人手段向百姓谋取暴利。

[16] 说：同"悦"。

[17] 休矣：算了的意思。

[18] 期（jī）年：满一年。

[19] 齐王：齐湣王。先王：指齐宣王，湣王的父亲。

[20] 就国：到自己封地（薛）去住。

[21] 未至百里：距薛地还有一百里。

[22] 正日：整整一天。

[23] 梁：魏国都大梁（今河南开封）。魏王（即梁王）迁都大梁，国号曾一度称"梁"。

[24] 放：弃，免。于：给机会。

[25] 虚上位：空出最高的职位（宰相）。

[26] 故相：过去的宰相。

[27] 反：同"返"。

[28] 文车二驷：套四匹马的绘或刻有文饰的车两辆。服剑：齐王自用的佩剑。服，佩带。

[29] 不祥：不善、不好。

[30] 被于宗庙之祟：受到祖宗神灵的处罚。

[31] 不足为（wéi）：不值得顾念帮助。

[32] 立宗庙于薛：孟尝君与齐王同族，故请求分给先王传下来的祭器，在薛地建立宗庙，将来齐即不便夺毁其国，如果有他国来侵，齐亦不能不相救。这是冯谖为孟尝君所定的安身之计，为"三窟"之一。

[33] 纤介：细微。

【解读】

本文选自《战国策·齐策四》。战国时期，列国纷争，宗法制度遭到破坏，诸侯国王和贵族等领主势力受到削弱，他们迫切需要大量的拥护者和谋划者，于是王侯将相争相养士，从而出现了"士"这一特殊阶层。

齐孟尝君、赵平原君、魏信陵君与楚春申君，各养士数千，号为四公子。冯谖"贫乏不能自存"，故"请人对孟尝君说，愿意寄食门下"。孟尝君问来人："他有什么爱好？他有什么特长？"来人故意说都没有，实为试探以礼贤下士著称的孟尝君。孟尝君"笑而受之，曰诺"。虽然他有些轻视，但仍慷慨收罗。接着，冯谖又进行了第二步试探，他弹剑铗唱道："长剑啊，我们回去吧，连鱼都吃不上！"孟尝君听到后，吩咐将他和门下食鱼的门客同等对待。但此后冯谖一次比一次升级，又提出了出门坐车、供养家口的要求，但孟尝君都满足了他。尽管如此，左右以孟尝君轻视他而"食以草具""皆笑之""皆恶之，以为贪而不知足"。左右人平庸无知，只会看主人眼色行事和以势利量人，原是常见的人情世态。孟尝君虽无先见之明，却宽容大度，为他后来地位失而复得起了巨大作用。冯谖三番五次的试探，藏才不露，装愚守拙，为其以后大有作为埋下伏笔。

接下来的"收债于薛"使冯谖的才能得到了施展的机会。当孟尝君出文征求一个熟悉会计业务的人时，一向装作"无好、无能"的冯谖毅然自荐，令读者大吃一惊，也令孟尝君深感愧疚："我亏待了他，还不曾接见过他。"继而公开道歉："以前我把先生得罪了。"这一突变情节，展示出冯谖在关键时刻挺身而出，士为知己者效力的气度。孟尝君的深深自责、公开赔罪，并委以重任，又使他仍不失大家风范。下文冯谖署记、矫命焚券、市义复命使冯谖的才华尽露无遗，他在全部核查诸民借据之后，假托奉孟尝君之命，把债全部赐还百姓。他的不凡举动使文势再生波澜，也表现了他重视民本的远见卓识和临机大胆决断的性格。在复命中他认为孟尝君珍宝珠玉、狗马玩好、美人婢妾都不缺少，只缺仁义爱民，故矫命焚券，买回民心。他不仅为孟尝君的统治奠定了雄厚基础，取得了人民的支持，又抓住了孟尝君的口实把柄："视吾家所寡有者。"冯谖胆大心细，果断而讲策略，但孟尝君"不悦""先生休矣"则暴露了他有些鼠目寸光、狭隘浅见。

接下来冯谖"经营三窟",帮助孟尝君恢复并巩固了相位。一窟是孟尝君罢相到薛,百姓扶老携幼,"先生所为文市义者,乃今日见之!"他终于理解了冯谖市义的行为,并深受其益。二窟是冯谖西游于梁,说服梁王三遣使者以千金百乘聘孟尝君为相,为抬高孟尝君的威信而虚张声势,给齐王以危机感,从而达到了重新用孟尝君的目的。这里又表现了冯谖善于利用齐王和梁王之间的矛盾,足智多谋的性格特征。三窟是齐王谢罪并重新起用孟尝君,在此,冯谖满意地说:"三窟已成,您可以高枕无忧了。"此时的孟尝君对冯谖的态度也由"不悦""休矣"的不信任转变为言听计从,并深为冯谖的才能所折服。

文章最后一句写孟尝君为相数十年,未遇丝毫灾祸,是靠的冯谖的计策。以对冯谖才能的肯定和孟尝君的受益作结,完整自然。

本文的特色是通过变化的情节展现人物性格的变化。冯谖的藏才不露,初试锋芒到大显身手与孟尝君的轻视、重视、存疑和折服互为衬托对比,情节也是波澜重生,引人入胜。在写作上,本文有人物、有故事、有情节、有戏剧冲突、有细节描绘,初具传记的特征,开后世史书"列传"的先河。

《论语》是由孔子的弟子和再传弟子编辑而成，是记载孔子及其一部分弟子言行的语录体散文著作，共 20 篇。《论语》文字简约，思想丰富，是儒家学派的经典著作。在我国思想史和文化史上有极深广的影响，内容涉及当时社会的道德、政治、文化、教育等方面。朱熹把它和《大学》《中庸》《孟子》合称为"四书"。

《论语》

先秦

子路、曾皙、冉有、公西华侍坐

子路、曾皙、冉有、公西华侍坐[1]。子曰："以吾一日长乎尔[2]，毋吾以也[3]。居[4]则曰：'不吾知也！'如或[5]知尔，则何以[6]哉？"

子路率尔[7]而对曰："千乘之国，摄[8]乎大国之间，加之以师旅，因[9]之以饥馑；由也为之，比及[10]三年，可使有勇，且知方[11]也。"

夫子哂之。

"求，尔何知？"

对曰："方[12]六七十，如[13]五六十，求也为之，比及三年，可使足民。如其礼乐，以俟君子。"

"赤，尔何如？"

对曰："非曰能[14]之，愿学焉[15]。宗庙之事，如会同[16]，端章甫[17]，愿为小相焉[18]。"

"点，尔何如？"

鼓瑟希[19]，铿尔，舍瑟而作[20]，对曰："异乎三子者之撰[21]。"

子曰："何伤乎？亦各言其志也！"

曰："莫春[22]者，春服既成[23]，冠者五六人，童子六七人，浴乎沂，风乎舞雩，咏而归。"

夫子喟然叹曰："吾与[24]点也！"

三子者出，曾皙后。曾皙曰："夫三子者之言何如？"

子曰："亦各言其志也已矣！"

曰："夫子何哂由也？"

曰："为[25]国以礼，其言不让[26]，是故哂之。唯求则非邦也与？安见方六七十，如五六十，而非邦也者？唯赤则非邦也与？宗庙、会同，非诸侯而何？赤也为之小，孰能为之大？"

【注释】

[1] 侍坐：此处指执弟子之礼，侍奉老师而坐。

[2] 以吾一日长乎尔：以，因为；长，年长。

[3] 毋吾以也：吾，作"以"的宾语，在否定句中代词宾语前置。以，动词，用。

[4] 居：平时，平日在家的时候。

[5] 如或：如果有人。如，连词，如果。或，无定代词，有人。

[6] 何以：用什么（去实现自己的抱负）。以，动词，用。

[7] 率尔：轻率急忙的样子。尔，助词，用作修饰语的词尾。

[8] 摄：夹，钳。

[9] 因：动词，继，接续，接着。

[10] 比（bì）及：等到。

[11] 方：义，正道，这里指礼义。

[12] 方：见方，纵横。

[13] 如：连词，表提起另一话题，作"至于"讲。

[14] 能：动词，能做到。

[15] 焉：之，指管理国家的事情。

[16] 如会同：或者会盟、朝见天子。如，连词，或者。会，诸侯之间的盟会。同，诸侯共同朝见天子。

[17] 端章甫：端，古代的一种礼服。章甫，古代的一种礼帽。这里都是名词用作动词，意思是"穿着礼服，戴着礼帽"。

[18] 相：在祭祀、会盟或朝见天子时主持赞礼和司仪的人。焉：兼词，于是，在这些场合里。

[19] 希：同"稀"，稀疏，这里指鼓瑟的声音已接近尾声。

[20] 作：站起身。

[21] 撰：才能。

[22] 莫春：指农历三月。莫，同"暮"。

[23] 成：稳定，指春服已经穿得住。

[24] 与：动词，赞成，同意。

[25] 为：治理。

[26] 让：谦让。

【解读】

本篇记叙孔子弟子子路、曾晳、冉有、公西华四人陪奉孔子闲坐在一起，谈论各自的政治理想的情景，同时也记叙了孔子对他们的评价。文章通过师生之间的交流表现了教育家孔子的循循善诱，反映了他的仁政理想。

从师生之间的对话来看，子路的志向倾向于使国家强大，而且懂得礼仪，语气之中颇为自负："比及三年，可使有勇，且知方也。"冉有的志向在于实现国家的富有："求也为之，比及三年，可使足民。"但礼乐就要等待君子了，表现了一定的谦逊。公西华更谦虚："非曰能之，愿学焉。宗庙之事，如会同，端章甫，愿为小相焉。"也是强调礼。显然，孔子对他们三人的回答都不满意。从他对曾晳的回答可以看出，他对子路的不满首先在于子路的态度不够谦虚，认为这不是一个治国者应有的胸襟；但他又对冉有和公西华的过分谦虚表示了不满，态度颇费琢磨。不过，一般认为，他之所以认同曾晳的主张，主要是因为曾晳用形象的语言描绘了礼乐之治下的景象，体现了"仁"和"礼"的治国原则，由此可以看出孔子的政治理想。

文章将师生之间的和谐表现得淋漓尽致，可以让我们一睹孔子作为大教育家的风采。文章开始写冉有、子路、公西华侍坐于孔子身边，学生的态度是很恭敬的；孔子鼓励他们畅所欲言，老师的态度却很随和。对于老师的提问，子路、冉有、公西华三位弟子都踊跃回答，而且观点都不相同，可见思维活跃，没有受到局限。最后轮到曾晳，他正在鼓瑟。孔子还是那句话："点，尔何如？""鼓瑟希，铿尔"，曾晳这才丢开瑟来回答老师的提问，他对自己的想法和大家不同感到有点犹豫。孔子温和地鼓励曾晳："何伤乎，亦各言其志也！"正是在孔子的鼓励下，曾晳无所顾忌地道出如下的人生追求："莫春者，春服既成，冠者五六人，童子六七人，浴乎沂，风乎舞雩，咏而归。"使得孔子不由得喟然叹道："吾与点也！"

文章通过简短的对话描写人物，却有传神写照之妙。文章刻画精细，人物形象鲜明，孔子的良师风范，子路的坦率自负，冉有、公西华的谦逊，曾晳的洒脱，都跃然纸上，各具风采。语言优美隽永，充满情趣，富于诗意。

特别是曾皙的一段话，描绘出一幅春光烂漫、生意盎然的游春图，在凝练的语言中包孕着深刻的思想，字里行间闪烁着智慧的光彩。

季氏将伐颛臾

季氏将伐颛臾[1]。冉有、季路见于孔子[2]曰："季氏将有事[3]于颛臾。"

孔子曰："求！无乃尔是过与[4]？夫颛臾，昔者先王以为东蒙主，且在邦域之中矣，是社稷之臣也[5]。何以伐为[6]？"

冉有曰："夫子欲之，吾二臣者皆不欲也。"

孔子曰："求！周任[7]有言曰：'陈力就列，不能者止[8]。'危而不持[9]，颠而不扶，则将焉用彼相[10]矣？且尔言过矣，虎兕出于柙[11]，龟玉毁于椟中[12]，是谁之过与？"

冉有曰："今夫颛臾，固而近于费[13]，今不取，后世必为子孙忧。"

孔子曰："求！君子疾夫舍曰欲之而必为之辞[14]。丘也闻有国有家者，不患寡而患不均，不患贫而患不安[15]。盖均无贫[16]，和无寡[17]，安无倾[18]。夫如是[19]，故远人不服，则修文德以来之[20]。既来之，则安之。今由与求也，相[21]夫子，远人不服，而不能来也；邦分崩离析，而不能守也；而谋动干戈于邦内。吾恐季孙之忧，不在颛臾，而在萧墙[22]之内也。"

【注释】

[1] 季氏：季康子，春秋鲁国大夫，把持朝政，名肥。颛臾，小国，是鲁国的属国，故城在今山东费县西北。旧说季氏贪颛臾土地而攻之。依文意乃季氏与鲁君矛盾极深，历代鲁君欲除季氏，季氏恐颛臾再为患，这就助了鲁君，故欲攻之。本文批评了季氏兼并颛臾的企图，并阐发了孔子以礼治国、为政以德的主张。

[2] 冉有、季路见于孔子：冉有和季路谒见孔子。冉有和季路当时都是季康子的家臣。冉有，名求，字子有。季路，姓仲，名由，字子路。两个人都为孔子弟子。见，谒见。

[3] 有事：这里指用兵。古代把祭祀和战争称为国家大事。当时季氏专制国政，与鲁哀公的矛盾很大。他担忧颛臾会帮助鲁哀公削弱自己的实力，所以抢先攻打颛臾。

[4] 无乃尔是过与：恐怕该责备你吧？"无乃……与"相当于现代汉语的"恐怕……吧"。尔是过，责备你，这里的意思是批评对方没尽到责任。

[5] 是社稷之臣也：这是国家的臣子。是，代词，这，指颛臾。社稷，祭祀谷神和土神的祭坛，为国家的象征，这里指鲁国。社稷之臣意译为附属于大国的小国。

[6] 何以伐为：为什么要攻打它呢？何以，以何，凭什么。

[7] 周任：上古时期的史官。

[8] 陈力就列，不能者止：能施展自己才能，就接受职位；如若不能，就应辞去职务。陈，施展。就，担任。列，职位。止，不去。

[9] 危而不持：遇到危险而不护持。危，名词作动词，遇到危险。持，护持。

[10] 相（xiàng）：搀扶盲人走路的人（辅助者）。

[11] 虎兕（sì）出于柙（xiá）：老虎、犀牛从笼子里跑出来。兕，独角犀。柙，关猛兽的笼子。

[12] 龟玉毁于椟中：龟甲和玉器在匣子里被毁坏。龟，龟甲，用来占卜。玉，指玉瑞和玉器。玉瑞用来表示爵位，玉器用于祭祀。椟（dú），匣子。

[13] 固而近于费：坚固而又靠近费邑。费，季氏的私邑，即今山东费县。

[14] 君子疾夫舍曰欲之而必为之辞：君子厌恶那些不肯说（自己）想要那样而偏要找借口的人。疾，痛恨。夫，代词，那种。舍，舍弃，撇开。辞，托词，借口。

[15] 不患寡而患不均，不患贫而患不安：从上下文意思来看，这两句中的"寡"和"贫"互相颠倒了，应该是"不患贫而患不均，不患寡而患不安"。意思是"不担忧贫困而担忧分配不均，不担忧人（东西）少而担忧社会不安定"。患，忧虑，担心。寡，少。

[16] 均无贫：财富分配公平合理，就没有贫穷。

[17] 和无寡：和平了，人口就不会少了。

[18] 安无倾：国家安定，就没有倾覆的危险。

[19] 夫如是：即如此、这样的意思。夫，句首语气词。如是，如此。

[20] 修文德以来之：修治文教德政来使他归服。文，文教，指礼乐。来，使……来（归附）。

[21] 相（xiàng）：辅佐。

[22] 萧墙：国君宫门内迎门的小墙，又叫作屏。因古时臣子朝见国君，走到此必肃然起敬，故称"萧墙"。萧，古通"肃"。这里借指宫廷。

【解读】

季氏伐颛臾一事，是在"陪臣执国政"的鲁国的特殊背景下发生的。"陪臣"指的是孟孙氏、叔孙氏、季孙氏三家。他们的先祖即庆父、叔牙和季友都是鲁桓公（前731—前694在位）的儿子、鲁庄公（前693—前662在位）的弟弟，号称"三桓"。到孔子这时，"三桓"执鲁国国政已达一百六七十年之久。在这一百多年间，公室（鲁君）和私室（三桓）之间的主要斗争有：一、公元前594年（鲁宣公十五年）针对三家分地扩展颁布了"税亩"制度；二、公元前562年（鲁襄公十一年）三家"作三军，三分公室，各有其一"；三、公元前517年（鲁昭公二十五年）欲诛季，三桓联合进攻，昭公被迫逃亡。这斗争一直持续到战国初年，《史记·鲁周公世家》说："悼公之时，三桓胜，鲁如小侯，卑于三桓之家。"

孔子一贯反对"陪臣执国政"，对三桓的指责在《论语》中就有许多记载。文章主要记录了孔子就季氏将伐颛臾这件事发表的三段议论。第一段话说明了他反对季氏攻打颛臾的理由：一是"昔者先王以为东蒙主"，即颛臾在鲁国一向有名正言顺的政治地位；二是"且在邦域之中矣"，即颛臾的地理位置本就在鲁国境内，对鲁国一向不构成威胁；三是"是社稷之臣也"，意即颛臾素来谨守君臣关系，没有攻打的理由。孔子的话体现了他治国以礼、为政以德的政治主张，反对强行霸道、诉诸武力。第二段孔子引用周任的名言。"陈力就列，不能者止"批评冉有、季路推卸责任的态度。第三段话孔子正面阐述他的政治主张。

此文是篇驳论，借对话形式展开批驳，破中有立，运用了历史材料，"昔者先王以为东蒙主"；现实事例，颛臾在"邦域之中""是社稷之臣"；名人名言，"周任有言曰：'陈力就列，不能者止。'"三种论据，立论坚实可靠，驳斥也有理有据。

文中的比喻句形象地表达了孔子的观点。"危而不持，颠而不扶，则将焉用彼相矣？"用盲人搀扶者的失职来比喻冉有、季路作为季氏家臣而没有尽到责任。"虎兕出于柙，龟玉毁于椟中"的比喻有双重喻义：一是将季氏比作虎兕，将颛臾比作龟玉。季氏攻打颛臾，好比虎兕跑出笼子伤人；颛臾如被攻灭，好比龟甲、玉石毁于盒中。二是将冉有、季路比作虎兕、龟玉的看守者，虎兕出柙伤人，龟玉毁于椟中，是看守者的失职。冉有、季路作为季氏家臣若不能劝谏季氏放弃武力，致使颛臾被灭，也是他们的失职。

文中有三处用了反诘句："何以伐为？""则将焉用彼相矣？""是谁之过与？"反诘句的运用使句子感情色彩强烈，批驳力较强；也使肯定的答案寓于反问当中，使肯定更为有力，语气亦更加含蓄，引人思索。

墨　子

墨子（约前476—前390），名翟（dí），相传为战国时期宋国人，后长期住在鲁国，战国初期著名的思想家、政治家、教育家。他出身于手工业者，传说曾做过宋国大夫，最初还学习过儒家学说，后来自创墨家学派。

《墨子》一书，主要部分是墨子本人思想活动的记录，由他的弟子和再传弟子整理而成，共71篇，现存53篇。《墨子》分两大部分：一部分是记载墨子言行，阐述墨子思想，主要反映了前期墨家的思想；另一部分一般称作《墨辩》或《墨经》，着重阐述墨家的认识论和逻辑思想，还包含许多自然科学的内容，反映了后期墨家的思想。

公　输

公输盘[1]为楚造云梯[2]之械，成，将以攻宋。

子墨子[3]闻之，起于鲁[4]，行十日十夜，而至于郢[5]，见公输盘。

公输盘曰："夫子何命焉为[6]？"

子墨子曰："北方有侮臣者，愿借子杀之。"公输盘不说[7]。

子墨子曰："请献十金。"

公输盘曰："吾义固[8]不杀人！"

子墨子起，再拜[9]，曰："请说之。吾从北方闻子为梯，将以攻宋。宋何罪之有[10]？荆国[11]有余于地而不足于民。杀所不足而争所有余，不可谓智[12]；宋无罪而攻之，不可谓仁[13]；知而不争[14]，不可谓忠；争而不得，不可谓强。义不杀少而杀众，不可谓知类[15]。"

公输盘服。

子墨子曰："然胡不已乎[16]？"

公输盘曰："不可，吾既已言之王矣。"

子墨子曰："胡不见我于王[17]？"

公输盘曰："诺！"

子墨子见王，曰："今有人于此，舍其文轩[18]，邻有敝舆而欲窃之；舍其锦绣，邻有短褐[19]而欲窃之；舍其粱肉[20]，邻有糠糟而欲窃之——此为何若[21]人？"

王曰："必为有窃疾矣。"

子墨子曰："荆之地方五千里，宋之地方五百里，此犹文轩之与敝舆也[22]；荆有云梦[23]，犀兕[24]麋鹿满之，江汉之鱼鳖鼋鼍[25]为天下富，宋所谓无雉兔鲋鱼者也，此犹粱肉之与糠糟也；荆有长松文梓楩楠豫章[26]，宋无长木[27]，此犹锦绣之与短褐也。臣以王吏之攻宋也，为与此同类。臣见大王之必伤义而不得。"

王曰："善哉！虽然，公输盘为我为云梯，必取宋。"

于是见公输盘。墨子解带为城，以牒[28]为械，公输盘九设攻城之机变，子墨子九距[29]之。公输盘之攻械尽，子墨子之守圉[30]有余。

公输盘诎[31]，而曰："吾知所以距子矣，吾不言。"

子墨子亦曰："吾知子之所以距我，吾不言。"

楚王问其故。

子墨子曰："公输子之意不过欲杀臣；杀臣，宋莫能守，乃可攻也。然臣之弟子禽滑厘[32]等三百人，已持臣守圉之器，在宋城上而待楚寇[33]矣。虽杀臣，不能绝也[34]。"

楚王曰："善哉！吾请无攻宋矣。"

子墨子归，过宋。天雨，庇其闾[35]中，守闾者不内[36]也。

故曰：治于神者，众人不知其功。争于明者，众人知之。

【注释】

[1] 公输盘：鲁国人，公输是姓，盘是名，也写作"公输班"或"公输般"。能造奇巧的器械，有人说他就是传说中的鲁班。

[2] 云梯：攻城的器械，因其高而称为云梯。

[3] 子墨子：指墨翟。前一个"子"是学生对墨子的尊称。后一个是当时对男子的称呼。

[4] 起于鲁：从鲁国出发。起，起身，出发。于，从。

[5] 至于郢(yǐng)：到达郢这个地方。至于，到达。郢，春秋战国时楚国国都，在湖北江陵。

[6] 何命焉为：有什么见教呢？命，教导，告诫。"焉"与"为"两字都是表达疑问语气的句末助词，合用，同"吗"。

[7] 说：通"悦"，高兴，愉快。

[8] 固：坚决。

[9] 再拜：又拜。

[10] 何罪之有：即"有何罪"，有什么罪呢？

[11] 荆国：楚国的别称。

[12] 智：聪明。

[13] 仁：对人亲善、友爱。

[14] 知而不争（zhèng）：知道这道理而不对楚王谏诤。

[15] 知类：明白事理。类，对事物作类比进而明白它的事理。

[16] 然胡不已乎：但是，为什么不停止（攻打宋国的计划）？然，但是，如此。胡，为什么。已，停止。

[17] 胡不见我于王：为什么不向楚王引见我呢？胡，为什么。见，引见。

[18] 文轩：装饰华美的车。文，彩饰。轩，有篷的车。

[19] 褐：粗布衣服。

[20] 粱肉：好饭好菜。

[21] 何若：什么样的。

[22] 此犹文轩之与敝舆也：这就好像装饰华美的车子与破烂车子相比一样。犹……之与……也，好像……同……相比，固定用法，下同。

[23] 云梦：楚国的大泽。

[24] 犀兕（sì）：犀牛。犀，雄性犀牛。兕，雌性犀牛。

[25] 鼋（yuán）鼍（tuó）：大鳖和鳄鱼。鼍，鳄鱼的一种，俗称猪婆龙。

[26] 长松文梓楩（pián）楠豫章：大松树、梓树、黄楩木、楠木、樟树。这几种都是有用或名贵的木材。

[27] 长木：多余的木材。长，多余的。形容宋国小而穷。

[28] 牒：木片。

[29] 距：通"拒"，抵御。

[30] 守圉（yǔ）：守卫。圉，通"御"，抵挡。

[31] 诎：通"屈"，理屈，折服。此处指公输盘攻城之法穷尽。

[32] 禽滑厘：人名，魏国人。墨子弟子。

[33] 寇：入侵。

[34] 虽杀臣，不能绝也：即使杀了我，也不能杀尽（宋国的抵抗者）。

[35] 闾（lú）：里门。

[36] 内：同"纳"。

【解读】

公元前 440 年前后，楚国准备攻打宋国，请著名工匠公输盘制造攻城的云梯等器械。墨子正在家乡讲学，听到消息后非常着急。他一面安排大弟子禽滑厘带领三百名精壮弟子，帮助宋国守城；一面亲自出马劝阻楚王。本文记述了墨子出使楚国，用自己的智慧说服楚国大夫公输盘和楚国国王放弃意欲侵略宋国的企图。《公输》为后人添加的题目，取的是本篇文章的前两个字。文章主要是通过对话形式，出色地表现了墨子的机智勇敢和反对攻伐的精神，同时也暴露了公输盘和楚王的阴险狡诈，是墨子"兼爱""非攻"主张生动而又具体的体现。

在这篇文章里，墨子对战争的性质是看得比较清楚的。他能明确指出楚攻宋之不义，因而他不辞辛劳，长途跋涉赶到楚国都城，以实际行动去制止战争的发生。正因为墨子站在正义一边，所以自始至终，都以主动进攻的姿态向公输盘及其主子楚王进行了无可调和的斗争，而且理直气壮，义正词严。要想制止这场战争的发生，是一件极为不易的事。然而墨子终于制止了这场战争。这固然同墨子的机智善辩颇有关系，但更重要的却在于他能够针对敌方的要害展开攻势。

首先，他从道义上击败敌人。墨子至楚后，公输盘问他为何而来，他说："北方有侮臣者，愿借子杀之。"先是使得公输盘"不说（悦）"，继而逼出"吾义固不杀人"。但公输盘只知道杀一人谓之不义，却不知兴师攻宋杀更多的人，是更大的不义。所以墨子接着指出："义不杀少而杀众，不可谓知类。"把公输盘说得哑口无言。在十分狼狈的情况下，公输盘不得不把责任转嫁到楚王身上。墨子见楚王，同样采取了"以子之矛攻子之盾"的办法，从道义上谴责楚攻宋之不义。他以富人盗窃穷人为喻，问楚王"此为何若人"，使楚王承认并说出此人"必为有窃疾矣"。既然承认这种人"有窃疾"，那么楚以富有之国而攻伐贫穷之宋，正"为与此同类"。在墨子强有力的论据面前，楚王也不得不诺诺称是。公输盘的"义不杀少而杀众"和楚王以富窃贫，在道义上都是站不住的，因而他们理屈词穷，弄得尴尬不堪，从而说明对于强大而又顽固之敌，只是在道义上攻破它还是远远不够的。与此同时，还必须在实力上同敌人较量，并压倒它，才有可能迫使侵略者放弃勃勃野心。墨子意

先秦

识到了这一点。因而他"解带为城，以牒为械。公输盘九设攻城之机变，子墨子九距之。公输盘之攻械尽，子墨子之守圉有余"。这虽然还只是停留于近乎纸上谈兵，然而却是一次战术上的较量，在较量中大大灭了公输盘仗恃云梯之械攻宋的嚣张气焰。公输盘虽被挫败，但侵宋之心仍然不死。直到墨子说出即使把"我"杀掉，"然臣之弟子禽滑厘等三百人，已持臣守圉之器，在宋城上而待楚寇矣"之时，在实力的对抗之下，才使公输盘和楚王死了攻宋之心。

全篇看来，文章先写墨子以理说服公输盘；其次指责楚王攻宋之不智，楚王虽理屈词穷，但攻宋之心仍不死；末写挫败公输盘的进攻，并揭穿其阴谋，告以宋国早有准备，迫使楚王放弃用兵，层次清楚，结构紧密完整。文章采取类推的说理方法，加之排比、比喻，使文章生动活泼，逻辑性强，具有说服力。末段写墨子与公输盘较量，朴实无华，却极有力量。全文通过墨子的言论行动来刻画人物，形象鲜明突出。

孟子（约前372—前289），名轲，字子舆，战国时邹（现在山东邹城市）人。著名的思想家、教育家、文学家。是孔子之后儒家学派的主要代表人物。孟子曾周游列国，不为诸侯所用，退而与弟子发扬孔子的学说，被推尊为"亚圣"。作《孟子》七篇，包括《梁惠王》《公孙丑》《滕文公》《离娄》《万章》《告子》《尽心》。

《孟子》是记载孟子的思想言论、政治活动的书，是儒家的重要学术著作，相传为孟子及其弟子万章等著。今存七篇，长于言辞，善于用比喻说理，其文气势磅礴，论证严密，富于感染力和说服力，对后世散文的发展有很大的影响。

孟　子

天时不如地利

孟子曰："天时不如地利[1]，地利不如人和[2]。三里之城[3]，七里之郭[4]，环[5]而攻之而不胜。夫环而攻之，必有得天时者矣，然而不胜者，是天时不如地利也。城非不高也，池[6]非不深也，兵革非不坚利也，米粟非不多也，委而去之[7]，是地利不如人和也。故曰：域民不以封疆之界[8]，固国不以山溪之险[9]，威天下不以兵革之利[10]。得道者多助，失道者寡助；寡助之至[11]，亲戚畔[12]之，多助之至，天下顺[13]之。以天下之所顺，攻亲戚之所畔，故君子有不战，战必胜矣[14]。"

【注释】

[1] 天时：指适宜于作战的时令、气候条件。地利：指有利于作战的地理位置。

[2] 人和：指得民心，上下团结一致。

[3] 三里之城：周围三里的城。

[4] 郭：外城。

[5] 环：围的意思。

[6] 池：指护城河。

[7] 委：抛弃。去：离去。

[8] 域民不以封疆之界：域，地域，这里当动词用。以，用。封疆之界，划定的边疆界线。这句大意是，使人民定居于本国境内，不必靠国家边界的限制。

[9] 固国：巩固国防。这句意思是，要想巩固国防，不必靠山川的险阻。

[10] 这句是说，要威信于天下，不必靠武力的强大。

[11] 之至：达到极点。

[12] 畔：同"叛"。

[13] 顺：服从。

[14] 故君子有不战，战必胜矣：得道的国君有不战之时，一旦战争，则必定胜利。

【解读】

本文选自《孟子·公孙丑下》，是孟子民本思想的代表作之一。

本文开宗明义，通过两个对比，突出人和在天时和地利中的重要性，不仅观点明确而且统领全篇。接下来从事实论证人和的重要。"一个方圆三里的小城，它的外城有七里，敌人包围进攻它而不能取胜。能取胜，是得到了有利的天时，不能取胜，这说明把握天时不如占有地利。城墙并不是不高，护城河并不是不深，武器装备并不是不坚固锋利，粮草并不是不充足，但是守城者弃城逃跑，是因为地利不如人和啊。"双重否定的句式，突出"地利"的优越，但战而不胜，更突出"人和"的可贵。作者以"故曰"承上启下，开始道理论证："要使人民定居，不能单靠划定的边疆界限；要巩固国防，不能只凭山河的险要；要震慑天下，不能依仗兵甲的锋利。"后文是全文的点睛之笔："得道者多助，失道者寡助。"施行仁政、拥有正义就会得到许多人的帮助，不施行仁政，失去正义，就少有人帮助他。下面继续深入阐述，"少有人帮助到极点，连亲戚都会背叛他，得到许多人帮助到极点，天下人都会归顺他。以天下都归顺的力量去攻打众叛亲离的人，要么不打仗，如打则必胜。"以"多助"和"寡助"的结果做一番鲜明对比，自然得出结论"君子有不战，战必胜矣"。

全文摆事实，讲道理，层层递进，阐明"天时不如地利，地利不如人和"，而获得人和就要实行仁政，因为"得道者多助，失道者寡助"。人民要安乐，战争要取胜，都归结于国君一人身上。这里虽有民本主义的光辉思想，也有一人天下的封建糟粕。

本文语言精练，气势充沛，论证严密，结构严整，不愧是一篇传诵古今的政治短论。

鱼我所欲也

鱼，我所欲也；熊掌[1]，亦我所欲也；二者不可得兼，舍鱼而取熊掌者也。生，亦我所欲也；义，亦我所欲也；二者不可得兼，舍生而取义者也。生亦我所欲，所欲有甚于生者，故不为苟得[2]也。死亦我所恶，所恶有甚于死者，故患有所不辟也[3]。如使人之所欲莫甚于生，则凡可以得生者，何不用也[4]？使人之所恶莫甚于死者，则凡可以辟患者，何不为也？由是则生，而有不用也；由是则可以辟患，而有不为也[5]。是故所欲有甚于生者，所恶有甚于死者。非独贤者有是心也，人皆有之，贤者能勿丧耳。

一箪[6]食，一豆[7]羹，得之则生，弗得则死；呼尔[8]而与之，行道之人[9]弗受，蹴[10]尔而与之，乞人不屑[11]也。万钟[12]则不辨礼义而受之，万钟于我何加[13]焉？为宫室之美，妻妾之奉，所识穷乏者得[14]我与？乡[15]为身死而不受，今为宫室之美为之；乡为身死而不受，今为妻妾之奉为之；乡为身死而不受，今为所识穷乏者得我而为之：是亦不可以已[16]乎？此之谓失其本心[17]。

【注释】

[1] 熊掌：熊的脚掌，是一种非常珍贵的食品。

[2] 苟得：苟且获得。指生存。

[3] 患：指祸患。辟：同"避"。

[4] 何不用也：有什么手段不可采用呢？指即将不择手段。

[5] 此四句意思是说，事实上有这样的情况：有时通过某一方法可以保全生命，然而人们却不愿意采用这种方法；通过某种行动可以逃避患难，人们却不愿实施这种行为。

[6] 箪（dān）：盛食物的竹器。

[7] 豆：此指古代用来盛肉或羹的木器。

[8] 呼尔：轻蔑或粗暴地呼喊。尔，语气助词。

[9] 行道之人：过路的行人。

[10] 蹴（cù）：践踏。

[11] 不屑：不以为洁，即不愿接受。屑，洁。

[12] 万钟：指优厚的俸禄。钟，古量器名，六斛四斗为一钟。

[13] 何加：有什么益处？

[14] 得：同"德"，感激。

[15] 乡：同"向"，向来。

[16] 已：止，罢休。

[17] 本心：指羞恶之心。

【解读】

本篇选自《孟子·告子上》。孟子阐述了义重于利、义重于生的观点，劝导人们辨别义和利孰轻孰重，热情地赞美了"舍生取义"的精神。

孟子循序渐进，他从日常生活小事说起，"鱼我所欲""熊掌亦我所欲"，二者不可兼得故取更美味的熊掌，然后转入对人生价值的讨论。"生我所欲""义亦我所欲"，当二者不能兼得时取更有价值的义。在这里，孟子运用了比喻，以鱼喻生，以熊掌喻义，从口腹之欲自然过渡到人生价值的讨论上，使人不觉突兀。同时，义重于生也是孟子"性善论"的主要内容之一。

接下来，孟子围绕"舍生取义"这个论点反复论证。首先从正面论述，指出"生亦我所欲"，然而"欲有甚于生者"是义；"死亦我所恶"，然而"恶有甚于死者"是不义。生死对每个人固然重要，但更重要的"义"才是做事选择的标准。其次，作者以假设的方式指出，"舍生取义"是人的本心。所以，人们在生与义不能得兼时，宁可取义，也不愿苟且偷生；在死和不义不能同时避开时，宁可赴死，也不愿躬行不义。世人的行为有贤与不肖、义与不义的区别，是因为贤者能坚持舍生取义，一般人则因环境的改变，而"失其本心"。这也是孟子要求人们要注意提高修养，坚持学习。

紧接着，孟子指出，箪食豆羹，得之则生，弗得则死。但如果施予者态度不好，被施予者，即使是处在社会最底层的乞丐，也宁死而不受食。因为这种"嗟来之食"，将陷自身于不义，人们天生的羞耻之心阻止自己这样做。

反之，万钟之粟，得之虽可增宫室之美、妻妾之奉，还可使穷乏者感激自己，弗得却也不致有生命之虞。然而某些昔日宁死不受嗟来之食的人，此时却不辨礼义受之。为什么会出现这种现象？孟子这样解释道：这类人在无尽的利欲的引诱下丧失了本心。

最后，作者多用排比句，谴责了不义者，语气严峻，句句紧逼，表现了一种激愤和鄙夷。

本文深入浅出，层层对比，多用譬喻，把深刻的问题说得透彻明白。孟子提倡的"舍生取义"和孔子的"杀身成仁"，成为中华民族传统文化的精华，也激励着无数仁人志士，为国捐躯、慷慨赴难。

庄子（约前369—前286），战国时期思想家，是老子之后道家学派的代表。宋国蒙（今河南商丘市东北）人。出身没落贵族。曾做过蒙漆园吏，因厌恶政治生活，终身不仕。庄子的思想在《庄子》中得到了完整的体现，总体来说，包括以道为本、安命无为、逍遥而游、万物为一、体道求真五个方面。他承袭老子，把"道"作为天地万物的根本，主张无为以求得精神解脱。

《庄子》又名《南华经》，道家经典之一，是庄子及其弟子、后学所著，现存三十三篇，包括《内篇》七篇，《外篇》十五篇，《杂篇》十一篇。《庄子》其文汪洋恣肆，意象万千，极具文学色彩。《庄子》在我国古代哲学、宗教和文学史上，都占有极为重要的地位，后被奉为道教的经典之一。其文章想象奇幻，善用神话传说和寓言故事进行说理，富有浪漫主义色彩。

庄　子

逍 遥 游

北冥[1]有鱼，其名为鲲。鲲之大，不知其几千里也；化而为鸟，其名为鹏。鹏之背，不知其几千里也；怒而飞，其翼若垂天之云。是鸟也，海运[2]则将徙于南冥。南冥者，天池也。《齐谐》[3]者，志怪者也。《谐》之言曰："鹏之徙于南冥也，水击三千里，抟扶摇[4]而上者九万里，去以六月息[5]者也。"野马[6]也，尘埃也，生物之以息相吹[7]也。天之苍苍，其正色邪？其远而无所极邪？其视下也，亦若是则已矣。且夫水之积也不厚，则其负大舟也无力。覆杯水于坳堂之上，则芥为之舟，置杯焉则胶，水浅而舟大也。风之积也不厚，则其负大翼也无力。故九万里则风斯在下[8]矣，而后乃今培风[9]；背负青天而莫之夭阏[10]者，而后乃今将图南。蜩与学鸠[11]笑之曰："我决起而飞，抢榆枋而止[12]，时则不至，而控于地而已矣；奚以之九万里而南为！"适莽苍[13]者，三餐而反，腹犹果然；适百里者，宿舂粮；适千里者，三月聚粮。之二虫[14]又何知！小知不及大知[15]，小年不及大年[16]。奚以知其然也？朝菌[17]不知晦朔，蟪蛄[18]不知春秋，此小年也。楚之南有冥灵[19]者，以五百岁为春，五百岁为秋；上古有大椿者，以八千岁为春，八千岁为秋，此大年也。而彭祖[20]乃今以久特闻，众人匹之[21]，不亦悲乎？

汤之问棘[22]也是已："穷发[23]之北，有冥海者，天池也。有鱼焉，其广数千里，未有知其修者，其名为鲲。有鸟焉，其名为鹏，背若泰山，翼若垂天之云；抟扶摇羊角[24]而上者九万里，绝云气，负青天，然后图南，且适南冥也。斥鷃[25]笑之曰：'彼且奚适也！我腾跃而上，不过数仞而下，翱翔蓬蒿之间，此亦飞之至也。而彼且奚适也！'"此小大之辨也。

故夫知效一官[26]，行比一乡[27]，德合一君，而征一国[28]者，其自视也亦若此矣。而宋荣子犹然笑之[29]。且举世誉之而不加劝，举世而非之而不加沮，定乎内外之分，辨乎荣辱之境，斯已矣；彼其于世，未数数[30]然也。虽然，犹有未树[31]也。夫列子御风而行，泠然善也[32]，旬有五日而后反；

彼于致福者，未数数然也。此虽免乎行，犹有所待者也^[33]。若夫乘天地之正^[34]，而御六气之辩^[35]，以游无穷^[36]者，彼且恶乎待哉^[37]！故曰：至人无己^[38]，神人无功，圣人无名。

尧让天下于许由^[39]，曰："日月出矣，而爝火^[40]不息；其于光也，不亦难乎！时雨降矣，而犹浸灌；其于泽也，不亦劳乎！夫子立而天下治，而我犹尸之，吾自视缺然，请致天下。"许由曰："子治天下，天下既已治也；而我犹代子，吾将为名乎？名者，实之宾也；吾将为宾乎？鹪鹩巢于深林，不过一枝；偃鼠饮河，不过满腹。归休乎君，予无所用天下为！庖人虽不治庖，尸祝不越樽俎而代之矣！"

肩吾问于连叔^[41]曰："吾闻言于接舆^[42]，大而无当，往而不反；吾惊怖其言，犹河汉而无极也；大有径庭^[43]，不近人情焉。"连叔曰："其言谓何哉？"曰："藐姑射之山^[44]，有神人居焉；肌肤若冰雪，淖约若处子^[45]，不食五谷，吸风饮露，乘云气，御飞龙，而游乎四海之外；其神凝^[46]，使物不疵疠^[47]而年谷熟。吾以是狂^[48]而不信也。"连叔曰："然。瞽者无以与乎文章之观^[49]，聋者无以与乎钟鼓之声。岂唯形骸有聋盲哉？夫知^[50]亦有之。是其言也，犹时女也^[51]。之人也，之德也，将旁礴万物以为一，世蕲乎乱，孰弊弊焉以天下为事^[52]！之人也，物莫之伤：大浸稽天而不溺^[53]，大旱金石流、土山焦而不热。是其尘垢秕糠，将犹陶铸尧舜者也，孰肯分分然以物为事^[54]！"宋人资章甫而适诸越^[55]，越人断发文身^[56]，无所用之。尧治天下之民，平海内之政，往见四子^[57]藐姑射之山、汾水之阳^[58]，窅然丧其天下焉^[59]。

惠子^[60]谓庄子曰："魏王^[61]贻我大瓠之种，我树之成而实五石^[62]。以盛水浆，其坚不能自举也。剖之以为瓢，则瓠落无所容。非不呺然^[63]大也，吾为其无用而掊^[64]之。"庄子曰："夫子固拙于用大矣！宋人有善为不龟^[65]手之药者，世世以洴澼絖^[66]为事。客闻之，请买其方百金。聚族而谋曰：'我世世为洴澼絖，不过数金；今一朝而鬻技百金，请与之。'客得之，以说吴王。越有难，吴王使之将，冬与越人水战，大败越人，裂地而封之。能不龟手一也；或以封，或不免于洴澼絖，则所用之异也。今子有五石之瓠，何不虑以为大樽而浮乎江湖^[67]，而忧其瓠落无所容；则夫子犹有蓬之心^[68]也夫！"

惠子谓庄子曰："吾有大树，人谓之樗^[69]。其大本拥肿而不中绳墨，其小枝卷曲而不中规矩。立之途，匠者不顾。今子之言，大而无用，众所同去^[70]也。"庄子曰："子独不见狸狌^[71]乎？卑身而伏，以候敖者^[72]；东西跳梁^[73]，不辟^[74]高下，中于机辟^[75]，死于网罟。今夫斄牛^[76]，其大若垂天之云；此能为大矣，而不能执鼠。今子有大树，患其无用，何不树之于无何有之乡，广莫之野，彷徨乎无为其侧，逍遥乎寝卧其下；不夭斤斧，物无害者。无所可用，安所困苦哉？"

【注释】

[1] 北冥：北冥即北海。海水甚深而呈黑色，故称"溟"。

[2] 海运：海浪波动。海动时必有大风，鹏即乘此风徙往南海。

[3] 《齐谐》：书名，齐国谐隐之书。

[4] 抟（tuán）扶摇：抟，环绕，盘旋。扶摇，急剧盘旋在上空的暴风。

[5] 六月息：息，气息，指风。六月息即六月的风。

[6] 野马：春天阳气发动，远远望去，林莽之间，水气升腾，有如奔马，称作野马。

[7] 生物之以息相吹：此句综上大鹏乘旋风而上天，林泽之间蒸气升腾，尘土在空中飘荡，皆被生物的气息吹动而致。

[8] 风斯在下：此句说大鹏能飞上九万里的高空，是因为下面有着强劲的风力托着它。

[9] 培风：即凭风，乘风。

[10] 夭阏（è）：阻碍。

[11] 蜩（tiáo）：蝉。学鸠：指小鸟。

[12] 我决起而飞，抢榆枋而止：决，迅疾。抢榆枋，碰到榆树和枋树（檀木）而停下来。

[13] 莽苍：这里指近郊的林野。因郊野草莽一片苍色，故以莽苍代指郊野。

[14] 之二虫：之，此。二虫，指蜩与学鸠。

[15] 小知不及大知："知"同"智"。

[16] 小年不及大年：小年，寿命短的；大年，寿命长的。

[17] 朝菌：天阴时粪上所生之大芝，见到太阳则死。

[18] 蟪蛄：寒蝉，春生夏死，夏生秋死，故不知有春又有秋。

[19] 冥灵：溟海灵龟。

[20] 彭祖：传说中长寿的人。

[21] 匹之：和他相比。匹，比。

[22] 棘：即《列子·汤问篇》之夏革，商汤时贤大夫。"革""棘"在古代可以通用。

[23] 穷发：不毛之地。发，指草木。

[24] 羊角：旋风。

[25] 斥鴳（yàn）：斥，池塘。鴳，小雀。

[26] 知效一官：才智达到胜任一官的职守。知，同"智"。

[27] 行比一乡："比"同"庇"，人行事仅能庇护一乡之人。

[28] 德合一君，而征一国：此人的德行仅能投合一个国君的心意，取得一国的人的信任。征，取信。

[29] 宋荣子：宋国人，姓荣，"子"是尊称。或云姓宋，名荣。战国时稷下早期学者。犹然：喜笑自得的样子。

[30] 数（shuò）数：迫切的样子。

[31] 未树：未曾树立的，这里指树立逍遥之趣。

[32] 列子：姓列，名御寇，战国时思想家。泠然：轻巧的样子。

[33] 此虽免乎行，犹有所待者也：意思是说，列子能御风而行，虽然可免于步行，还必有待于风。

[34] 乘天地之正：顺着自然的规律。正，即是规律、法则。

[35] 御六气之辩：驾驭着六气的变化。六气，阴阳风雨晦明。辩，通"变"。

[36] 游无穷：遨游于无穷的宇宙之中。

[37] 恶（wū）乎待哉：恶乎待，即何所待，此为反诘句，意即无所待。

[38] 至人无己：至人，修养最高的人。无己，能任顺自然，忘了自己。

[39] 许由：古代传说中的高士，字武仲。

[40] 爝（jué）火：火把，小火。

[41] 肩吾、连叔：旧说二人为"古之怀道者"。怀疑是作者虚构的人物。

[42] 接舆：为楚国的狂士，见《论语·微子》。接舆因接孔子之舆而得名，亦是寓言人物。《庄子》此处引述其所说的话，皆为假托之辞。

[43] 径庭：亦作"径廷"，意为相隔之遥远。

[44] 藐姑射（yè）之山：传说中的仙山名。

[45] 淖约：同"绰约"，形容体态柔美。处子：即处女。

[46] 神凝：精神专注。

[47] 疵疬（lì）：疾病。

[48] 狂："诳"的假借字。

[49] 与（yù）乎文章之观（guàn）：参与有文采的东西的鉴赏。

[50] 知：同"智"。

[51] 是其言也，犹时女也：时，同"是"。女，同"汝"。"其言"指上文"心智亦有聋盲"而言。"犹时女也"即"犹是汝也"，谓此言乃说汝也，指肩吾以接舆说藐姑射山神人之事为诳而不信，有似心智聋盲。

[52] 旁礴：通"磅礴"，混同之意。薪：同"祈"。弊弊焉，忙碌疲惫的样子。此三句谓神人之德足以混万物为一体，而世人争功求名，纷扰不已，他怎肯忙忙碌碌、疲惫不堪地去管天下的俗事呢？

[53] 大浸稽天而不溺：大浸，大水。稽天，至于天。溺，淹没。

[54] 尘垢秕糠：皆鄙贱之物，意同糟粕。纳黏土于模型烧成瓦器曰陶，熔解金属制成器物曰铸。分分：同"纷纷"。此三句的意思是说，这个神人身上的尘垢糟粕都将陶铸出尧、舜来，他哪里还肯去纷纷扰扰地以外物为事呢？

[55] 宋人资章甫而适诸越：资，贩卖。章甫，冠名。诸越，即於越。"诸""於"在古代通用，越人自称"於越"，居今浙江绍兴一带。

[56] 断发文身：剪短头发，身刺花纹。

[57] 四子：相传指王倪、啮缺、被衣、许由。但此是庄子寓言，四子亦本无其人，不必坐实。

[58] 汾水之阳：水北曰"阳"，地名平阳，在今山西省临汾市西南部，曾为尧都。

[59] 窅（yǎo）然丧其天下焉：窅然，怅然。丧其天下，茫然忘其身居天下之统治地位。此处以宋人比喻尧，以章甫比喻天下之位，以"越人无所用之"，比喻四子无所用于天下。尧见四子，为其所化，故亦自失其有天下之尊。

[60] 惠子：即惠施，宋国人，曾为魏相，与庄子为友。是战国时哲学家。

[61] 魏王：即魏惠王。因魏迁都大梁（今河南开封），故又称作梁惠王。

[62] 瓠（hù）：葫芦。树：种。实五石：其中能容纳五石。石（dàn）：

一石为十斗。

[63] 呺（xiāo）然：形容物件虽巨大却很空虚。

[64] 掊（pǒu）：击破。

[65] 龟（jūn）：同"皲"，指皮肤受冻而裂。

[66] 洴（píng）澼（pì）絖（kuàng）：漂洗棉絮。絖，同"纩"，细棉絮。

[67] 虑：结缀，缚系。大樽：盛酒的器具，缚在身上，可自渡江湖。古所谓腰舟，类似今日之救生圈。

[68] 蓬之心：指心思茅塞不通。蓬，草名，弯曲不直的样子。

[69] 樗（chū）：亦称臭椿，一种劣质大木。

[70] 去：弃。

[71] 狸狌（shēng）：狸，野猫。狌，黄鼠狼。

[72] 敖者：指出游的小动物，是狸狌取食的对象。敖，同"遨"，出游。

[73] 跳梁：同"跳踉"，腾跃跳动。

[74] 辟：同"避"。

[75] 机辟（bì）：捕捉鸟兽的机关。

[76] 斄（lí）牛：牦牛，出产于我国西南部。

【解读】

逍遥游，是无所依赖、绝对自由地遨游永恒的精神世界。

庄子聪明绝顶，学富五车，但腐败的现实社会使他无法或不屑于施展他的抱负。他追求自由的心灵只能在幻想的天地里逍遥游荡，在绝对自由的境界里寻求解脱。

文章开始即运用寓言，通过具体事物说明：无论是"扶摇直上"的乘天大鹏，还是"决起而飞"的蓬间小雀，也无论是"不知晦朔"的短命朝菌，还是"春秋八千"的长寿大椿，它们虽有大小之分、长短之别，却有所依赖，不是逍遥游。那些为世所累的"知效一官，行比一乡，德合一君，征一国者"固然不能无所待，就是"定乎内外之分，辨乎荣辱之境"的宋荣子仍是"犹有所待"。能够顺着自然规律，不受时间、空间限制的，才是真正的逍遥游。唯有无己的至人，无功的神人，无名的圣人，即任乎自然，顺乎天理，把自身、功德、名望都看作虚幻之物的人才能绝对自由地作逍遥游。

接下来庄子以寓言和传说论证"至人无己，神人无功，圣人无名"。尧让天下于许由，阐述无名。"肌肤若冰雪，淖约若处子"的至美神人，是庄子"无己"思想的形象体现。人一旦忘却了自身的形骸，像神人一样，进入"无己"境地，精神上就会获得彻底自由，不为世俗羁绊，达到凡人无法企及的高度。这是庄子绝对自由理想的极致体现。最后庄子与惠子关于"用大"的两段辩论，着重说明"无功"。无功思想的核心是无用之用。庄子认为，只有对外无用，才能免于祸患。同时，庄子还创造出纯粹幻想中的"无何有之乡""广莫之野"的理想之境和"彷徨乎无为其侧，逍遥乎寝卧其下"的自我形象，与现实针锋相对。这反映了庄子落落不群、深邃超然的内心世界以及他对理想世界和理想人格的憧憬。

庄子的这篇文章借助于一系列虚幻的故事和形象，否定了所待的自由，提出了一个无所待、无所限的绝对自由境界，又创造了一个神人形象使其具体化，并且认为"无为"是达到这一自由境界的途径。

庄子运用想象创造了雄健的大鹏、长寿的大椿、超然美丽的神人等形象，表现了他的独具匠心。利用幻想之物、之境表达内心的不满和超脱可谓庄子的独特之处。

文章语言优美，生动形象，读之如入绝美缥缈、浪漫而奔放之境，动静结合，给人以美的享受。但我们要透过这些表象看到庄子对现实的强烈不满及渴望绝对自由、从凡世中解脱出来的理想。

屈　原

　　屈原（约前340—约前278），芈姓屈氏，名平，字原，又自云名正则，字灵均，战国末期楚国丹阳（今湖北秭归）人。楚武王熊通之子屈瑕的后代。自称颛顼的后裔。屈原早年受楚怀王信任，任左徒、三闾大夫，常与怀王商议国事，主张楚国与齐国联合，共同抗衡秦国。后来由于自身性格耿直，加之他人谗言与排挤，屈原逐渐被楚怀王疏远，开始了流放生涯。屈原是中国最伟大的浪漫主义诗人之一，也是我国已知最早的著名诗人，世界文化名人。他创立了"楚辞"这种文体，也开创了"香草美人"的传统。

　　屈原的作品，根据刘向、刘歆父子的校定和王逸的注本，有25篇，即《离骚》1篇，《天问》1篇，《九歌》11篇，《九章》9篇，《远游》《卜居》《渔父》各1篇。

渔　父

屈原既放，游于江潭，行吟泽畔，颜色憔悴，形容枯槁。

渔父见而问之曰："子非三闾大夫[1]欤？何故至于斯？"

屈原曰："举世皆浊我独清，众人皆醉我独醒，是以见放。"

渔父曰："圣人不凝滞于物，而能与世推移。世人皆浊，何不淈[2]其泥而扬其波？众人皆醉，何不哺其糟而歠其醨[3]？何故深思高举[4]，自令放为？"

屈原曰："吾闻之，新沐者必弹冠，新浴者必振衣；安能以身之察察[5]，受物之汶汶[6]者乎？宁赴湘流，葬于江鱼之腹中。安能以皓皓之白，而蒙世俗之尘埃乎！"

渔父莞尔而笑，鼓枻[7]而去，乃歌曰："沧浪[8]之水清兮，可以濯吾缨；沧浪之水浊兮，可以濯吾足。"遂[9]去，不复与言。

【注释】

[1] 三闾大夫：楚国官职名。掌管楚国王族屈、景、昭三大姓事务。

[2] 淈（gǔ）：搅浑。

[3] 哺（bǔ）：吃。歠（chuò）：饮。醨（lí）：薄酒。

[4] 高举：高出世俗的行为。

[5] 察察：洁净、清白。

[6] 汶（mén）汶：玷辱。

[7] 鼓枻（yì）：打桨。

[8] 沧浪：水名，汉水的支流，在湖北省境内。

[9] 遂：于是。

【解读】

《渔父》所记载的问答，是作者遭遇的一次外部思想交锋的体现。作者与渔父在湘水之畔不期而遇。

文章开篇即以萧淡的笔墨，形象描摹了屈原被逐江南的落魄情状，刻画了一位伟大逐臣的孤清身影。渔父的发问更说明了屈原处境的今非昔比。屈原的回答一针见血，开口即是"浊清""醉醒"的比兴，显得发愤而孤傲。如果说"我"与"举世""众人"的对立是表现了屈原的孤傲，还不如说是抒写了这位被旧世界驱逐的贞臣内心无限苍凉的悲愤。这样的一种景况，渔父在理解的基础上，也给予了反驳：世道既然如此黑暗，又有什么清浊曲直之分，还不如折节保身，谋它个同污共醉为好！针对渔父的驳难，屈原也提出了极为严肃的答复："新沐者必弹冠，新浴者必振衣。"这就从人所共知的常理上，驳倒了渔父的主张，提出了圣人与世推移之说的全部荒谬性。接下来的反驳更是既浅显又深刻，表现出诗人对人生哲理的深刻思考。然而，对于渔父的关切劝告，屈原又以"宁赴湘流，葬于江鱼之腹中"之语，表明其感激却不能接受的心态。

这样，一场关乎折节保身与舍生取义的问答，在屈原的坚持真理中告终，显示了屈原的崇高精神。而渔父也被感动，露出了晴朗的微笑，他所歌《沧浪》也在告诫人们保持清洁之行，不能为浊而自取其辱。

　　宋玉（约前298—约前222），又名子渊，战国时鄢（今襄阳宜城）人，楚国辞赋作家。生于屈原之后，或曰是屈原弟子。曾事楚顷襄王。好辞赋，为屈原之后辞赋家，与唐勒、景差齐名。相传所作辞赋甚多，《汉书·艺文志第十》录有赋16篇，今多亡逸。流传作品有《九辨》《风赋》《高唐赋》《登徒子好色赋》等。

宋　玉

登徒子好色赋

大夫登徒子[1]侍于楚王[2]，短[3]宋玉曰："玉为人体貌闲丽[4]，口多微辞[5]，又性好色。愿王勿与出入后宫。"

王以登徒子之言问宋玉。玉曰："体貌闲丽，所受于天也；口多微辞，所学于师也；至于好色，臣无有也。"王曰："子不好色，亦有说乎？有说则止[6]，无说则退。"玉曰："天下之佳人莫若楚国，楚国之丽者莫若臣里，臣里之美者莫若臣东家之子[7]。东家之子，增之一分则太长，减之一分则太短；著[8]粉则太白，施朱[9]则太赤；眉如翠羽，肌如白雪；腰如束素[10]，齿如含贝；嫣然一笑，惑阳城，迷下蔡[11]。然此女登墙窥[12]臣三年，至今未许[13]也。登徒子则不然：其妻蓬头挛[14]耳，龋唇历齿[15]，旁行踽偻[16]，又疥且痔[17]。登徒子悦之，使有五子[18]。王孰察[19]之，谁为好色者矣？"

是时，秦章华大夫在侧[20]，因进而称曰："今夫宋玉盛称邻之女，以为美色，愚乱之邪[21]；臣自以为守德，谓不如彼[22]矣。且夫南楚穷巷之妾[23]，焉足为大王言乎？若臣之陋，目所曾睹者，未敢云也。"王曰："试为寡人说之。"

大夫曰："唯唯。臣少曾远游，周览九土[24]，足历五都[25]。出咸阳[26]，熙邯郸[27]，从容郑卫溱洧之间[28]。是时向[29]春之末，迎夏之阳[30]，鸧鹒喈喈[31]，群女出桑[32]。此郊之姝[33]，华色含光[34]，体美容冶，不待饰装。臣观其丽者，因称诗[35]曰：'遵大路兮揽子袪[36]。'赠以芳华辞甚妙。于是处子悦若有望而不来[37]，忽若有来而不见[38]。意密体疏[39]，俯仰异观[40]；含喜微笑，窃视流眄[41]。复称诗曰：'寤春风兮发鲜荣[42]，洁斋俟兮惠音声[43]，赠我如此兮不如无生[44]。'因迁延而辞避[45]。盖徒以微辞[46]相感动。精神相依凭；目欲其颜[47]，心顾其义[48]，扬诗守礼[49]，终不过差[50]，故足称[51]也。"

于是楚王称善，宋玉遂不退。

【注释】

[1] 登徒子：复姓登徒，未知是否真有其人，可能仅为文学上的虚构角色。

[2] 楚王：这里指楚襄王。

[3] 短：这里指攻其所短。

[4] 闲丽：文雅英俊。

[5] 微辞：不满的话。

[6] 止：与下文"退"相对，指留下。

[7] 东家之子：东边邻家的女儿。

[8] 著（zhuó）：搭。

[9] 施朱：涂胭脂。

[10] 束素：一束白色生绢。这里形容腰细。

[11] 惑阳城，迷下蔡：使阳城、下蔡两地的男子着迷。阳城、下蔡是楚国贵族封地。

[12] 窥：偷看。

[13] 未许：不同意，没有答应。

[14] 挛（luán）：卷曲。

[15] 龃（yàn）唇历齿：稀疏又不整齐的牙齿露在外面。龃，牙齿外露的样子。历齿，形容牙齿稀疏不整齐。

[16] 旁行踽（jǔ）偻（lóu）：弯腰驼背，走路摇摇晃晃。踽偻，驼背。

[17] 又疥且痔：长满了疥疮和痔疮。

[18] 使有五子：使她生有五个儿女。

[19] 孰察：仔细端详。孰，通"熟"。

[20] 是时，秦章华大夫在侧：当时秦国的章华大夫正在楚国。章华，楚地名。这里是以地望代称。

[21] 愚乱之邪：美色能使人乱性，产生邪念。

[22] 彼：他，指宋玉。

[23] 南楚穷巷之妾：指楚国偏远之地的女子，也即"东邻之子"。

[24] 周览九土：足迹踏遍九州。九土，九州。

[25] 五都：五方都会，泛指繁盛的都市。

[26] 咸阳：当时秦国都城，故址在今陕西省咸阳市东北。

[27] 熙邯郸：在邯郸游玩。熙，游玩。邯郸，当时赵国都城，故址在今河北省邯郸市。

[28] 从容郑卫溱（zhēn）洧（wěi）之间：在郑卫两国的溱水和洧水边逗留。从容，逗留，停留。郑、卫，春秋时的两个国名，故址在今河南省新郑市到滑县、濮阳一带。溱、洧，郑国境内的两条河。《诗经·郑风·溱洧》写每年上巳节，郑国男女在岸边聚会游乐的情况。

[29] 向：接近，临近。

[30] 迎夏之阳：将有夏天温暖的阳光。迎，迎接，将要出现。

[31] 鸧（cāng）鹒（gēng）喈（jiē）喈：鸧鹒鸟喈喈鸣叫。

[32] 群女出桑：众美女在桑树间采桑叶。

[33] 此郊之姝（shū）：意指郑、卫郊野的美女。

[34] 华色含光：美妙艳丽，光彩照人。

[35] 称诗：称引《诗经》里的话。

[36] 遵大路兮揽子祛（qū）：沿着大路与心上人携手同行。祛，衣袖。《诗经·郑风·遵大路》："遵大路兮，掺执子之祛兮。"

[37] 怳（huǎng）：同"恍"。有望：有所期望。

[38] 忽：与"怳"为互文，恍惚，心神不定的样子。这两句是说，那美人好像要来又没有来，撩得人心烦意乱，恍惚不安。

[39] 意密体疏：尽管情意密切，但形迹却又很疏远。

[40] 俯仰异观：那美人的一举一动都与众不同。

[41] 窃视流眄（miǎn）：偷偷地看看她，她正含情脉脉，暗送秋波。

[42] 寐春风兮发鲜荣：万物在春风的吹拂下苏醒过来，一派新鲜茂密。寐，苏醒。

[43] 洁斋俟兮惠音声：那美人心地纯洁，庄重种持；正等待我惠赠佳音。斋，举止庄重。

[44] 赠我如此兮不如无生：似这样不能与她结合，还不如死去。

[45] 因迁延而辞避：她引身后退，婉言辞谢。

[46] 微辞：指没能找到打动她的诗句。注意，此处"微辞"与上文该词的意义不同。

[47] 目欲其颜：很想亲眼看她的容颜。

[48] 心顾其义：心里想着道德规范、男女之大防。

[49] 扬诗守礼：口诵《诗经》古语，遵守礼仪。

[50] 终不过差：最终没有什么越轨的举动。过差，过失，差错。

[51] 足称：值得称道。

【解读】

　　此赋作于战国后期楚襄王时期，当时楚国已处于衰落状态。相传此赋是作者为讽刺楚襄王的淫乐无度生活而作。

　　"登徒子"被作为好色之徒的代名词，便是从赋后始。其实此赋中登徒子，说他是一个谗巧小人还可，说其好色，则有些令人啼笑皆非。赋中写登徒子在楚王面前诋毁宋玉好色，宋玉则以东家邻女至美而其不动心为例说明他并不好色。又以登徒子妻奇丑无比，登徒子却和她生了五个孩子，反驳说登徒子才好色。作者描写的登徒子妻岂止是丑，简直令人恶心，而登徒子"悦之"，若好色如登徒子，可称为"色盲"。

　　其实，作者是根据《离骚》"众女嫉余之蛾眉兮，谣诼谓余以善淫"推而广之，目的是指斥嫉贤妒能的谗巧小人而已。同时，更是借章华大夫的"'发乎情，止乎礼'来假以为辞，讽于淫也"（李善《文选》本赋注），曲折地表达讽谏楚王之意。

　　此赋写了三种对待男女关系的态度：登徒子是女人即爱；宋玉本人是矫情自高；秦章华大夫则好色而守德。作者以第二种自居，是为了反击登徒子之流，实则作者赞同的是第三种，即"发乎情，止乎礼"，这种态度近于人性而又合乎礼制，是我国古代文人大夫对待两性关系代表性的态度。

　　此赋极尽刻画之形容，如："增之一分则太长，减之一分则太短；著粉则太白，施朱则太赤""眉如翠羽，肌如白雪，腰如束素，齿如含贝"。这种方法，继承了前人，如《诗经·卫风·硕人》："手如柔荑，肤如凝脂，领如蝤蛴，齿如瓠犀，螓首蛾眉"，只是此赋的描写更细腻更极尽刻画形容之能事。

　　《登徒子好色赋》问世以后，登徒子便成了好色之徒的代称。然而只要细读此文，就不难发现，登徒子既不追逐美女，又从不见异思迁，始终不嫌弃他那位容貌丑陋的妻子，这实在非常难得。登徒子在夫妻生活方面感情如此专一，绝非好色之徒所能办得到的，因而有必要澄清。

宋玉此赋之所以影响巨大，主要是因为作者巧妙地运用烘托的手法描绘了一幅美女的肖像。文中"东家之子"这段话不但一直被后世引用，而且还有人仿效其方法写作。如乐府民歌《陌上桑》在描写采桑女罗敷的美貌时，也采用了同样的手法。用此种烘托的手法去描写美女，可说已经成了一种传统的表现手法，追本溯源，盖出于宋玉的《登徒子好色赋》。

秦汉

秦汉文学是指从公元前 221 年秦始皇统一中国到 196 年汉末建安之前的秦、汉两朝的文学现象。

秦朝大一统中央集权国家的建立，并没有带来文学发展的春天，反倒是破坏了文化的传承，出现了文学的冷落局面，秦代文学家仅李斯一人，其《谏逐客书》流传千古。

400 余年两汉文学的发展呈现出蓬勃的生机与活力，比较有代表性的就是其史传散文，影响千年，其发端即是高潮。汉代散文，分为四类：

一、政论散文。汉初文士有战国游士的余风，喜欢奔走于诸侯、权贵之门，比较关心国家和社会的问题，并勇于发表自己的看法，这就促进了政论散文的发展。他们注意总结秦王朝由弱转强、政权得而复失的经验教训，对如何巩固汉王朝的统治，完善中央集权的政治制度，表达了自己的政治见解。这些政论文议论宏阔，说理畅达，感情充沛，富于文采，对唐宋以后散文创作有明显的影响，以贾谊、晁错等为代表。东汉政论文如《潜夫论》《政论》《昌言》等，继承西汉传统，反映了东汉中叶以后的各种社会矛盾和激烈的政治斗争。王充是东汉杰出的思想家，他的《论衡》是一部"疾虚妄"之书，对当时统治者所宣扬的神学迷信进行了有力的揭露和抨击。他还从这一精神出发，批判了当时"华而不实，伪而不真"的文风，并正面提出了一系列文学主张。

二、记事散文。汉代记事散文的重要作品有《燕丹子》，刘向的《烈女传》《新序》《说苑》，以及赵晔的《吴越春秋》、袁康的《越绝书》等。这些作品记载历史事实和人物，但杂入了民间传说，有的又加上了作者的想象和虚构，与"信史"不同，成为后世小说的滥觞。

三、抒情议理散文。战国时代，一些书信不仅注意用事实、道理说服对方，而且注意用感情打动对方。到了汉代，这类散文有了进一步发展。他们一般都是书信形式，有的偏重抒情，有的偏重议理，著名的有邹阳的《狱中上梁王书》、杨恽的《报孙会宗书》等，以司马迁的《报任安书》最为著名。

四、史传散文。汉武帝时，"建藏书之策，置写书之官，下及诸子传说，皆充秘府"（《汉书·艺文志》），这就为《史记》的写作准备了物质条件。司马迁独立完成了"网罗天下放失旧闻，考之行事，稽其成败兴坏之理""究天人之际，通古今之变，成一家之言"（《报任安书》）的《史记》，为中国古代历史文化的发展，竖立了一块丰碑。《史记》以人物传记为中心，开创了"纪传体"史学，鲁迅所说的"史家之绝唱，无韵之离骚"，正确地评价了司马迁在历史学和文学发展上的贡献。

《汉书》是东汉史传文学的代表。它沿袭《史记》体例而小有变动，记叙西汉的历史，开创了中国断代史的先河，其中有一些人物传记，详赡严密。旧时史汉、班马并称，说明《汉书》同《史记》一样对后世的史学和文学都产生了巨大的影响。

李斯（前280—前208），楚国上蔡（今河南省上蔡县）人，是秦朝著名的政治家、文学家和书法家。在诸子百家中，李斯和韩非师从荀子学习帝王之术，后来都成为法家学说的代表人物。司马迁著《史记》，将李斯和赵高并写于《李斯列传》。

李　斯

谏逐客书

　　臣闻吏议逐客，窃以为过矣。昔穆公求士，西取由余 [1] 于戎，东得百里奚 [2] 于宛，迎蹇叔 [3] 于宋，来邳豹 [4]、公孙支 [5] 于晋。此五子者，不产于秦，而穆公用之，并国二十，遂霸西戎。孝公用商鞅之法，移风易俗，民以殷盛，国以富强，百姓乐用，诸侯亲服，获楚、魏之师，举地千里，至今治强。惠王用张仪之计，拔三川之地 [6]，西并巴、蜀，北收上郡，南取汉中，包九夷 [7]，制鄢、郢，东据成皋 [8] 之险，割膏腴之壤，遂散六国之从，使之西面事秦，功施 [9] 到今。昭王得范雎 [10]，废穰侯 [11]，逐华阳 [12]，强公室，杜私门，蚕食诸侯，使秦成帝业。此四君者，皆以客之功。由此观之，客何负于秦哉！向使四君却客而不内 [13]，疏士而不用，是使国无富利之实，而秦无强大之名也。

　　今陛下致昆山之玉，有随、和之宝 [14]，垂明月之珠，服太阿 [15] 之剑，乘纤离 [16] 之马，建翠凤之旗 [17]，树灵鼍 [18] 之鼓。此数宝者，秦不生一焉，而陛下说 [19] 之，何也？必秦国之所生然后可，则是夜光之璧不饰朝廷，犀象之器 [20] 不为玩好，郑、卫之女不充后宫，而骏良駃騠 [21] 不实外厩，江南金锡不为用，西蜀丹青 [22] 不为采。所以饰后宫、充下陈 [23]、娱心意、说耳目者，必出于秦然后可，则是宛珠之簪 [24]，傅玑之珥 [25]，阿缟 [26] 之衣，锦绣之饰不进于前，而随俗雅化 [27]，佳冶窈窕，赵女不立于侧也。夫击瓮叩缶弹筝搏髀 [28]，而歌呼呜呜快耳者，真秦之声也；《郑》《卫》《桑间》《昭》《虞》《武》《象》者，异国之乐也。今弃击瓮叩缶而就《郑》《卫》，退弹筝而取《昭》《虞》，若是者何也？快意当前，适观而已矣。今取人则不然。不问可否，不论曲直，非秦者去，为客者逐。然则是所重者在乎色乐珠玉，而所轻者在乎人民也。此非所以跨海内、制诸侯之术也。

　　臣闻地广者粟多，国大者人众，兵强则士勇。是以太山 [29] 不让 [30] 土壤，故能成其大；河海不择 [31] 细流，故能就其深；王者不却 [32] 众庶，故能明其德。是以地无四方，民无异国，四时充美，鬼神降福，此五帝、三王之所以无敌也。今乃弃黔首^[33]以资敌国，却宾客以业^[34]诸侯，使天下之士退而不敢西向，裹足不入秦，此所谓"借寇兵而赍^[35]盗粮"者也。

夫物不产于秦，可宝者多；士不产于秦，而愿忠者众。今逐客以资敌国，损民以益雠^[36]，内自虚而外树怨于诸侯，求国无危，不可得也。

【注释】

[1] 由余：亦作"繇余"，戎王的臣子，是晋人的后裔，入秦后，受到秦穆公重用，帮助秦国攻灭西戎众多小国，称霸西戎。

[2] 百里奚（xī）：原为虞国大夫。晋灭虞被俘，后作为秦穆公夫人的陪嫁臣妾之一送往秦国。逃亡到宛，被楚人所执。秦穆公用五张黑公羊皮赎出，用为上大夫，故称"五羖大夫"。是辅佐秦穆公称霸的重臣。

[3] 蹇（jiǎn）叔：百里奚的好友，经百里奚推荐，秦穆公把他从宋国请来，委任为上大夫。

[4] 邳（pī）豹：晋国大夫邳郑之子，邳郑被晋惠公杀死后，邳豹投奔秦国，秦穆公任为大夫。

[5] 公孙支：字子桑，秦人，曾游晋，后返秦任大夫。

[6] 三川之地：指黄河、雒水、伊水三川之地，在今河南西北部黄河以南的洛水、伊水流域。

[7] 九夷：此指楚国境内西北部的少数部族，在今陕西、湖北、四川三省交界地区。

[8] 成皋：邑名，在今河南荥阳市汜水镇，地势险要，是著名的军事重地。春秋时属郑国，称虎牢。

[9] 施（yì）：蔓延，延续。

[10] 范雎（jū）：一作"范且"，亦称范叔，魏人，入秦后改名张禄，受到秦昭王信任，为秦相，对内力主废除外戚专权，对外采取远交近攻策略。

[11] 穰（ráng）侯：即魏冉，楚人后裔，秦昭王母宣太后之异父弟，秦武王去世，拥立秦昭王，任将军，多次为相，受封于穰（今河南邓州市），故称穰侯。

[12] 华阳：即华阳君芈戎，秦昭王母宣太后之同父弟，曾任将军等职，与魏冉同掌国政，先受封于华阳（今河南新郑市北），故称华阳君，后封于

新城（今河南省新密市东南），故又称新城君。

[13] 内：同"纳"，接纳。

[14] 随、和之宝：即所谓"随侯珠"和"和氏璧"，传说中春秋时随侯所得的夜明珠和楚人卞和所得的美玉。

[15] 太阿：亦称"泰阿"，宝剑名，相传为春秋著名工匠欧冶子、干将所铸。

[16] 纤离：骏马名。

[17] 翠凤之旗：用翠凤羽毛作为装饰的旗帜。

[18] 鼍（tuó）：亦称扬子鳄，俗称猪婆龙，皮可蒙鼓。

[19] 说：通"悦"，喜悦，喜爱。

[20] 犀象之器：指用犀牛角和象牙制成的器具。

[21] 駃騠（jué tí）：骏马名。

[22] 西蜀丹青：蜀地出产的丹青。

[23] 下陈：殿堂下陈放礼器、站立侯从的地方。"充下陈"，泛指将财物、美女充实府库后宫。

[24] 宛珠之簪：指用宛（今河南省南阳市）地出产的珍珠作装饰的发簪。

[25] 傅：附着，镶嵌。玑：不圆的珠子，此泛指珠子。珥：耳饰。

[26] 阿（ē）：地名，指齐国东阿（今山东东阿县）。缟（gǎo）：未经染色的绢。

[27] 随俗雅化：随合时俗而雅致不凡。

[28] 瓮（wèng）：陶制的容器，古人用来打水。缶（fǒu）：一种口小腹大的陶器。秦人将瓮、缶作为打击乐器。搏：击打，拍打。髀（bì）：大腿。搏髀，拍打大腿，以此来掌握音乐唱歌的节奏。

[29] 太山：即泰山。

[30] 让：辞让，拒绝。

[31] 择：通"释"，舍弃，抛弃。

[32] 却：推却，拒绝。

[33] 黔首：无爵平民不能服冠，只能以黑巾裹头，故称黔首。此处泛指百姓。

[34] 业：从业，从事，侍奉。

[35] 赍（jī）：送，送给。

[36] 雠：通"仇"，仇敌。

【解读】

据《史记·秦始皇本纪》，李斯的《谏逐客书》作于秦王嬴政十年（前237年），当时韩国派了一个有名的水利专家郑国到秦国从事间谍活动，其手段是怂恿秦王兴修长三百余里的灌溉渠，企图以此来消耗秦的国力，从而得以减轻秦国对东方的武力进攻，结果被秦王发觉。与此同时，那些因为客卿为秦王所重用而权势受到威胁的秦国贵族也利用这件事进行挑拨，劝说秦王驱逐客卿，秦王接受了他们的意见，下令逐客。李斯也在被逐之列，临行前他写下这篇《谏逐客书》，劝秦王不要逐客，而郑国也向秦王阐明兴修水利会给秦带来巨大利益，这二者使得秦王幡然悔悟，收回了逐客成命。《谏逐客书》也成为一篇脍炙人口的名文，千百年来为世人传诵。

《谏逐客书》结构简单，其说服力和艺术感染力却相当强。文章一开头便亮明观点"臣闻吏议逐客，窃以为过矣"，直截了当、令人一望便知其宗旨所在，给人以强烈的震撼。接下来以大量事实来说明客卿为秦国做出的巨大贡献，来论证逐客的错误性。在论证中，作者按时间的顺序由远及近精心地挑选秦国历史上几个极为典型的材料来作为论据，以事实来表明"客卿于秦之功大矣"。文章还巧妙地运用了反诘，以假设口吻从反面进行推理，使论点得到了强有力的说明，从而驳倒了秦国宗室借题发挥、攻击客卿的各种言论。这篇文章另一特色在于对事的高度概括和行文的整饬而又富于变化，全文往往用极简练的笔墨，将复杂的史实高度概括出来。如写秦穆公用客，只有八句，写用事结果，只有八字，可见其语言的凝练。在行文上，叙述四位秦君任用客卿，都是先写用客，后写用客结果，使文章自然地分成四个分明的层次，这是其整饬之处，但具体写每位秦王用客时，侧重点又不同，句子参差不齐。这样，文章既具有整齐美感，又呈现出活泼的丰姿，真是跌宕生姿，极尽曲折变化之能事，无形中增强了全文的表达效果。

在行文上文章还注意到前后呼应，前段用无可辩驳的事实，说明"客何负于秦哉"，论证了"吏议逐客，窃以为过矣"的观点，后段笔锋一转，发出新的议论。然后顺理成章，把逐客一事提到不利于"跨海内、制诸侯"的战略高度来认识，上下呼应，一气贯通。全篇文章显得不蔓不枝、紧凑缜密。在层层论证中，逐客不利于秦统一的道理得到了透彻说明，再加上本文多用排比和对偶句式，给文章更增添了一种雄浑奔放的气势。

贾谊（前200—前168），西汉洛阳人，政论家，文学家，世称贾生。少时即以博学能文称郡中，二十余岁召为博士，曾任太中大夫。他主张政治改革，削弱诸侯王的势力，加强中央集权，重视农业生产，以巩固封建国家。他的改革主张遭到一些贵族和大臣的打击、诬陷，死时年仅33岁。贾谊的文章气势雄伟、畅达，辞赋以《吊屈原赋》《鹏鸟赋》为最。政论文以《过秦论》《论积贮疏》等文章脍炙人口。后人编辑了他的政论文集《新书》十卷。

贾谊

过 秦 论

（上）

秦孝公据殽函之固[1]，拥雍州[2]之地，君臣固守以窥周室，有席卷天下、包举宇内、囊括四海之意，并吞八荒[3]之心。当是时也，商君佐之，内立法度，务耕织，修守战之具，外连衡而斗诸侯。于是秦人拱手而取西河之外[4]。

孝公既没，惠文、武、昭襄，蒙故业[5]，因遗策，南取汉中，西举巴、蜀[6]，东割膏腴之地，北收要害之郡。诸侯恐惧，会盟而谋弱秦。不爱珍器、重宝、肥饶之地，以致天下之士，合从[7]缔交，相与为一。当此之时，齐有孟尝，赵有平原，楚有春申，魏有信陵。此四君者，皆明智而忠信，宽厚而爱人，尊贤而重士，约从离横，兼[8]韩、魏、燕、楚、齐、赵、宋、卫、中山之众。于是六国之士，有宁越、徐尚、苏秦、杜赫[9]之属为之谋，齐明、周最、陈轸、召滑、楼缓、翟景、苏厉、乐毅[10]之徒通其意，吴起、孙膑、带佗、倪良、王廖、田忌、廉颇、赵奢[11]之伦制其兵。尝以十倍之地、百万之众，叩关[12]而攻秦。秦人开关而延敌，九国之师，逡巡遁逃而不敢进。秦无亡矢遗镞之费[13]，而天下诸侯已困矣。于是从散约败，争割地而赂秦。秦有余力而制其弊，追亡逐北，伏尸百万，流血漂橹[14]，因利乘便，宰割天下，分裂河山，强国请服，弱国入朝。延及孝文王、庄襄王[15]，享国之日浅，国家无事。

及至始皇，奋六世之余烈，振长策而御宇内，吞二周而亡诸侯，履至尊而制六合[16]，执敲扑而鞭笞天下[17]，威振四海。南取百越之地，以为桂林、象郡；百越之君，俯首系颈，委命下吏[18]。乃使蒙恬[19]北筑长城而守藩篱，却匈奴七百余里，胡人不敢南下而牧马，士不敢弯弓而报怨。于是废先王之道，燔百家之言[20]，以愚黔首[21]。隳[22]名城，杀豪杰，收天下之兵，聚之咸阳，销锋镝[23]，铸以为金人十二，以弱天下之民。然后践华为城，因河为池[24]，据亿丈之城，临不测之渊，以为固。良地劲弩守要害之处，信臣精卒陈利兵而谁何^[25]！天下已定，始皇之心，自以为关中之固，金城千里，子孙帝王万世之业也。

始皇既没，余威震于殊俗^[26]。然而陈涉瓮牖绳枢^[27]之子，氓隶^[28]之人，而迁徙之徒^[29]也。才能不及中人，非有仲尼、墨翟之贤，陶朱^[30]、猗顿^[31]之富，蹑足行伍^[32]之间，俛起^[33]阡陌^[34]之中，率疲弊之卒，将数百之众，转而攻秦。斩木为兵，揭竿为旗。天下云集而响应，赢粮而景从^[35]，山东^[36]豪俊，遂并起而亡秦族矣。

且夫天下非小弱也，雍州之地，殽函之固，自若也；陈涉之位，非尊于齐、楚、燕、赵、韩、魏、宋、卫、中山之君也；锄耰^[37]棘矜^[38]，非铦于钩戟长铩也^[39]；谪戍之众^[40]，非抗于九国之师也；深谋远虑，行军用兵之道，非及曩时之士^[41]也。然而成败异变，功业相反，何也？试使山东之国与陈涉度长絜大^[42]，比权量力，则不可同年而语矣。然秦以区区之地，致万乘之势，序八州而朝同列^[43]，百有余年矣。然后以六合为家，崤函为宫。一夫作难而七庙^[44]隳，身死人手^[45]，为天下笑者，何也？仁义不施而攻守之势异也。

【注释】

[1] 秦孝公：姓嬴，名渠梁。公元前361—前338年在位。他任用商鞅，施行新法，使秦国逐步富强。殽、函：指崤山（今河南省洛宁县北）和函谷关（今河南省灵宝东北）。

[2] 雍州：相传古代分天下为九州，雍州指秦国当时统治的地区，相当于今陕西东部、北部及甘肃部分地区。

[3] 八荒：指八方。

[4] 拱手：两手合抱。意即轻而易举。西河：指当时秦魏交界的黄河西岸地区，原属魏国。公元前340年，商鞅攻魏，魏割西河地区与秦。随后，秦又向东扩张，故这里说"取西河之外"。

[5] 惠文：秦孝公之子，名驷，又称惠王。武：惠王之子，名荡。昭襄：秦武王的异母弟秦昭襄王，又称昭王。

[6] 巴、蜀：巴国和蜀国，都在今四川。

[7] 合从：即合纵，指位于秦东边的六国南北联合，共同抗秦的策略。

[8] 兼：兼并、统一。

[9] 宁越：赵国人。徐尚：宋国人。苏秦：洛阳人，主张合纵抗秦的代表人物，当时曾任"纵约长"。杜赫：周国人。

[10] 齐明：东周大臣。周最：东周君的儿子。陈轸（zhěn）：楚国人。召（shào）滑：楚国人。楼缓：魏文侯之弟。翟景：魏国人。苏厉：苏秦之弟，在齐国做官。乐毅：燕国名将。

[11] 吴起：卫国人，事魏文侯为将，后事楚。战国前期著名军事家。孙膑：齐国人，战国中期著名军事家。带佗（tuó）：楚将。倪（ní）良、王廖（liào）：两人都是军事家。田忌：齐国大将。廉颇、赵奢：都是赵国有名的大将。

[12] 叩关：直攻函谷关。

[13] 矢：箭。镞：箭头。

[14] 北：失败的军队。橹：大盾牌。

[15] 孝文王：昭襄王子，在位一年（前250年）。庄襄王：孝文王子，在位三年（前249—前247）。

[16] 履：登上的意思。至尊：指天子的地位。公元前221年秦王嬴政称皇帝。六合：东、西、南、北、上、下，称为六合。

[17] 执敲扑：亦作"执捶拊"。敲与扑，皆指棍棒，短的叫敲，长的叫扑。鞭笞（chī）：本指刑具，在这里是鞭打的意思。

[18] 桂林：故地约在今广西东南部及广东西北部一带。象郡：约在今广西西部、广东西南部和贵州南部一带。百越：当时散居南方各地越族的总称。

[19] 蒙恬（tián）：秦国大将。始皇三十三年（前214年），蒙恬奉命率兵三十万，北逐匈奴，修筑长城。

[20] 燔（fán）百家之言：指公元前213年，秦始皇下令烧毁儒家经典、各国史书和诸子书。燔，焚烧、烧毁的意思。

[21] 黔首：指百姓。

[22] 隳（huī）：毁坏。

[23] 兵：兵器。销：熔化。锋镝（dí）：箭头，代指兵器。

[24] 华：华山。河：黄河。池：护城河。

[25] 谁何：谁敢怎么样。

[26] 殊俗：风俗不同的边远地区。

[27] 瓮牖（yǒu）绳枢：用瓦瓮作窗，用绳子拴门轴。形容住宅非常简陋，出身十分贫寒。

[28] 氓（méng）隶：没有土地的雇农。

[29] 迁徙之徒：公元前209年陈涉等人被征发到渔阳（今北京密云西南）戍守边疆。

[30] 陶朱：即范蠡（lǐ），春秋末年越国大夫，弃官到陶（今山东定陶西北）地经商成为巨富，号陶朱公。

[31] 猗（yī）顿：春秋时鲁国人，在猗氏（今山西临猗南）经营盐业，成为巨富。

[32] 行（háng）伍：代指士兵。

[33] 俛（miǎn）起：奋起。俛，通"勉"，竭尽全力。

[34] 阡陌：田间小路，这里代指田野。

[35] 赢（yíng）：肩挑、背负。景（yǐng）从：像影子跟着形体一样。景，后来作"影"。

[36] 山东：指崤山、函谷关以东。指东方六国。

[37] 耰（yōu）：平整土地的一种农具，形如榔头。

[38] 棘（jí）矜：戟柄。棘，通"戟"。

[39] 铦（xiān）：锋利。钩：像剑而弯的一种兵器。一说"钩戟"是指带钩的戟。铩（shā）：有长刃的矛。

[40] 谪（zhé）戍之众：指陈胜等戍边的九百多人。

[41] 曩（nǎng）时之士：指从前的如宁越、徐尚等六国之士。

[42] 度（duó）：比。絜（xié）：量。

[43] 万乘：天子拥地方千里，有兵车万乘，故称天子为万乘。（诸侯地方百里，有兵车千乘。）同列：同等的诸侯。

[44] 七庙：天子宗庙。古代天子有七庙，供奉七代祖先。七庙隳王朝灭亡。

[45] 身死人手：指秦二世为赵高所杀，子婴被项羽所杀。

（中）

　　秦并海内，兼诸侯，南面称帝，以养四海[1]。天下之士，斐然向风[2]。若是者，何也？曰：近古之无王[3]者久矣！周室卑微，五霸既没，令不行于天下。诸侯力政[4]，强侵弱，众暴寡[5]。兵革不休，士民罢敝[6]。今秦国面而王天下[7]，是上有天子也。既元元之民，冀得安其性命，莫不虚心而仰上[8]。当此之时，守威定功[9]，安危之本，在于此矣。

　　秦王怀贪鄙之心，行自奋之智[10]，不信功臣，不亲士民，废王道，立私权[11]，禁文书而酷刑法[12]，先诈力而后仁义[13]，以暴虐为天下始[14]。夫兼并者高诈力[15]，安定者贵顺权[16]，此言取与守之不同术[17]也。秦离[18]战国而王天下，其道不易，其政不改，是其所以取之守者异也[19]。孤独而有之[20]，故其亡可立而待也。借使秦王计上世之事，并殷周之迹，以制御其政[21]，后虽有骄淫之主，而未有倾危之患也。故三王之建天下，名号显[22]美，功业长久。

　　今秦二世立，天下莫不引领而观其政[23]。夫寒者利裋褐[24]，而饥者甘糟糠，天下之嚣嚣，新主之资也[25]；此言劳民之易为仁也[26]。乡使二世有庸主之行，而任忠贤，臣主一心而忧海内之患，缟素而正先帝之过[27]；裂地分民，以封功臣之后，建国立君[28]，以礼天下；虚囹圄而免刑戮，除收帑污秽之罪[29]，使各反其乡里；发仓廪，散财币，以振孤独穷困之士[30]；轻赋少事，以佐百姓之急[31]；约法省刑，以持其后[32]，使天下之人，皆得自新，更节[33]修行，各慎其身；塞万民之望，而以威德与天下，天下息矣[34]。即四海之内，皆欢然各自安乐其处，唯恐有变[35]。虽有狡猾之民，无离上之心，则不轨之臣无以饰其智[36]，而暴乱之奸弭矣。二世不行此术，而重之以无道，坏宗庙与民[37]，更始[38]作阿房宫；繁刑严诛，吏治刻深[39]；赏罚无当，赋敛无度。天下多事，吏弗能纪；百姓穷困，而主弗收恤[40]。然后奸伪并起，而上下相遁，蒙罪者众，刑戮相望于道[41]，而天下苦之。自君卿以下至于庶人，怀自危之心，亲处穷困之实，咸不安其位，故易动也[42]。是以陈涉不用汤武之贤，不藉公侯之尊，奋臂于大泽[43]，而天下响应者，其民危也。故先王见始终之变，知存亡之由[44]。

是以牧民^[45]之道，务在安之而已矣；天下虽有逆行之臣，必无响应之助。故曰："安民可与行义；而危民易与为非。"此之谓也。贵为天子，富有天下，身不免于戮杀者，正倾非也^[46]。此二世之过也。

【注释】

[1] 养：取。以养四海：指享有天下。

[2] 斐然：有文采的样子。向风：闻风归附。这句是说，天下的知识分子，都呈现其文采，倾心于秦人统一之业，愿为之效力。

[3] 王：旧时人们认为天下人所拥护的王朝，才是名副其实的"王"。所以"王"字解释为："王，天下所归往也。"

[4] 政：借用为征。力政，指各国以武力相攻伐。

[5] 暴：虐待欺侮。这句是说，大国恃其人众欺侮力量薄弱的国家。

[6] 士民：指兵士及人民。罢敝：即疲敝，困乏无力。

[7] 王天下：统一天下。

[8] 既：尽，凡是。元元：古代称人民为黎元，或称元元。冀：希望。上：指皇帝。虚心而仰上：抱着倾心向往的情怀，仰望他能有清明的政治。

[9] 守威：维持削平六国的威望。功：事业。定功：制定出统一治理天下的政治规划。

[10] 贪鄙：此是说欲望大则见解褊狭、浅陋。自奋：自夸个人的智力。

[11] 废王道：抛弃王道不用。立私权：建立帝王有至高无上权力的专制制度。

[12] 禁文书而酷刑法：指始皇三十四年藏诗书百家语者，悉诣守尉杂烧之。有敢偶语诗书，弃市（古代杀人于市）。以古非今者，族（诛）等法令。

[13] 先诈力：重视欺诈与威力。后仁义：轻视仁义。

[14] 始：开端的意思。

[15] 夫兼并者高诈力：是说企图吞并别人的人，当然要推崇诈术与威力。

[16] 安定者：想稳定他人并兼并其成果的人。顺：遵循。权：衡量。顺权：是说能根据实际情况制定一套新的政治方案。贵顺权：以顺权为贵。

[17] 术：方法、策略。

[18] 离：并吞。

[19] 此四句大意是：秦朝吞并六国统一天下之后，它统治天下的方法和策略没有改变，这是错误地把攻取天下的方法应用到治理天下上去了。

[20] 孤独：集权于皇帝个人。有：专有。之：代指天下。

[21] 计：考虑。并：比较。迹：往事。并殷周之迹：比较殷周两代为何兴、为何亡的往事。制：裁断。御：治理。

[22] 三王：指夏、商、周三代开国之君，即夏禹，殷汤，周文王、武王。显：光明。

[23] 二世：秦朝第二代皇帝，即秦始皇少子，名胡亥。领：脖子。引领：伸着脖子。观其政：希望二世能改变他父亲的专制作风。

[24] 裋：短袄。褐：极粗的毛织衣料。

[25] 嚣嚣：众多的积怨声。这两句是说，天下人民都有怨恨，是替新起的君主创造条件。

[26] 劳民：疲劳痛苦的人民。为仁：施行仁政。

[27] 乡：同"向"。乡使：那时候假使。庸主：平庸无为的君主。缟（gǎo）素：白色织物。古代丧服尚白，故以缟素代丧服，这里是说二世不必有所等待，应在服丧期间，下令改正他父亲的政治错误。

[28] 建国立君：是说给所灭亡的国家以少量土地，以减少六国之后的反抗情绪。

[29] 囹（líng）圄（yǔ）：有高围墙的监狱。帑（nú）：即"孥"，指儿女。

[30] 振：拯救。士：此指知识分子。

[31] 佐：帮助。急：困苦。这句的意思是，帮助他们解除最迫切的困苦。

[32] 约法：简化法令。省刑：减轻刑罚。持：执持、实行。这两句是说，在推行上列一些措施之后，再用简法省刑的办法坚定地执行下去。

[33] 节：立身准则。

[34] 塞：满足。以威德与天下："威"指上文封功臣之后、建国立君等事，"德"指其下各事。意思是说，把职权分一些给天下之人，把恩德实施到各阶层。息：和平安定的意思。

[35] 即：与"则"字用法同。欢然：快乐的样子。唯恐有变：恐怕变乱发生，失去安定生活。

[36] 不轨：不遵守法束。饰：粉饰，伪装。

[37] 坏：自行破坏之意。坏宗庙与民：指毁坏了宗庙和人民。

[38] 更始：工程停顿了一段时间，重又开始建筑。

[39] 繁刑严诛：此二句指二世"遵用赵高，申法令"，用法更加严酷，诛杀大臣及诸公子等事。刻深：刻薄严酷。

[40] 纪：治理。收：聚集。恤：忧念。收恤：把涣散的人心重新聚集起来，对他们的困苦予以考虑和救济。

[41] 奸伪：指奸诈和欺骗的行为。相遁：互相隐瞒以逃避责任。蒙罪者众，形戮相望于道：受刑戮的人接连不断，相望于道。

[42] 君卿：指大臣。易动：容易引起骚动和变乱。

[43] 奋臂：挥动臂膀，号召人民起来反抗。大泽：陈涉起义的大泽乡（在今安徽省宿州西南）。

[44] 见始终之变，知存亡之由：察见事物的全部变化过程，认识存亡的关键所在。

[45] 牧民：统治人民。

[46] 正倾：把倾斜而将要倒塌的房屋扶正起来。二世三年八月，起义军大败秦兵于钜鹿，赵高恐二世杀己，遂杀二世于望夷宫。又四十余日秦亡。这是说秦帝国在始皇死时，已像一个将要倾覆的大厦，二世没有采取矫正的方略，终至身死国灭。

（下）

　　秦并兼 [1] 诸侯山东三十余郡，缮津关 [2]，据险塞，修甲兵而守之。然陈涉以戍卒散乱之众数百，奋臂大呼，不用弓戟之兵，锄耰白梃，望屋而食 [3]，横行天下。秦人阻险不守，关梁不阖，长戟不刺，强弩不射 [4]。楚师深入，战于鸿门 [5]，曾无藩篱之艰。于是山东大扰 [6]，诸侯并起，豪俊相立。秦使章邯 [7] 将而东征。章邯因以三军之众要市于外，以谋其上 [8]。群臣之不信 [9]，可见于此矣。

　　子婴立，遂不寤 [10]。藉使子婴有庸主之才，仅得中佐 [11]，山东虽乱，秦之地 [12] 可全而有，宗庙之祀未当绝也。秦地被山带河以为固，四塞之国也。自缪公以来至于秦王，二十余君，常为诸侯雄。此岂世贤哉？其势居然也 [13]。

且天下尝[14]同心并力而攻秦矣。当此之世，贤智并列，良将行其师，贤相通其谋[15]，然困于险阻而不能进，秦乃延入[16]战而为之开关，百万之徒逃北而遂坏。岂勇力智慧不足哉？形不利，势不便也[17]。秦小邑并大城，守险塞而军，高垒毋战，闭关据厄，荷戟而守之。诸侯起于匹夫，以利合，非有素王[18]之行也。其交未亲，其下未附，名为亡秦，其实利之也[19]。彼见秦阻之难犯也，必退师。安士息民[20]，以待其敝；收弱扶罢，以令大国之君，不患不得意于海内。贵为天子，富有天下，而身为禽者，其救败非也[21]。

秦王足己而不问，遂过而不变[22]。二世受之，因而不改，暴虐以重祸。子婴孤立无亲，危弱无辅[23]。三主惑而终身不悟，亡，不亦宜乎？当此时也，世非无深虑知化[24]之士也；然所以不敢尽忠拂[25]过者，秦俗多忌讳之禁，忠言未卒于口，而身为戮没矣[26]。故使天下之士，倾耳而听，重足而立[27]，钳口而不言。是以三主失道，而忠臣不敢谏，智士不敢谋。天下已乱，奸[28]不上闻，岂不哀哉！先王知雍蔽之伤国也，故置公卿、大夫、士，以饰法设刑[29]，而天下治。其强也，禁暴诛乱而天下服；其弱也，五伯[30]征而诸侯从；其削也，内守外附而社稷存。故秦之盛也，繁法严刑而天下振[31]；及其衰也，百姓怨望而海内叛矣[32]。故周五序得其道，而千余岁不绝[33]；秦本末[34]并失，故不长久。由是观之，安危之统[35]相去远矣！

野谚曰："前事之不忘，后事之师也[36]。"是以君子为国，观之上古，验之当世，参以人事[37]，察盛衰之理，审权势之宜，去就有序，变化应时[38]，故旷日长久而社稷安矣[39]。

【注释】

[1] 并兼：兼并或吞并。

[2] 缮：修缮。津：关要路口有桥梁处。

[3] 散乱：无组织，比喻非常杂乱。白梃：无漆饰的大棒。望屋而食：指起义队伍没有给养，需要到有房屋有人家的地方找饭吃。

[4] 阻险：险塞。阖（hé）：关闭。弩：用机关来发射的强弓。

[5] 楚师：此处指陈涉所派遣的将军周文（一名周章）所率领的军队。这支队伍有几十万人，曾进军到今陕西省临潼东面叫作戏的地方，即后来项羽驻兵的鸿门坡，所以说"战于鸿门"。这支队伍后被章邯打败，退出函谷关。

[6] 于是：在这个时候。扰：乱。

[7] 章邯：秦二世所任命的大将。

[8] 要（yào）市：即约市。像彼此间互订契约来做买卖，所以称为"要市"。章邯在钜鹿（今河北省平乡县）被项羽打败后，接受部下陈余的劝告，投降了项羽。章邯使人见项羽，欲约，项羽欲听其约之事。以谋其上：即站在起义军的立场上，相约共同攻秦。

[9] 不信：是说秦二世对臣下不信任，君臣间互相猜嫌。

[10] 遂：终。不寤：不醒悟。

[11] 藉：同"借"。藉使：即假使。中佐：中等才能的人来做他的辅相。

[12] 秦之地：指秦原来拥有的土地。即孝公以前的雍州之地。

[13] 缪（mù）：同"穆"。秦王：即始皇。居：同"踞"。势居：秦地形势所踞。

[14] 尝：曾经。

[15] 行其师：指挥军队。通其谋：相互协商对付秦国的计谋。

[16] 延入：迎入、请入。

[17] 以上文字用历史事实证明关中利于坚守。下文是作者替秦子婴设想的防守方案。

[18] 素王：有德无位之称。

[19] 其交：指东方起义诸侯间的关系。利之：是说在亡秦的名义下又想自立为诸侯王。

[20] 安士息民：安定他的军士和人民。

[21] 为禽：被人所擒。禽：同"擒"。子婴投降刘邦，后为项羽所杀。救败非也：是说子婴在他覆亡前夕没有做出挽救的措施。

[22] 足己：骄傲自满。不问：不征求别人意见。遂：一直。遂过：一直错误下去。

[23] 弱：指子婴年幼。无辅：指子婴没有亲信大臣的辅佐。

[24] 知化：对形势变化认识透彻，又能掌握着情况以制定方策。

[25] 拂：通"弼"，辅导纠正。

[26] 未卒于口：话还没有讲完。没：灭亡。

[27] 侧耳而听：很小心地怕触犯刑戮。重足：两只脚叠起来，不敢行走，

怕踏上不测之祸。

[28] 奸：统治者对“盗贼”和叛乱者的蔑称。此处指起义军。

[29] 雍（yōng）：同“壅”，阻塞。饬（chì）：同“饬”。饬法：整顿法度。设刑：制定刑事制度。

[30] 五伯：指春秋时齐桓公、晋文公、秦穆公、宋襄公、楚庄王。春秋时周王朝衰微，无力解决纠纷，由五伯来主持讨伐事，故曰“五伯征”。

[31] 振：同“震”。天下震动。

[32] 望：恨。起义皆发生在旧六国之地，所以说“海内叛”。

[33] 五序：凡有次第排行者皆为有序。贾谊所说的“周五序得其道”，是针对始皇把所有权力集中到皇帝一个人身上而说的。千余岁：夸辞，实际只有八九百年。

[34] 本：指政治方针和上文所说的“五序”制度。末：指“正倾”“救败”的措施。

[35] 统：是千头万绪中的根本事物，即政治纲领。

[36] 谚：流传在民间的固定语句。野谚：泛举俗话中不知所本的格言。作者引用这两句谚语，表明了他写此文的用意所在。

[37] 为国：治理国家。参以人事：从各方面察验人事使用是否得当，考察事务施行中的所有利弊。

[38] 权：权威。势：形势。审权势之宜：斟酌权势之间的恰当分寸。有序：指按照一定规律。变化应时：意谓时代变了政策也要相应改变。

[39] 旷：原意为宽阔，借喻为久长。旷日：多日。这句是说，在上面的政策方针引导之下，日子久了，就会建立起“治安”的基础。

【解读】

《过秦论》选自《新书》，原书上没有“论”字，《文选》加上“论”字，后来选这篇文章都称《过秦论》。文章有上、中、下三篇，论述秦代的兴亡得失及其过错，故名曰《过秦》。但作者的主旨在于为汉朝统治者提供历史借鉴，总结经验，为巩固汉王朝的统治服务。

贾谊的政论，以其敏锐的观察能力和深刻的分析能力著称于世，其内容之充实，说理之透彻，感情充沛文采焕发，对后世散文创作产生了深远的影响。

　　本篇论述了秦代兴亡的主要原因和得失功过，总结了秦王朝的兴亡史及其历史教训。文章铺叙了秦国从小到大，由弱变强，吞并诸侯建立统一的封建帝国的整个过程，而其灭亡之迅速，又是始料不及。短短几年，秦王朝就被"斩木为兵，揭竿为旗"的农民起义军推翻。究其原因，贾谊认为是"仁义不施"，同时也认为秦使用武力一统天下，一味地追求用武力镇压，实行"愚民""弱民"以民为敌的政策，又造成了秦的灭亡。

　　为说明以上观点，贾谊可谓钻研穷尽，费尽心机，赋予了本文独特的艺术魅力。全文在结构上，与李斯的《谏逐客书》截然不同，正如明代孙执升所说："古文有开口即提出主意，后乃层折澜翻者，《谏逐客书》是也。有全篇不点之意，层次敲击，至末而跃出者，此论是也。"（《评注昭明文选》引）同时大量使用反衬对比的手法，给读者留下了深刻的印象。在语言的运用上，贾谊大量使用排比、对偶，对史实进行大肆渲染，笔酣墨饱，从而构成一种非凡的气势。波澜壮阔，雄奇万千，非他人可比。同时其议论透彻，严密的组织逻辑，强烈的感染力和说服力，也使全篇更加引人入胜，令读者痴迷。

　　该文以其独特的思想和艺术成就，成为我国文学史上一座丰碑，并被奉为楷模，被历代文人所传诵。

晁错（约前200—前154），颍川（今河南禹县城南晁喜铺）人，西汉初年著名政治家、散文家。汉文帝时，晁错任太子家令（太子老师），被太子刘启（即后来的景帝）尊为"智囊"。汉景帝时出任御史大夫，提出《削藩策》，试图改变汉初各刘姓王割据、威胁中央朝廷的局面。公元前154年，吴王刘濞聚集七国，以"诛晁错，清君侧"为名，起兵叛乱。汉景帝听信袁盎等人的建议，将晁错处死，希望平息叛乱，但是七国并不退兵，最终汉朝廷不得不出兵才平息叛乱。《汉书·艺文志》记载，晁错有文31篇，多逸，今存较完整8篇，以《论守边备塞疏》和《论贵粟疏》最为著名。

晁　错

论贵粟疏

圣王在上而民不冻饥者，非能耕而食[1]之，织而衣之也，为开其资财之道也。故尧、禹有九年之水，汤有七年之旱，而国亡[2]捐瘠者，以畜积多而备先具也。今海内为一，土地人民之众不避禹、汤，加以亡天灾数年之水旱，而畜积未及者，何也？地有遗利，民有余力，生谷之土未尽垦，山泽之利未尽出也，游食之民未尽归农也。

民贫则奸邪生。贫生于不足，不足生于不农，不农则不地著[3]，不地著则离乡轻家，民如鸟兽，虽有高城深池，严法重刑，犹不能禁也。夫寒之于衣，不待轻暖；饥之于食，不待甘旨；饥寒至身，不顾廉耻。人情一日不再食[4]则饥，终岁不制衣则寒。夫腹饥不得食，肤寒不得衣，虽慈母不能保其子，君安能以有其民哉？明主知其然也，故务民于农桑，薄赋敛，广畜积，以实仓廪[5]，备水旱，故民可得而有也。

民者，在上所以牧[6]之，趋利如水走下，四方亡择也。夫珠玉金银，饥不可食，寒不可衣；然而众贵之者，以上用之故也。其为物轻微易臧，在于把握，可以周海内而亡饥寒之患。此令臣轻背其主，而民易去其乡，盗贼有所劝[7]，亡逃者得轻资也。粟米布帛生于地，长于时，聚于力，非可一日成也。数石[8]之重，中人[9]弗胜，不为奸邪所利，一日弗得而饥寒至。是故明君贵五谷而贱金玉。

今农夫五口之家，其服役者不下二人，其能耕者不过百亩。百亩之收不过百石。春耕夏耘，秋获冬藏，伐薪樵，治官府，给徭役；春不得避风尘，夏不得避暑热，秋不得避阴雨，冬不得避寒冻，四时之间，亡日休息。又私自送往迎来，吊死问疾，养孤长幼在其中。勤苦如此，尚复被水旱之灾，急政暴虐，赋敛不时，朝令而暮改。当具有者半贾[10]而卖，亡者取倍称之息；于是有卖田宅、鬻子孙以偿债者矣。而商贾大者积贮倍息，小者坐列贩卖，操其奇赢[11]，日游都市，乘上之急，所卖必倍。故其男不耕耘，女不蚕织，衣必文采，食必粱肉；亡农夫之苦，有阡陌[12]之得。因其富厚，交通王侯，力过吏势，以利相倾；千里游遨，冠盖相望，乘坚策肥[13]，履丝曳缟[14]。此商人所以兼并农人，农人所以流亡者也。今法律贱商人，商人已富贵矣；尊农夫，农夫已贫贱矣。故俗之所贵，主之所贱也；吏之所卑，法之所尊也。上下相反，好恶乖迕[15]，而欲国富法立，不可得也。

　　方今之务，莫若使民务农而已矣。欲民务农，在于贵粟。贵粟之道，在于使民以粟为赏罚。今募天下入粟县官[16]，得以拜爵[17]，得以除罪。如此，富人有爵，农民有钱，粟有所渫[18]。夫能入粟以受爵，皆有余者也。取于有余，以供上用，则贫民之赋可损[19]，所谓损有余，补不足，令出而民利者也。顺于民心，所补者三：一曰主用足，二曰民赋少，三曰劝农功。今令民有车骑马[20]一匹者，复卒三人。车骑者，天下武备也，故为复卒。神农之教曰："有石城十仞，汤池百步，带甲百万，而亡粟，弗能守也。"以是观之，粟者，王者大用[21]，政之本务。令民入粟受爵，至五大夫[22]以上，乃复一人耳，此其与骑马之功相去远矣。爵者，上之所擅[23]，出于口而亡穷；粟者，民之所种，生于地而不乏。夫得高爵也免罪，人之所甚欲也。使天下人入粟于边，以受爵免罪，不过三岁，塞下之粟必多矣。

【注释】

[1] 食（sì）：拿东西给人吃。

[2] 亡：同"无"。

[3] 地著：附着于土地，不离开家乡。

[4] 再食：吃两顿饭。

[5] 廪（lǐn）：粮仓。

[6] 牧：管理。古时将管理百姓称作"牧"。

[7] 劝：鼓励，勉励。

[8] 石（dàn）：重量单位，一百二十斤。

[9] 中人：中等体力的人。

[10] 贾：同"价"。

[11] 操其奇（jī）赢：牟取余利。奇，余物。赢，余财。

[12] 阡陌（qiān mò）之得：指田地的收获。阡陌，田间小路，此代指田地。

[13] 乘坚策肥：乘坚车，策肥马。策，用鞭子赶马。

[14] 履丝曳（yè）缟（gǎo）：脚穿丝鞋，身披绸衣。曳，拖着。缟，一种精致洁白的丝织品。

[15] 乖迕（wǔ）：相违背。

[16] 县官：汉代对官府的通称。

[17] 拜爵：封爵位。

[18] 渫（xiè）：散出。

[19] 损：减。

[20] 车骑马：指战马。

[21] 大用：最需要的东西。

[22] 五大夫：汉代的一种爵位，在侯以下二十级中属第九级。凡纳粟四千石，即可封赐。

[23] 擅：专有。

【解读】

本文选自《汉书·食货志》，作于景帝十二年，是晁错从当时的国家形势出发，为解决现实问题给汉景帝上的一份奏章，是西汉著名的政论文。

在这篇文章中，晁错力主使民务农、入粟于边，以解决守边士卒的粮食和粮食运输问题，并采取措施限制商人，缓和国内阶级矛盾，以达到维护封建统治的目的。他的建议被景帝采纳，在实行中他所提出的务农在于贵粟，贵粟在于以粟为赏罚等一系列方法对于当时农业生产的发展，起到了重要的推动作用，同时促进了汉王朝经济的繁荣发展，加强了西汉的巩固统一，这对于整个社会的发展进步，都发挥了积极的作用。

晁错上疏的根本目的在于维护封建统治，因此他完全是站在地主阶级的立场上来立论的，然而，他对于农民生活的苦难，以及商人富贾不劳而获的不平等现象的描写和揭露，也反映了他对现实生活的洞察，从中可体现出他对劳动人民疾苦的了解和寄托的同情。

这篇文章说理透彻，逻辑严密，具有很高的艺术性，这在政论文中是不多见的。在论述中，作者层层深入，分析具体严密，而又富于变化。全文结构错落有致，此起彼伏，同时还采用对照比较的方法，在相互比较中加强论点，使全文有血有肉，使人可感可信。

司马迁（前145—前86），字子长，西汉夏阳（今陕西韩城，一说山西河津）人。我国西汉伟大的史学家、思想家、文学家，他以"究天人之际，通古今之变，成一家之言"的史识撰写的《史记》（又称《太史公书》），记载了上自中国上古传说中的黄帝时代，下至汉武帝太初四年（前100年），共3000多年的历史。成为中国历史上第一部纪传体通史，对后世的影响极为巨大，被鲁迅誉为"史家之绝唱，无韵之离骚"。

司马迁

管晏列传

管仲夷吾[1]者,颍上人也。少时常与鲍叔牙[2]游,鲍叔知其贤。管仲贫困,常欺鲍叔,鲍叔终善遇之,不以为言。已而鲍叔事齐公子小白,管仲事公子纠[3]。及小白立为桓公,公子纠死,管仲囚焉。鲍叔遂进管仲[4]。管仲既用,任政于齐,齐桓公以霸,九合诸侯,一匡天下,管仲之谋也。

管仲曰:"吾始困时,尝与鲍叔贾,分财利多自与,鲍叔不以我为贪,知我贫也。吾尝为鲍叔谋事而更穷困,鲍叔不以我为愚,知时有利不利也。吾尝三仕三见逐于君,鲍叔不以我为不肖[5],知我不遭时也。吾尝三战三走,鲍叔不以我为怯,知我有老母也。公子纠败,召忽死之,吾幽囚受辱,鲍叔不以我为无耻,知我不羞小节而耻功名不显于天下也。生我者父母,知我者鲍子也。"鲍叔既进管仲,以身下之。子孙世禄于齐,有封邑者十余世,常为名大夫。天下不多[6]管仲之贤而多鲍叔能知人也。

管仲既任政相齐,以区区之齐在海滨,通货积财,富国强兵,与俗同好恶。故其称[7]曰:"仓廪实而知礼节,衣食足而知荣辱,上服度[8]则六亲固。四维[9]不张,国乃灭亡。下令如流水之原,令顺民心。"故论卑而易行。俗之所欲,因而予之;俗之所否,因而去之。其为政也,善因祸而为福,转败而为功。贵轻重,慎权衡。桓公实怒少姬,南袭蔡[10],管仲因而伐楚,责包茅不入贡于周室[11]。桓公实北伐山戎,而管仲因而令燕修召公之政[12]。于柯之会,桓公欲背曹沫之约,管仲因而信之,诸侯由是归齐[13]。故曰:"知与之为取,政之宝也[14]。"管仲富拟于公室,有三归[15]、反坫[16],齐人不以为侈。管仲卒,齐国遵其政,常强于诸侯。后百余年而有晏子焉。

晏平仲婴者,莱之夷维人也[17]。事齐灵公、庄公、景公,以节俭力行重于齐。既相齐,食不重肉,妾不衣帛。其在朝,君语及之,即危言;语不及之,即危行。国有道,即顺命;无道,即衡命。以此三世显名于诸侯。

越石父[18]贤,在缧绁中。晏子出,遭之途,解左骖赎之,载归。弗谢,入闺。

久之，越石父请绝。晏子惧然，摄衣冠谢曰："婴虽不仁，免子于厄，何子求绝之速也？"石父曰："不然。吾闻君子屈于不知己而伸于知己者。方吾在缧绁中，彼不知我也。夫子既已感寤而赎我，是知己；知己而无礼，固不如在缧绁之中。"晏子于是延入为上客。

晏子为齐相，出，其御之妻从门间而窥其夫。其夫为相御，拥大盖，策驷马，意气扬扬，甚自得也。既而归，其妻请去。夫问其故，妻曰："晏子长不满六尺，身相齐国，名显诸侯。今者妾观其出，志念深矣，常有以自下者。今子长八尺，乃为人仆御，然子之意自以为足，妾是以求去也。"其后夫自抑损。晏子怪而问之，御以实对，晏子荐以为大夫。

太史公曰：吾读管氏《牧民》《山高》《乘马》《轻重》《九府》[19]，及《晏子春秋》[20]，详哉其言之也。既见其著书，欲观其行事，故次其传。至其书，世多有之，是以不论，论其轶事。管仲世所谓贤臣，然孔子小之[21]。岂以为周道衰微，桓公既贤，而不勉之至王，乃称霸哉？语曰："将顺其美，匡救其恶，故上下能相亲也[22]。"岂管仲之谓乎？方晏子伏庄公尸哭之，成礼然后去[23]，岂所谓"见义不为无勇[24]"者耶？至其谏说，犯君之颜，此所谓"进思尽忠，退思补过[25]"者哉！假令晏子而在，余虽为之执鞭，所忻慕焉。

【注释】

[1] 管仲夷吾：管仲（？—前645），字夷吾，春秋齐国颍上（今属安徽）人，春秋时著名的政治家。初事公子纠，后相齐桓公，辅佐桓公成就霸业。

[2] 鲍叔牙：即鲍叔，春秋齐国大夫。

[3] 公元前686年，齐襄公昏庸无道，齐国动乱，管仲、召忽跟随公子纠逃奔鲁，鲍叔跟随公子小白奔莒。纠、小白均为齐襄公弟。

[4] 公元前686年，齐襄公被杀，纠与小白争先回国即位。鲁国发兵送纠回齐，并派管仲袭击小白，射中小白带钩。小白佯死，使鲁国延误纠的归期，小白得以先回国即位，即齐桓公。桓公大败鲁军，鲁国被迫杀死纠。召忽自杀，管仲被囚禁。桓公即位时任命鲍叔为宰，他力辞不就，推荐管仲执政。桓公借口解射钩之恨，要鲁国押送管仲回齐。管仲返回齐后，桓公任他为相。

[5] 不肖：不贤。

[6] 多：称赞，赞美。

[7] 称：称述。指《管子》书中的论述。

[8] 上：君主。服：享用。度：限度。

[9] 四维：指礼、义、廉、耻。

[10] 少姬：齐桓公夫人，蔡国人。桓公曾与少姬在苑囿乘舟游玩，少姬故意荡舟，桓公惊惧，怒而遣少姬回蔡，但未断绝关系，蔡人却让少姬改嫁，桓公怒而袭蔡。蔡国，建都上蔡（今河南上蔡西南），后迁新蔡（今属河南）一带。

[11]《左传·僖公四年》记载，齐桓公伐楚，使管仲责之曰："尔贡包茅不入，王祭不共，无以缩酒。"包茅，束成捆的菁茅草，古代祭祀时用以滤酒去渣。

[12] 山戎：又称北戎，古代北方民族，居于今河北省东部，春秋时代常骚扰齐、郑、燕等邻国。山戎攻燕时，齐桓公曾出兵伐山戎救燕。召公：召康公。西周初人，姬姓。因封地在召，故称召公。武王灭纣后，把北燕封给他。官为太保，曾与周公分陕而治，陕以西由他治理。

[13] 鲁庄公十二年（前682年），齐桓公攻鲁，约鲁庄公会于柯（今山东省阳谷县东），庄公的侍从曹沫（亦作曹刿）以匕首劫持桓公，逼他订立退还侵占鲁国土地的盟约。后桓公欲违约，因管仲进言，终退还鲁国失地，以示守信用。

[14] 见《管子·牧民》。

[15] 三归：台名。

[16] 反坫：反爵之坫。坫为放置酒杯的土台。诸侯互敬酒后，将空杯反置坫上，为周代宴会之礼。

[17] 晏婴（？—前500），字平仲，春秋时夷维（今山东高密）人。任父职齐卿，历仕灵公、庄公、景公三世。莱：古国名，在今山东省龙口市东南，公元前567年为齐所灭。

[18] 越石父：春秋时晋国人，有贤德。

[19]《牧民》《山高》《乘马》《轻重》《九府》：皆《管子》篇名。《管子》为战国时齐稷下学者托管仲之名所作。其中《牧民》《乘马》等篇存有管仲的思想。《轻重》等篇对经济问题做了重要阐述。

[20]《晏子春秋》：原称《春秋》，齐晏婴撰，实系后人依托并加入晏子言行而作。

[21] 孔子小之：《论语·八佾》有"管仲之器小哉"语。

[22] 此三句见《孝经·事君》。

[23] 见《左传·襄公二十五年》。

[24]《论语·为政》有"见义不为，无勇也"。

[25] 见《孝经·事君》。

【解读】

《管晏列传》是齐国两个名相的合传。司马迁对这两个人是采取赞美和褒扬的态度的。司马迁对他们歌颂不仅代表了当时人民的一种理想和信念，同时与司马迁的亲身经历也是密切相连的。

全文分为相对独立的两大部分，中间用"后百余年而有晏子焉"加以衔接。管仲和晏婴都是贤相，又都是齐国人，作者利用这一共同点对其进行粘贴，显示出其独到的文学视角和艺术魅力。

第一部分写管仲，在这一部分中，作者先以精密细微的笔触对管仲和鲍叔的交往进行了描写。通过对几个典型事件的叙述，管仲和鲍叔的形象在无声无息中跃然纸上。而对于二人友谊的描摹，更是从小处着眼，以真情感人，在激动中饱含深情，使读者感到强烈的共鸣。一般人看到的可能是管仲的贪、愚、不肖、怯和无耻，但鲍叔看到的是与之截然相反的可贵的正面品质。鲍叔对管仲的了解，可见其目光之犀利，见识之深远。在这里，作者运用人物独白方法，为我们塑造了一个独具慧眼的伯乐——鲍叔的形象。"千里马常有而伯乐不常有"，鲍叔的胆识和魅力尽现无遗，他对管仲的那份情义数千年来为人们所津津乐道，所以"天下不多管仲之贤而多鲍叔知人也"。作者在亲切自然中抒发自己的感触，赞扬那个社会中高尚道德的典范。褒扬中，作者的人生理想展现其中。接着作者通过内政、外交两方面写管仲一生的功业，在有限的笔墨中，剪裁枝蔓，突出主干，表现出司马迁高度的艺术修养。在这一层中，作者对管仲在经济、政治、外交方面的贡献，简明扼要地加以叙述，使读者对管仲的远见卓识有了更深刻的认识。至此，司马迁在文章开始所强调的"贤"有了非常具体、充实的内涵。"齐人不以为侈"从另一角度对管仲的功劳和才能予以深化，强调了他在人民中的深远影响。

文章的第二大部分是晏婴传。作者在第一段用寥寥几笔揭示了晏子的"节

秦
汉

俭力行"与"危言危行"两种品质，脉络分明，重点突出，使人一目了然。

接下来写了晏子的两则逸事。在这里，作者采用细节描写，从描写人物的言行入手，通过不同侧面展示晏子的精神面貌，将热爱国家、忠于职守、严于律己、爱护人民的形象栩栩如生地呈现在读者面前，字里行间时刻流露着作者对晏子的褒扬和赞美之情。对于御者之妻，着墨不多，却形神兼备。她那一番闪耀着光芒的言语，表现出她非凡的志趣。写御者就利用了白描手法，"拥大盖，策驷马，意气扬扬，其自得也"，形象生动鲜明，接下去只用"自抑损"三字就揭示出这一人物心理状态的转变。驾车人与晏婴的对照、驾车人前后对照，着墨不多，生动且富有戏剧性，用笔之工横溢其中。结尾议论反映了司马迁对统治阶级中优秀人物的真诚爱慕，也寄托着他深沉的感慨，其中真味，引人深思。

报任少卿书

太史公牛马走 [1] 司马迁再拜言。少卿足下：曩者辱赐书，教以顺于接物 [2]、推贤进士为务。意气勤勤恳恳，若望 [3] 仆不相师，而用流俗人之言，仆非敢如此也。仆虽罢驽 [4]，亦尝侧闻长者之遗风矣。顾自以为身残处秽 [5]，动而见尤，欲益反损，是以独郁悒而与谁语。谚曰："谁为为之？孰令听之？"盖钟子期死，伯牙终身不复鼓琴 [6]，何则？士为知己者用，女为说己者容 [7]。若仆大质 [8] 已亏缺矣，虽才怀随、和 [9]，行若由、夷 [10]，终不可以为荣，适足以见笑而自点 [11] 耳。书辞宜答，会东从上来 [12]，又迫贱事，相见日浅，卒卒无须臾之间 [13]，得竭指意。今少卿抱不测之罪，涉旬月，迫季冬；仆又薄从上雍 [14]，恐卒然不可为讳 [15]，是仆终已不得舒愤懑以晓左右，则长逝者 [16] 魂魄私恨无穷。请略陈固陋，阙然久不报，幸勿为过！

仆闻之："修身者，智之符 [17] 也；爱施者，仁之端也；取予者，义之表也；耻辱者，勇之决也；立名者，行之极也。"士有此五者，然后可以托于世而列于君子之林矣。故祸莫憯 [18] 于欲利，悲莫痛于伤心，行莫丑于辱先，诟莫大于宫刑。刑余之人，无所比数 [19]，非一世也，所从来远矣。昔卫灵公

与雍渠同载 [20]，孔子适陈；商鞅因景监见，赵良寒心 [21]；同子参乘，袁丝变色 [22]，自古而耻之。夫以中材之人，事有关于宦竖，莫不伤气，而况于慷慨之士乎？如今朝廷虽乏人，奈何令刀锯之余，荐天下之豪俊哉！仆赖先人绪业 [23]，得待罪辇毂下 [24]，二十馀年矣。所以自惟 [25]：上之不能纳忠效信，有奇策才力之誉，自结明主；次之不能拾遗补阙 [26]，招贤进能，显岩穴之士 [27]；外之不能备行伍，攻城野战，有斩将搴旗之功；下之不能积日累劳，取尊官厚禄，以为宗族交游光宠。四者无一遂，苟合取容，无所短长之效，可见于此矣。向者，仆常厕下大夫 [28] 之列，陪外廷 [29] 末议，不以此时引维纲，尽思虑；今以亏形为扫除之隶，在阘茸 [30] 之中，乃欲仰首伸眉，论列是非，不亦轻朝廷、羞当世之士耶！嗟乎！嗟乎！如仆尚何言哉！尚何言哉！

且事本末未易明也。仆少负不羁之才，长无乡曲之誉，主上幸以先人之故，使得奏薄伎，出入周卫 [31] 之中。仆以为戴盆何以望天，故绝宾客之知，亡室家之业，日夜思竭其不肖之才力，务一心营职，以求亲媚于主上，而事乃有大谬不然者。夫仆与李陵 [32]，俱居门下，素非能相善也。趣 [33] 舍异路，未尝衔杯酒，接殷勤之余欢。然仆观其为人：自守奇士，事亲孝，与士信，临财廉，取予义，分别有让 [34]，恭俭下人 [35]；常思奋不顾身，以徇国家之急。其素所蓄积也，仆以为有国士之风。夫人臣出万死不顾一生之计，赴公家之难，斯以奇矣。今举事一不当，而全躯保妻子之臣，随而媒孽 [36] 其短，仆诚私心痛之！且李陵提步卒不满五千，深践戎马之地，足历王庭 [37]，垂饵虎口，横挑强胡，仰亿万之师，与单于连战十有余日，所杀过半当 [38]，虏救死扶伤不给。旃裘 [39] 之君长咸震怖，乃悉征其左右贤王，举引弓之人，一国共攻而围之。转斗千里，矢尽道穷，救兵不至，士卒死伤如积；然陵一呼劳军，士无不起，躬自流涕，沫血饮泣，更张空弮 [40]，冒白刃，北向争死敌者。陵未没时，使有来报，汉公卿王侯皆奉觞上寿。后数日，陵败书闻，主上为之食不甘味，听朝不怡；大臣忧惧，不知所出。仆窃不自料其卑贱，见主上惨怆怛悼，诚欲效其款款之愚。以为李陵素与士大夫绝甘分少 [41]，能得人之死力，虽古之名将，不能过也。身虽陷败，彼观其意，且欲得其当 [42] 而报于汉；事已无可奈何，其所摧败，功亦足以暴 [43] 于天下矣。仆怀欲陈之而未有路，适会召问，即以此指，推言陵之功，欲以广主上之意，塞睚眦 [44] 之辞；未能尽明，明主不晓，以为仆沮贰师，而为李陵游说，遂下于理 [45]。拳拳之忠，终不能自列，因为诬上，卒从吏议。家贫，货赂不足以自赎；交游莫救，左右亲近不为一言。身非木石，独与法吏为伍，深幽囹圄[46]之中，谁可告愬者！此真少卿所亲见，仆行事岂不然乎？李陵既生降，聩[47]其家声；而仆又佴之蚕室[48]，重为天下观笑，悲夫悲夫！事未易一二为俗人言也。

仆之先非有剖符丹书之功，文史星历，近乎卜祝之间，固主上所戏弄，倡优所畜，流俗之所轻也。假令仆伏法受诛，若九牛亡一毛，与蝼蚁何以异？而世又不与能死节者比，特以为智穷罪极，不能自免，卒就死耳。何也？素所自树立使然也。人固有一死，或重于泰山，或轻于鸿毛，用之所趋异也。太上不辱先，其次不辱身，其次不辱理色[49]，其次不辱辞令，其次屈体受辱，其次易服[50]受辱，其次关木索、被箠楚受辱，其次剔毛发、婴金铁受辱，其次毁肌肤、断肢体受辱，最下腐刑极矣！传[51]曰："刑不上大夫。"此言士节不可不勉励也。猛虎在深山，百兽震恐；及在槛阱之中，摇尾而求食：积威约之渐也。故士有画地为牢，势不可入；削木为吏，议不可对：定计于鲜[52]也。今交手足，受木索，暴肌肤，受榜箠幽于圜墙之中。当此之时，见狱吏则头枪地[53]，视徒隶则心惕息，何者？积威约之势也。及以至是，言不辱者，所谓强颜耳，曷足贵乎！且西伯[54]，伯也，拘于羑里；李斯，相也，具于五刑[55]；淮阴，王也，受械于陈[56]；彭越、张敖，南面称孤，系狱抵罪[57]；绛侯诛诸吕，权倾五伯，囚于请室[58]；魏其，大将也，衣赭衣，关三木[59]；季布[60]为朱家钳奴；灌夫受辱于居室[61]。此人皆身至王侯将相，声闻邻国，及罪至罔加，不能引决自裁，在尘埃之中，古今一体，安在其不辱也！由此言之：勇怯，势也；强弱，形也。审矣，何足怪乎？夫人不能早自裁绳墨之外，以稍陵迟[62]，至于鞭箠之间，乃欲引节[63]，斯不亦远乎！古人所以重施刑于大夫者，殆为此也。夫人情莫不贪生恶死，念父母，顾妻子；至激于义理者不然，乃有所不得已也。今仆不幸，早失父母，无兄弟之亲，独身孤立，少卿视仆于妻子何如哉？且勇者不必死节，怯夫慕义，何处不勉焉。仆虽怯懦欲苟活，亦颇识去就之分矣，何至自沉溺缧绁之辱哉！且夫臧获婢妾，由能引决，况仆之不得已乎？所以隐忍苟活，幽于粪土之中而不辞者，恨私心有所不尽，鄙陋没世[64]，而文采不表于后世也。

古者富贵而名摩灭，不可胜记，唯倜傥非常之人称焉。盖文王拘而演《周易》[65]；仲尼厄而作《春秋》；屈原放逐，乃赋《离骚》[66]；左丘失明，厥有《国语》[67]；孙子膑脚，兵法修列[68]；不韦迁蜀，世传《吕览》[69]；韩非囚秦，《说难》《孤愤》[70]；《诗》三百篇，大抵圣贤发愤之所为作也。此人皆意有所郁结，不得通其道，故述往事，思来者[71]。乃如左丘无目，孙子断足，终不可用，退而论书策以舒其愤，思垂空文以自见。仆窃不逊，近自托于无能之辞，网罗天下放失旧闻，略考其行事，综其终始，稽其成败兴坏之纪，上计轩辕，下至于兹，为十表，本纪十二，书八章，世家三十，列传七十，凡百三十篇，亦欲以究天人之际[72]，通古今之变，成一家之言。草创未就，会遭此祸，惜其不成，是以就极刑而无愠色。仆诚以著此书，藏诸名山，传之其人通邑大都，则仆偿前辱之责，虽万被戮，岂有悔哉！然此可为智者道，难为俗人言也。

且负下未易居[73]，下流多谤议[74]。仆以口语[75]遇遭此祸，重为乡党所笑，以污辱先人，亦何面目复上父母丘墓乎？虽累百世，垢弥甚耳！是以肠一日而九回，居则忽忽若有所亡，出则不知其所往，每念斯耻，汗未尝不发背沾衣也。身直为闺阁之臣[76]，宁得自引于深藏岩穴耶？故且从俗浮沉，与时俯仰，以通其狂惑。今少卿乃教以推贤进士，无乃与仆私心剌谬乎？今虽欲自雕琢，曼辞[77]以自饰，无益，于俗不信，适足取辱耳！要之死日，然后是非乃定。书不能悉意，略陈固陋，谨再拜。

【注释】

[1] 太史公：为司马迁自谓。牛马走：像牛马一样供人驱使，犹指仆人，为司马迁自谦之词。

[2] 接物：指待人接物。

[3] 望：抱怨。

[4] 罢：同“疲”。驽：驽马，跑不快的劣马。罢驽：比喻身体疲弱，才能低下的人。

[5] 身残处秽：指身遭腐刑，处于受侮辱的可耻地位。

[6] 钟子期、伯牙：春秋楚国人。伯牙善弹琴，精于音乐的钟子期最能欣赏他。子期死后，伯牙觉得世上再也没有知音了，遂绝破琴，终生不再弹琴。事详见《吕氏春秋·本味》。

[7] 说：通“悦”。容：修饰打扮。

[8] 大质：身体，体质。

[9] 随、和：指随侯珠、和氏璧，均为天下至宝。喻指美好的才德。

[10] 由、夷：指许由、伯夷，均为古代品行高洁的贤士。

[11] 自点：自污。点，玷污之意。

[12] 东从上来：指跟随汉武帝从东方回到长安。

[13] 卒（cù）：仓促。间：间隙。

[14] 薄：迫，靠近。雍：古县名，在今陕西凤翔南。

[15] 不可为讳：不可避讳，指任安不可避免要被处死。

[16] 长逝者：死者，指将死的任安。

[17] 符：凭据。

[18] 憯（cǎn）：同"惨"。

[19] 比数：相提并论。

[20] 卫灵公：春秋时卫国国君，名元，公元前534—前493年在位。雍渠：卫灵公宠爱的宦官。

[21] 商鞅：战国时著名的政治家，卫国人，公孙氏，名鞅，亦称卫鞅。景监：孝公宠幸的太监。商鞅因景监推荐而被秦孝公重用。赵良：秦国的贤士。

[22] 同子：指汉文帝时的宦官赵谈。司马迁为避父讳，故称赵谈为同子。袁丝：即袁盎（丝为其字），汉文帝时以直谏而闻名于朝廷。

[23] 绪业：遗业。

[24] 待罪辇毂下：谦辞，指在皇帝周围做官。

[25] 惟：思。

[26] 拾遗补阙：为皇帝补救过失，指讽谏。

[27] 岩穴之士：古时隐士多依山而居，故称岩穴之士。

[28] 下大夫：太史令官禄六百石，位为下大夫。

[29] 外廷：即外朝。汉代朝官分内朝官和外朝官。汉武帝把侍中、常侍、给事中等近臣组成内朝，参与国家大事决策，丞相为首的外朝执行一般政务。

[30] 阘茸（tà róng）：卑贱。

[31] 周卫：戍卫严密，此指宫禁。

[32] 李陵：西汉陇西成纪（今甘肃秦安）人，字少卿，名将李广之孙。武帝时任骑都尉。曾率兵出击匈奴，战败投降。

[33] 趣：同"趋"。

[34] 分别有让：指待人接物能分别尊卑长幼，恪守礼节，谦让有礼。

[35] 下人：指甘居人下。

[36] 媒孽：即媒糵。媒，酒母。糵，酒曲。酝酿的意思，比喻诬陷，酿成其罪。

[37] 王庭：指匈奴。

[38] 过半当：超过一半。

[39] 旃（zhān）裘：匈奴人穿的毡制之衣。这里指匈奴。

[40] 彍：弩弓。李陵矢尽，故张空弓。

[41] 绝甘分少：拒绝接受甘美之物，将仅有的少量东西分给别人。

[42] 当：指抵罪之功。

[43] 暴（pù）：显露。

[44] 睚眦（yá zì）：怒目而视。此处指怨怼。

[45] 理：古代的司法机关。

[46] 囹圄（líng yǔ）：监狱。

[47] 隤（tuí）：同"颓"，败坏。

[48] 佴（ěr）：随后。蚕室：狱名，宫刑者所居之室。《后汉书·光武帝纪下》注："蚕室，宫刑狱名。宫刑者畏风，须暖，作窨室蓄火如蚕室，因以名焉。"

[49] 理色：道理和脸面。

[50] 易服：改穿囚服。

[51] 传：指《礼记》。

[52] 定计：事先做好了计划。鲜：明确。

[53] 枪地：即抢地，头触地。

[54] 西伯：指周文王。商末周初周族领袖，姬姓，名昌。商纣时为西伯，曾被纣囚禁于羑里（今河南汤阴北）。

[55] 李斯：秦丞相，后被赵高陷害，腰斩于市。五刑：古代五种刑罚，指墨（脸上刺字）、劓（割鼻）、剕（断足）、宫刑、大辟（死刑）。

[56] 淮阴：即汉淮阴侯韩信，曾封楚王。公元前201年，有人上书告信欲谋反，高帝采用陈平计策，伪称将游云梦，会诸侯于陈（今河南淮阳），信至，令用刑具锁缚。械：锁缚手足的刑具。

[57] 彭越：字仲，汉初大梁（今山东金乡西北）人。封梁王。后被告发谋反，下狱被杀。张敖：汉初大梁（今河南开封西北）人。张耳子，嗣其父为赵王。因赵相贯高等谋刺高祖，被捕下狱。南面称孤：称王。

[58] 绛侯：即周勃。勃以功封绛侯。吕后死后，与陈平诛杀吕产、吕禄等人，迎立文帝，任右丞相。后被人诬告，一度下狱。请室：囚禁有罪官吏的牢狱。

[59] 魏其：即窦婴。婴被封魏其侯。后因与丞相田蚡不和，被弹劾拘禁于都司空衙门的狱中。赭衣：囚衣。三木：加在犯人颈、手、足上的刑具。

[60] 季布：汉初楚人，任侠有名。项羽曾派他率兵屡次围困刘邦。项羽败后，刘邦以千金悬赏捉拿，他匿于濮阳周氏家。后接受周氏之计，髡钳（古代刑罚，剃去头发，用铁圈束颈）为奴，卖身给鲁国游侠朱家。

[61] 灌夫：曾为燕相。因辱骂丞相田蚡，被拘禁于居室。居室：汉官署名，为拘禁犯人的处所。

[62] 陵迟：同"陵夷"，衰落。

[63] 引节：守节自杀。

[64] 没世：终身。

[65] 文王拘而演《周易》：相传周文王被纣囚于羑里期间，推演伏羲所画的八卦为六十四卦，成为《周易》。

[66] 屈原放逐，乃赋《离骚》：战国时楚国大诗人屈原因遭靳尚等人诬陷，被流放，奋发而作《离骚》。

[67] 左丘失明，厥有《国语》：春秋时鲁国史官左丘明相传失明后著《国语》。

[68] 孙子膑脚，兵法修列：孙子即孙膑，战国初军事家。他被庞涓处以膑刑（剜去膝盖骨），后撰写了《孙膑兵法》。

[69] 不韦迁蜀，世传《吕览》：吕不韦本商人，后尊为秦国相国，以罪免职，被迁往蜀地。曾命门客编撰《吕氏春秋》，也作《吕览》。

[70] 韩非囚秦，《说难》《孤愤》：韩非，战国末思想家、法家代表人物。曾建议韩王变法图强，不被用。后出使秦国，李斯忌其才，被陷入狱而自杀。《说难》《孤愤》为《韩非》篇名。

[71] 故述往事，思来者：《文选》李善注："言故述往前行事，思令将来人知己之志。"

[72] 究天人之际：探究自然与人类社会的关系。

[73] 负下：处低下卑微的地位。未易居：不容易生活。

[74] 下流多谤议：指自己居于社会下流容易遭到诽谤。

[75] 口语：指为李陵辩解。

[76] 直：同"值"，当。闺阁之臣：指如宦官一类的官职。

[77] 曼辞：好听的话。

【解读】

《报任少卿书》是司马迁给朋友任少卿（任安）的一封复信，对老朋友以前写信给他，要他利用中书令的职务"推贤进士"的事予以答复。在信中，作者引古征今，对于以往沉痛教训和对黑暗现实的深刻认识，都有着深刻的反映，字里行间饱含深情，抒发了自己胸中强烈的愤慨和激情，使得本文具有浓厚的抒情色彩。

全文共分六段，第一段主要说明迟迟回信的原因，委婉地说明自己处于"身残处秽"的地位，无法"推贤进士"。第二段诉说自己所受的奇耻大辱，具体论述不配"推贤进士"的缘故；言语之中，借题发挥，诉说了自己的不幸遭遇和精神上难以明言的苦痛，充满血泪的控诉，使人为之震惊。第三段回顾为李陵事而下狱经过。这一段，对于黑暗现实的抨击最为激烈，对公卿王侯的恶劣行径和封建刑狱制度的残酷予以无情鞭挞，同时借助高超的艺术技巧不露声色地将矛头直指汉武帝，反映了汉武帝的处事不公和刚愎昏庸。这些地方，全用事实说话，是非爱憎相当分明。第四段主要阐述作者的人生态度，表明其生死观："人固有一死，或重于泰山，或轻于鸿毛。"其忍辱负重、发愤著书，"弃小义雪大耻"的行为更加激励人心，使读者受到强烈的感染。第五段说明已著成《史记》。他历尽艰辛，要把《史记》写成能够"究天人之际，通古今之变，成一家之言"的著作，以著书来洗清耻辱，他的言行中饱含着苍凉的感慨，使人感极而悲，潸然泪下。最后一段表明自己现时的悲惨处境，同时照应第一段中"身残处秽"和不能"推贤进士"，使全文结构显得严谨缜密，富于条理。

司马迁的胸中郁积着深深的不平，写信时感情处于极度的激愤和沉痛状态，行文如流水，一发不可收拾，这就使得本文的气势磅礴，具有震撼人心的艺术力量，一字一句都如灵魂之呐喊，愤怒之抗争，激昂劲健，脱口而出，显示出作为历史学家的博大精深和作为文学家的富丽辞采，难怪乎后人称其著作《史记》为"史家之绝唱，无韵之离骚"。

司马迁是一位语言大师，其深厚的驾驭语言的功底，使得全文的语言具有极强的表现力和感染力，辞藻丰富，融叙事、议论、抒情于一炉，反复炼词，一唱三叹，大量排比句的运用，势如排山倒海，将悲愤之情表现得淋漓尽致，又运用摹状、借代等多种修辞手法，增强了文章的形象性和典型性。句式的长短不一，使文章整散相间，更富有灵活性和生动性，其风格特色，尽现其中。

魏晋
南
北
朝

魏晋南北朝是从196年汉末建安时期至589年隋文帝统一中国的历史时期，历经建安时期，魏、蜀、吴三国，西晋短期统一，东晋与十六国，南朝宋、齐、梁、陈，北朝魏、齐、周，是我国封建历史中社会长期分裂、战乱频仍、动荡不安的时期。但就在这样的393年间，文学以其蓬勃的生命力晕染出绚丽的色彩——魏晋南北朝文学是中国文学的自觉时代，是新的文学现象孕育、成长的创新时期，是唐代文学全面繁荣的奠基时期。

魏晋南北朝的散文不仅重视作家情感的自由抒发，而且对作品的表现形式做了多方面的探索。早期诸葛亮的《出师表》；东晋王羲之的《兰亭集序》，情旨高妙，风格清淡，为后世所称道；东晋陶渊明的散文，语言平淡自然，境界淡泊高远，是作者人格和志趣的生动写照，代表作为《桃花源记》。到南北朝时期，散文逐渐被骈文所取代，文人在用事、对偶、辞藻上下功夫，南朝齐孔稚珪的《北山移文》，对"身在江湖之上，心存魏阙之下"的假隐士做了辛辣的讽刺。北朝北魏郦道元的《水经注》以简洁隽永的笔墨，描绘出一幅幅山川景物的鲜明图画，不仅具有高度的科学价值，同时具有高度的文学价值；北魏杨衒之的《洛阳伽蓝记》则真实地记录了北魏都城洛阳佛寺的兴衰,同时也记载了许多类似志怪小说的神话和传说。此外,颜之推的《颜氏家训》语言质朴,风格平易亲切,也表现出与南朝文学不同的鲜明特征。

魏晋南北朝的文学理论在我国文学理论发展史上具有崇高的地位。曹丕的《典论·论文》指出了文体的区分:"奏议宜雅,书论宜理,铭诔尚实,诗赋欲丽。"提出了"文气论",探讨作家个性与文章风格的关系。西晋陆机的《文赋》论述了十种文体的风格特征,提出的"诗缘情而绮靡",描述了创作过程,总结了创作经验,对文学创作有指导意义。刘勰的《文心雕龙》主张在历史现实的变化中理解文学的发展,说明了内容与形式的关系,提出质先于文,文质并重,应该"为情造文",全面地总结了创作经验,建立了文学批评的方法论。钟嵘的《诗品》是五言诗的专论,注重诗人独特的风格,对赋比兴与诗味也有深入的探讨。

诸葛亮

诸葛亮（181—234），字孔明，号卧龙（也作伏龙），琅琊阳都（今山东沂南县）人，蜀汉丞相，三国时期杰出的政治家、外交家、发明家、军事家。曾隐居躬耕于南阳卧龙岗十年，常以管仲、乐毅自比，后辅佐刘备，建立蜀汉政权。刘备死，受托辅佐后主刘禅。在世时被封为武乡侯，谥曰忠武侯。后来的东晋政权为了推崇诸葛亮的军事才能，特追封他为武兴王。有《诸葛亮集》。

前出师表 [1]

先帝 [2] 创业未半而中道崩殂 [3]，今天下三分，益州疲弊，此诚危急存亡之秋也。然侍卫之臣不懈于内，忠志之士忘身于外者，盖追先帝之殊遇，欲报之于陛下也。诚宜开张圣听 [4]，以光先帝遗德，恢弘 [5] 志士之气；不宜妄自菲薄，引喻失义 [6]，以塞忠谏之路也。

宫中府中，俱为一体；陟罚臧否 [7]，不宜异同。若有作奸犯科及为忠善者，宜付有司论其刑赏，以昭陛下平明之理；不宜偏私，使内外异法也。侍中、侍郎郭攸之、费祎、董允等 [8]，此皆良实，志虑忠纯，是以先帝简拔 [9] 以遗 [10]陛下。愚以为宫中之事，事无大小，悉以咨 [11] 之，然后施行，必能裨补阙漏 [12]，有所广益。将军向宠 [13]，性行淑均 [14]，晓畅军事，试用于昔日，先帝称之曰能，是以众议举宠为督。愚以为营中之事，悉以咨之，必能使行阵 [15] 和睦，优劣得所。亲贤臣，远小人，此先汉所以兴隆也；亲小人，远贤臣，此后汉所以倾颓也。先帝在时，每与臣论此事，未尝不叹息痛恨于桓、灵 [16] 也。侍中、尚书 [17]、长史 [18]、参军，此悉贞良死节 [19] 之臣，愿陛下亲之信之，则汉室之隆，可计日而待也。

臣本布衣 [20]，躬耕于南阳 [21]，苟全性命于乱世，不求闻达 [22] 于诸侯。先帝不以臣卑鄙 [23]，猥 [24] 自枉屈，三顾臣于草庐之中，咨臣以当世之事，由是感激，遂许先帝以驱驰。后值倾覆 [25]，受任于败军之际，奉命于危难之间，尔来 [26] 二十有一年矣！

先帝知臣谨慎，故临崩寄臣以大事 [27] 也。受命以来，夙夜忧叹，恐托付不效，以伤先帝之明。故五月渡泸 [28]，深入不毛 [29]。今南方已定，兵甲已足，当奖率三军，北定中原，庶竭驽钝 [30]，攘除奸凶，兴复汉室，还于旧都 [31]。此臣所以报先帝而忠陛下之职分也。至于斟酌损益，进尽忠言，则攸之、祎、允之任也。愿陛下托臣以讨贼兴复之效，不效则治臣之罪，以告先帝之灵。若无兴德之言，则责攸之、祎、允等之慢，以彰其咎。陛下亦宜自谋，以咨诹善道，察纳雅言，深追先帝遗诏^[32]，臣不胜受恩感激。

今当远离，临表涕零^[33]，不知所言。

【注释】

[1] 表：是古代一种文体，是大臣向皇上陈请、请愿的一种奏折。

[2] 先帝：指刘备。因刘备此时已死，故称先帝。

[3] 崩殂（cú）：死。崩，古时指皇帝死亡。殂，死亡。

[4] 开张圣听：扩大圣明的听闻。意思是要后主广泛听取别人的意见。开张，扩大，与下文"塞"相对。

[5] 恢弘：发扬扩大。恢，大。弘，大，宽。这里是动词，也作"恢宏"。

[6] 引喻失义：讲话不恰当。

[7] 陟（zhì）：提升。罚：惩罚。臧（zāng）否（pǐ）：善恶。这里作为动词，意思是奖励好的惩罚坏的。

[8] 侍中、侍郎：都是官名，皇帝的近臣。郭攸之：南阳人，当时任刘禅的侍中。费祎（yī）：字文伟，江夏人，刘备时任太子舍人，刘禅继位后，任黄门侍郎，后升为侍中。董允：字休昭，南郡枝江人，刘备时为太子舍人，刘禅继位，升任黄门侍郎，诸葛亮出师时又提升为侍中。

[9] 简：同"拣"挑选。拔：提升。

[10] 遗（wèi）：给予。

[11] 咨（zī）：询问，征求意见。

[12] 裨（bì）补阙漏：弥补缺点和疏漏之处。裨，补。阙，通"缺"，缺点，缺失。

[13] 向宠：三国时襄阳宜城人，刘备时任牙门将，刘禅继位，被封为都亭侯，后任中都督。

[14] 性行淑均：性情品德善良平正。淑，善。均，平。

[15] 行（háng）阵：指部队。

[16] 桓、灵：东汉末年的桓帝和灵帝。

[17] 尚书：这里指陈震，南阳人，建兴三年（225年）任尚书，后升为尚书令。

[18] 长（zhǎng）史：这里指张裔，成都人，当时任参军。诸葛亮出驻汉中，留下蒋琬、张裔统管丞相府事，后又暗中上奏给刘禅："臣若不幸，后

事宜以付琬。"

[19] 死节：为国而死的气节，能够以死报国。

[20] 布衣：平民。

[21] 躬：亲自。耕：耕种。南阳：指隆中，在湖北省襄阳城西。当时隆中属南阳郡管辖。

[22] 闻达：显达扬名。

[23] 卑鄙：地位、身份低微，见识浅陋。卑，身份低下。鄙，见识短浅。

[24] 猥（wěi）：辱，这里有降低身份的意思。

[25] 后值倾覆：以后遇到危难。建安十三年（208年），刘备在当阳长坂坡被曹操打败，退至夏口，派诸葛亮去联结孙权，共同抵抗曹操。本句连同下句即指此事。

[26] 尔来：从那时以来。

[27] 大事：指章武三年（223年），刘备临终前嘱托诸葛亮辅佐刘禅，复兴汉室，统一国家的大事。

[28] 五月渡泸：建兴元年（223年），云南少数民族的上层统治者发动叛乱，建兴三年（225年），诸葛亮率师南征，五月渡泸水，秋天平定了这次叛乱。下句"南方已定"即指此。泸水即金沙江。

[29] 不毛：不长草木，此指不长草木的荒凉地区。

[30] 驽（nú）钝：比喻自己的才能低劣。

[31] 旧都：指东都洛阳或都城长安。

[32] 先帝遗诏：刘备给后主的遗诏中说："勿以恶小而为之，勿以善小而不为。惟贤惟德，能服于人。"

[33] 临表涕零：面对着表（《出师表》）落泪。涕零，落泪。

【解读】

　　表，是封建时代大臣用来向君王陈述意见的一种实用文体。《出师表》是三国时建兴五年（227年）蜀相诸葛亮出师北伐时给后主刘禅的奏表。因建兴六年冬诸葛亮第二次北征前又上了一表，所以把建兴五年作的表称为《前出师表》，建兴六年的表称为《后出师表》。

　　建兴五年，诸葛亮驻军汉中，准备攻取魏以完成复兴汉室的大业。鉴于后主刘禅昏庸懦弱，他在出师前上表告诫刘禅要"亲贤臣，远小人"，同时也表达自己北定中原的决心。这篇文章就是由劝谏和表态两部分组成。文章首先历数了国家危难：其一是先帝刘备创业未成一半就死去；其二是魏、蜀、吴三国鼎立之势对蜀非常不利；其三是蜀汉自己人力、物力也较差，处于比较危急的时刻。为这篇表的立意做了铺垫。认识到这些不利因素后，诸葛亮提出了解决矛盾的三个策略：纳谏、法治、用人。后主刘禅昏庸无能，因此纳忠谏也就显得最为重要，只有"开张圣听"，才会有所谓法治和起用人才，诸葛亮的文思缜密由此可见。法治就是要昌明法度，不论是文武百官、皇族侍臣还是平民百姓，如有作奸犯科或尽忠行善者都应该交由司法部门来处理或旌表，不应有任何偏私。用人就是要任用贤良，除去庸鄙。诸葛亮具体地指出郭攸之、费祎、董允、向宠这几位贤臣，请后主遇事无论大小都要征求他们的意见。举文官武将为例后，诸葛亮又引征历史上"亲贤远佞"的正反面教训，做进一步说明。"亲贤臣，远小人，此先汉所以兴隆也；亲小人，远贤臣，此后汉所以倾颓也。"正反对比，利害鲜明，偶句对列，寓意深刻。他又以先帝叹息痛恨桓帝、灵帝两人为例说明"亲贤远佞"的重要性，并暗喻刘禅，应以此为戒。第二部分作者主要是叙忠情、言宏志。他先叙述了自己二十一年来的经历，把一片赤诚之心自剖于眼前，表明他对蜀汉的忠心，同时也顺理成章地引出了北伐这个主题。他自立军令状督责诸臣，又劝后主"察纳雅言"，三方共同努力，以兴复汉室。到这里，言尽意详，完满地结束了全文。

这篇文章表现出一种兴邦建业、顽强进取的精神。全文周密畅达，被喻为"志尽文畅""表之英也"（《文心雕龙·章表》）。一般章表常给人以呆板无情的感觉，而通览此表，诸葛亮忧国尽忠之情，表现得淋漓尽致、感人肺腑。另外，文中语言骈散结合，气势雄壮而又有节奏感，是一篇极为优秀的作品。

曹丕（187—226），字子桓，沛国谯（今安徽省亳州市）人。三国时期著名的政治家、文学家，魏朝的开国皇帝。220—226年在位，庙号世祖，谥为文皇帝（魏文帝），葬于首阳陵。魏武帝曹操与武宣卞皇后的长子。由于文学方面的成就而与其父曹操、其弟曹植并称为"三曹"。曹丕在继承权的争夺中战胜了弟弟曹植，被立为王世子。曹操逝世后，曹丕逼迫汉献帝禅位，代汉称帝，终结了汉朝四百多年的统治，改国号大魏，为魏朝的开国皇帝，也是三国时代中第一个称皇帝的君主。

曹　丕

典论·论文

文人相轻[1]，自古而然[2]。傅毅[3]之于班固[4]，伯仲之间耳；而固小[5]之，与弟超书曰："武仲以能属文，为兰台令史，下笔不能自休。"夫[6]人善于自见[7]，而文非一体[8]，鲜能备善，是以各以所长，相轻所短。里语曰："家有敝帚，享之千金[9]。"斯不自见之患也。

今之文人：鲁国孔融文举，广陵陈琳孔璋、山阳王粲仲宣，北海徐干伟长、陈留阮瑀元瑜，汝南应玚德琏，东平刘桢公干，斯七子者，于学无所遗，于辞[10]无所假，咸自以骋骥骥[11]于千里，仰齐足而并驰[12]。以此相服，亦良难[13]矣！盖君子审己以度人，故能免于斯累，而作论文。

王粲长于辞赋，徐干时有齐气[14]，然粲之匹[15]也。如粲之《初征》《登楼》《槐赋》《征思》，干之《玄猿》《漏卮》《圆扇》《橘赋》，虽张、蔡[16]不过也。然于他文，未能称是。琳、瑀之章表书记，今之隽也。应玚和而不壮；刘桢壮而不密。孔融体气[17]高妙，有过人者，然不能持论，理不胜辞，以至乎杂以嘲戏。及其所善，扬、班俦[18]也。

常人贵远贱近[19]，向声背实[20]，又患暗于自见，谓己为贤。

夫文本同而末异，盖奏议宜雅，书论宜理，铭诔尚实，诗赋欲丽。此四科[21]不同，故能之者偏[22]也。唯通才能备其体。

文以气为主；气之清浊有体，不可力强而致[23]。譬诸音乐，曲度虽均，节奏同检[24]；至于引气不齐，巧拙有素，虽在父兄，不能以移子弟。

盖文章，经国之大业，不朽之盛事。年寿有时而尽，荣乐止乎其身。二者必至之常期，未若文章之无穷。是以古之作者，寄身于翰墨[25]，见意于篇籍，不假良史之辞[26]，不托飞驰之势[27]，而声名自传于后。故西伯[28]幽[29]而演《易》，周旦[30]显[31]而制《礼》，不以隐约[32]而弗务[33]，不以康乐而加思[34]。夫然，则古人贱尺璧而重寸阴，惧乎时之过已。而人多不强力；贫贱则慑于饥寒，富贵则流于逸乐，遂营目前之务，而遗千载之功。日月逝于上，体貌衰于下，忽然与万物迁化^[35]，斯志士之大痛也！

融等已逝，唯干著《论》^[36]，成一家言。

【注释】

[1] 轻：轻蔑，瞧不起。

[2] 自古而然：从古代以来就是这个样子。

[3] 傅毅：字武仲，东汉扶风茂陵人，东汉将军傅育之子，学问渊博。

[4] 班固：字孟坚，扶风安陵（今陕西咸阳）人，《汉书》的作者。

[5] 小：轻视。

[6] 夫：发语词。

[7] 善于自见：喜欢自我炫耀和表现。

[8] 体：体裁。

[9] 家有敝帚，享之千金：自己家的破扫帚，却看作是价值千金的宝贝。比喻极为珍惜自己的事物。

[10] 辞：文字，引申为文章。

[11] 骥騄：古代的两个骏马名。

[12] 仰齐足而并驰：自恃其才而并驾齐驱、互不相让。

[13] 良难：实在是很不容易。良，是"很""甚"的意思。

[14] 齐气：指文章风格舒缓。

[15] 匹：实力相当。

[16] 张：张衡。蔡：蔡邕。

[17] 体气：气质、风格。

[18] 俦：匹敌。

[19] 贵远贱近：推崇古代的事物，而轻贱当今的事物。

[20] 向声背实：注重虚名而不求实学。

[21] 科：类别、项目。

[22] 能之者偏：写文章的人各有所长。

[23] 力强而致：勉强达到。

[24] 检：法度、法式。

[25] 翰墨：比喻文章。

[26] 假良史之辞：借着优秀史官的文章好评。

[27] 托飞驰之势：依靠权贵的势力。飞驰，本指飞快奔驰，引申为富贵人家。

[28] 西伯：本指西方诸侯之长。因商王曾任命周文王为西伯，所以后世常用来指代周文王。

[29] 幽：囚禁。

[30] 周旦：周公。周公名旦。

[31] 显：有名望、有地位。

[32] 隐约：穷困不得志。

[33] 弗务：不努力。

[34] 加思：更改想法。

[35] 迁化：这里暗示死亡。

[36] 干著《论》：徐干写了《中论》一书。

【解读】

《典论·论文》是魏文帝曹丕写的一篇文学理论作品。典是法则的意思，典论即指讨论各种文体的法则。《论文》是《典论》这部著作中的一篇，也是我国迄今发现的第一篇评论文学以及作家的专论。

魏晋时期是"人的自觉"和"文的自觉"的时代。"人的自觉"指人的生命力的张扬和对个体价值的追求。而"文的自觉"则指文学创作的繁荣。文学创作的繁荣，如建安文学的巨大成就，必然需要总结，并且需要理论指导，《典论·论文》就是在这种背景下产生的。《典论·论文》探讨了这样一些理论问题：其一，论文学的价值和作用。曹丕继承并发展了儒家学派关于文学作品价值和作用的理论，并把文学的地位和作用提到了空前的高度。他在《典论·论文》中说："盖文章……而声名自传于后。"这表明，首先他把文章看成是"经国之大业"，即治理国家的伟大事业。其次，他认为文章是"不朽之盛事"，即盛大的事业，也是永垂不朽、留名千古的事业。而且，曹丕把文章同人之生死、荣乐加以比较，说明人生是有限的，而文学功能是无限的。其二，讨论了作家与作品的关系，具体讲就是作家的气质、个性与文章风格的关系。曹丕讲"文以气为主，气之清浊有体，不可力强而致"。气指作家的气质、才性，"文以气为主"指作品极大地受作家的才性、气质的影响。

才性、气质不同，会形成不同的文章风格。曹丕把作家和作品的密切关系紧密联系起来，是符合文学规律的。我们通常所说的"文如其人""诗品出自人品"等正是这个意思。另外，在这篇文章中，文体论和文学批评论也很重要。如曹丕把文体分为四科八体，并且认识到了各类文体的特点，如他在提到诗赋时说"诗赋欲丽"，指文学作品应注意自身形式，这就反映了"文学自觉"的趋向。在文学批评上，他反对"文人相轻"，这也具有真知灼见。

总之，《典论·论文》文约意丰，意义重大，它开启了魏晋南北朝文学理论批评觉醒的先河。

嵇　康

　　嵇康（223—262），字叔夜，谯郡铚县（今安徽省宿州西南）人。"竹林七贤"之一。曾为中散大夫，故世称嵇中散。史称嵇康"早孤，有奇才，远迈不群，身长七尺八寸，美词气，有风仪"。他是曹魏宗室的女婿，学问渊博，性格刚直，疾恶如仇。因拒绝与当时掌权的司马氏合作，对他们标榜的虚伪礼法加以讥讽和抨击，直接触犯了打着礼教幌子以谋夺曹氏政权的司马昭及其党羽，结果遭诬被处死。在他临刑的时候，有三千名太学生请求以他为师，可见他在当时社会上的声望。有《嵇康集》。

与山巨源绝交书

康白：足下昔称吾于颍川[1]，吾常谓之知言。然经怪此意尚未熟悉于足下，何从便得之也？前年从河东[2]还，显宗、阿都[3]说足下议以吾自代；事虽不行，知足下故不知之。足下傍通，多可而少怪[4]；吾直性狭中[5]，多所不堪，偶与足下相知耳。间[6]闻足下迁，惕然不喜，恐足下羞庖人之独割，引尸祝以自助[7]，手荐鸾刀[8]，漫[9]之膻腥，故具为足下陈其可否。

吾昔读书，得并介之人[10]，或谓无之，今乃信其真有耳。性有所不堪，真不可强。今空语同知有达人，无所不堪，外不殊俗，而内不失正，与一世同其波流，而悔吝不生耳。老子、庄周，吾之师也，亲居贱职；柳下惠、东方朔[11]，达人也，安乎卑位。吾岂敢短[12]之哉！又仲尼兼爱，不羞执鞭；子文无欲卿相，而三登令尹[13]，是乃君子思济物[14]之意也。所谓达能兼善而不渝，穷则自得而无闷。以此观之，故尧、舜之君世[15]，许由[16]之岩栖，子房之佐汉，接舆[17]之行歌，其揆[18]一也。仰瞻数君，可谓能遂其志者也。故君子百行[19]，殊途而同致，循性而动，各附所安。故有处朝廷而不出，入山林而不反之论[20]。且延陵高子臧[21]之风，长卿慕相如之节[22]，志气所托，不可夺也。

吾每读尚子平、台孝威[23]传，慨然慕之，想其为人。加少孤露[24]，母兄见骄[25]，不涉经学。性复疏懒，筋驽肉缓，头面常一月十五日不洗，不大闷痒，不能沐也[26]。每常小便而忍不起，令胞[27]中略转乃起耳。又纵逸来久，情意傲散，简与礼相背，懒与慢相成，而为侪类[28]见宽，不攻其过。又读庄、老，重增其放，故使荣进之心日颓，任实[29]之情转笃。此由禽鹿，少见驯育，则服从教制；长而见羁，则狂顾顿缨[30]，赴蹈汤火；虽饰以金镳[31]，飨以嘉肴，愈思长林而志在丰草也。

阮嗣宗[32]口不论人过，吾每师之，而未能及。至性过人，与物无伤，唯饮酒过差耳。至为礼法之士所绳，疾之如仇，幸赖大将军保持[33]之耳。

吾不如嗣宗之资，而有慢弛之阙；又不识人情，暗于机宜[34]；无万石[35]之慎，而有好尽之累。久与事接，疵衅日兴，虽欲无患，其可得乎？又人伦有礼，朝廷有法，自惟至熟，有必不堪者七，甚不可者二：卧喜晚起，而当关呼之不置，一不堪也。抱琴行吟，弋钓草野，而吏卒守之，不得妄动，二不堪也。危坐一时，痹不得摇，性复多虱，把搔无已，而当裹以章服[36]，揖拜上官，三不堪也。素不便书，又不喜作书，而人间多事，堆案盈机[37]，不相酬答，则犯教伤义，欲自勉强，则不能久，四不堪也。不喜吊丧，而人道以此为重，已为未见恕者所怨，至欲见中伤者；虽瞿然[38]自责，然性不可化，欲降心顺俗，则诡故[39]不情，亦终不能获无咎无誉如此，五不堪也。不喜俗人，而当与之共事，或宾客盈坐，鸣声聒耳，嚣尘臭处，千变百伎，在人目前，六不堪也。心不耐烦，而官事鞅掌[40]，机务缠其心，世故烦其虑，七不堪也。又每非汤[41]武而薄周、孔，在人间不止，此事会显[42]，世教所不容，此甚不可一也。刚肠疾恶，轻肆直言，遇事便发，此甚不可二也。以促中小心[43]之性，统此九患，不有外难，当有内病，宁可久处人间邪？又闻道士遗言，饵[44]术黄精，令人久寿，意甚信之。游山泽，观鱼鸟，心甚乐之。一行作吏，此事便废，安能舍其所乐而从其所惧哉！

夫人之相知，贵识其天性，因而济之。禹不逼伯成子高，全其节也；仲尼不假盖于子夏[45]，护其短也；近诸葛孔明不逼元直[46]以入蜀，华子鱼不强幼安以卿相[47]。此可谓能相终始，真相知者也。足下见直木不可以为轮，曲木不可以为桷[48]，盖不欲枉其天才，令得其所也。故四民[49]有业，各以得志为乐，唯达者为能通之；此足下度内[50]耳。不可自见好章甫[51]，强越人以文冕也；己嗜臭腐，养鸳雏[52]以死鼠也。吾顷学养生之术，方外[53]荣华，去滋味，游心于寂寞，以无为为贵。纵无九患，尚不顾足下所好者。又有心闷疾，顷转增笃，私意自试，不能堪其所不乐。自卜已审，若道尽途穷则已耳。足下无事冤之，令转于沟壑[54]也。

吾新失母兄之欢，意常凄切。女年十三，男年八岁，未及成人，况复多病。顾此恨恨[55]，如何可言。今但愿守陋巷，教养子孙，时与亲旧叙离阔，陈说平生，浊酒一杯，弹琴一曲，志愿毕矣。足下若嬲[56]之不置，不过欲为官得人，以益时用耳。足下旧知吾潦倒粗疏，不切事情，自惟亦皆不如今日之贤能也。若以俗人皆喜荣华，独能离之，以此为快；此最近之，可得言耳。然使长才广度，无所不淹 [57]，而能不营，乃可贵耳。若吾多病困，欲离事自全，以保余年，此真所乏耳。岂可见黄门 [58] 而称贞哉！若趣 [59] 欲共登王途，期于相致，时为欢益，一旦迫之，必发狂疾。自非重怨，不至于此也。野人 [60] 有快炙背而美芹子者，欲献之至尊 [61]，虽有区区 [62] 之意，亦已疏矣。愿足下勿似之。其意如此，既以解足下，并以为别 [63]。嵇康白。

【注释】

[1] 颍川：指山嶔。是山涛的叔父，曾经做过颍川太守，故以代称。古代往往以所任的官职或地名等作为对人的代称。

[2] 河东：地名。在今山西省夏县西北。

[3] 显宗：公孙崇，字显宗，谯国人，曾为尚书郎。阿都：吕安，字仲悌，小名阿都，东平人，嵇康好友。

[4] 多可而少怪：多有许可而少有责怪。

[5] 狭中：心地狭窄。

[6] 间：近来。

[7] 语本《庄子·逍遥游》："庖人虽不治庖，尸祝不越樽俎而代之。"意思是说即使厨师不做菜，祭师也不应该越职代替他。这里引用这个典故，说明山涛独自做官感到不好意思，所以要荐引嵇康出仕。

[8] 鸾刀：刀柄缀有鸾铃的屠刀。

[9] 漫：玷污。

[10] 并介之人：兼济天下而又耿介孤直的人。山涛为"竹林七贤"之一，曾标榜清高，后又出仕，这里是讥讽他的圆滑处世。

[11] 柳下惠：即展禽。名获，字季，春秋时鲁国人。东方朔：字曼卿，汉武帝时人，常为侍郎。二人职位都很低下，所以说"安乎卑位"。

[12] 短：轻视。

[13] 令尹：楚国官名。

[14] 济物：救世济人。

[15] 君世：为君于世。"君"用作动词。

[16] 许由：尧时隐士。尧想把天下让给他，他不肯接受，到箕山隐居。

[17] 接舆：春秋时楚国隐士。

[18] 揆（kuí）：原则，道理。

[19] 百行：各种不同的行为。

[20] 语出《韩诗外传》卷五：“朝廷之人为禄，故入而不出；山林之士为名，故往而不返。”

[21] 延陵：名季札，春秋时吴国公子。居于延陵，人称延陵季子。子臧：一名欣时，曹国公子。曹宣公死后，曹人要立子臧为君，子臧拒不接受，离国而去。季札的父兄要立季札为嗣君，季札引子臧不为曹国君为例，拒不接受。

[22] 长卿：汉司马相如的字。相如：指战国时赵国人蔺相如。《史记·司马相如传》载：“（司马）相如既学，慕蔺相如之为人，更名相如。”

[23] 尚子平：东汉时人。他在儿女婚嫁后，即不再过问家事，恣意游五岳名山，不知所终。台孝威：名佟，东汉时人。隐居武安山，以采药为业。

[24] 露：羸弱。

[25] 兄：指嵇喜。见骄：指受到母兄的骄纵。

[26] 不能（nài）：不愿。能，通“耐”。沐：洗头。

[27] 胞：原指胎衣，这里指膀胱。

[28] 侪（chái）类：指同辈朋友。

[29] 任实：指放任本性。

[30] 狂顾：疯狂地四面张望。顿缨：挣脱羁索。

[31] 金镳（biāo）：金属制作的马笼头，这里指鹿笼头。

[32] 阮嗣宗：阮籍，字嗣宗，与嵇康等同为“竹林七贤”。

[33] 大将军：指司马昭。保持：保护。

[34] 暗于机宜：不懂得随机应变。

[35] 万石：汉朝的石奋。他和四个儿子都做到领两千石俸禄的官，共一万石，所以汉景帝称他为“万石君”。一生以谨慎著称。

[36] 章服：冠服。指官服。

[37] 机：同“几”，小桌子。

[38] 瞿然：惊惧的样子。

[39] 诡故：违背自己本性。

[40] 鞅（yāng）掌：职事忙碌。

[41] 非：非难。汤：成汤。

[42] 此事：指非难汤武鄙薄周孔的事。会显：会当显著，为众人所知。

[43] 促中小心：指心胸狭隘。

[44] 饵（ěr）：服食。

[45] 子夏：孔子弟子卜商的字。

[46] 元直：徐庶的字。

[47] 华子鱼：三国时华歆的字。幼安：管宁的字。两人为同学好友，魏文帝时，华歆为太尉，想推举管宁接任自己的职务，管宁便举家渡海而归，华歆也不加强迫。

[48] 桷（jué）：屋上承瓦的椽子。

[49] 四民：指士、农、工、商。

[50] 度内：意料之中。

[51] 章甫：古代一种须绾在发髻上的帽子。

[52] 鹓雏（chú）：传说中像凤凰一类的鸟。

[53] 外：疏远，排斥。

[54] 转于沟壑：流转在山沟河谷之间。指流离而死。

[55] 悢（liàng）悢：悲恨。

[56] 嬲（niǎo）：纠缠。

[57] 淹：贯通。

[58] 黄门：宦官。

[59] 趣（cù）：急于。

[60] 野人：居住在乡野的人。

[61] 至尊：指君主。

[62] 区区：形容感情恳切。

[63] 别：告别。这里是绝交的委婉说法。

【解读】

魏晋之际，活跃着一个著名的文人集团，时人称之为"竹林七贤"，即：嵇康、阮籍、山涛、刘伶、向秀、阮咸、王戎。当时，政治上正面临着王朝更迭的风暴。"七贤"的政治倾向亲魏，后来，司马氏日兴，魏氏日衰，胜负之势分明，他们便分化了。首先是山涛，即山巨源，投靠司马氏做了官，随之他又出面拉嵇康。嵇康是"七贤"的精神领袖,出身寒门,与魏宗室通婚,故对司马氏采取了拒不合作的态度。为了表明自己的这一态度,也为了抒发对山巨源的鄙夷和对黑暗时局的不满,他写下了这篇有名的"绝交书"。

这封信层次、脉络分明。

第一段开门见山,说明绝交的原因,开篇劈头就是"吾直性狭中,多所不堪,偶与足下相知耳""足下故不知之"。交友之道,贵在相知。这里如此斩钉截铁地申明与山涛并不相知,明白宣告交往的基础不复存在了。接下去点明写这封信的缘由:"恐足下羞庖人之独割,引尸祝以自助,手荐鸾刀,漫之膻腥,故具为足下陈其可否"。这里"越俎代庖"的典故用得很活。此典出于《庄子·逍遥游》,原是祭师多事,主动取厨师而代之。嵇康信手拈来,变了一个角度,道是厨师拉祭师下水,这就完全改变了这个故事的寓意。嵇康特别强调了一个"羞"字:庖人之引尸祝自助,是因为他内心有愧,因为他干的是残忍、肮脏的事情。他就一下子触到了山涛灵魂中敏感的地方。这个典故用在这里,具有"先声夺人"之妙。行文用典,历来有"死典""活典"之别。像嵇康这样,随手拈来,为我所用,便是成功的佳例。至此,与山巨源的基本分歧明白点出,下面就进一步发挥自己的看法。

第二段,作者高屋建瓴,提出人们相处的原则。文中首先列举出老子、庄周等历史人物,借评论他们的事迹阐发了"循性而动,各附所安"的原则。表面看来,嵇康这里对出仕、归隐两途是无所轩轾的,且以"并介之人"推许山涛,但联系上文一气读下,就不难体味出其弦外之音。既然在那样的时局中,做官免不了沾染鲜血,那么出仕者的"本性"如何,自在不言之中。于是,推许成了辛辣的讽刺。当然,这种讽刺是全然不动声色的,而对方却心中明白、脸上发烧。古人有"绵里针""泥中刺"的说法,指的就是这种含蓄的讽刺手法,在阐述了"循性而动"的一般处世原则后,作者笔锋一转:"且延陵高子臧之风,长卿慕相如之节,志气所托,不可夺也。"指出人们根据气节本性选择的人生道路是不可强行改变的。这是承上启下的一笔。

第三段便描述起自己的本性和生活状况来。他写了自己极度懒散的一些生活习惯后,使用了一个比喻:"此由禽鹿,少见驯育,则服从教制;长而见羁,则狂顾顿缨,赴蹈汤火;虽饰以金镳,飨以嘉肴,愈思长林而志在丰草也。"真是形象至极!禽即擒字。作者自比野性未驯之鹿,他对山涛说,不错,出去做官是可以得到"金镳""嘉肴"——富贵荣华，但那代价我也是知道的，那要牺牲掉我最宝贵的东西——"愈思长林而志在丰草也"，因此，我宁赴汤蹈火，不要这富贵的圈套。写到这里，不必再做抽象的议论，作者就已把自己的浩然正气、大义凛然的人生态度，以及不与恶势力妥协的立场，生动地描摹出来了。

第四段，作者进而举出阮籍受迫害之事，指出自己与朝廷礼法的矛盾更为尖锐。嵇康把这些矛盾概括成九条，就是很有名的"必不堪者七，甚不可者二"。这九条排比而出，滚滚滔滔，一气贯注，丝毫不容对方有置喙的余地。嵇康自己那种"龙性谁能驯"的傲岸形象也就随之呈现到读者的面前。这"七不堪，二不可"，用我们今天的眼光看，似乎狂得过分一些，而在当时，一则疏狂成风，二则政治斗争使然，所谓"大知似狂""不狂不痴，不能成事"，所以并不足怪。在这一大段中，作者渲染出两种生活环境：一种是山涛企图把他拉进去的，那是"官事鞅掌""嚣尘臭处，千变百伎""鸣声聒耳""不得妄动"；一种是他自己向往的，是"抱琴行吟，弋钓草野""游山泽，观鱼鸟"。相形之下，孰浊孰清，不言而喻。至此，文章已把作者自己的生活旨趣及拒不合作的态度讲得淋漓尽致了。特别是"非汤武而薄周、孔"一条，等于是和名教，以及以名教为统治工具的司马氏集团的决裂宣言。这一条后来便成了他杀身的重要原因。

下面一段转而谈对方，以交友之道责之。在列举了古今四位贤人"真相知""识其天性，因而济之"之后，作者使用了欲抑先扬的手法。他说，这个道理只有通达的人才能理解，当然您是明白的了。初看起来，是以"达者"相许，然而下面随即来了一个大的转折："不可自见好章甫，强越人以文冕也；己嗜臭腐，养鸳雏以死鼠也。"这简直就是指着鼻子在骂山涛了：我原以为你是够朋友的"达者"，谁知道你却像那强迫越人戴花帽子的蠢家伙，像那专吃臭尸烂肉的猫头鹰一样。这两句话骂得真够痛快，正是嵇康"刚肠疾恶"本色的表现。如果说开篇处的讽刺还是绵中之针的话，这里则是针锋相对了。由此可以想见作者命笔之际，愤激愈增的心情。

最后，作者谈了日后的打算，表示要"离事自全，以保余年"。这一段锋芒稍敛。因为他是一时风云际会的领袖人物，是司马氏猜忌的对象，故不得不作韬晦的姿态。但态度仍坚定不移："一旦迫之，必发狂疾。自非重怨，不至于此也。"可说是宁死不合作了。而对山涛鄙夷之情，犹有未尽，故终篇处又刺他一笔：野人有以晒背为快乐，以芹子为美味的，想献给君王，虽然一片诚意，但也太不懂事理了，"愿足下勿似之"。又是不动声色，而揶揄之意尽出。

《与山巨源绝交书》是魏晋之际政治、思想潮流的一面镜子。直观地看，是嵇康一份全面的自我表白，既写出了他"越名教而任自然"，放纵情性、不受拘羁的生活方式，又表现出他傲岸、倔强的个性。然而，此作的认识意义并不止于此。一方面，我们可以从嵇康愤激的言辞中体会到当时黑暗、险恶的政治氛围；另一方面，嵇康是"竹林七贤"的领袖，在士人中有着很高的威望和相当大的影响，因此，《与山巨源绝交书》中描写的生活旨趣和精神状态都有一定的代表性，部分反映出当时社会风貌和思想潮流。

李　密

　　李密，名虔，字令伯（224—287），犍为武阳（今四川彭山）人。西晋文学家。李密的祖父李光，曾任朱提太守。李密是在祖母的抚养下长大成人的，以孝敬祖母而闻名。李密幼时体弱多病，甚好学，师事谯周，博览五经，尤精《春秋左氏传》。年轻时，曾任蜀汉尚书郎。泰始三年（267 年）晋武帝立太子，慕李密之名，下诏征密为太子洗马（官名）。李密为了照顾年老多病的祖母，于是向晋武帝上表，说明自己无法应诏的原因。这就是著名的《陈情表》。

陈　情　表 [1]

　　臣密言：臣以险衅 [2]，夙遭闵凶。生孩 [3] 六月，慈父见背；行年四岁，舅夺母志。祖母刘愍臣孤弱，躬亲抚养。臣少多疾病，九岁不行。零丁孤苦，至于成立。既无叔伯，终鲜兄弟。门衰祚薄，晚有儿息。外无期功、强近之亲，内无应门五尺之童，茕茕 [4] 孑立，形影相吊。而刘夙婴 [5] 疾病，常在床蓐 [6]；臣侍汤药，未尝废离。

　　逮奉圣朝 [7]，沐浴清化。前太守臣逵察臣孝廉，后刺史臣荣举臣秀才，臣以供养无主，辞不赴命。诏书特下，拜臣郎中。寻蒙国恩，除臣洗马。猥 [8] 以微贱，当侍东宫 [9]，非臣陨首所能上报。臣具以表闻，辞不就职。诏书切峻，责臣逋慢。郡县逼迫，催臣上道；州司临门，急于星火。臣欲奉诏奔驰，则刘病日笃；欲苟顺私情，则告诉不许：臣之进退，实为狼狈。

　　伏惟圣朝以孝治天下。凡在故老，犹蒙矜育，况臣孤苦，特为尤甚。且臣少仕伪朝，历职郎署，本图宦达，不矜名节。今臣亡国贱俘，至微至陋，过蒙拔擢，宠命优渥，岂敢盘桓 [10]，有所希冀。但以刘日薄西山，气息奄奄，人命危浅，朝不虑夕。臣无祖母，无以至今日；祖母无臣，无以终余年。母孙二人，更相为命，是以区区不能废远。

　　臣密今年四十有四，祖母刘今年九十有六，是臣尽节于陛下之日长，报刘之日短也。乌鸟私情，愿乞终养。臣之辛苦，非独蜀之人士及二州牧伯所见明知，皇天后土，实所共鉴。愿陛下矜悯愚诚，听臣微志，庶刘侥幸，保卒余年。臣生当陨首，死当结草。臣不胜犬马怖惧之情，谨拜表以闻。

【注释】

　　[1] 选自《文选》卷三十七。《文选》题作《陈情事表》，也简称为《陈情表》。表：古代章奏的一种。是臣子上给皇帝的书信。《文心雕龙·章表》篇："章以谢恩，奏以按劾，表以陈情，议以执异。"这是李密写给晋武帝（司马炎）

的一封信。

[2] 险衅：《文选》李善注引《国语》韦昭注："险衅，恶兆。"这里指厄运。

[3] 生孩：生下来，还是婴孩的时候。

[4] 茕茕：孤独的样子。

[5] 婴：缠绕。这里指疾病缠身。

[6] 蓐：草褥子。

[7] 圣朝：指晋朝。

[8] 猥：谦辞，鄙贱的意思。

[9] 东宫：太子所住的地方，也代指太子。

[10] 盘桓：不进的样子。

【解读】

　　李密原是蜀汉后主刘禅的郎官。263 年，司马昭灭蜀汉，李密成了亡国之臣。仕途已失，便在家供养祖母刘氏。265 年，晋武帝请李密出来做官，先拜郎中，后又拜为洗马，就是文中说的"诏书特下，拜臣郎中。寻蒙国恩，除臣洗马"。晋武帝为什么要这样重用李密呢？第一，当时东吴尚据江左，为了减少灭吴的阻力，收拢东吴民心，晋武帝对亡国之臣实行怀柔政策，以显示其宽厚之胸怀。第二，李密当时以孝闻名于世，晋武帝承继汉代以来以孝治天下的策略，实行孝道，以显示自己清正廉明，同时也用孝来维持君臣关系，维持社会的安定秩序。正因为如此，李密屡被征召。

　　李密为什么"辞不就职"呢？大致有这样三个原因：第一，李密确实有一个供养祖母刘的问题，像文章中说的"祖母无臣，无以终余年"；第二，李密是蜀汉旧臣，自然有怀旧的思想，况且他还认为汉主刘禅是一个"可以齐桓"的人物，对于晋灭蜀汉是有一点儿不服气的；第三，古人讲，做官如履薄冰——皇帝高兴时，臣为君之心腹；皇帝不高兴时，臣为君之土芥。出于历史的教训，李密不能没有后顾之忧。晋朝刚刚建立，李密对晋武帝又不甚了解，盲目做官，安知祸福。所以李密"辞不就职"，不是不想做官，而是此时此刻不宜做官。

　　为了摆脱这个困境，达到不出来做官的目的，李密就在"孝"字上大做文章，把自己的行为纳入晋武帝的价值观念中去。李密是蜀汉旧臣，"少仕伪朝，历职郎署"，古人讲"一仆不事二主""忠臣不事二君"。如果李密不出来做官，就有"不事二君"的嫌疑，不事二君就意味着对晋武帝不满，这就极其危险了，所以李密说自己"不矜名节""岂敢盘桓，有所希冀"，我不出来做官完全是为了供养祖母刘，是为了"孝"。但是这里又产生了一个问题，事父为孝，事君为忠。李密供养祖母是孝，但不听从君主的诏令，不出来做官，就是不忠。古人云"忠孝不能两全"。为忠臣不得为孝子，为孝子不得为忠臣。李密很巧妙地解决了这个矛盾，即先尽孝，后尽忠。"是臣尽节于陛下之日长，报刘之日短也"。等我把祖母刘养老送终之后，再向您尽忠，这样晋武帝也就无话可说了。

李密为了达到自己的目的，除了在"孝"字上大做文章外，还以巧妙的抒情方式，来打动晋武帝。从文章中可以想见，李密在构思《陈情表》时，有三种交错出现的感情：首先是因处境狼狈而产生的忧惧之情；其次是对晋武帝"诏书切峻，责臣逋慢"的不满情绪；最后是对祖母的孝情。但是当他提笔写文章时，便把这三种感情重新加以整理，经过冷静地回味，压抑了前两种感情，只在文中含蓄地一笔带过，掩入对祖母的孝情之中。而对后一种感情则大肆渲染，并且造成一个感人至深的情境，即"臣无祖母，无以至今日；祖母无臣，无以终余年"。从这样一种情境出发，作者先以简洁精练的语言写自己的孤苦，为"祖母无臣，无以终余年"作铺垫，然后反复强调祖母的病：如第一段的"夙婴疾病，常在床蓐"；第二段的"刘病日笃"；第三段的"日薄西山，气息奄奄，人命危浅，朝不虑夕"。这样，李密的孝情就不同于一般的祖孙之情，而是在特定情境中的特殊孝情。

陈　寿

陈寿（233—297），字承祚，巴西安汉（今四川省南充市）人。他小时候好学，师事同郡学者谯周，在蜀汉时曾任卫将军主簿、东观秘书郎、观阁令史、散骑黄门侍郎等职。因不愿趋附权宦黄皓，所以屡遭谴黜。蜀汉亡后，晋司空张华十分赏识陈寿的才华，所以举其为孝廉，除佐著作郎，出补阳平令。在此期间，陈寿编撰了《蜀相诸葛亮集》上奏朝廷，因此功而除著作郎，领本郡中正。280 年，晋灭东吴，结束了分裂局面，陈寿当时四十八岁，开始致力于编写魏吴蜀的历史，遂成《三国志》，共六十五篇，在当时即为人称颂。

隆　中　对 [1]

　　亮躬耕陇亩 [2]，好为 [3]《梁父吟》。身长八尺，每自比于管仲、乐毅 [4]，时人莫之许 [5] 也。惟博陵崔州平、颍川徐庶元直与亮友善，谓为信然 [6]。

　　时先主屯新野 [7]。徐庶见先主，先主器 [8] 之，谓先主曰："诸葛孔明者，卧龙也，将军岂 [9] 愿见之乎？"先主曰："君与俱来。"庶曰："此人可就见 [10]，不可屈致 [11] 也。将军宜枉驾 [12] 顾之。"

　　由是先主遂诣 [13] 亮，凡 [14] 三往，乃见。因屏人曰 [15]："汉室倾颓 [16]，奸臣窃命 [17]，主上蒙尘 [18]。孤不度德量力 [19]，欲信 [20] 大义于天下；而智术浅短 [21]，遂用猖蹶 [22]，至于今日。然志犹未已，君谓计将安出 [23]？"

　　亮答曰："自董卓已来 [24]，豪杰并起，跨州连郡者不可胜数。曹操比于袁绍，则名微而众寡 [25]。然操遂能克绍，以弱为强者，非惟 [26] 天时，抑 [27] 亦人谋也。今曹已拥百万之众，挟 [28] 天子而令诸侯，此诚 [29] 不可与争锋。孙权据有江东，已历三世，国险而民附 [30]，贤能为 [31] 之用，此可以为援 [32] 而不可图 [33] 也。荆州北据汉、沔，利 [34] 尽南海，东连吴会，西通巴、蜀，此用武之国 [35]，而其主不能守，此殆天所以资将军 [36]，将军岂有意乎？益州险塞 [37]，沃野千里，天府之土 [38]，高祖因之以成帝业 [39]。刘璋暗弱 [40]，张鲁在北，民殷国富而不知存恤 [41]，智能之士思得明君。将军既帝室之胄 [42]，信义著 [43] 于四海，总揽 [44] 英雄，思贤如渴，若跨有荆、益，保其岩阻 [45]，西和诸戎 [46]，南抚夷越 [47]，外结好孙权，内修政理 [48]；天下有变，则命一上将将荆州之军 [49] 以向宛、洛 [50]，将军身率益州之众出于秦川，百姓孰敢不箪食壶浆 [51] 以迎将军者乎？诚如是 [52]，则霸业可成，汉室可兴矣。"

　　先主曰："善！"于是与亮情好日 [53] 密。

　　关羽、张飞等不悦，先主解之曰："孤之有孔明，犹鱼之有水也。愿 [54] 诸君勿复言！"羽、飞乃止。

【注释】

[1] 隆中：地名，今襄阳城西。对：回答、应对。

[2] 躬：亲自。陇亩：田地。

[3] 好（hào）为：喜欢唱。

[4] 每自比于管仲、乐毅：常常把自己比作管仲、乐毅。管仲，名夷吾，春秋时齐桓公的国相，帮助桓公建立霸业。乐（yuè）毅，战国时燕昭王的名将，曾率领燕、赵、韩、魏、楚五国兵攻齐，连陷七十余城。每，常常。

[5] 莫之许：就是"莫许之"，没有人承认。莫，没有人。之，代词，代"诸葛亮自比于管仲、乐毅"这件事。许，承认，同意。

[6] 信然：确实是这样。

[7] 时先主屯新野：当时先帝驻扎在新野。先主，指刘备。屯，驻扎。新野，现河南省新野县。

[8] 器：器重，重视。

[9] 岂：大概，是否。

[10] 就见：意思是到诸葛亮那里去拜访。就，接近，趋向。

[11] 屈致：委屈（他），召（他上门）来。致，招致，引来。

[12] 枉驾：屈尊。枉，委屈。顾：拜访。

[13] 诣：去，到。这里是拜访的意思。

[14] 凡：总共。

[15] 因：于是，就。屏：这里是命人退避的意思。

[16] 汉室倾颓：指汉朝统治崩溃、衰败。

[17] 奸臣：指董卓、曹操等。窃命：盗用皇帝的政令。

[18] 蒙尘：蒙受风尘，专指皇帝遭难出奔。

[19] 孤：古代王侯的自称。这里是刘备自称。度（duó）德量力：衡量（自己的）德行（能否服人），估计（自己的）力量（能否胜人）。

[20] 信：通"伸"，伸张。

[21] 而：表转折。智术：智谋，才识。

[22] 用：因此。猖蹶：这里是失败的意思。

[23] 君谓计将安出：您认为应该用什么计策。谓，认为。计，计策。安，

疑问代词，怎么。出，产生。

[24] 已来："已"通"以"，表时间。

[25] 众寡：人少。意思是兵力薄弱。

[26] 非惟：不仅。

[27] 抑：而且。

[28] 挟（xié）：挟持，控制。

[29] 诚：的确。

[30] 国险而民附：地势险要，民众归附。

[31] 为：被。

[32] 援：外援。

[33] 图：谋取。

[34] 利：物资。

[35] 此用武之国：这是用兵之地。意思是兵家必争之地。国，地方。

[36] 此殆天所以资将军：这大概是上天用来资助将军的。殆（dài），大概。资，资助，给予。所以，用来。

[37] 险塞（sài）：险峻的要塞。

[38] 天府之土：指自然条件优越、物产丰饶、形势险固的地方。

[39] 高祖因之以成帝业：高祖依靠这些而成就了帝王之业。高祖，指汉高祖刘邦。因，依靠，凭。

[40] 刘璋暗弱：刘璋（当时的益州牧）昏庸懦弱。

[41] 民殷国富而不知存恤：百姓富足国家富强却不知道爱惜。殷，兴旺富裕。恤，体恤，体谅。

[42] 胄：后代。刘备自称是中山靖王刘胜（汉景帝刘启的儿子）的后代，所以称之"帝室之胄"。

[43] 著：闻名。

[44] 总揽：广泛地罗致。揽，这里有招致的意思。

[45] 岩阻：险阻，指形势险要的地方。

[46] 西和诸戎：向西和中国西部各族和好。

[47] 南抚夷越：向南安抚中国南部各族。

[48] 政理：政治。

[49] 将荆州之军：率领荆州的军队。将，率领。

[50] 宛、洛：河南南阳和洛阳，这里泛指中原一带。

[51] 箪食壶浆：用箪盛饭、用壶盛米汤来欢迎他们爱戴的军队。

[52] 诚如是：如果真像这样。

[53] 日：一天天。

[54] 愿：希望。

【解读】

《隆中对》选自《三国志》，写的是刘备前去拜访诸葛亮，请诸葛亮出山为他出谋划策。诸葛亮为刘备成就蜀汉大业规划了一条明确而又完整的内政、外交政策和军事路线，相当周详地描绘出了一个魏、蜀、吴鼎足三分之势的蓝图。这个蓝图，是建立在对现实进行科学分析的基础之上的。刘备后来就是基本上按照这个政治方案建立了蜀汉政权，形成了天下三分的政治局面。

文章通过隆中对策，塑造了诸葛亮这个具有远见卓识的政治家和军事家的形象。他善于审时度势，观察分析形势，善于透过现状，掌握全局，并能高瞻远瞩，推知未来。作者对诸葛亮这个人物形象的塑造，是逐步深入地完成的。

文章开头写他"躬耕陇亩，好为《梁父吟》"，就颇耐寻味。"躬耕陇亩"，并不是简单地写他亲自耕作，而是着重说明他隐居于田野。可以想见，一个富有卓越才识的人而隐居不仕，必有重重忧事在心。而"好为《梁父吟》"，就正含蓄地揭示了这个问题。《梁父吟》是古歌曲，是一首流传在齐鲁之间的感慨时事、忧伤战乱的歌曲。诸葛亮吟诵这首歌曲，在于借古抒怀，以表达他感伤乱世的思想感情和对军阀混战的不满。作者用一"好"字，说明他并非偶尔一吟，可见其感慨之深。"身长八尺"，是外貌描写。但从这堂堂仪表的外貌描写里，不仅为了显示人物的魁伟英俊，而且也在于揭示人物的内心世界。所以作者接着写他"每自比于管仲、乐毅"，这就更看出他不同于芸芸众生。诸葛亮"自比于"他们，说明他和他们一样胸怀大志，绝非庸人一流。对诸葛亮的自许，客观上也有不同的反响，对此作者也着意做了交代。"时人莫之许也。惟博陵崔州平、颍川徐庶元直与亮友善，谓为信然"，这里说的"时人"，自然是指当时社会上的一般人。他们"莫之许"，并不说明他才能低下，平生无大志，恰恰说明他深沉的性格特征，说明他不是那种夸夸其谈、锋芒毕露的人，而是一个声闻不彰、谨慎从事的人。因而不被"时人"真切了解，那是很自然的事。至于了解他的，与他"友善"的崔州平和徐庶，则完全承认诸葛亮的自许是符合实际的，绝非妄自尊大。接着写徐庶向刘备推荐他，更见出他的神采非凡。徐庶用"卧龙"一语，对诸葛亮做了崇高而又形象的评价。在封建时代，"龙"是被神化了的四灵之长，用"龙"来比喻诸葛亮，在当时可算是最高不过的评价了。然而又用一个"卧"字，说明他虽有卓绝的才干，却是英雄无用武之地。这又与文章的首句"亮躬耕陇亩，好为《梁父吟》"做了有机的呼应。"思贤若渴"的刘备听得有这样一个"卧龙"式的人物，自然是求之心切了。于是便脱口说出"君与俱来"。可是他并不了解诸葛亮绝不奉迎以求闻达的为人，所以徐庶接着说："此人可就见，不可屈致也。将军宜枉驾顾之。"这不仅把诸葛亮那种绝不屈身俯就的品质和至高无上的尊严写了出来，而且也为刘备屈身亲往隆中求见诸葛亮做了铺垫，制造了气氛。刘备屈驾求见诸葛亮，"凡三往，乃见"。这既是对刘备是否真诚求贤下士的观察和考验，同时也是对诸葛亮自许甚高，绝不轻易结交出仕的再次揭示。刘备"凡三往"求见诸葛亮，这就完全可以证明刘备的求贤下士是出自真心诚意，诸葛亮这才同他相见。刘备"三往"，旨在讨计问策，以成就大业。问策之前，刘备先"屏"去左右人等，这就进一步说明，他们虽然只是初次相见，但绝非一般的往来酬酢，弄得如此机密，想必有大事相商。事实也正是这样。刘备"屏"去左右之后，首先从"汉室倾颓，奸臣窃命，主上蒙尘"的天下政治形势说起，表露他对汉室江山倾颓，皇帝遭到挟持的深切忧伤，以及对奸臣（主要指曹操）窃取政柄的强烈不满。接着又以十分谦逊的口吻和坚定的态度述说了自己"兴汉除奸""欲信大义于天下"的平生抱负。最后诚挚恳切地提出咨询，向诸葛亮求教，从而引出诸葛亮的对策。诸葛亮对策，是本文的重点，也是集中刻画诸葛亮这个卓越的政治家和军事家形象的重点。

从写作上看，本文的层次极为清晰，结构十分严谨。作者自始至终围绕着诸葛亮对策这个中心思想，围绕着诸葛亮这个人物形象进行叙写议论。作者先写"隆中对"前，次写"隆中对"时，后写"隆中对"后，结构布局一目了然。写"隆中对"前，采用了正面叙述的方法，写出了人物的生活、思想、交游及其社会声誉，这就粗略地勾勒出了诸葛亮其人的与众不同。继而又从侧面加以叙写，通过徐庶的荐举和刘备的屈驾"三往"，进而衬托出诸葛亮的才智非凡。这就为诸葛亮对策做了铺垫，制造了气氛。先有刘备之请，而后有诸葛亮之对，自然是顺理成章。如果说隆中对前，是通过作者的叙述和他人的反响来突出诸葛亮的高明的话，那么隆中对时，则是让人物自己登场现身说法，进行具体论述，从而更雄辩地展示人物的高明。而文中所写隆中对后的反应，不论是对人物形象的刻画，还是从文章的结构来看，都是一个有机的整体。

本文语言的概括精练，也达到了相当完美的高度。诸如写"亮躬耕陇亩，好为《梁父吟》。身长八尺，每自比于管仲、乐毅。"仅仅用 22 个字，就把诸葛亮的生活状况、思想面貌、体躯外貌以及生平抱负勾画出来。再如诸葛亮对策后写刘备的反应，只用一个"善"字，就把刘备对诸葛亮的高度评价和他此时此刻的心境写了出来。而当关、张"不悦"时，刘备仅用"孤之有孔明，犹鱼之有水也"这个通俗易懂的比喻，生动形象地道尽了他们之间不可分割的亲密关系。而其中似尽未尽的深刻内容，留待读者去寻思玩味。再就全文来看，篇幅也极为有限，然而却能把对策及其前前后后写得那么广阔，分析得那么透辟，论述得那么周详，也是难能可贵的。足见本文言简而意赅，文省而深刻的特色。《三国志》被时人誉为"善叙事，有良史之才"，于此可见一斑。

王羲之（321—379，一作 303—361），字逸少，号澹斋，原籍琅琊临沂（今属山东），后迁居山阴（今浙江绍兴），官至右军将军，会稽内史，是东晋伟大的书法家。

他的书法圆转凝重，易翻为曲，用笔内敛，创立了妍美流便的今体书风，被后代尊为"书圣"。王羲之楷、行、草、飞白等体皆能，如楷书《乐毅论》、草书《十七帖》、行书《姨母帖》等。他所书的行楷《〈兰亭集〉序》最具代表性。

王羲之

《兰亭集》序

永和 [1] 九年，岁在癸丑。暮春之初，会于会稽山阴之兰亭，修禊事也 [2]。群贤毕至，少长咸集。此地有崇山峻岭，茂林修竹；又有清流激湍，映带左右 [3]，引以为流觞曲水 [4]，列坐其次。虽无丝竹管弦之盛，一觞一咏，亦足以畅叙幽情。是日也，天朗气清，惠风和畅。仰观宇宙之大，俯察品类之盛 [5]，所以游目骋怀，足以极视听之娱，信可乐也 [6]。

夫人之相与，俯仰一世 [7]。或取诸怀抱，悟言一室之内；或因寄所托，放浪形骸之外 [8]。虽取舍万殊，静躁不同，当其欣于所遇，暂得于己，快然自足，曾不知老之将至。及其所之既倦 [9]，情随事迁，感慨系 [10] 之矣。向之所欣，俯仰之间 [11]，已为陈迹，犹不能不以之兴怀 [12]；况修短随化，终期于尽 [13]。古人云："死生亦大矣 [14]。"岂不痛哉！每览昔人兴感之由，若合一契，未尝不临文嗟悼，不能喻之于怀 [15]。固知"一死生"为虚诞，"齐彭殇"为妄作 [16]。后之视今，亦犹今之视昔，悲夫！故列叙时人，录其所述 [17]。虽世殊事异，所以兴怀，其致一 [18] 也。后之览者，亦将有感于斯文。

【注释】

[1] 永和：东晋穆帝年号。永和九年（353 年），属癸丑年。

[2] 会（kuài）稽：郡名，包括今江苏东南部和浙江西北部一带地区。山阴：县名，今浙江绍兴县。兰亭：地名兰渚，有亭名兰亭，在今绍兴县西南。修禊（xì）：古代一种风俗，在三月初三，人们举行一种祭礼，临水洗濯，以清除不祥。

[3] 湍：水势激荡。映带：水流环绕如带。

[4] 流觞曲水：将盛酒的杯在曲水的上游放出，让它顺流漂下，流到谁的面前，谁就该取而饮之，故称流觞。觞（shāng）：酒杯。

[5] 惠风：和暖的春风。品类：万物。

[6] 所以游目骋怀：这样来放眼浏览事物，舒展胸怀。极：尽。信：确实，实在。

[7] 相与：相交，相处。俯仰：犹"瞬息"，形容时间很短暂。

[8] 诸：之于。悟言：对面谈话。所托：所寄托者，指寄情于某一事物。放浪形骸之外：形体不受礼法拘束。

[9] 所之既倦：对所得到的事物已经厌倦。

[10] 系：随着。

[11] 俯仰之间：一俯一仰的短暂时间。

[12] 以：因。之：代"向之所欣，俯仰之间，已为陈迹"。兴怀：引起感慨。

[13] 化：造化，指天。终期于尽：但总有穷尽（死）的一日。

[14] 死生亦大矣：人们死生是一件大事啊。语见《庄子·德充符》。

[15] 契：符契。临文：面对文章。喻：晓得，明白。此句意为：每看到古人文章中对生死发出慨叹的原因，就像符契一样相合，自己也常对着这些文章感叹悲伤，可是也不能从心里说清楚这是为什么。

[16] 此句意为：于是知道把死和生等同起来的说法是荒谬的，把长寿和短命等同起来的说法是荒诞的。《庄子·齐物论》说："方生方死，方死方生。""予恶乎知夫死者不悔其始之蕲生乎？"（我怎能知道死人不后悔他当初就不该求生呢？）庄子认为生和死是相对的，这就是所谓"一死生"。

[17] 列叙时人：记下当时参加兰亭集会的人。录其所述：录下他们所作的诗篇。

[18] 致一：达到的结果一样。致，达到。一，一样。

【解读】

东晋穆帝永和九年三月三日，按照当时的风俗习惯，王羲之和名士谢安、孙绰等四十一人，在会稽郡山阴县兰溪江畔的兰亭，举行了一次文人集会，他们列坐在曲水之旁，临流把酒，吟诗赋辞，畅叙幽情。这些诗作被汇编成集，名为《兰亭集》，王羲之的序文就是为此集而写的。

既为序言，当然旨在介绍诗集以扩大其影响的文章。此序却一反"序"的常法，他既不谈诗集的内容，也不谈作品的优劣；既不谈作者们的情况，也不谈诗集可能会产生的影响。他把题旨放在了一个"感"字上，事中见意，抒怀述志，大谈其积极入世的观点，给人以清风入怀、心旷神怡之感。

作为一篇散文佳作，它的价值并不在于华美辞藻，而在于它的抒怀述志上。与曹植的《洛神赋》相比较，它用语清新，朴素自然，明朗乐观，别具一番风韵。

全文两大部分详细记叙了兰亭集会的盛况，抒发了对人生无限感慨的情怀。

第一部分把兰亭集会的时间、地点、缘起、盛况和个人感受，生动地描述出来，井然有序，以"修禊事"点明原因；以"群贤毕至，少长咸集"道出集会人物；用粗线条描绘了优美的环境。语言流畅简约，表达了作者追求高雅生活的情致，反映了作者豁达的心情，为下文埋下了伏笔。

第二部分作者叙志抒怀，通过对"悟言一室之内"和"放浪形骸之外"的人生观的分析，表明了作者的生死观；对忘乎所以，不知"老之将至"产生了兴尽悲来的感叹。用深叹的笔调对"修短随化，终期于尽"做出了评论，在苍凉激烈的感叹之后，作者批判了庄子的"一死生""齐彭殇"的虚无主义思想，同时抒发了作者在困境中积极进取、勇于自拔的乐观心境。

东晋文坛崇尚玄风，本文以清新朴实的语言，叙事写景、抒情感叹，议叙结合，以议为主，形成独特的写作结构。在雕章琢句的骈文泥潭中，宛如一枝出水莲荷，亭亭玉立，别有韵味。

陶渊明

陶渊明（365—427），名潜，字元亮，晋末浔阳柴桑（今江西九江）人。晋大司马陶侃曾孙。曾任江州祭酒、镇军参军、彭泽令等职，因不堪官场应酬，更不愿"为五斗米折腰"，便弃官归乡，过恬静随意的田园生活，诗酒自娱以终。陶渊明崇尚自然、热爱乡村，向往淳朴和自由，这些构成了他的诗歌美好的内质。在语言和意境方面，他的诗质朴、平淡、宁静、和穆，充满真趣。此外，他有些作品语言激扬高亢，雄浑豪放。文亦自然流畅，平易生动。有今人整理其作品为《陶渊明集》。

桃 花 源 记 [1]

晋太元[2]中，武陵[3]人捕鱼为业，缘溪行，忘路之远近。忽逢桃花林，夹岸数百步，中无杂树，芳草鲜美，落英缤纷[4]，渔人甚异之。复前行，欲穷其林。

林尽水源，便得一山。山有小口，仿佛若有光，便舍船，从口入。初极狭，才通人。复行数十步，豁然开朗。土地平旷，屋舍俨然[5]，有良田美池桑竹之属。阡陌交通，鸡犬相闻。其中往来种作，男女衣着，悉如外人；黄发垂髫，并怡然自乐。见渔人，乃大惊，问所从来，具答之。便要还家，设酒杀鸡作食。村中闻有此人，咸来问讯。自云先世避秦时乱，率妻子邑人来此绝境[6]，不复出焉，遂与外人间隔。问今是何世，乃不知有汉，无论魏晋。此人一一为具言所闻，皆叹惋。余人各复延至其家，皆出酒食。停数日，辞去。此中人语云："不足为外人道也。"

既出，得其船，便扶向路，处处志之。及郡下，诣[7]太守，说如此。太守即遣人随其往，寻向所志[8]，遂迷，不复得路。

南阳刘子骥[9]，高尚士也，闻之，欣然规往。未果，寻[10]病终。后遂无问津者。

【注释】

[1]《桃花源记》：选自《陶渊明集》卷六，亦见《搜神后记》，文字微有不同。记后有诗，从略。

[2] 太元：东晋孝武帝（司马曜）的年号（376—397）。

[3] 武陵：郡名。郡治在今湖南省常德市。

[4] 落英缤纷：英即花。落英，即落花。一说，落应当"始"讲。落英，指初开的花。缤纷，盛多的样子。

[5] 俨然：整齐的样子。

[6] 绝境：和外界隔绝的地方。

[7] 诣：往见。

[8] 寻向所志：寻找前时所做的标志。

[9] 南阳刘子骥：南阳是郡名，郡治在今河南省南阳市。刘驿之，字子骥，东晋末隐士，好游山泽，曾到衡山采药，深入忘归。生平事迹见《晋书·隐逸传》。

[10] 寻：不久。

【解读】

《桃花源记》作于陶渊明的晚年，是他的五言古诗《桃花源诗》前边的一篇小记，相当于诗的序言。

文中借武陵渔人之口道出"世外桃源"的风格、历史和其中恬静、安逸的生活。桃花源中土地平坦宽阔，房舍整齐，并有肥田、美池、桑树、竹子，道路纵横，时闻鸡犬之声，男女老少皆愉快安乐，热情好客，自云先世避秦时乱而入此绝境，遂不复出，与外界隔绝，不知道有汉朝，更不用说魏晋了。渔人辞归后，告知太守，太守又派人前往寻找，但因迷失方向，而不复得路。后来南阳的刘子骥也去寻找桃花源，但也没找见。

作者通过记叙这个故事，对人人劳动、无须纳税、男女和睦、愉快安乐的桃花源社会做了热情的颂扬，并借此反衬出外界社会的丑恶。陶渊明生活的年代，战乱频繁，政治腐败，生产凋敝，生灵涂炭。面对严酷的社会现实，他不能不思索这样一个问题：人类社会与其让那些昏君暴君高居于万民之上，制造压迫和剥削，不如不要皇帝，过一种人人都幸福平和的生活。《桃花源记》正是表现了他对美好生活的向往和憧憬，他的这种世外桃源的理想是有一定进步意义的，对后世影响很大。

这篇小记流畅生动、跌宕起伏、虚实结合、想象丰富，用浪漫主义手法创造出一个美好的新社会。这也是陶渊明的代表作，宋李公焕评为："语造平淡，而寓意深远，外若枯槁，中实敷腴。"（《笺注陶渊明集》）清代方东树也说"笔势笼罩，原委昭明，峥嵘壮浪"。这正是对这篇文章的准确评价。

《世说新语》又名《世说》，由南北朝刘宋宗室临川王刘义庆组织一批文人编写的，梁代刘峻作注。内容主要是记录魏晋名士的逸闻逸事和玄言清谈，也可以说这是一部记录魏晋风流的故事集，是中国魏晋南北朝时期"笔记小说"的代表作。

《世说新语》全书原八卷，刘峻注本分为十卷，今传本皆作上、中、下三卷，分为德行、言语、政事、文学、方正、雅量等三十六门，全书共一千多则。

《世说新语》

王子猷雪夜访戴

王子猷[1]居山阴[2]，夜大雪，眠觉[3]，开室，命酌酒，四望皎然[4]。因[5]起彷徨，咏左思[6]《招隐诗》[7]，忽忆戴安道[8]。时戴在剡[9]，即便夜乘小船就之。经宿方至[10]，造门不前而返[11]。人问其故[12]，王曰："吾本乘兴而行，兴尽而返，何必见戴？"

【注释】

[1] 王子猷：名徽之，字子猷。晋代大书法家王羲之的儿子。

[2] 山阴：今浙江省绍兴市。

[3] 眠觉（jué）：睡醒。

[4] 皎然：洁白光明的样子。

[5] 因：于是。

[6] 左思：西晋文学家，字太冲。

[7] 《招隐诗》：田园诗名，旨在歌咏隐士清高的生活。

[8] 戴安道:即戴逵，安道是他的字。谯国（今安徽省北部）人。学问广博，隐居不仕。

[9] 时戴在剡（shàn）:当时戴安道在剡县。时，当时。剡，指剡县，古县名，治所在今浙江嵊州。

[10] 经宿方至：经过一宿的工夫才到达。经，经过。方，才。

[11] 造门不前而返：到了门前不进去就返回了。造，到，至。

[12] 故：原因。

【解读】

《王子猷雪夜访戴》是一篇记述日常生活小事的精致小品。通过写王子猷雪夜访戴安道兴尽而返的故事，体现了王子猷率真、任性张扬的个性，追求事实的过程，而并非结果，是一个性情潇洒的人，也反映了当时士族知识分子任性放达的精神风貌。

王子猷在一个雪夜醒来，突然想起了老朋友戴安道，便连夜乘舟前往。这已是一个不寻常的举动了。小船行了一个晚上，天亮时到达朋友的门前，他却又掉头回去了，这就更令人莫名惊诧了。但王子猷有自己的说法："乘兴而行，兴尽而返。"这个"兴"字用得好，它是这篇文章之魂，也是王子猷行为的重要依据。只要乘"兴"与"兴"尽了，见不见戴安道已经不重要了。完全按照自己的兴致、兴趣、兴味行事，不遵循生活的既定规范和常理常情，这是一种非常自由舒展的人生态度和生命状态。它不仅体现出当时士人所崇尚的任诞放浪、不拘形迹的"魏晋风度"，而且具有了超越时空的永恒价值与魅力。

王子猷这种不讲实务效果、但凭兴之所至的惊俗行为，十分鲜明地体现出当时士人所崇尚的"魏晋风度"，有窥一斑而见全豹之效。文章语言简练隽永，能紧紧抓住主旨极省笔墨地叙写故事，刻画人物。全文仅百来字，却几经转折。眠觉、开室、命酒、赏雪、咏诗、乘船、造门、突返、答问，王子猷一连串的动态细节均历历在目，虽言简文约，却形神毕现，气韵生动。

郦道元（？—527），字善长。南北朝北魏范阳（今河北省涿州）人。历任尚书主客郎、御史中尉等职。一生好学不倦，博览群书，为我国古代著名的地理学家、散文家。有《水经注》四十卷传世。

《水经注》是为署名桑钦的《水经》一书所做的注释。但其实是以《水经》为线写的一部专著，注文的篇幅20倍于《水经》一书。全书记述水道1389条，近30万字。它不仅是我国6世纪以前地理学的集大成著作，也是南北朝时期一部描绘山水的散文杰作。作者笔下的山水千姿百态互不重复，既有水急浪高汹涌澎湃的大江，也有幽静恬淡妩媚秀丽的小河。从文学的角度看，《水经注》是一部优秀的山水游记，它是后来散文大师柳宗元山水游记的先导。

郦道元

三　　峡 [1]

　　自三峡七百里中 [2]，两岸连山，略无阙处 [3]。重岩叠嶂 [4]，隐天蔽日，自非亭午夜分 [5]，不见曦 [6] 月。

　　至于夏水襄陵 [7]，沿溯阻绝 [8]。或王命急宣 [9]，有时朝发白帝 [10]，暮到江陵 [11]，其间千二百里 [12]，虽乘奔御风 [13]，不以疾也 [14]。

　　春冬之时，则素湍绿潭 [15]，回清倒影 [16]。绝 [17] 巘多生怪柏，悬泉瀑布，飞漱 [18] 其间，清荣峻茂 [19]，良 [20] 多趣味。

　　每至晴初霜旦 [21]，林寒涧肃，常有高猿长啸，属引凄异 [22]，空谷传响，哀转久绝 [23]。故渔者 [24] 歌曰："巴东三峡巫峡长 [25]，猿鸣三声泪沾裳。"

【注释】

　　[1] 三峡：长江上游重庆市与湖北省之间的瞿塘峡、巫峡和西陵峡的总称，这儿山高、滩多、流急，奇险的地形和独特的风光使它现在成了旅游的热点地区。

　　[2] 自三峡七百里中：这段路程以现在的长度单位计算，约二百千米。

　　[3] 两岸连山，略无阙处：意思是两岸山连着山，没有一点儿中断的地方。阙，同"缺"。

　　[4] 重岩叠嶂：山峰叠着山峰，指山势高峻。

　　[5] 亭午：中午。夜分：半夜。

　　[6] 曦（xī）：日光，这里指太阳。

　　[7] 夏水襄陵：夏天江水漫上了山陵。襄，上。陵，山陵。

　　[8] 沿溯阻绝：顺流而下和逆流而上的船都被阻绝了。沿，顺流而下。溯，逆流而上。

　　[9] 或王命急宣：有时皇帝有命令要急速传达。或，有时。王命，皇帝的命令或朝廷的文告。

[10] 白帝：庙名，在今重庆市奉节县东。

[11] 江陵：今湖北省江陵县。

[12] 其间千二百里：从白帝到江陵相距一千二百里。这段路程以现在的长度单位计算只有约三百五十千米。

[13] 乘奔御风：乘着飞奔的快马，驾着风。奔，指飞奔的马。

[14] 不以：不如，比不上。疾：快。

[15] 素湍绿潭：雪白的急流，碧绿的潭水。

[16] 回清倒影：在回旋着的清水中倒映着两岸各种景物的影子。

[17] 绝：最高的山峰。

[18] 飞漱：水流飞溅喷射。

[19] 清荣峻茂：指水清、树荣、山高、草茂。

[20] 良：的确，实在。

[21] 晴初霜旦：天初放晴的日子或下霜的早晨。

[22] 属引凄异：指猿长啸的声音连续不断，音调非常凄凉怪异。属，连续。引，延长。

[23] 哀转久绝：指猿啸的声音在空旷的山谷久久地回荡，很长时间才消失。

[24] 渔者：打鱼的人。

[25] 巴东三峡巫峡长：巴东三峡以巫峡最长。巴东，东汉郡名，今天重庆市云阳县、奉节县一带。

【解读】

　　《三峡》选自郦道元《水经注·江水》。《水经》是我国古代一部记载全国水系的地理著作，由于它记叙简略，郦道元在亲自考察后为其补订作注，名曰《水经注》。

　　第一段总写三峡的壮丽景色。三峡长江七百里，两岸高山绵延不绝，重重叠叠，只有到正午、夜半时分才可见日月。山高水险是三峡的主要景观，开头写了山，下面便写水了。第二段写夏季江汛之势。夏季汛水上涨淹没了峡谷中的小山丘，水势大而上下不通，这是对江水凶险的描述。江水还是湍急的，有时早上从白帝城出发,晚上就可以到达江陵。这期间有一千二百多里，即使是乘风疾奔也不过如此吧。第三段写春冬之际的三峡之水。与上段夏水险急形成鲜明对照，这时的水是恬静、幽美的。雪浪飞溅的湍流，水清流缓的绿潭中倒映着蓝天、白云，峡峰顶处生长着古怪的松柏，绝壁高崖上悬挂着飞泉瀑布，这一切都充满了无限的趣味。末段作者又把人们带到深秋时节的三峡，这时秋雨初晴，寒霜既降，山之间林木显得格外清寂，加之猿声空谷传响，令人不禁悲从中来。这种描写也给全篇带来一种忧郁的调子。

　　全文描写时带夸张，兼有咏叹，简洁生动，文句有骈有散，音调和谐，富有诗味，是一篇脍炙人口的写景文章。

刘　勰

　　刘勰（约 465—约 539），字彦和，南朝齐、梁时期文学理论批评家。祖籍东莞郡莒县（今属山东省日照市莒县）。永嘉之乱，其先人避难渡江，世居京口（今江苏镇江）。刘勰的家族并非高门。他的祖父无官，父亲刘尚曾任越骑校尉，去世较早。

　　刘勰家境清贫，不婚娶。后入上定林寺居处十余年。这一时期，自幼"笃志好学"的刘勰在深研佛理的同时，又饱览经史之书和历代文学作品，"深得文理"。于齐和帝中兴元年、二年（501—502）间，写成了《文心雕龙》。这部《文心雕龙》奠定了他在中国文学史和文学批评史上不可或缺的地位。

情　采

圣贤书辞，总称"文章"[1]，非采而何？夫水性虚而沦漪结，木体实而花萼振：文附质也[2]。虎豹无文，则鞟[3]同犬羊；犀兕[4]有皮，而色资丹漆[5]：质待文也。若乃综述性灵[6]，敷写器象，镂心鸟迹[7]之中，织辞鱼网[8]之上，其为彪炳，缛采名矣。故立文[9]之道，其理有三：一曰形文，五色是也；二曰声文，五音[10]是也；三曰情文，五性是也。五色杂而成黼黻，五音比而成《韶》《夏》[11]，五情发而为辞章，神理之数也。《孝经》垂典，丧言不文，故知君子常言，未尝质也。老子疾伪，故称"美言不信"，而五千精妙，则非弃美矣。庄周云"辩雕万物"，谓藻饰也。韩非云"艳采辩说"，谓绮丽也。绮丽以艳说，藻饰以辩雕，文辞之变，于斯极矣。研味《孝》[12]《老》，则知文质附乎性情[13]；详览《庄》《韩》，则见华实过乎淫侈。若择源于泾渭之流，按辔于邪正之路，亦可以驭文采矣。夫铅黛所以饰容，而盼倩生于淑姿；文采所以饰言，而辩丽本于情性。故情者文之经，辞者理之纬；经正而后纬成，理定而后辞畅：此立文之本源也。

昔诗人什篇，为情而造文；辞人[14]赋颂，为文而造情。何以明其然？盖《风》《雅》之兴，志[15]思蓄愤，而吟咏情性，以讽其上，此为情而造文也；诸子[16]之徒，心非郁陶，苟[17]驰夸饰，鬻声钓[18]世，此为文而造情也。故为情者要约而写真，为文者淫[19]丽而烦滥。而后之作者，采滥忽真，远弃《风》《雅》，近师辞赋，故体情之制日疏，逐文之篇愈盛。故有志深轩冕[20]，而泛咏皋壤，心缠几务，而虚述人外。真宰弗存，翩其反矣。夫桃李不言而成蹊，有实存也；男子树兰而不芳，无其情也。夫以草木之微，依情待实；况乎文章，述志为本。言与志反，文岂足征[21]？

是以联辞结采，将欲明理；采滥辞诡，则心理愈翳[22]。固知翠纶桂饵，反所以失鱼。言隐荣华[23]，殆谓此也。是以衣锦褧衣[24]，恶文太章[25]；《贲》象穷白[26]，贵乎反本。夫能设模[27]以位理，拟地以置心，心定而后结音，理正而后摛[28]藻；使文不灭质[29]，博不溺心，正采耀乎朱蓝[30]，间色屏于红紫，乃可谓雕琢其章，彬彬君子矣。

赞曰：言以文远，诚哉斯验。心术既形[31]，英华乃赡。吴锦好渝[32]，舜英[33]徒艳。繁采寡情，味之必厌。

【注释】

[1] 文章：绘画与刺绣上交错的彩色，即纹彩。这里指纹彩鲜明，不是文章作品的意思。

[2] 此三句的意思是说，水波有待于水性，花萼全靠树林，可见文采依附着质地。性，性质，特征。沦漪，即涟漪，水的波纹。结，产生。文，文采。附，依附。质，质地。

[3] 鞹（kuò）：革，去毛的兽皮。

[4] 犀兕（sì）：犀，雄犀牛。兕，雌犀牛。犀、兕的皮都很坚韧，古代用来做盔甲。

[5] 资：靠。丹：红色。古代用犀兕皮做的盔甲用丹漆等漆上色彩。这两句是说犀牛皮坚韧可以制成兵甲，但需要涂上丹漆彩绘才有色彩之美。

[6] 若乃：至于。综述：总述，指抒写。性灵：心性和精神，指人的思想感情。

[7] 镂心：精细雕刻推敲。镂，雕刻。鸟迹：文字。

[8] 织辞：组织文字，指写作。鱼网：即渔网，指代纸。《后汉书·蔡伦传》说蔡伦用渔网、树皮、麻头造纸，故这里用渔网代纸。

[9] 立文：指写作。文，指广义的文，包括颜色、声音、情理，即形文、声文、情文。

[10] 五音：宫、商、角、徵、羽。用于写作则为语言文辞的声律。

[11] 比：并列，调和。《韶》《夏》：古代的音乐。《韶》，舜时的音乐。《夏》，禹时的音乐。这里泛指美好的音乐。

[12]《孝》：即《孝经》。

[13] 文：华丽。质：质朴。性情：性气，情志。

[14] 辞人：指辞赋家。

[15] 志：记。

[16] 诸子：指辞赋家。

[17] 苟：勉强。

[18] 钓：取。

[19] 淫：过分。

[20] 轩冕：坐车和戴礼帽，大官的排场。轩，官员的车，有屏帷。冕，官帽、礼帽。

[21] 征：证验。

[22] 心理：指内心感情。翳：障蔽。

[23] 言隐荣华：见《庄子·齐物论》。隐，隐蔽。荣华，草本植物的花叫荣，木本植物的花叫华，这里用来指文采。

[24] 衣锦褧（jiǒng）衣：《诗经·卫风·硕人》："硕人其颀，衣锦褧衣。"硕人，高大白胖的人。颀，修长的样子。褧衣，麻布衣。《硕人》诗中原意是妇女出嫁穿上麻布罩衫遮灰尘，以保护锦衣。

[25] 恶文太章：恶，厌恶。章，同"彰"，明。这是刘勰对"衣锦褧衣"的解释，用来说明他的主张，已使诗的原意改变了。

[26]《贲》（bì）象穷白：《周易·贲卦》中的"贲"是文饰的意思，可是它的象却归于白色。穷：探究到底。白：指本色，因为丝的本色是白的。

[27] 设模：即设置标准。模，规范，指体裁。

[28] 摛（chī）：铺陈。

[29] 文：文采。质：内容。

[30] 正采：正色。古代以青、赤、黄、白、黑为正色。朱：大红，属赤色。蓝：属青色。正色代表雅正的、好的文采。

[31] 心术既形：内心的情感已经通过文辞显露出来，即写出了情思，这就构成了文采。

[32] 渝：变色。

[33] 舜英：木槿花，朝开暮谢，有花无实，不长久。

【解读】

作为我国第一部系统阐述文学理论的专著，《文心雕龙》体例周详，论旨精深。书中不仅有对文学的基本原则的论述和对各种文体的渊源和流变的阐明，更有对文学创作中的艺术规律和方法的揭示，为全书的精华所在。而情采说，关于文学创作中内容和形式问题的见解，作为刘勰文学理论体系的基本观点之一，构成了全书的重要部分，它集中体现在第三十一篇——《情采》。

在《情采》篇中，作者在继承的基础上超越了前人的成果，成就了自己犀利而独到的见解，又辅以批评家公正客观的眼光，针对当时"体情之制日疏，逐文之篇愈盛"的形式主义的创作风气发表议论，强调"为情而造文"，强调"述志为本"，反对"为文而造情"，反对"苟驰夸饰，鬻声钓世"，提出了"情者文之经""联辞结采"的审美论。

全篇分三个部分。第一部分论述内容和形式的相互关系：形式必须依附于一定的内容才有意义，内容也必须通过一定的形式才能表达出来，二者实际上是一个相依相存的统一体。刘勰认为文学作品必然有一定的文采，但文和采是由情和质决定的，因此，文采只能起修饰的作用，它依附于作者的情志而为情志服务。第二部分从文情关系的角度总结了两种不同的文学创作道路：一种是《诗经》以来"为情而造文"的优良传统，一种是后世"为文而造情"的不良倾向。前者是"吟咏情性，以讽其上"，因而感情真实，文辞精练。后者是无病呻吟，夸耀辞采，因此，感情虚伪而辞采浮华。刘勰在重点批判了后世重文轻质的倾向之后，进一步提出了"述志为本"的文学主张。第三部分讲"采滥辞诡"的危害，提出正确的文学创作道路，是首先确立内容，然后造文施采，使内容与形式密切配合，而写成文质兼备的理想作品。

虽然囿于阶级和时代的局限，刘勰的有些观点尚欠完备，但其中的很多论述不乏深刻精准，仍具有很大的现实意义，如对形式主义文风的批评，对今人的写作为文颇具启示；还有作者的创新精神和怀时忧世的胸怀，都值得后人学习借鉴。

隋唐五代

589年隋文帝统一全国，结束了长达270余年的南北分裂局面。618年，李渊于长安即帝位，改国号为唐。自此，一个政治军事强大、经济文化繁荣的朝代屹然崛起，并开创了一代文学辉煌。

如果说魏晋南北朝文学是唐代文学这一文学璀璨之花的种子，那么唐代高度发达的社会则是孕育它的土壤、阳光、雨露，而诗歌、散文、小说、词则是这一文学之花上光彩夺目、异彩纷呈的花朵。

唐代散文的真正发展是从韩愈、柳宗元倡导的"古文运动"开始的。在儒学复兴的大潮中，韩愈、柳宗元明确提出文以明道的主张，将文体文风改革与当时的政治革新联系起来，参与现实生活，才使散文取代骈文占据文坛。韩、柳提倡的"古文运动"虽言复古，实为创新。他们建立了新的散文美学规范：辞采方面吸收骈文之长，重视文章的声情效果；语言方面强调"文从字顺"，重视雕琢词句；技巧方面，主张构思的巧妙和修辞手法的运用。同时，韩、柳重视散文的抒情特征和艺术魅力，主张作家应将浓郁的情感注入散文之中。韩愈的散文有为而发，不平则鸣，气势澎湃，其中论说文如《师说》、杂文如《进学解》、序文如《送李愿归盘谷序》、传记如《毛颖传》、碑志如《柳子厚墓志铭》等皆为传世精品。柳宗元的杂文、寓言文、传记文、抒情文皆有佳作，而以山水游记为最佳。他将自己的身世之悲、审美情趣沉潜于对自然山水的艺术描绘中，形成了"凄神寒骨"之美。韩、柳之后，散文写作走向低潮，到晚唐，骈文重新得到发展。

魏徵（580—643），字玄成。汉族，钜鹿郡人（一说邢台市巨鹿县人，一说是河北省邯郸市馆陶人），唐朝政治家。曾任谏议大夫、左光禄大夫，宰相，封郑国公，谥文贞，为凌烟阁二十四功臣之一。是中国史上最负盛名的谏臣。

他提出"兼听则明，偏信则暗""君，舟也，民，水也。水能载舟，亦能覆舟"等治世名言，曾谏二百余事，为太宗所器重。其博学多才，文采飞扬，著有《群书治要》等书。作为太宗的重要辅佐，他曾恳切要求太宗使他成为对治理国家有用的"良臣"，而不要使他成为对皇帝一人尽职的"忠臣"。魏徵以性格刚直、才识超卓、敢于犯颜直谏著称。魏徵所上《谏太宗十思疏》《十渐不克终疏》，在当时和后世都有重要影响。

魏　徵

谏太宗十思疏

臣闻求木之长 [1] 者，必固其根本 [2]；欲流之远者，必浚 [3] 其泉源；思国之安者，必积其德义。源不深而望流之远，根不固而求木之长，德不厚而思国之治，虽在下愚 [4]，知其不可，而况于明哲 [5] 乎！人君当神器之重 [6]，居域中 [7] 之大，将崇极天之峻，永保无疆之休。不念居安思危，戒奢以俭，德不处其厚，情不胜其欲，斯亦伐根以求木茂，塞源而欲流长也。

凡昔元首 [8]，承天景命 [9]，莫不殷忧 [10] 而道著，功成而德衰。善始者实繁，克终者盖寡 [12]。岂取之易守之难乎？昔取之而有余，今守之而不足，何也？盖在殷忧必竭诚以待下，既得志则纵情以傲物 [13]；竭诚则吴越为一体 [14]，傲物则骨肉为行路 [15]。虽董 [16] 之以严刑，振 [17] 之以威怒，终苟免而不怀仁 [18]，貌恭而不心服。怨不在大 [19]，可畏惟人 [20]；载舟覆舟 [21]，所宜深慎。奔车朽索，其可忽乎？

君人者，诚能见可欲 [22] 则思知足以自戒，将有作 [23] 则思知止以安人 [24]，念高危 [25] 则思谦冲而自牧 [26]，惧满溢则思江海下百川 [27]，乐盘游 [28] 则思三驱 [29] 以为度，忧懈怠则思慎始而敬终 [30]，虑壅蔽 [31] 则思虚心以纳下，惧谗邪 [32] 则思正身以黜恶 [33]，恩所加则思无因喜以谬赏，罚所及则思无以怒而滥刑。总此十思，宏兹九德 [34]，简 [35] 能而任之，择善而从之，则智者尽其谋，勇者竭其力，仁者播其惠，信者效 [36] 其忠。文武并用，垂拱 [37] 而治。何必劳神苦思，代百司之职役哉！

【注释】

[1] 长（zhǎng）：生长。

[2] 固其根本：使它的根本牢固。本，树根。

[3] 浚（jùn）：疏通，挖深。

[4] 在下愚：地位低、见识浅的人。

[5] 明哲：聪明睿智（的人）。

[6] 当神器之重：处于皇帝的重要位置。神器，指帝位。古时认为"君权神授"，所以称帝位为"神器"。

[7] 域中：指天地之间。

[8] 凡昔元首：所有以前的元首，泛指古代的帝王。

[9] 承天景命：承受了上天赋予的重大使命。景，大。

[10] 殷忧：深忧。

[11] 实：的确。

[12] 克终者盖寡：能够坚持到底的大概不多。克，能。盖，表推测语气。

[13] 傲物：傲视别人。物，这里指人。

[14] 吴越为一体：（只要彼此竭诚相待）虽然一个在北方，一个在南方，也能结成一家。吴，指北方。越，指南方。

[15] 骨肉为行路：亲骨肉之间也会变得像陌生人一样。骨肉，有血缘关系的人。行路，路人，比喻毫无关系的人。

[16] 董：督责。

[17] 振：通"震"，震慑。

[18] 苟免而不怀仁：（臣民）只求苟且免于刑罚而不怀念感激国君的仁德。

[19] 怨不在大：（臣民）对国君的怨恨不在大小。

[20] 可畏惟人：可怕的只是百姓。人，本应写作"民"，因避皇上李世民之名讳而写作"人"。

[21] 载舟覆舟：这里比喻百姓能拥戴皇帝，也能推翻他的统治。出自《荀子·王制》："君者，舟也；庶人者，水也。水则载舟，水则覆舟。"

[22] 见可欲：见到能引起（自己）喜好的东西。出自《老子》第三章"不见可欲，使民心不乱"。下文的"知足""知止"（知道适可而止），出自《老子》第四十四章"知足不辱""知止不殆"。

[23] 将有作：将要兴建某建筑物。作，兴作，建筑。

[24] 安人：安民，使百姓安宁。

[25] 念高危：想到帝位高高在上。危，高。

[26] 则思谦冲而自牧：就想到要谦虚并加强自我修养。冲，虚。牧，约束。

[27] 江海下百川：江海处于众多河流的下游。下，居……之下。

[28] 盘游：打猎取乐。

[29] 三驱：据说古代圣贤之君在打猎布网时只拦住三面而有意网开一面，从而体现圣人的"好生之仁"。另一种解释为田猎活动以一年三次为度。

[30] 敬终：谨慎地把事情做完。

[31] 虑壅（yōng）蔽：担心（言路）不通受蒙蔽。壅，堵塞。

[32] 谗邪：谗佞奸邪的人。谗，说人坏话，造谣中伤。邪，不正派。

[33] 正身以黜（chù）恶：使自身端正（才能）罢黜奸邪。黜，排斥，罢免。

[34] 宏兹九德：弘扬这九种美德。九德，指忠、信、敬、刚、柔、和、固、贞、顺。

[35] 简：选拔。

[36] 效：献出。

[37] 垂拱：垂衣拱手。比喻很轻易地就实现天下大治了。

【解读】

唐太宗李世民跟随其父亲李渊反隋时作战勇敢，生活俭朴，颇有作为。在贞观初年，进一步保持了节俭、谨慎的作风，实行了不少有利于国计民生的政策。后来逐渐骄奢忘本，大修庙宇宫殿，广求珍宝，四处巡游，劳民伤财。魏徵对此极为忧虑，在贞观十一年（637年）的三月到七月，"频上四疏，以陈得失"，《谏太宗十思疏》就是其中第二疏，因此也称《论时政第二疏》。唐太宗看了猛然警醒，写了《答魏徵手诏》，表示从谏改过。这篇文章被太宗置于案头，奉为座右铭。

文章一开始，作者运用了排喻的手法，首先举出"求木之长者，必固其根本；欲流之远者，必浚其泉源"两组比喻，从而引出了"思国之安者，必积其德义"。作者先设置这样两个形象性和哲理性都很强的比喻，而后引出了自己要表达的真实意图，这种手法的应用有很强的说服力。如果作者开篇不用这十分形象的排喻，而只是简单地讲述抽象的道理，是很难吸引对方，从而使对方理解信服。作者引喻用得好，好就好在比喻用得"巧""俗""切"。比喻的应用使抽象的道理形象化、具体化，使深奥的问题通俗化。作者用十分熟悉的树木、泉源，用这些微不足道的事物，引出国之大政，平易而自然。

使用了排喻的方法开篇后，作者又以三个"不"字的排比句从反面来说明问题——"源不深而望流之远，根不固而求木之长，德不厚而思国之治"，从而进一步强调了作者的政治意图。作者使用的言辞尖锐，用反激法去激发对方。作者指出，自己所列举的比喻和叙说的是连自己这样愚笨的人都明白的道理，何况英明圣哲的皇帝。然后作者很明确地向唐太宗指出，作为一国之主的帝王，身负重任，就要在安乐时想到危难，尽量避免奢侈，要提倡节俭。不然的话就会做出像伐根而求树茂，塞水而望流长一样的愚蠢事。这里，在文章结构上前呼后应，环环紧扣，充分表达了作者进谏规讽的本意。

紧接着作者向唐太宗指明历史上的君王，一开始创业时大多都能兢兢业业，而善始善终的就不多了。作者这里用了一个反问句来说明"创业容易守业难"的道理。作者同时明确地告诫唐太宗，不要在危难忧患时诚心待人，而成功后就放纵，傲慢待人。并指明，对人以诚相待，仇敌也可团结成为一个整体；傲慢待人，即使是亲人也会众叛亲离。对人民使用高压钳制，用威势来统治他们，会造成他们与你貌合神离，表面十分顺服而实际上却十分怨恨。作者这里指出被激怒的百姓是十分可畏的，并再次用一个真切生动的比喻来说明帝王与百姓之间的辩证关系。作者将百姓妙喻为水，将帝王比喻为行船，水能浮载行船，但也可以将行船倾翻。这个比喻简洁而传神，直接明了地向唐太宗表明其利害关系。为谏劝唐太宗"居安思危，戒奢以俭"，不要"纵情傲物，骄奢淫逸"，作者结合具体实例进行分析，妙喻警人。引用古圣先哲的"怨不在大，可畏惟人"和"载舟覆舟"等至理名言，哲理深切，言语婉转动人，用心不可谓不良苦。

道理述尽，作者便向唐太宗提出"十思"的建议。"十思"是作者前文提出的"思国之安者，必积其德义"的具体内容。前边提出问题并进行了分析，后边则提出如何解决的建议。使得文章前后呼应，全文形成一篇结构严谨的统一体。而"十思"又以"谦冲而自牧""慎始而敬终""虚心以纳下""简能而任之""择善而从之"为中心，为至要。"十思"的角度不同，但都贯穿着"积其德义"的主线。作者告诫唐太宗"总此十思，宏兹九德"，这样就会达到天下"文武并用，垂拱而治"。只要做到这"十思"，就不必自己去劳神费思，代替百官去行使职权了。

全篇以"思"字作为贯穿行文的线索，脉络分明，条理清晰。文中多用比喻，把道理说得生动形象；并采用排比、对仗，句式工整，气理充畅。

骆宾王

骆宾王（约640—684），婺州义乌（今浙江省义乌市）人。早年随父游学于齐鲁一带，以诗文著称，与当时著名文士王勃、杨炯、卢照邻并称为"初唐四杰"。曾在道王李元庆幕府中供职，后又历任武功、长安两县主簿。此间曾随军到过西域，及宦游于蜀滇一带。唐高宗永徽年间官至侍御史，因上书言政事而获罪入狱，并贬为临海县丞，乃快快弃官而去。光宅元年（684年）武则天称制，李敬业在扬州（今江苏省扬州市）起兵反对武氏。他投在徐敬业幕下，专撰军中书檄。讨武失败后，下落不明，有说投水而死，有说在灵隐寺出家为僧。有《骆临海集》。

代李敬业传檄天下文

伪[1]临朝武氏者，人非温顺，地[2]实寒微。昔充太宗下陈[3]，曾以更衣入侍。洎[4]乎晚节，秽乱春宫[5]。密隐先帝之私，阴图后房之嬖[6]。入门见嫉，蛾眉不肯让人；掩袖工谗[7]，狐媚[8]偏能惑主。践元后于翚翟[9]，陷吾君于聚麀[10]。加以虺蜴[11]为心，豺狼成性，近狎邪僻[12]，残害忠良，杀姊屠兄，弑君鸩母。神人之所共疾，天地之所不容。犹复包藏祸心，窥窃神器[13]。君之爱子，幽之于别宫[14]；贼之宗盟[15]，委之以重任。呜呼！霍子孟[16]之不作，朱虚侯[17]之已亡。燕啄皇孙，知汉祚之将尽[18]；龙漦帝后，识夏庭之遽衰[19]。

敬业皇唐旧臣，公侯冢子[20]。奉先君[21]之成业，荷本朝之厚恩。宋微子[22]之兴悲，良有以也；桓君山[23]之流涕，岂徒然哉！是用气愤风云，志安社稷。因天下之失望，顺宇内[24]之推心，爰举义旗，以清妖孽，南连百越[25]，北尽三河[26]，铁骑成群，玉轴[27]相接。海陵[28]红粟，仓储之积靡穷；江浦[29]黄旗，匡复之功何远。班声[30]动而北风起，剑气冲而南斗平。喑呜则山岳崩颓，叱咤则风云变色[31]。以此制敌，何敌不摧；以此攻城，何城不克！

公等或家传汉爵[32]，或地协周亲[33]，或膺[34]重寄于爪牙，或受顾命于宣室[35]。言犹在耳，忠岂忘心？一抔之土[36]未干，六尺之孤[37]安在！倘[38]能转祸为福，送往事居[39]，共立勤王[40]之勋，无废旧君之命，凡诸爵赏，同指山河[41]。若其眷恋穷城[42]，徘徊歧路，坐昧先几[43]之兆，必贻后至之诛[44]。请看今日之域中，竟是谁家之天下！移檄州郡，咸使知闻。

【注释】

[1] 伪：指非法的，不正统的。

[2] 地：指家庭、家族的社会地位。

[3] 下陈：古人宾主互相馈赠礼物、陈列在堂下，称为"下陈"。因而，

古代统治者充实于府库、内宫的财物、妾婢，亦称"下陈"。这里指武则天曾充当过唐太宗的才人。

[4] 洎（jì）：及，到。

[5] 春宫：亦称东宫，是太子居住的地方，后人常借指太子。

[6] 嬖（pì）：宠爱。

[7] 掩袖工谗：说武则天善于进谗害人。《战国策》记载，楚怀王夫人郑袖对楚王所爱美女说："楚王喜欢你的美貌，但讨厌你的鼻子，以后见到楚王，要掩住你的鼻子。"美女照办，楚王因而发怒，割去美女的鼻子。这里借此暗指武则天曾偷偷窒息亲生女儿，而嫁祸于王皇后，使皇后失宠的事。

[8] 狐媚：唐代迷信狐仙，认为狐狸能迷惑害人，所以称用手段迷人为狐媚。

[9] 翚翟（huī dí）：用美丽鸟羽织成的衣服，指皇后的礼服。

[10] 聚麀（yōu）：多匹牡鹿共有一匹牝鹿。麀，母鹿。语出《礼记·曲礼上》："夫惟禽兽无礼，故父子聚麀。"这句意谓武则天原是唐太宗的姬妾，现在当上高宗的皇后，使高宗乱伦。

[11] 虺蜴（huǐ yì）：指毒物。虺，毒蛇。蜴，蜥蜴，古人以为有毒。

[12] 邪僻：指不正派的人。

[13] 窥窃神器：靠阴谋取得帝位。神器，指皇位。

[14] 君之爱子，幽之于别宫：指唐高宗死后，中宗李显继位，旋被武后废为庐陵王，改立睿宗李旦为帝，但实际上是被幽禁起来。此二句为下文"六尺之孤安在"作铺垫。

[15] 宗盟：家属和党羽。

[16] 霍子孟：名霍光，西汉大臣，受汉武帝遗诏，辅助幼主汉昭帝；昭帝死后，昌邑王刘贺继位，荒淫无道，霍光又废刘贺，更立宣帝，是安定西汉王朝的重臣。

[17] 朱虚侯：汉高祖子齐惠王肥的次子，名刘章，封朱虚侯。高祖死后，吕后专政，重用吕氏，危及刘氏天下，刘章与丞相陈平、太尉周勃等合谋，诛灭吕氏，拥立文帝，稳定了西汉王朝。

[18] 燕啄皇孙，知汉祚之将尽：《汉书·五行志》记载：汉成帝时有童谣说"燕飞来，啄皇孙"。后赵飞燕入宫为皇后，因无子而妒杀了许多皇子，汉成帝因此无后嗣。不久，王莽篡政，西汉灭亡。这里借汉朝故事，指斥武则天

先后废杀太子李忠、李弘、李贤，致使唐室倾危。祚，指皇位，国统。

[19] 龙漦（chí）帝后，识夏庭之遽衰：据《史记·周本纪》记载，当夏王朝衰落时，有两条神龙降临宫廷中，夏帝把龙的垂涎用木盒藏起来，到周厉王时，木盒开启，龙漦溢出，化为玄鼋流入后宫，一宫女感而有孕，生褒姒。后幽王为其所惑，废太子，西周终于灭亡。漦，涎沫。

[20] 冢子：嫡长子。

[21] 先君：指刚死去的唐高宗。

[22] 宋微子：微子名启，是殷纣王的庶兄，被封于宋，所以称"宋微子"。

[23] 桓君山：东汉人，名谭，汉光武帝时为给事中，因反对当时盛行的谶纬神学，而被贬为六安县丞，忧郁而死。

[24] 宇内：天下。

[25] 百越：古代越族有百种，故称"百越"。这里指越人所居的偏远的东南沿海。

[26] 三河：洛阳附近河东、河内、河南三郡，是当时政治中心所在的中原之地。

[27] 玉轴：战车的美称。

[28] 海陵：古县名，治所在今江苏省泰州市，地在扬州附近，汉代曾在此置粮仓。

[29] 江浦：长江沿岸。浦，水边的平地。

[30] 班声：马嘶鸣声。

[31] 喑（yīn）呜、叱咤（zhà）：发怒时的喝叫声。

[32] 家传汉爵：拥有世代传袭的爵位。汉初曾大封功臣以爵位，可世代传下去，所以称"汉爵"。

[33] 地协周亲：指身份地位都是皇家的宗室或姻亲。协，相配，相合。周亲，至亲。

[34] 膺（yīng）：承受，承当。

[35] 顾命：君王临死时的遗命。宣室：汉宫中有宣室殿，是皇帝斋戒的地方，汉文帝曾在此召见并咨问贾谊，后借指皇帝郑重召问大臣之处。

[36] 一抔（póu）之土：这里借指皇帝的陵墓。

[37] 六尺之孤：指继承皇位的新君。

[38] 傥：通"倘"，倘若，或者。

[39] 送往事居：送走死去的，侍奉在生的。往，死者，指高宗。居，在生者，指中宗。

[40] 勤王：指臣下起兵救援王室。

[41] 凡诸爵赏，同指山河：语出《史记》，汉初大封功臣，誓词云："使河如带，泰山若厉。国以永宁，爰及苗裔。"这里意为有功者授予爵位，子孙永享，可以指山河为誓。

[42] 穷城：指孤立无援的城邑。

[43] 几（jī）：迹象。

[44] 后至之诛：意思说迟疑不响应，一定要加以惩治。

【解读】

骆宾王一生侠骨铮铮，680 年，他任临海县丞，因才高位卑遭人奚落而愤愤罢官离去。683 年，武后临朝称制，积极筹备武周王朝，李唐宗室与武后集团权力斗争的矛盾激化起来。同年九月，李唐旧臣李敬业（原名徐敬业）在扬州起兵，发动武装暴动，骆宾王参与组织策划，并写下这篇声讨武后的檄文。

文章由三个部分构成。第一部分历数武后的种种罪行，从她的出身、资历到品行都有详细描述，主要突出其凶狠残暴、阴险毒辣、野心勃勃的一面，以暗示李唐王朝的江山社稷已到了生死存亡的关键时刻，从而为下文李敬业兴兵讨伐武后的正义之举埋下伏笔。第二部分写敬业乃宗室后裔，社稷功臣，肩负匡正朝政的重任，由他起兵伐武理所当然，且义军地广兵众，粮草丰足，士气高涨，占有天时、地利、人和的优势，他们必定战无不胜，攻无不克。第三部分有针对性地指出在朝诸臣均曾蒙李唐王朝恩宠，此时理应举起讨逆大旗，完成辅孤重任。而且作者还辅之以赏赐和刑罚，敦促朝中大臣参与他们的行动。末句"请看今日之域中，竟是谁家之天下"气势磅礴，充满坚定的信念，成为后世常用的名言警语。

全文"事昭而理辨，气盛而辞断"（《文心雕龙·檄移》），具有强大的号召力，足以折服人心。且通体骈四俪六，句式整齐，词采华美，丽藻彬彬。连武后看罢，也赞赏骆宾王的才华，而怪宰相"何得失如此人"（《酉阳杂俎》卷一）。

王　勃

　　王勃（650—676），字子安，绛州龙门（今山西河津）人。与杨炯、卢照邻、骆宾王以诗文齐名，并称"初唐四杰"。王勃的祖父王通是隋末著名的学者，号文中子，父亲王福峙历任太常博士、雍州司功等职。王勃才华早露，未成年即被司刑太常伯刘祥道赞为神童，向朝廷表荐，对策高第，授朝散郎。乾封初年（666年）被沛王李贤征为王府侍读，两年后因戏为《檄英王鸡》文，被高宗怒逐出府。随即出游巴蜀。咸亨三年（672年）补虢州参军，因擅杀官奴当诛，遇赦除名。其父亦受累贬为交趾令。上元二年（675年）或三年（676年），王勃南下探亲，渡海溺水，惊悸而死。有《王子安集》。

秋日登洪府滕王阁饯别序

豫章故郡，洪都新府[1]。星分翼轸[2]，地接衡庐[3]。襟三江而带五湖[4]，控蛮荆而引瓯越[5]。物华天宝，龙光射牛斗之墟[6]；人杰地灵，徐孺下陈蕃之榻[7]。雄州雾列[8]，俊采星驰[9]。台隍枕夷夏之交[10]，宾主尽[11]东南之美。都督阎公之雅望[12]，棨戟[13]遥临；宇文新州之懿范[14]，襜帷暂驻[15]。十旬[16]休假，胜友如云；千里逢迎，高朋满座。腾蛟起凤，孟学士之词宗[17]；紫电青霜，王将军之武库[18]。家君作宰[19]，路出名区[20]；童子[21]何知，躬[22]逢胜饯。

时维九月，序属三秋[23]；潦水[24]尽而寒潭清，烟光凝而暮山紫。俨骖騑[25]于上路，访风景于崇阿[26]。临帝子之长洲[27]，得天人之旧馆[28]。层台耸翠，上出重霄；飞阁流丹[29]，下临无地[30]。鹤汀凫渚，穷岛屿之萦回[31]；桂殿兰宫，列冈峦之体势[32]。

披绣闼，俯雕甍[33]，山原旷其盈视，川泽纡其骇瞩[34]。闾阎扑地[35]，钟鸣鼎食[36]之家；舸舰迷津，青雀黄龙之轴[37]。虹销雨霁，彩彻区明[38]。落霞与孤鹜[39]齐飞，秋水共长天一色。渔舟唱晚，响穷彭蠡[40]之滨；雁阵惊寒，声断衡阳之浦[41]。

遥襟甫畅，逸兴遄[42]飞。爽籁发而清风生，纤歌凝而白云遏。睢园绿竹，气凌彭泽之樽[43]；邺水朱华[44]，光照临川[45]之笔。四美具[46]，二难[47]并。穷睇眄于中天[48]，极[49]娱游于暇日。天高地迥[50]，觉宇宙之无穷；兴尽悲来，识盈虚之有数[51]。望长安于日下，目吴会于云间[52]。地势极而南溟深，天柱高而北辰远[53]。关山难越，谁悲失路[54]之人；萍水[55]相逢，尽是他乡之客。怀帝阍[56]而不见，奉宣室[57]以何年？

嗟乎！时运不齐[58]，命途多舛[59]；冯唐[60]易老，李广[61]难封。屈贾谊于长沙，非无圣主[62]；窜梁鸿于海曲，岂乏明时[63]？所赖君子见机，达人[64]知命。老当益壮，宁[65]移白首之心；穷且益坚，不坠青云之志。酌贪泉而觉爽[66]，处涸辙[67]以犹欢。北海虽赊，扶摇可接[68]；东隅已逝，桑榆非晚[69]。孟尝[70]高洁，空怀报国之情；阮籍[71]猖狂，岂效穷途之哭？

勃，三尺微命[72]，一介[73]书生。无路请缨[74]，等终军之弱冠[75]；有怀投笔，慕宗悫之长风[76]。舍簪笏于百龄，奉晨昏于万里[77]。非谢家之宝树，接孟氏之芳邻[78]。他日趋庭，叨陪鲤对[79]；今晨捧袂[80]，喜托龙门[81]。杨意不逢，抚凌云而自惜[82]；钟期[83]既遇，奏流水以何惭？

呜呼！胜地[84]不常，盛筵难再；兰亭[85]已矣，梓泽[86]丘墟。临别赠言，幸承恩于伟饯[87]；登高作赋，是所望于群公。敢竭鄙诚[88]，恭疏短引[89]；一言均赋，四韵俱成[90]。请洒潘江，各倾陆海云尔[91]。

> 滕王高阁临江渚，佩玉鸣鸾罢歌舞。
>
> 画栋朝飞南浦云，朱帘暮卷西山雨。
>
> 闲云潭影日悠悠，物换星移几度秋。
>
> 阁中帝子今何在？槛外长江空自流！

【注释】

[1] 此二句指出滕王阁所在的地方是洪州。南昌旧为豫章郡治所，故称故郡，唐代改豫州郡为洪州，设大都督府，故称新府。即现在的江西南昌。

[2] 翼轸：二十八宿中的二星。古人以天上二十八宿与地上州的位置相对应，叫某星在某地的分野。翼轸为楚地的分野，洪州位于旧楚地，故有此称。分，分属。

[3] 衡庐：即衡山和庐山。

[4] 三江：泛指长江中下游。古时大江流过彭蠡湖（即今鄱阳湖），分成三道入海，故称三江。五湖：指太湖、鄱阳湖、青草湖、丹阳湖、洞庭湖。

[5] 控：控制，镇守。瓯越：泛指今浙江南部及福建一带。洪州在古楚地，与古闽越相接。

[6] 此二句写洪州有珍贵之物。相传晋代张华看到斗牛两星宿之间常有紫气，他派雷焕到半城（属洪州）掘得双剑，一名龙泉，一名太阿，紫气即不再出现。后来双剑入水化为双龙。龙光，指剑气。墟，地域。

[7] 此二句写洪州有杰出之人。徐孺，字孺子，东汉高士，豫章南昌人。

陈蕃，字仲举。为豫章太守，不接待宾客，但特为徐孺子设一榻（床），徐来则放下，去则悬起。这里称徐孺子为"徐孺"，是骈体文讲究上下句字数对称所致。下文称杨得意为"杨意"，称钟子期为"钟期"，同此。

[8] 雄州：指洪州。雄，伟盛。雾列：如雾之弥漫充塞。

[9] 俊采：俊才。星驰：如星般流动飞驰。

[10] 台隍：亭台城池，指洪州。夷夏之交：古代将东南地区称为夷蛮之地，中原称为华夏，洪州正处于两地之间，所以用这句话来形容洪州地理位置的重要。

[11] 尽：都是。

[12] 雅望：崇高的名望。

[13] 棨（qǐ）戟：有衣套的戟，用作官吏出行时的仪仗。此处借指阎都督。

[14] 宇文新州：一个姓宇文的新任州牧。名字及事迹未详。有的认为新州为州名，在今广东省新兴县。懿范：美德的楷模。

[15] 襜帷：车子的帷幔。此处借指宇文的车马。暂驻：暂时停留，指参加宴会。

[16] 十旬：唐制，官员十天休息一天，称旬休。此处指适逢十日休息一天。

[17] 此两句是赞扬孟学士文采飞扬。《西京杂记》："董仲舒蛟龙入怀，乃作《春秋繁露》词。"为此称有高才、能著述者为"腾蛟起凤"。孟学士，名未详。词宗，文章高手。

[18] 此二句赞扬王将军的武略。紫电，宝剑名。青霜，形容宝剑锋利。王将军，名未详。武库，兵器库，此处借指富于谋略。

[19] 家君作宰：家君，对人称自己的父亲。作宰，指王勃的父亲当时正在交趾任地方长官。

[20] 名区：指洪州。

[21] 童子：当时王勃很年轻，故自称童子。

[22] 躬：亲身。

[23] 三秋：秋季的三个月，此处指秋季的第三个月，到九月。

[24] 潦（lǎo）水：雨后路面的流水、积水。

[25] 骖騑：骖，车辕两旁的马。騑，骖旁的马。

[26] 崇阿：高的山岭。崇，高。

[27] 帝子：皇帝之子，此指滕王。长洲：阁前之长洲。

[28] 天人：此指滕王。旧馆：犹故居，此指滕王阁。

[29] 飞阁：高阁腾空飞起。流丹：泛指红色。因阁用红色油漆所涂饰。

[30] 下临无地：因为滕王阁建在江边上，所以登阁下望江面，不见陆地。此乃形容阁的高峻。

[31] 萦回：迂回曲折。

[32] 列冈峦之体势：建筑群构成的山峦起伏连绵之状。

[33] 披：推开。闼（tà）：阁门。甍（méng）：屋脊。

[34] 纡（xū）：张目望。骇瞩：对所见的景物感到吃惊。

[35] 闾阎：里巷的门。扑地：遍地。

[36] 钟鸣鼎食：古时贵族吃饭时要奏乐列鼎，鼎中盛食物。因此钟鸣鼎食之家常用来指富贵人家。

[37] 此二句谓渡口停满大船。舸，大船。舰，板屋船，即船四周加木板以防矢石。青雀黄龙，指船身上的鸟、龙图案。轴，通"舳"，船端，此指船只。

[38] 区明：指天空。云朵交错纵横，有如衢道。

[39] 鹜：野鸭。

[40] 彭蠡：鄱阳湖的古名。

[41] 浦：水滨。

[42] 遄（chuán）：急速。

[43] 睢园：汉梁孝王在睢水旁修筑的竹园，他常和一些文人在此聚会。彭泽：指东晋末年著名诗人陶渊明。他好饮酒，做过彭泽令。樽：酒杯。

[44] 邺水朱华：邺（今河北省临漳县）是曹操兴起的地方。曹操父子在这里常和文人聚会。朱华，即荷花。曹植《公宴诗》："秋兰被长坂，朱华冒绿池。"王勃借用"邺水朱华"来比喻滕王阁的盛会。

[45] 临川：指南朝人谢灵运，曾任临川内史，故称。

[46] 四美：指良辰、美景、赏心（快乐之情）、乐事（快乐的事）。具：齐备。

[47] 二难：指贤主、嘉宾难以齐聚。

[48] 睇眄：斜视，指目光向上下左右观览。中天：半空中。

[49] 极：尽。

[50] 迥：远。

[51] 盈虚：指盛衰、成败。数：运数。

[52] 此二句谓西望长安，东指吴会，辽远开阔。长安，唐代京都，今陕西西安。日下，指京师。吴会，吴郡和会稽郡，今江浙一带。云间，旧日华亭县（今上海松江）的别称。上述指东南地区名胜之地。

[53] 此二句谓南通南海，北仰北极，高远广大。南暝，指南方的大海。天柱，古代神话中说昆仑山上有铜柱，高耸入天，即称天柱。北辰，北极星。

[54] 失路：比喻不得志。

[55] 萍水：指偶然相遇。

[56] 帝阍：原指天帝的守门者。此处指皇帝的宫门。

[57] 宣室：汉代未央宫前的正室。贾谊曾在此被汉文帝召见，汉文帝向他问鬼神的事。

[58] 时运不齐：命运不好。

[59] 舛（chuǎn）：错乱，此处指不幸、不顺利。

[60] 冯唐：西汉人。文帝时年老官低，武帝访求人才，有人推荐冯唐，他已九十余岁了。

[61] 李广：西汉名将。抗击匈奴几十年，身经百战，功劳很大，却终身不得封侯。

[62] 此二句指汉文帝本想重用贾谊，但因听信了谗言而疏远了他，让他离开朝廷，去做长沙王太傅。

[63] 梁鸿：东汉人，曾作歌讽刺朝政。汉章帝派人去找他，他改名换姓，和妻子住在齐、鲁、吴等地。窜：隐匿。海曲：岛。齐鲁之地三面环海，所以称海曲。章帝号称明主，故称明时。

[64] 达人：通达、达观的人。

[65] 宁（nìng）：难道。

[66] 贪泉：古代传说广州有贪泉，人喝了这里的水就会贪婪。爽：神志清爽。晋时廉吏吴隐之过此，饮贪泉水并赋诗云："古人云此水，一歃怀千金，试使夷齐饮，终当不易心。"王勃在这里正是引此典故，意思是说，虽饮贪泉，但仍神清气爽。

[67] 涸辙：干涸的车辙。《庄子·外物篇》有一则寓言说，有一条鱼在干涸的车辙里奄奄待毙，哀求一个过路的人给一瓢水，而那人却许诺它引西

江的水来救它。它生气地说，那样，还不如到卖干鱼的地方找它的尸体。此处用鱼处涸辙来比喻处境困难。

[68] 赊：远。扶摇：旋风。

[69] 东隅：东方日出处，指早晨。桑榆：日落时余光照在桑树、榆树的顶端，因用桑榆喻黄昏，也用来比喻人的晚年。

[70] 孟尝：字伯周，东汉时一个贤能的官吏，但不被重用。

[71] 阮籍：魏晋间人，性旷达不羁。他不满司马氏专权，为避免政治迫害，就借饮酒来掩护自己。经常驾车出游，当前面遇到障碍，不能前进时，就痛哭而回。

[72] 三尺微命：绅（衣带）长三尺，官位卑微。三尺，指衣带下垂的长度。微命，周代任官从一命到九命，一命最低微。

[73] 一介：一个，谦辞。

[74] 请缨：请求赐给长缨，意为请求赐予杀敌的命令。缨，系在马颈上用以驾车的皮条。

[75] 终军：西汉人。二十岁时出使南越，上书请缨，要求缚南越王而回。弱冠：二十岁。

[76] 此两句指美慕宗悫之壮志，有投笔从戎之心。《后汉书·班超传》记载：班超家贫，为人抄书度日，曾投笔慨叹说，大丈夫当为国立功，岂可终日在笔砚间讨生活？

[77] 此两句指舍去一生的功名利禄，到万里之外去侍奉父亲。簪笏，古代社会所用的冠簪和手板，借指官职。百龄，百年，一生。

[78] 谢家之宝树：指谢玄。《世说新语·言语》载：谢安问他的子侄，为什么人们总希望子弟好？侄子谢玄回答："譬如芝兰玉树，欲使其生于阶庭耳。"旧时因此用"芝兰玉树"喻贵家子弟，也用于指有文才的人。孟氏之芳邻：孟子的母亲三次搬家，为了要找个好邻居，以便让儿子得到良好的成长环境。

[79] 趋庭："趋"为古时下对上的一种礼节。鲤：孔鲤，孔子的儿子。"鲤对"指孔鲤在父亲面前回答提问，接受教导。

[80] 捧袂（mèi）：抬起衣袖，表示谒见时的恭谨。

[81] 喜托龙门：谓以受到接待为荣幸。龙门，在山西、陕西二省间黄河中。传说鲤鱼跳过龙门则化为龙。

[82] 杨意：杨得意，汉人，司马相如的邻人。因为他的推荐，司马相如才做官。凌云：本意是超出尘世，这里是指司马相如的《大人赋》，因为汉武帝读到《大人赋》后，感到"飘飘有凌云之气"。

[83] 钟期：即钟子期，春秋时楚人。据《列子·汤问》中记载，伯牙善鼓琴，只有钟子期能知音。伯牙鼓琴，志在高山，钟子期说："善哉，巍巍乎若泰山！"后来伯牙鼓琴，志在流水，子期说："善哉，洋洋乎若江河！"钟子期死后，伯牙碎琴绝弦不复鼓琴。

[84] 胜地：名胜之地，此指洪州。

[85] 兰亭：在今浙江绍兴，东晋群贤在此宴集，王羲之写了《兰亭集序》。

[86] 梓泽：在今河南省洛阳北，晋石崇的金谷园在此。

[87] 此两句意思是，此次饯别宴会，承蒙阁公之恩得以参加为荣幸。赠言，送别。

[88] 敢竭鄙诚：写出鄙陋的心意。

[89] 疏：陈述。短引：小序。

[90] 此处指写了四韵八句诗。

[91] 钟嵘《诗品》卷上："余常言，陆（机）才如海，潘（岳）才如江。"洒潘江，倾陆海，意思是说尽量地抒发文才，写成诗篇。

【解读】

滕王阁是唐高祖李渊第二十二子滕王元婴任洪州都督时兴建的，所以名叫"滕王阁"。它的遗址在今江西省南昌市，面临赣江。本文是一篇写景抒情的散文作品。写景，讲究鲜明；抒情，注重内涵与情景交融，因物咏志，很有特色。

文章在交代了滕王阁的地理分野和前来参加盛宴的嘉宾贵客之后，浓墨重彩，极写滕王阁壮美的地势和秀丽的景色。深秋时节，作者伫立滕王阁上，举目远眺，但见路旁的积水已经干涸，寒冷的深潭清澈见底，晚霞的余光凝聚，傍晚的山色紫青。他展开想象的翅膀，仿佛驱马驾车在大路上奔跑，仿佛寻访美景去登攀高耸的山岭，仿佛亲临水边的长洲，仿佛找到仙人旧日的馆阁。远处，层峦叠嶂的山峦耸立起绿色的屏障，直入青云；凌空而建的高阁闪动着艳丽的色彩，俯临深渊。从阁道往下看，白鹤漫步的沙滩、野鸭栖息的洲渚、岛屿的安排极尽萦回曲绕的情致。桂木建筑的殿堂、香兰装饰的宫室、楼阁的布局依照岗峦起伏的地势。打开精美的阁门，俯瞰雕饰的屋脊，远眺辽阔的山野、河流湖泽历历在目。房屋鳞次栉比，尽是富庶人家；船只泊满渡口，多是雀舫龙舟。彩虹隐没而雨过天晴，日光普照着万里云空。这时，只见落霞与孤鹜齐飞，秋水共长天一色。暮霭里归舟传来声声渔歌，寒风中大雁发出阵阵惊鸣。

这些描写，有远景，有近景，有俯瞰，有远眺。作者选取了多种角度，写尽了无限壮美的秋天景色。写景时，又将眼前的实景与联想的虚景融合成一，为我们展现了一幅色彩斑斓的秋景图。

接着，作者以"遥襟甫畅，逸兴遄飞"转入抒情描写，宴会上，胜友如云，高朋满座，箫管齐鸣，清歌舒缓。作者顿生天地辽阔、宇宙无穷的感慨。于是他因此而联想到"冯唐易老，李广难封"，联想到贾谊屈辱长沙，梁鸿逃避海曲这些怀才难遇的古人古事。"所赖君子见机，达人知命。老当益壮，宁移白首之心；穷且益坚，不坠青云之志""北海虽赊，扶摇可接；东隅已逝，桑榆非晚"这些名句，生动地抒发了作者不因年华流逝和困顿的处境而自暴自弃、消靡丧志，这种积极进取的精神通过宴会场面的描写而逐层深入地表述出来，内涵丰富而且含蓄。

这篇文章是一篇典型的骈体文，对偶工整，且讲究声韵平仄，具有强烈的音乐美和节律感。譬如"物华天宝，龙光射牛斗之墟；人杰地灵，徐孺下陈蕃之榻""潦水尽而寒潭清，烟光凝而暮山紫""落霞与孤鹜齐飞，秋水共长天一色""屈贾谊于长沙，非无圣主；窜梁鸿于海曲，岂乏明时""北海虽赊，扶摇可接；东隅已逝，桑榆非晚"等句，因其工整而流传后世，有着很强的生命力。

为了较好地映衬题意，文章也如其他骈文一样，运用了大量的典故。譬如"物华天宝"句，就是用的晋代张华得到龙泉、太阿两柄古剑的典故，以此说明滕王阁地理环境非同一般；譬如"人杰地灵"句，就是用的后汉陈蕃设榻招待徐孺子的典故，以此类比洪州都督阎伯屿有陈蕃礼贤之风；其他如"冯唐""李广""梁鸿""孟尝""阮籍""终军请缨""班超投笔""孟氏择邻""赵庭鲤对"等等都是非常切题的用典。王勃的用典，语意分明，用得恰当，扣住了题目，也是本文的一个很成功的艺术特点。

李白（701—约763），字太白，号青莲居士，又号"谪仙人"（贺知章评李白，李白亦自诩）。中国唐代伟大的浪漫主义诗人，被后人尊称为"诗仙"，与杜甫并称为"李杜"。祖籍陇西成纪（今甘肃天水）。五岁时随父迁居绵州昌明县（今四川江油）。通诗书，喜纵横术。25岁时离开四川，外出游学。先寓居安陆（今属湖北），继而西入长安，求取功名。不久又离京赴太原，游齐鲁。天宝元年（742年）奉诏入京，为供奉翰林。因与当政者不合，被赐金放还，于是再次漫游各地。安史之乱期间，应永王李璘之聘，入佐幕府。永王为肃宗所杀，李白因受牵连，被流放夜郎。流放途中遇赦东归，寓居当涂（今属安徽）县令李阳冰家。代宗宝应二年（763年）前后病逝。现存诗九百多首，有《李太白集》。

李 白

与韩荆州书

　　白闻天下谈士[1]相聚而言曰："生不用封万户侯，但愿一识韩荆州[2]。"何令人之景慕，一至于此耶！岂不以有周公之风，躬吐握[3]之事，使海内豪俊，奔走而归之，一登龙门，则声誉十倍。所以龙盘凤逸之士[4]，皆欲收名定价于君侯[5]。君侯不以富贵而骄之，寒贱而忽之，则三千宾中有毛遂，使白得颖脱而出，即其人焉。

　　白陇西[6]布衣，流落楚汉。十五好剑术，遍干[7]诸侯；三十成文章，历抵卿相。虽长不满七尺，而心雄万夫。王公大人，许与气义。此畴曩[8]心迹，安敢不尽于君侯哉！

　　君侯制作侔[9]神明，德行动天地，笔参造化[10]，学究天人[11]。幸愿开张心颜[12]，不以长揖见拒。必若接之以高宴，纵之以清谈，请日试万言，倚马可待[13]。今天下以君侯为文章之司命，人物之权衡，一经品题[14]，便作佳士；而君侯何惜阶前盈尺之地[15]，不使白扬眉吐气，激昂青云耶？

　　昔王子师[16]为豫州，未下车即辟荀慈明[17]；既下车又辟孔文举[18]。山涛[19]作冀州，甄拔三十余人，或为侍中[20]、尚书[21]，先代所美。而君侯亦荐一严协律[22]，入为秘书郎[23]；中间崔宗之[24]、房习祖、黎昕、许莹[25]之徒，或以才名见知，或以清白见赏。白每观其衔恩抚躬[26]，忠义奋发，以此感激，知君侯推赤心于诸贤腹中[27]，所以不归他人，而愿委身[28]国士。倘急难有用，敢效微躯[29]。

　　且人非尧舜，谁能尽善？白谟猷筹画[30]，安能自矜？至于制作[31]，积成卷轴[32]，则欲尘秽视听[33]，恐雕虫小技[34]，不合大人。若赐观刍荛[35]，请给纸墨，兼之书人。然后退扫闲轩，缮[36]写呈上。庶青萍、结绿[37]，长价于薛[38]、卞[39]之门。幸惟下流，大开奖饰，唯君侯图之！

【注释】

[1] 谈士：谈论世事的士人。

[2] 韩荆州：韩朝宗。古时用某人任官的地方来称呼，以示尊重。

[3] 吐握：吐哺和握发的省略说法。《史记·鲁周公世家》记载说，周公"一沐三握发，一饭三吐哺（口里嚼着的食物），起以待士。犹恐失天下之贤人"。说明他对荐拔人才十分尽心，对人才极为尊重。后人常用吐哺握发代荐拔人才之事。

[4] 龙盘凤逸之士：像龙那样盘踞未起，像凤那样飞逸高渺。意指那些志趣高洁，等待时机，不轻易出来应世的奇逸非凡的才士。

[5] 君侯：古时候称列侯为君侯。唐时刺史一类的官，位置相当于列侯。所以也以君侯尊称。

[6] 陇西：郡名，治所在今甘肃省陇西县南。

[7] 干：求，此处为谒见的意思。

[8] 畴曩（nǎng）：往昔。

[9] 制作：此处指建功立业，后面的"制作"指文章。侔（móu）：相等，齐。

[10] 造化：制造、化育。

[11] 天人：天道与人事的深微处。

[12] 开张心颜：即开心张颜，意思是和颜悦色，真诚相待。

[13] 倚马可待：比喻文思敏捷。典出《世说新语·文学》：东晋桓温北征，因立即要写一份文书，唤袁虎（一作"宏"）起草，袁虎倚在马前，手不停笔，一下就写了七张纸，又快又好。

[14] 品题：品评人物，定其高下。

[15] 盈尺之地：满一尺之地，言其小。

[16] 王子师：名允，东汉太原祁县人。灵帝时任豫州刺史，东汉献帝即位，任司徒，后与吕布谋诛杀董卓，不久被董卓部将李傕、郭汜所杀。

[17] 辟：任用。荀慈明：东汉人，名爽，一名谞，官至司空。

[18] 孔文举：孔融，东汉名士，与另一名士祢衡友善。汉献帝时为北海相，后为太中大夫，因声望过高，并反对曹操，被曹所杀。

[19] 山涛：字巨源，西晋名士，"竹林七贤"之一，曾任冀州刺史。冀

州原本风俗薄劣，人才之间不互相推重。山涛甄拔隐沦，搜访贤才，旌表了三十余人，均能显名当时，从而改变了冀州的薄俗。

[20] 侍中：官名，汉代为加官，在皇帝左右侍应杂事。后汉时权力逐渐增大，到南北朝以后，实际上就是宰相，唐代一度为左相。

[21] 尚书：官名，隋唐置尚书省，下设吏、户、礼、兵、刑、工六部，六部长官为尚书。

[22] 严协律：据说即严武，但史书并没有记载他做过协律郎。

[23] 秘书郎：官名，掌管图书经籍。

[24] 崔宗之：唐代人，名成辅。袭封齐国公，历任左司郎中等职，李白重要交友之一，杜甫《饮中八仙歌》称之为潇洒美少年。

[25] 房习祖、黎昕、许莹：事迹皆不详。

[26] 衔恩：感恩。抚躬：省察自己。

[27] 推赤心于诸贤腹中：谓以至诚对待贤人。

[28] 委身：把身家性命付托给（某人）。

[29] 敢效微躯：愿意贡献微贱之身。

[30] 谟（mó）猷（yóu）筹画：谋划打算。

[31] 制作：此处指诗文创作。

[32] 卷轴：古代在纸或帛上写作诗文，然后卷在轴上，就是一卷。

[33] 尘秽视听：玷污了您的耳目，此乃请别人看自己文章的自谦说法。

[34] 雕虫小技：微不足道的技能。此指诗赋作文。

[35] 刍荛（ráo）：柴草。此指自己诗文，自谦不佳。

[36] 缮：誊抄。

[37] 青萍：宝剑名。结绿：美玉名。

[38] 薛：薛烛，春秋时越国人，善于相剑。

[39] 卞：卞和，善于相玉。

【解读】

在文学史上，李白素以诗歌著称，而其散文亦有不少佳篇名作。本文约作于唐玄宗开元二十一年（733 年）左右，当时李白在今湖南、湖北一带漫游，寻求仕进的机会，而韩荆州（即韩朝宗）恰为荆襄地区的高级行政长官。李白听说他礼贤下士，乐于奖掖后进，便写了这封自荐信，希望能得到他的援引。

全文共分五个自然段。首段用西周周公"躬吐握"和东汉李膺使后进"登龙门"两个典故，说明"海内豪俊"因韩朝宗能礼贤下士都纷纷归附于他。而韩朝宗若能不以己之富贵骄人，不以人之贫贱轻视忽略之，则李白就能如毛遂般自三千宾客中脱颖而出。次段李白进行自我介绍，向韩朝宗自述经历并展示其才能。此处叙述较概括，详细情况在李白的另一篇文章《上安州裴长史书》有记载。第三段先是颂扬韩朝宗，说他"制作侔神明，德行动天地，笔参造化，学究天人"。接着请韩朝宗宽容他的长揖不拜，并赏识他过人的才能，使他得以像袁虎那样扬眉吐气、平步青云。第四段宕开一笔，由古代贤臣王允、山涛举贤荐能叙及韩朝宗曾推荐严某、崔宗之、房习祖等人为官，而他们均知恩图报，忠义奋发。李白因此知道韩朝宗能与贤士推心置腹，便想归附于他，以效微薄之力。第五段说李白愿意将自己的文章献给韩朝宗，希望他能够赏识。本段语气比较谦逊，且不忘用"青萍、结绿"的典故抬高韩朝宗的身价。

此文充分表现了李白自负、桀骜不驯的性格。他恳请韩朝宗举荐他，却长揖不拜，保持大丈夫的伟岸，以有理有据达到被援引的目的。这与他在《梦游天姥吟留别》中"安能摧眉折腰事权贵"的精神是一致的。文中语言奔放流畅，体现出李白浪漫主义诗人的气质。

韩愈（768—824），字退之，唐河内河阳（今河南孟州市）人。祖籍郡望昌黎（今河北昌黎，一说辽宁义县），自称韩昌黎。晚年任吏部侍郎，又称韩吏部。卒谥文，世称韩文公。与柳宗元同为当时古文运动的倡导者。苏轼称赞他"文起八代之衰，道济天下之溺"。明代被推为唐宋八大家之首。著有《昌黎先生集》。

韩 愈

师　说

古之学者必有师。师者，所以传道[1]受业解惑也。人非生而知之者，孰能无惑？惑而不从师，其为惑也，终不解矣。

生乎吾前，其闻道[2]也固先乎吾，吾从而师之；生乎吾后，其闻道也亦先乎吾，吾从而师之。吾师道也，夫庸知[3]其年之先后生于吾乎？是故无贵无贱，无长无少，道之所存，师之所存也。

嗟乎，师道[4]之不传也久矣，欲人之无惑也难矣。古之圣人，其出人也远矣，犹且从师而问焉；今之众人，其下圣人也亦远矣，而耻学于师。是故圣益圣，愚益愚。圣人之所以为圣，愚人之所以为愚，其皆出于此乎？

爱其子，择师而教之，于其身也，则耻师焉，惑矣！彼童子之师，授之书而习其句读者，非吾所谓传其道解其惑者也。句读之不知，惑之不解，或师焉，或不焉，小学而大遗，吾未见其明也。

巫医、乐师、百工之人，不耻相师。士大夫之族，曰师、曰弟子云者，则群聚而笑之。问之，则曰："彼与彼年相若也，道相似也，位卑则足羞，官盛则近谀。"呜呼！师道之不复可知矣！巫医、乐师、百工之人，君子不齿，今其智乃反不能及，其可怪也欤！

圣人无常师。孔子师郯子、苌弘、师襄、老聃。郯子之徒，其贤不及孔子。孔子曰："三人行，则必有我师。"是故弟子不必不如师，师不必贤于弟子，闻道有先后，术业有专攻，如是而已。

李氏子蟠[5]，年十七，好古文，六艺经传皆通习之。不拘于时，学于余。余嘉其能行古道，作《师说》以贻之。

【注释】

[1] 道：指儒家所宣扬的修身、治国、平天下之类的学说。

[2] 闻道：指懂得圣人之道。

[3] 庸知：岂知，哪管。

[4] 师道：指从师学道的传统。

[5] 李氏子蟠：李蟠，贞元十九年（803年）进士。

【解读】

唐朝柳宗元《答韦中立论师道书》中说："今之世，不闻有师；有辄哗笑之，以为狂人。独韩愈奋不顾流俗，犯笑侮，收召后学，作《师说》，因抗颜为师；世果群怪聚骂，指目牵引，而增与为言辞。愈以是得狂名。"韩愈敢于触犯流俗，抗颜为师，写了这篇《师说》，在当时确实是冒天下之大不韪的事情，而这篇文章对社会上耻为人师现象的批判，也有极重要的现实意义。

文章首先正面论述从师的必要性。作者首先指出"古之学者必有师"，老师的作用是"传道受业解惑"。既如此，"人非生而知之者"，就需要有老师来解决疑难问题。然而就老师而言，并无长幼贵贱之分，"道之所存，师之所存"。

接下来论述当时师道不存的情况。先以"古之圣人"与"今之众人"对比，指出贤愚的差异在于是否从师。接着举例说士大夫自己耻师，却为其子延师，而老师之所传又为句读，并不是传道授业解惑。所以造成"小学而大遗"的情况。最后，作者以"巫医、乐师、百工之人，不耻相师"反衬士大夫之族不肯恢复师道。并以孔子师郯子、苌弘、师襄、老聃为例，进一步论述"道之所存，师之所存"。

文章最后交代写作此文的缘由，赞赏李蟠能冲破流俗，学习前人的精神。

全文论述过程平易流畅。恰如刘熙载《艺概·文概》中所言："说理论事，涉于迁就，便是本领不济，看昌黎文老实说出紧要处，自使用巧骋奇者望之辟易。"可见，此文貌似平常，却有十分强大的说服力，内中蕴含着一种磅礴的气势。

祭十二郎文

年月日[1]，季父愈闻汝丧之七日，乃能衔哀致诚，使建中[2]远具时羞之奠，告汝十二郎之灵：

呜呼！吾少孤，及长，不省所怙，惟兄嫂是依。中年兄殁南方[3]，吾与汝俱幼，从嫂归葬河阳[4]，既又与汝就食江南[5]；零丁孤苦，未尝一日相离也。吾上有三兄[6]，皆不幸早世。承先人后者，在孙惟汝，在子惟吾，两世一身，形单影只，嫂尝抚汝指吾而言曰："韩氏两世，惟此而已！"汝时尤小，当不复记忆；吾时虽能记忆，亦未知其言之悲也。

吾年十九，始来京城[7]。其后四年，而归视汝。又四年，吾往河阳省坟墓，遇汝从嫂丧来葬[8]。又二年，吾佐董丞相幕于汴州[9]，汝来省吾；止一岁，请归取其孥。明年，丞相薨，吾去汴州[10]，汝不果来。是年，吾又佐戎徐州[11]，使取汝者始行，吾又罢去[12]，汝又不果来。吾念汝从于东，东亦客也，不可以久；图久远者，莫如西归，将成家而致汝。呜呼！孰谓汝遽去吾而殁乎！吾与汝俱少年，以为虽暂相别，终当久相与处，故舍汝而旅食京师，以求斗斛之禄；诚知其如此，虽万乘之公相，吾不以一日辍汝而就也。

去年孟东野往[13]，吾书与汝曰："吾年未四十，而视茫茫，而发苍苍，而齿牙动摇。念诸父与诸兄，皆康强而早世，如吾之衰者，其能久存乎？吾不可去，汝不肯来；恐旦暮死，而汝抱无涯之戚也。"孰谓少者殁而长者存，强者夭而病者全乎？呜呼！其信然邪？其梦邪？其传之非其真邪？信也，吾兄之盛德，而夭其嗣乎？汝之纯明，而不克蒙其泽乎？少者强者而夭殁，长者衰者而存全乎？未可以为信也。梦也，传之非其真也？东野之书[14]，耿兰[15]之报，何为而在吾侧也？呜呼！其信然矣！吾兄之盛德，而夭其嗣矣！汝之纯明宜业其家者，不克蒙其泽矣！所谓天者诚难测，而神者诚难明矣！所谓理者不可推，而寿者不可知矣！虽然，吾自今年来，苍苍者或化而为白矣，动摇者或脱而落矣。毛血日益衰，志气日益微，几何不从汝而死也！死而有知，其几何离？其无知，悲不几时，而不悲者无穷期矣。汝之子始一岁 [16]，吾之子始五岁 [17]，少而强者不可保，如此孩提者，又可冀其成立邪？呜呼哀哉！呜呼哀哉！

汝去年书云："比得软脚病，往往而剧。"吾曰："是疾也，江南之人，常常有之。"未始以为忧也。呜呼！其意以此而殒其生乎？抑别有疾而至斯极乎？汝之书，六月十七日也。东野云：汝殁以六月二日。耿兰之报无月日。盖东野之使者不知问家人以月日；如 [18] 耿兰之报，不知当言月日。东野与吾书，乃问使者，使者妄称以应之耳。其然乎？其不然乎？

今吾使建中祭汝，吊汝之孤与汝之乳母。彼有食，可守以待终丧，则待终丧而取以来；如不能守以终丧，则遂取以来。其余奴婢，并令守汝丧。吾力能改葬，终葬汝于先人之兆 [19]，然后惟其所愿。

呜呼！汝病吾不知时，汝殁吾不知日；生不能相养以共居，殁不能抚汝以尽哀，敛不得凭其棺，窆不得临其穴。吾行负神明，而使汝夭，不孝不慈，而不得与汝相养以生，相守以死；一在天之涯，一在地之角，生而影不与吾形相依，死而魂不与吾梦相接，吾实为之，其又何尤！彼苍者天，曷其有极！自今已往，吾其无意于人世矣！当求数顷之田于伊、颍 [20] 之上，以待余年，教吾子与汝子，幸其成；长吾女与汝女，待其嫁，如此而已！呜呼！言有穷而情不可终，汝其知也邪？其不知也邪？呜呼哀哉！尚飨。

【注释】

[1] 年月日：指写此祭文的时间。

[2] 建中：韩愈的家仆。

[3] 中年兄殁南方：韩愈之兄韩会于大历十二年（777 年）五月，由起居舍人贬为韶州（治所在今广东省韶关市）刺史，不久病死，时年四十二岁。

[4] 河阳：今河南孟州市西，韩氏先茔所在地。

[5] 江南：指宣州（今安徽宣城）。韩氏有别业在宣州。建中二年，因中原兵乱，韩愈全家避居于此。

[6] 吾上有三兄：从现存材料看，韩愈只有长兄韩会、次兄韩介，三兄名不详，或死时尚小，未及命名。

[7] 始来京城：贞元二年（786 年）韩愈十九岁，离宣州到长安参加进士考试。

[8] 遇汝从嫂丧来葬：韩愈长嫂郑氏于贞元九年死于宣州。贞元十一年，韩愈往河阳祭扫祖坟，正遇十二郎送其母灵柩归葬。

[9] 佐董丞相幕于汴州：贞元十二年七月，董晋任韩愈为观察推官。汴州，今河南开封。

[10] 吾去汴州：《新唐书·韩愈传》："晋卒，愈从丧出，不四日，汴军乱，乃去。"

[11] 吾又佐戎徐州：《新唐书·韩愈传》："依武宁节度使张建封，建封辟府推官。"

[12] 吾又罢去：韩愈于贞元十六年五月十四日所作《题李生壁》云："余黜于徐州，将西居于洛阳。"韩愈在徐州任节度推官不足一年，即去。

[13] 去年孟东野往：孟郊，字东野，与韩愈交谊极厚。去年，贞元十八年。孟郊于贞元十七年春在长安选官，出任溧阳（今属江苏）县尉。时韩愈在京谒选无成，三月东归，有《将归赠孟东野房蜀客》诗。溧阳离宣州不远，故韩愈托其带信给十二郎。

[14] 东野之书：十二郎死后，孟郊在溧阳得知，以信告韩愈。

[15] 耿兰：是韩家在宣州的家人，他给韩愈报十二郎之丧。

[16] 汝之子始一岁：十二郎有二子，长子韩湘，次子韩滂。韩愈于元和十四年（819年）正月贬潮州刺史，湘与滂俱从行。同年冬韩愈改袁州刺史，湘、滂随至袁州，滂数月后病死，时年十九岁（见《韩滂墓志铭》），为贞元十八年生，故"始一岁"者为滂。

[17] 吾之子始五岁：指韩愈长子韩昶，于贞元十五年生于徐州之符离。

[18] 如：通"而"。

[19] 先人之兆：指河阳韩氏先人茔。

[20] 伊、颍：伊河和颍河，均在今河南省境内。

【解读】

韩愈自幼丧父，由大哥韩会和嫂嫂郑氏抚养成人。十二郎本是韩愈二哥韩介的次子，出嗣韩会为子，与韩愈年龄相仿。叔侄俩从幼年起，便蒙受了韩氏家族的种种不幸。他们一起随被贬谪的韩会流寓到荒蛮的韶州。不久，韩会在贬所去世，他们又一起扶柩归葬洛阳。接着为避中原战乱，二人从洛阳流落到江南的宣州。因而，韩愈与十二郎虽名为叔侄，实则情同手足，二人在各种遭遇中相依相助，感情之深厚非比寻常。但自韩愈十九岁进京考试以来，叔侄二人为了各自的前程，在近二十年的岁月里，长年分离，各奔东西。唐德宗贞元十九年（803年）秋冬季节，在长安任监察御史的韩愈惊悉十二郎病逝异乡的噩耗，他痛不欲生，悔恨不已。七日后，写下了这篇被后世誉为"祭文中千年绝调"的《祭十二郎文》。

文章首先追述了韩愈与十二郎自幼及长多年相依为命的悲惨身世。特提及"承先人后者，在孙惟汝，在子惟吾，两世一身，形单影只"，且痛忆嫂夫人郑氏当年意味深长的感慨："韩氏两世，惟此而已！"接下来"吾年十九"一段叙说作者为了生计东奔西走，叔侄二人几度相约，却终不得见的遗憾。由此伤叹十二郎的早逝，自己日渐憔悴衰老的可悲境况。其中充满了悔恨与自责，流露出他内心隐藏的宦海浮沉、人生似梦的哀伤。最后写十二郎死讯传报的过程及善后处理，抒发了作者"汝病吾不知时，汝殁吾不知日；生不能相养以共居，殁不能抚汝以尽哀，敛不得凭其棺，窆不得临其穴"的愧疚心情。

方苞评韩愈文曰："退之文，每至亲懿故旧，存亡离合，悲思慕恋，恻然自肺腑流出，使读者气厚。"（转引自《韩昌黎文集校注》）《祭十二郎文》打破了祭文常用的凝重典丽的韵文形式，以自由活泼的散文体表达无尽的哀思，是韩愈在古文运动中作品的杰出代表。它行文朴实自然，情真意挚；语言回环复沓，摇曳多姿，产生了巨大的艺术感染力。诚如论者所言："错杂写来，只觉得一片哀音，缠绕笔下。"（庄适等《韩愈文》）

柳宗元（773—819），字子厚，生于长安（今陕西西安），祖籍河东（今山西永济市），世称柳河东。贞元九年（793年），进士及第。一度为蓝田尉，后入朝为官，积极参与王叔文集团政治革新，迁礼部员外郎。永贞元年（805年）九月，革新失败，贬邵州刺史，十一月加贬永州（今湖南零陵）司马。元和十年（815年）春回京师，又出为柳州（今属广西）刺史，政绩卓著，故世人又称他为柳柳州。元和十四年（819年）十一月逝于任所，年仅47岁。他与韩愈共同倡导唐代古文运动，并称"韩柳"。柳宗元的作品由唐代刘禹锡保存下来，并编成《柳河东集》。

柳宗元

种树郭橐驼传

郭橐驼，不知始何名。病偻，隆然伏行，有类橐驼者，故乡人号之驼。驼闻之曰："甚善，名我固当。"因舍其名，亦自谓橐驼云。

其乡曰丰乐乡，在长安西。驼业种树，凡长安豪富人为观游[1]及卖果者，皆争迎取养。视驼所种树，或移徙，无不活；且硕茂，早实以蕃。他植者虽窥伺效慕，莫能如也。

有问之，对曰："橐驼非能使木寿且孳[2]也，能顺木之天，以致其性焉尔。凡植木之性，其本[3]欲舒，其培[4]欲平，其土欲故[5]，其筑欲密[6]。既然已，勿动勿虑，去不复顾。其莳也若子[7]，其置也若弃。则其天者全而其性得矣。故吾不害其长而已，非有能硕茂之也；不抑耗其实而已，非有能早而蕃之也。他植者则不然。根拳而土易，其培之也，若不过焉则不及；苟有能反是者，则又爱之太恩[8]，忧之太勤，且视而暮抚，已去而复顾。甚者爪其肤以验其生枯，摇其本以观其疏密，而木之性日以离矣。虽曰爱之，其实害之；虽曰忧之，其实仇之。故不我若也，吾又何能为哉！"

问者曰："以子之道，移之官理[9]，可乎？"驼曰："我知种树而已，官理非吾业也。然吾居乡，见长人[10]者好烦其令，若甚怜焉，而卒以祸。且暮吏来而呼曰：'官命促尔耕，勖尔植，督尔获，早缲而绪[11]，早织而缕[12]，字[13]而幼孩，遂[14]而鸡豚。'鸣鼓而聚之，击木而召之[15]。吾小人辍飧饔以劳吏者[16]，且不得暇，又何以蕃吾生而安吾性耶？故病且怠。若是，则与吾业者其亦有类乎？"

问者嘻曰："不亦善夫！吾问养树，得养人术。"传其事以为官戒也。

【注释】

[1] 观游：观赏游览。

[2] 寿：活得久。孳：长得快。

[3] 本：树根。

[4] 培：培土。

[5] 故：指旧土。

[6] 筑：捣土。密：密实。

[7] 其莳也若子：移栽时像照顾子女一样精心。

[8] 爱之太恩：爱得过分。

[9] 移之官理：移到为官治民上。理，本"治"，唐人避唐高宗李治讳改。

[10] 长（zhǎng）人：即人民的官长。

[11] 缲（sāo）：煮茧抽丝。而：通"尔"，下三句同。绪：丝头。

[12] 织而缕：谓用线织布。

[13] 字：养育。

[14] 遂：成长。

[15] 鸣鼓而聚之，击木而召之：击鼓聚集百姓，敲木梆召集众人。

[16] 辍飧饔：中止晚餐和早餐。也就是说自己顾不上吃饭。劳：慰劳。

【解读】

本文是一篇人物传记，其主旨是借郭橐驼种树的经验，生发出为官治民要顺其自然的道理。

文章第一段、第二段介绍郭橐驼其人其事。写他因"病偻，隆然伏行"得"橐驼"之名，善种树，所种之树"硕茂，早实以蕃"。第三段写郭橐驼自述其种树的经验，关键在于"顺木之天，以致其性"。他以自己种树的方法和"他植者"的方法对比，指出自己了解"植木之性"，知道"其本欲舒，其培欲平，其土欲故，其筑欲密"，所以能全其天而得其性。而"他植者"则不然，他们"爱之太恩，忧之太勤"，结果过犹不及，木之性反而日渐远离了。因而，种树的要领在于顺着树木自然生长的规律进行管理，在保护其生机活力的前提下进行栽种。第四段、第五段先将种树的道理引到为官治民上，指出官吏"好烦其令",就像种树"若甚怜焉,而卒以祸"。接着铺陈官吏呼喝百姓的情形:他们敲鼓击木召集百姓呼喊说"官命促尔耕,勖尔植,督尔获,早缫而绪,早织而缕,字而幼孩,遂而鸡豚"。一连用了七个短句,将俗吏蛮横驱使百姓,扰得鸡犬不宁的场景刻画得淋漓尽致。最后作者以"养树"点出"养人术",告诫统治者要使天下长治久安,便要与民休养生息,给百姓适当喘息的机会。

本文从老庄哲学无为而治、顺其自然的思想出发,说明为吏治民应适当放松统治,令百姓能休养生息。中唐社会,百姓从战争(安史之乱)的水深火热中走出来,仍要应付统治者打着"惠政"旗号的各种摊派应酬。他们疲于奔命,苦不堪言,柳宗元针对这种情况写作本文,在当时具有极其重要的现实意义。

捕 蛇 者 说

永州之野产异蛇,黑质而白章[1],触草木尽死,以啮[2]人,无御之者。然得而腊之以为饵[3],可以已大风、挛踠、瘘、疠[4],去死肌[5],杀三虫[6]。其始,大医[7]以王命聚之,岁赋其二[8]。募有能捕之者,当其租入。永之人争奔走焉。

有蒋氏者,专其利三世矣。问之,则曰:"吾祖死于是,吾父死于是,今吾嗣为之十二年,几死者数矣。"言之,貌若甚戚[9]者。

余悲之,且曰:"若毒之乎?余将告于莅事者[10],更若役,复若赋,则何如?"

蒋氏大戚,汪然[11]出涕曰:"君将哀而生之乎?则吾斯役之不幸,未若复吾赋不幸之甚也。向[12]吾不为斯役,则久已病矣。自吾氏三世居是乡,积于今六十岁矣;而乡邻之生日蹙,殚其地之出,竭其庐之入,号呼而转徙,饥渴而顿踣[13],触风雨,犯寒暑,呼嘘毒疠[14],往往而死者相藉[15]也。曩与吾祖居者,今其室十无一焉;与吾父居者,今其室十无二三焉;与吾居十二年者,今其室十无四五焉。非死则徙[16]尔。而吾以捕蛇独存。悍吏之来吾乡,叫嚣乎东西,隳突[17]乎南北,哗然而骇者,虽鸡狗不得宁焉。吾

恂恂 [18] 而起，视其缶，而吾蛇尚存，则弛然 [19] 而卧。谨食之，时而献焉。退而甘食其土之有，以尽吾齿 [20]。盖一岁之犯死者二焉，其馀则熙熙 [21] 而乐。岂若吾乡邻之旦旦有是哉！今虽死乎此，比吾乡邻之死则已后矣，又安敢毒耶？"

余闻而愈悲。孔子曰："苛政猛于虎也 [22]。"吾尝疑乎是。今以蒋氏观之，犹信。呜呼！孰知赋敛之毒有甚是蛇者乎！故为之说，以俟夫观人风者 [23] 得焉。

【注释】

[1] 黑质而白章：黑色质地上有白色的花纹。

[2] 啮（niè）：咬。

[3] 腊（xī）之以为饵：把蛇制成肉干，作药饵用。

[4] 可以已大风、挛（luán）踠（wǎn）、瘘（lòu）、疠（lì）：可以治愈大风等疑难杂症。已，治愈。大风，严重风湿病。挛踠，手脚蜷曲不能伸。瘘，颈肿。疠，毒疮。

[5] 死肌：肉腐烂部分。

[6] 三虫：迷信说法，人体内有使人生病夭死的寄生虫。

[7] 大医：即太医。

[8] 岁赋其二：每年征收蛇二次。

[9] 戚（qī）：忧愁。

[10] 若：你。毒：痛恨。莅事者：当职的官吏。

[11] 汪然：流泪的样子。

[12] 向：先前。

[13] 顿踣（bó）：跌倒在地上。

[14] 呼嘘毒疠：呼吸毒气。

[15] 相藉：互相枕藉，形容死者堆叠。

[16] 非死则徙：意谓不是死亡就是迁徙他乡。

[17] 骤（huī）突：骚扰。

[18] 恂（xún）恂：诚恳谨慎的样子。

[19] 弛然：安适放松的样子。

[20] 尽吾齿：终我天年。齿，年龄。

[21] 熙熙：和乐的样子。

[22] 苛政猛于虎也：《礼记·檀弓下》："孔子过泰山侧，有妇人哭于墓者而哀，夫子式而听之，使子路问之，曰：'子之哭也，壹似重有忧者？'而曰：'然。昔者吾舅死于虎，吾夫又死焉，今吾子又死焉。'夫子曰：'何为不去也？'曰：'无苛政。'夫子曰：'小子识之，苛政猛于虎也。'"

[23] 观人风者：本指采集民间歌谣的官吏。这里指观察民俗的官员。

【解读】

本文是柳宗元散文中广为传诵的名篇之一。唐永贞元年（805 年），柳宗元因参与王叔文集团"永贞革新"失败，被贬为永州司马。在永州任职的十年间，他广泛接触下层人民，了解他们的苦难生活。《捕蛇者说》便写于此间，主要抨击统治者的横征暴敛。

全文先写永州之蛇的特点。它"黑质而白章，触草木尽死；以啮人，无御之者"，毒性巨大，但入药，却可以治"大风、挛踠、瘘、疠"等疑难病症，故其药用疗效十分显著。于是太医借着皇帝的命令每年两次征集这种异蛇，可以之抵消租税。永州人从此便"争奔走焉"。然后叙述了捕蛇世家蒋氏的不幸遭遇。蒋氏讲述他的祖父、父亲都死于捕蛇，而他自己捕蛇十二年，也数次险些丧命。虽如此，他却宁可捕蛇，也不愿改缴租税。因为他目睹邻人因缴赋税而倾家荡产，被迫逃亡，客死他乡；也目睹暴吏催逼租税狂呼乱叫，扰得鸡犬都不得安宁，所以当他按规定的日期缴上异蛇，回来安享岁月时觉得很满足。捕蛇虽然危险，但一年只有两次，比起乡邻日日被逼，天天有危险，即使死了，也要坦然得多。作者借捕蛇人之口道出中唐苛捐杂税给百姓造成的灾难。这发自百姓肺腑的言语，字字泣血，给读者身临其境之感。最后一段议论，作者引孔子之语，又以蒋氏为例，证明"赋敛之毒有甚是蛇者"！

本文的写作广泛运用了对比手法。如以捕蛇者的生活和乡邻的生活对比，突出乡邻为赋税逼迫，无法生存的状况；又如以蛇毒和赋税之毒对比，反衬赋税之毒的厉害。章士钊先生对此文极为推赏，他认为"此文无选本不录，读者最广，人谈柳文，必首及是篇"（《柳文指要》），足见它深远的影响力。

始得西山宴游记 [1]

　　自余为僇人 [2]，居是州，恒惴栗 [3]。其隙 [4] 也，则施施而行，漫漫而游 [5]。日与其徒上高山，入深林，穷回溪，幽泉怪石，无远不到。到则披草而坐，倾壶而醉；醉则更相枕以卧，卧而梦，意有所极，梦亦同趣。觉而起，起而归。以为凡是州之山水有异态者，皆我有也，而未始知西山之怪特。

　　今年九月二十八日，因坐法华西亭 [6]，望西山，始指异之。遂命仆人过湘江 [7]，缘染溪 [8]，斫 [9] 榛莽，焚茅茷，穷山之高而止。攀援而登，箕踞而遨，则凡数州之土壤，皆在衽席 [10] 之下。其高下之势，岈然洼然 [11]，若垤 [12] 若穴。尺寸千里，攒蹙累积，莫得遁隐。萦青缭白 [13]，外与天际，四望如一。然后知是山之特立，不与培 [14] 娄为类；悠悠乎与颢气俱，而莫得其涯；洋洋乎与造物者游，而不知其所穷。引觞满酌，颓然就醉，不知日之入。苍然暮色，自远而至，至无所见，而犹不欲归。心凝形释，与万化冥合 [15]。然后知吾向之未始游，游于是乎始。

　　故为之文以志。是岁，元和四年 [16] 也。

【注释】

[1]《始得西山宴游记》：选自《唐柳先生集》卷二十九。西山，永州的西山，在湖南省零陵县（今属永州市）西五里。宴游，宴饮游览。

[2] 僇人：受刑戮的人，犹言罪人。这里指被贬谪的人。僇（lù），同"戮"。

[3] 惴栗（zhuì lì）：忧惧的样子。

[4] 隙：暇时。

[5] 施施而行，漫漫而游：此两句形容行走缓慢、从容的样子。

[6] 法华西亭：法华，寺名，在零陵县城东山。亭，指法华寺中的亭子，为作者所建。

[7] 湘江：源出广西，流经湖南省境。《元和郡县志》："永州零陵县，湘

水经州西十余里。"

[8] 染溪:名冉溪,在零陵县西南。元和五年,柳宗元更名为愚。柳宗元《愚溪诗序》:"余以愚触罪,谪潇水上,爱是溪,入二三里,得其尤绝者家焉。古有愚公谷,今予家是溪,而名莫能定,土之居者……不可以不更也,故更之为愚溪。"

[9] 斫(zhuó):用刀、斧等砍。

[10] 衽席:坐垫、席子。

[11] 岈然洼然:岈,山深的样子。洼,低凹的样子。

[12] 垤(dié):蚁穴的小土堆。

[13] 萦青缭白:意即山水重叠。萦、缭,都是缠绕的意思。青,指山。白,指水。

[14] 培(pǒu):小土丘。

[15] 凝:凝聚,专一。形:形体。释:解除束缚。万化:宇宙自然的变化。冥合:融合为一。

[16] 元和四年:809 年。

【解读】

柳宗元被贬谪永州长达十年。起初,他还对朝廷抱有幻想,但经过三年的政治观望和思想徘徊后,他发现仕途上已没有什么转机,于是便说:"余既委废于世,恒得与是山水为伍"(《陪永州崔使君游宴南池序》)。这样,元和四年,柳宗元写下了《永州八记》的前四记,以排遣他满怀的忧惧之情。《始得西山宴游记》是第一篇,文中自叙他恣情山水之间的感受。"始得",清人浦起龙解释说:"'始得'有惊喜意,得而宴游,且有快足意,此扼题眼法也。"(《古文眉诠》卷五十三)

文章第一段,柳宗元自叙其贬谪生活,并引出西山的怪异奇特。他说,自从到了永州后,空闲时间常常上高山,入深林,意有所极,梦亦同往。他觉得永州奇山异水都去过了,却不知西山自有其怪异之处。

接下来的一段,作者便紧承上文,写游宴西山的过程。开头正式交代时间,然后叙写西山的特立之貌。整个画面由岈然洼然的高下之势,咫尺千里的登眺所见,萦青缭白的山水远景构成,显示出西山挺拔傲岸的气势。景物如此,人又如何？接下来着笔描绘作者一行人的游宴，写他们颓然醉倒，不知日暮，直至天完全黑下来，还不想回去的恋恋不舍之情。"心凝形释，与万化冥合"，点明西山风景涤荡人的灵魂，使之心胸开拓，与宇宙合一。至此，本文达到了山水风景与抒情言志完美结合的境界，实现了山水的人格化。

本文语言骈散结合，灵动新奇，极见作者为文的精湛功力。

杜　牧

　　杜牧（803—约852），字牧之，号樊川居士，京兆万年（今陕西西安）人。杜牧是宰相杜佑之孙，杜从郁之子，唐文宗大和二年进士，授弘文馆校书郎。历任司勋员外郎，黄州、池州、睦州刺史等职，最终官至中书舍人。杜牧人称“小杜”，以别于杜甫，与李商隐并称“小李杜”。因晚年居长安南樊川别墅，故后世称“杜樊川”，有《樊川文集》二十卷传世，为其外甥裴延翰所编，其中诗四卷。又有宋人补编的《樊川外集》和《樊川别集》各一卷。

阿 房 宫 赋

　　六王[1]毕，四海一[2]，蜀山兀[3]，阿房出[4]。覆压三百余里，隔离天日。骊山北构[5]而西折，直走咸阳。二川溶溶[6]，流入宫墙。五步一楼，十步一阁；廊腰缦回[7]，檐牙高啄[8]；各抱地势[9]，钩心斗角[10]。盘盘焉，囷囷[11]焉，蜂房水涡[12]，矗不知其几千万落。长桥卧波，未云何龙？复道[13]行空，不霁[14]何虹？高低冥迷[15]，不知西东。歌台暖响，春光融融；舞殿冷袖，风雨凄凄。一日之内，一宫之间，而气候不齐。

　　妃嫔媵嫱[16]，王子皇孙，辞楼下殿，辇[17]来于秦。朝歌夜弦，为秦宫人。明星荧荧，开妆镜也；绿云扰扰，梳晓鬟[18]也；渭流涨腻[19]，弃脂水也；烟斜雾横，焚椒兰也；雷霆乍惊，宫车过也；辘辘远听，杳[20]不知其所之也。一肌一容，尽态极妍，缦立远视，而望幸焉。有不得见者三十六年。燕赵之收藏，韩魏之经营，齐楚之精英，几世几年，剽掠[21]其人，倚叠[22]如山；一旦不能有，输来其间，鼎铛玉石，金块珠砾，弃掷逦迤[23]，秦人视之，亦不甚惜。

　　嗟乎！一人之心，千万人之心也。秦爱纷奢，人亦念其家。奈何取之尽锱铢[24]，用之如泥沙！使负栋之柱，多于南亩之农夫；架梁之椽，多于机上之工女；钉头磷磷[25]，多于在庾[26]之粟粒；瓦缝参差，多于周身之帛缕；直栏横槛，多于九土[27]之城郭；管弦呕哑，多于市人之言语。使天下之人，不敢言而敢怒。独夫之心，日益骄固。戍卒叫[28]，函谷[29]举，楚人一炬，可怜焦土[30]！

　　呜呼！灭六国者六国也，非秦也。族秦者秦也，非天下也。嗟夫！使六国各爱其人，则足以拒秦；使秦复爱六国之人，则递三世可至万世而为君，谁得而族灭也？秦人不暇自哀，而后人哀之；后人哀之而不鉴之，亦使后人而复哀后人也。

【注释】

[1] 六王：指战国时期韩、魏、赵、燕、齐、楚六国国君。

[2] 四海：指天下，全国。一：统一。

[3] 蜀山：泛指今四川一带的山。兀：高而上平，形容山已光秃。

[4] 出：出现，建成。

[5] 骊山：在今陕西西安临潼区东南。北构：从骊山北边建筑起。

[6] 二川：渭水和樊川。溶溶：河水盛大貌。

[7] 廊腰缦回：游廊像缦带一样萦绕。

[8] 檐牙高啄：飞檐像鸟嘴一样高翘。

[9] 抱地势：就其地势高低。

[10] 钩心斗角：廊腰互相连接，纤曲如钩；檐牙彼此相向，像螭龙斗角，形容宫殿的错综精密。

[11] 囷囷（qūn）：曲折回旋的样子。

[12] 蜂房水涡：谓楼阁如蜂房，如水涡。

[13] 复道：楼阁之间架木构成的通道。

[14] 霁：雨过天晴。

[15] 冥迷：迷惑辨不清。

[16] 妃嫔媵（yìng）嫱：指六国的妃嫔宫人。嫔、嫱是宫中女官，妃的等级比嫔、嫱要高。媵是陪嫁的女子，也可能成为嫔、嫱。

[17] 辇（niǎn）：帝王和皇后所乘用人拉的车。

[18] 鬟（huán）：女子梳的环形的发髻。

[19] 涨腻：增添一层油腻。

[20] 杳（yǎo）：远得看不见踪影。

[21] 剽掠：抢夺而来。

[22] 倚叠：堆积。

[23] 逦迤：绵延不断的样子。

[24] 锱铢：古代的重量单位，六铢为一锱，一铢约等于一两的二十四分之一。用来比喻细微。

[25] 磷磷：本指水中石头突出，此处形容砖木结构建筑物上突出的钉头

很多。

[26] 庾（yǔ）：露天的谷仓。

[27] 九土：九州，指广大国土。

[28] 戍卒叫：指陈涉起义。陈涉原是谪戍渔阳的戍卒，后在大泽乡起义。

[29] 函谷：指函谷关，在今河南灵宝东北。

[30] 楚人一炬，可怜焦土：是说项羽一把大火，可怜的阿房宫便化为一片焦土。楚人是指楚霸王项羽。

【解读】

杜牧的《阿房宫赋》，是一篇行文优美的散文赋。它韵散相间，错落有致；铺陈渲染，独具匠心。千百年来脍炙人口，久盛不衰，称得上是上乘佳品。

杜牧是唐代晚期杰出的文学家，他满腹才学，生在晚唐多事之秋。他感时忧民，希望一展怀抱，恢复昔日唐帝国的繁荣昌盛。所以在他的诗文中，敢于"论列大事，指陈利病"。在文学创作方面，他主张"以意为主，似气为辅，以辞采章句为之兵卫"。这篇《阿房宫赋》就是他有感而发的一篇针对性很强的散文，是他"以意为主"创作主张的典型示范。

杜牧从唐敬宗"起宫室，广声色"的奢靡中看到了唐王朝的危险，看到了国运倾颓，民不聊生，这个见解之深刻，洞察之细微，可以说称得上是"不可磨灭之见"了。作者把他的文章立意，与天下之势、国家之事相联结，使之处于居高临下的地位，所以使之具有了非同凡响的意义。

作者在确定了文章的"意"之后，选择了"阿房宫"这个最能说明秦统治者役夫劳民的历史事件与唐敬宗"起宫室，广声色"有着如出一辙的相似。作者抓住了这个典型，浓墨泼洒，淋漓尽致地再现了阿房宫的悲剧画卷，引发出讽谏敬宗勿蹈覆辙的议论，完成了这篇文章的"金石"之造，"兵卫"之局。

全文共有四个段落，分为两大部分。

前两段为第一部分，铺陈渲染阿房宫宏伟、豪华的建筑规模，宫中荒淫、奢靡的生活内容。用"覆压三百余里，隔离天日……"描绘出阿房宫的雄伟气势；用大量的排比、对偶、反衬的手法描绘出宫中生活的荒淫、奢靡。作者妙笔生花的描写，充满感情色彩，它自然而然地让读者联想到秦为了满足私欲、耗费人民膏脂、建宫立楼给人民带来的沉重灾难和不幸，为下文抒发作者的议论奠定了基础。

后两段为第二部分，也是此文的核心部分。

作者用了六个排比句、六个比喻句，以阿房宫的柱、椽、钉、瓦、栏槛，管弦，来指代秦的奢靡、横暴。文字痛快淋漓，惊人心魄，鲜明地揭示了秦统治者恣意横行、穷奢私欲的所作所为，引起天怒人怨。秦的灭亡是咎由自取，回顾历史是为了更好地面对现实。

最后一段，是讽谏寓志的归结。作者首先总结了秦亡的教训，指出六国的灭亡，秦的灭亡，都是因为自身的腐败堕落、不能节用爱民所导致。作者劝唐统治者应以史为鉴，以亡秦为鉴，不要重蹈覆辙。

作为一篇名赋，它在艺术上的成就是明显的。气势不同凡响，文采俊逸，形象丰满。大起大落之间又有回旋的余地。文章一气呵成，又笔意曲回，妙语连珠，急缓有序。

宋金元

960 年，赵匡胤发动陈桥兵变，建立了宋王朝。宋代重视发展经济，实行崇文抑武基本国策，重视文治教化，主张"文以载道"。宋代文学因而能承前启后，全面开花。散文方面，宋人沿着唐代"古文运动"的道路发展并最终超越唐文。

宋代散文是我国散文史上一个重要的发展阶段，作家阵容强大，"唐宋古文八大家"中有六人出自宋代：欧阳修、苏洵、苏轼、苏辙、王安石、曾巩。宋代散文建立了一种稳定而成熟的散文风格：平易自然，流畅婉转，成为后世散文家学习的楷模。

北宋初期的散文，仍袭五代浮靡的文风。入宋以后，柳开、穆修、王禹偁等人倡导古文，反对骈文，但影响不大。宋仁宗庆历（1041—1048）前后，在文坛领袖欧阳修的领导下展开了一场诗文革新运动。此后，王安石、曾巩、苏洵、苏轼、苏辙等人继承欧阳修所开创的创作之路，使宋代散文有了空前的发展。其中散文创作成就最高的当属苏轼。王安石的散文直接为政治斗争服务，艺术感染力有所欠缺。曾巩作文谨遵老师欧阳修的指点，议论委曲周详，文字简练平正，结构严谨舒展。

与北宋散文相比，南宋散文稍为逊色，但某些特殊文体的创作也有所发展和超越。如岳飞、胡铨、陈亮、辛弃疾等爱国志士的政论文，提高了散文的政治功能和社会意义，开拓了古文的新境界。笔记散文在南宋得到了许多作家的喜爱，陆游、范成大、洪迈等人都撰有笔记专集，流传至今的南宋笔记集有近百种。其中小品文成就尤高，为晚明小品先驱。

元代历史短暂，从蒙古王朝灭金统一北方的 1234 年起到元朝灭亡的 1368 年，其间约一百三十四年。元代文学的一大特色是叙事文学在中国文学史上第一次取代抒情文学成为文坛主流，戏剧作为一种新兴的文学样式，其剧本创作代表了当时最高的文学水平。散文与其他抒情文学一样，成就不高。

王禹偁（954—1001），字元之，钜野（今山东省巨野县）人。出身于贫苦的农民家庭。宋太宗太平兴国八年进士。历任左司谏、知制诰、翰林学士等官职。为人忠直耿介，敢于直谏。由此三次遭贬，遂作《三黜赋》来表明自己的志向。他反对南唐五代浮靡奢侈的文风，主张在文章方面学习韩愈、柳宗元的古文，在诗歌方面学习杜甫、白居易的现实主义诗歌。他的诗文风格简古淡雅。有《小畜集》《小畜外集》留传在世。

王禹偁

黄州新建小竹楼记

黄冈之地多竹，大者如椽[1]，竹工破之，刳[2]去其节，用代陶瓦[3]。比屋[4]皆然，以其价廉而工省也。

子城[5]西北隅，雉堞圮毁[6]，蓁莽荒秽，因[7]作小楼二间与月波楼通[8]。远吞[9]山光，平挹江濑，幽阒[10]辽夐[11]，不可具[12]状。夏宜急雨，有瀑布声；冬宜密雪，有碎玉声。宜鼓琴，琴调虚畅；宜咏诗，诗韵清绝；宜围棋，子声丁丁然；宜投壶，矢[13]声铮铮然：皆竹楼之所助也。

公退[14]之暇，被[15]鹤氅[16]衣，戴华阳巾，手执《周易》一卷，焚香默坐，消遣世虑，江山之外，第见风帆沙鸟、烟云竹树而已。待其酒力醒，茶烟[17]歇，送夕阳，迎素月，亦谪[18]居之胜概[19]也。彼齐云、落星，高则高矣；井干、丽谯[20]，华则华矣！止于贮妓女，藏歌舞，非骚人之事，吾所不取。

吾闻竹工云："竹之为瓦仅十稔[21]，若重覆之，得二十稔。"噫！吾以至道乙未岁自翰林出滁上，丙申移广陵，丁酉又入西掖[22]。戊戌岁除日，有齐安之命，己亥闰三月到郡。四年之间，奔走不暇，未知明年又在何处，岂惧竹楼之易朽乎！幸后之人与我同志，嗣而葺之，庶[23]斯楼之不朽也！

咸平二年八月十五日记。

【注释】

[1] 椽（chuán）：房椽。

[2] 刳（kū）：剖、削。

[3] 陶瓦：用泥土烧成的瓦。

[4] 比：连，并。"比屋"指挨家挨户。

[5] 子城：大城所附属的小城，即内城或附在城垣上的瓮城或月城。

[6] 圮（pǐ）毁：坍塌。

[7] 因：于是，就。

[8] 通：相连。

[9] 吞：眺望。

[10] 幽阒：指环境的清幽寂静。阒（qù），寂静。

[11] 辽敻（xiòng）：写视野的辽阔绵远。敻，绵远。

[12] 具：同"俱"，全，都。

[13] 矢：箭。

[14] 公退：公事完毕，回来。

[15] 被：通"披"，披着。

[16] 鹤氅（chǎng）：绣有仙鹤图案的大衣，是汉服中的一种。氅，大衣，外套。

[17] 茶烟：指烹茶炉火的烟气。

[18] 谪（zhé）：封建王朝官吏遭贬官或降职远调。

[19] 概：景象，这里指生活状况。

[20] 齐云、落星、井干、丽谯：都是楼名。

[21] 稔（rěn）：年，谷一熟为年。

[22] 西掖：中书省的别称。

[23] 庶：但愿。

【解读】

王禹偁禀性刚直，不畏权势，因此多次得罪权要，一生屡遭贬谪。997年，即位不久的宋真宗将第一次遭贬的王禹傅召回京师，但是，王禹偁依旧直言政事，与宰相张齐贤、李沆产生了矛盾，而不容于朝。998年大年三十，王禹偁拜受了贬任黄州的诏令。999年暮春时节,他离开了开封,前往黄州。《黄州新建小竹楼记》就是写在这第二次贬官期间。这年中秋佳节，身在黄州的王禹偁，于竹楼赏月抚昔之际，禁不住有感而发，奋笔写下了这篇文章，文中极力渲染谪居之乐，把省工廉价的竹楼描绘得幽趣盎然，含蓄地表现出一种愤懑不平的心情，表达了他遭贬之后恬淡自适的生活态度和居陋自持的情操志趣。

在中国传统文化中，竹子深受大众，特别是文人的喜爱，成为喻理明志的寄托。文章一开始就从黄冈多竹、竹之可用、破竹建屋入手，为什么要把小竹楼建在这里，作者只说了两点，即这是块荒地，并且与月波楼相通，但从后文看，实际上还有两个更重要的因素：其一是居高临下，视野广阔，足以阅尽黄州的山光水色。其二是客观环境的破残和荒凉，恰恰适应了作者惆怅和落寞的思想感情。这两点作者没有明说，但细读后文，就能体会出来。关于风光，作者用"远吞山光，平挹江濑，幽阒辽夐，不可具状"做了集中概括，特别地强调了清幽寂静和辽阔广远的意境。

接下来，作者描写在竹楼之中一年四季的生活情趣。夏天听雨，冬天聆雪，于寻常处感受竹楼的美妙，仿佛完全与自然融为一体。正因为竹楼带来的悠闲自在，作者才有了弹琴、下棋、吟诗、宴欢的各种乐趣。值得注意的是，这一段作者描写的主要是各种声音，不仅有力地烘托了小竹楼的独有的风景和情致，而且反衬了前面总说的"幽阒辽夐"的感受。不管是轰鸣的雨声，还是雪花飘落的细音，都衬托出小竹楼的清幽寂静和天地广远。

作者为什么要追求这种清幽寂静的境界呢？这是因为，他对坎坷曲折的仕途感到疲倦，对污浊喧闹的官场感到无奈，试图在旷远寂静的环境里解除自身的烦恼。这里，表面上王禹偁是写在政治挫折面前的淡漠态度，实际上是写他守正不阿的傲岸性格。他并不因为贬职而自怨自艾，也不因此而随波逐流。因此，作者笔下的独具风韵的小竹楼，实际上已成了"屈身"而"不屈道"的贬官的象征，而充满声色玩好的豪华楼观则又成了居高位、甘堕落的权佞的代称。两相比较，作者的取舍态度是十分明确的。

正因为作者对小竹楼有这么深的感悟和寄托，因此对小竹楼未来命运自然生起关切之情，反观自身，又油然地引起了作者对自身政治命运的慨叹。

《黄州新建小竹楼记》是一篇叙写普通事物的游记，文章多用排比，音调优美，富于诗味，能够将情和景熔铸成一个有机的整体，所以一座平平常常的小竹楼便有了艺术的生命和人生的哲理。

范仲淹（989—1052），字希文，北宋著名的政治家、思想家、军事家和文学家，吴县（今江苏省苏州市）人。宋真宗大中祥符八年（1015年）进士。后任陕西经略安抚招讨副使，兼知延州，守边多年。庆历三年（1043年）任参知政事，力主革新，并针对时弊提出意见，后被人造谣中伤，被罢去参知政事之职，改调为陕西、河东宣抚使。皇祐四年（1052年）五月二十日在赴颍州途中病故，谥号文正。他工诗文，作品以《岳阳楼记》《渔家傲》最为脍炙人口。其词现仅存五首，均气象雄奇，意境宏阔；其诗也语浅情深，意蕴丰富。著有《范文正公集》。

范仲淹

岳 阳 楼 记

庆历四年春，滕子京[1]谪守巴陵郡。越明年，政通人和，百废具[2]兴。乃重修岳阳楼，增其旧制，刻唐贤今人诗赋于其上，属[3]予作文以记之。

予观夫巴陵胜状，在洞庭一湖：衔远山，吞长江，浩浩汤汤[4]，横无际涯；朝晖夕阴，气象万千。此则岳阳楼之大观也。前人之述备矣。然则北通巫峡，南极潇湘[5]，迁客骚人，多会于此。览物之情，得无异乎？

若夫霪雨霏霏，连月不开；阴风怒号，浊浪排空；日星隐曜，山岳潜形；商旅不行，樯倾楫摧；薄暮冥冥，虎啸猿啼。登斯楼也，则有去国怀乡，忧谗畏讥，满目萧然，感极而悲者矣。

至若春和景明，波澜不惊，上下天光，一碧万顷；沙鸥翔集，锦鳞游泳；岸芷汀兰，郁郁青青。而或长烟一空，皓月千里；浮光跃金，静影沉璧[6]；渔歌互答，此乐何极！登斯楼也，则有心旷神怡，宠辱偕忘，把酒临风，其喜洋洋者矣。

嗟夫！予尝求古仁人之心，或异二者之为。何哉？不以物喜，不以己悲。居庙堂[7]之高，则忧其民；处江湖之远，则忧其君：是进亦忧，退亦忧。然则何时而乐耶？其必曰："先天下之忧而忧，后天下之乐而乐乎！"噫！微斯人，吾谁与归[8]？

时六年九月十五日。

【注释】

[1] 滕子京：名宗谅，河南人，与范仲淹同年进士。曾在泾州任知州，后因被人诬告"枉费公用钱"而贬至巴陵郡（今湖南岳阳）。

[2] 具：同"俱"。

[3] 属：同"嘱"。

[4] 浩浩汤汤（shāng）：水势盛大的样子。

[5] 潇湘：湘水的别称。

[6] 沉璧：指水中的月影。璧，圆形的玉，这里比喻月亮。

[7] 庙堂：宗庙和明堂，借指朝廷。

[8] 微斯人，吾谁与归：微，非。斯人，古仁人。与，从。谁与归，归心于谁呢？

【解读】

此文是宋仁宗庆历六年，滕子京扩建岳阳楼时请范仲淹写的一篇记，作者记楼的增修只是一笔带过，对岳阳楼的沿革甚至只字未提，这其实是一篇即景和即事抒情的散文。

文章从楼所在地的地理形胜，说到登楼览物者因景象不同而呈现不同心情：面对"霪雨霏霏，连月不开；阴风怒号，浊浪排空"的萧然之景，迁客骚人便"感极而悲"；当"春和景明，波澜不惊，上下天光，一碧万顷"时，迁客骚人便觉得"心旷神怡""其喜洋洋"。由此又引出古代仁人志士"不以物喜，不以己悲"的襟怀，他们的悲喜之情完全不受制于外在环境和个人的处境，而是时时处处以民族的兴衰和百姓的苦乐为怀，"居庙堂之高，则忧其民；处江湖之远，则忧其君"。最后顺理成章地提出"先天下之忧而忧，后天下之乐而乐"的文章主旨。这种慨然以天下为己任的博大胸怀，这种以人民的苦乐为其苦乐的高尚情操，这种心系民族兴衰的忧患意识，是儒家社会关怀和道德义务的文化精神在宋代这一特定历史时期的发扬。它千百年来逐渐积淀为我们这个民族的文化心理，深深地影响着一代又一代人的人格建构，"先天下之忧而忧，后天下之乐而乐"成为历代仁人志士人生的价值取向。

文章从不同的景色引起不同的情感反应，又从不同的情感反应归结到"不以物喜，不以己悲"的襟怀，将写景、抒情和言志融为一体，构思既十分精巧又非常自然。文中骈散并用，奇偶相生，既有散体的流转畅达，又有骈体的整饬精工，铿锵的节奏与和谐的音调更增强了它的音乐美，使这篇"记"体散文富于诗意。

欧阳修

欧阳修（1007—1072），字永叔，谥号文忠，世称欧阳文忠公，出生于绵州（今四川绵阳）。在滁州时，自号醉翁。晚年自号六一居士。北宋时期政治家、文学家、史学家和诗人。与韩愈、柳宗元、王安石、苏洵、苏轼、苏辙、曾巩合称"唐宋八大家"。仁宗时，累擢知制诰、翰林学士；英宗时，官至枢密副使、参知政事；神宗朝，迁兵部尚书，以太子少师致仕。其于政治和文学方面都主张革新，既是范仲淹庆历新政的支持者，也是北宋诗文革新运动的领导者。又喜奖掖后进，苏轼兄弟及曾巩、王安石皆出其门下。创作实绩亦灿然可观，诗、词、散文均为一时之冠。曾与宋祁合修《新唐书》，并独撰《新五代史》。又喜收集金石文字，编为《集古录》。有《欧阳文忠公文集》。

《新五代史·伶官传》序

呜呼！盛衰之理，虽曰天命，岂非人事哉！原庄宗之所以得天下[1]，与其所以失之者，可以知之矣。

世言晋王[2]之将终也，以三矢赐庄宗而告之曰："梁[3]，吾仇也；燕王[4]，吾所立；契丹[5]与吾约为兄弟，而皆背晋以归梁。此三者，吾遗恨也。与尔三矢，尔其无忘乃父之志！"庄宗受而藏之于庙。其后用兵，则遣从事以一少牢告庙[6]，请其矢，盛以锦囊，负而前驱，及凯旋而纳之。

方其系燕父子以组[7]，函梁君臣之首[8]，入于太庙，还矢先王而告以成功，其意气之盛，可谓壮哉！及仇雠[9]已灭，天下已定，一夫夜呼，乱者四应[10]，仓皇东出[11]，未及见贼而士卒离散，君臣相顾，不知所归。至于誓天断发，泣下沾襟[12]，何其衰也！岂得之难而失之易欤？抑本[13]其成败之迹而皆自于人欤？《书》曰："满招损，谦受益[14]。"忧劳可以兴国，逸豫[15]可以亡身，自然之理也。故方其盛也，举天下之豪杰莫能与之争；及其衰也，数十伶人困之，而身死国灭[16]，为天下笑。

夫祸患常积于忽微[17]，而智勇多困于所溺[18]，岂独伶人也哉！作《伶官传》。

【注释】

[1] 原：推究。庄宗：指五代时后唐庄宗李存勖（xù），晋王李克用之子。他于后梁龙德三年（923年）称帝，建都洛阳，国号唐。同年灭后梁统一中国北方。

[2] 晋王：即庄宗的父亲李克用，沙陀族，因帮助唐朝镇压黄巢起义有功，封晋王。

[3] 梁：指后梁太祖朱温，原是黄巢起义军的将领，叛变降唐，唐僖宗赐名全忠，封为梁王。晋王与梁王因不断扩充势力彼此结下世仇。天祐四年

（907年）朱温篡夺了唐朝的政权，改名"晃"，建都汴（今河南开封），国号梁。

[4] 燕王：指刘守光的父亲刘仁恭。李克用曾向唐朝保举刘仁恭为卢龙节度使拜检校司空，但后来刘仁恭不听李克用调遣，双方发生武装冲突，刘仁恭打败李克用，依附于后梁。其后刘仁恭的儿子刘守光兵力渐强，被朱温封为燕王，911年，他自称大燕皇帝。

[5] 契丹：古代少数民族。此指契丹族首领耶律阿保机，即辽王朝的建立者辽太祖。907年，李克用与他约为兄弟，希望共同举兵攻梁。但耶律阿保机背约，遣使与朱温通好，以期共同举兵灭晋。

[6] 从事：官名。原指三公及州郡长官的僚属，文中指一般属官。少牢：祭祀用的猪、羊二牲。

[7] 方其系燕王父子以组：系，捆绑。组，丝编的绳索。刘守光称帝的第二年（912年），李存勖派兵攻打燕，生擒刘守光父子，并用绳索捆绑到晋王的太庙以祭灵。

[8] 函梁君臣之首：函，木匣子，此作动词，用木匣封装。后梁龙德三年（923年）十月，李存勖领兵攻梁，梁末帝朱友贞（朱温的儿子）命令其部将皇甫麟把他杀了，随后皇甫麟也刎颈自杀。李存勖攻入汴京，将君臣二人的头装入木盒，收藏在太庙里。

[9] 仇雠（chóu）：仇敌。

[10] 一夫夜呼，乱者四应：一夫，指军士皇甫晖。后唐同光四年（926年），李存勖妻刘皇后听信宦官诬告，杀死大臣郭崇韬，一时人心浮动。军士皇甫晖作乱，攻入邺都（今河南安阳市）。

[11] 仓皇东出：皇甫晖作乱后，李存勖无力讨伐，不久李嗣源等也相继叛乱，李存勖只好从洛阳仓皇出逃到汴州（今河南开封一带）。

[12] 誓天断发，泣下沾襟：李存勖到达汴州时，李嗣源已进入汴京（今开封市）。李存勖眼见诸军离散，十分沮丧，"置酒野次，悲啼不乐"。于是诸将拔刀断发，发誓以死效忠后唐，上下无不悲号。

[13] 抑：或是。本：这里为考察意。

[14] 满招损，谦受益：见《尚书·大禹谟》。

[15] 逸豫：安逸享乐。

[16] 数十伶人困之，而身死国灭：李存勖灭梁后，纵情声色，宠信乐工、

宦官。926 年，伶人郭从谦（艺名"郭门高"）指挥一部分禁卫军作乱，李存勖中流矢而死。李存勖死后，李嗣源称帝，虽然国号未改，但李嗣源只是李克用的养子，所以说"身死国灭"。

[17] 忽微：形容极其细小。

[18] 所溺：所溺爱而不能自拔的人或事物。

【解读】

本文是《新五代史·伶官传》的序。《伶官传》记载后唐庄宗李存勖宠信伶官景进、史彦琼、郭门高等败国乱政的史实。这篇序则对这一史实进行论述，然后总结经验教训，说明一个王朝的兴废不在天命，而在人事。欧阳修突破了天命思想的束缚，从巩固封建统治出发，指出"忧劳可以兴国，逸豫可以亡身""祸患常积于忽微，而智勇多困于所溺"，这在当时具有很强的现实意义，与其一贯反对因循苟且、享乐成风的政治风气，主张守边御敌、修明政治的思想是一致的，而本文所总结的经验教训在今天仍有借鉴意义。

文章开篇以感叹语气提出全文中心论点：盛衰之理，在于人事，可谓起势"横空而来，神令甚远"，然后推究庄宗得天下与失天下的原因来佐证论点。以得天下时意气之盛与失天下时泣下沾襟的正反对比生发议论，进一步证实败亡原因"皆自于人"，从而推导出两个分论点："忧劳可以兴国，逸豫可以亡身""祸患常积于忽微，而智勇多困于所溺"，总结全文，警示当政者。

从结构布局看，全文剪裁构思颇具匠心，围绕中心论点来取舍材料，叙事繁简得当，论证严密，对比鲜明，抑扬有致，具有很强的说服力。如庄宗既有发奋图强的一面，也有志得意满，沉溺声色，宠幸伶人的一面。欧阳修考虑到论证需要，便在第二段详写其兴国，借以说明"忧劳可以兴国"的道理；在第三段夹叙夹议带出正反两方面的史实，既提出论据又足以说明论点，史与论结合紧密，不流于空泛议论。文章另一大特点就是"发议论必以'呜呼'"，并且贯穿于《新五代史》中。这一方面由于五代之事可叹可悲，另一方面作者又以古鉴今，面对北宋现实寓有无穷感慨。欧阳修运用一系列虚词尤其是感叹词为文章增添了迂曲舒缓的语气。就体裁而言，文章虽为史论，然而极富形象性和抒情性。如写李克用临终遗矢的神情动作，使人如见怒目之状，如闻切齿之声，文学色彩十分浓厚。诚"以豪笔写其雄心，悲情壮语，萦后绕前，非永叔不能有此姿态""此等文章，千年绝调"。

醉翁亭记

环滁皆山也。其西南诸峰，林壑尤美。望之蔚然而深秀者，琅琊 [1] 也。山行六七里，渐闻水声潺潺，而泻出于两峰之间者，酿泉也。峰回路转，有亭翼然临于泉上者，醉翁亭也。作亭者谁？山之僧曰智仙也。名之者谁？太守 [2] 自谓也。太守与客来饮于此，饮少辄醉，而年又最高，故自号曰醉翁也。醉翁之意不在酒，在乎山水之间也。山水之乐，得之心而寓之酒也。

若夫日出而林霏 [3] 开，云归而岩穴暝，晦明变化者，山间之朝暮也。野芳发而幽香，佳木秀而繁阴，风霜高洁，水落而石出者，山间之四时也。朝而往，暮而归，四时之景不同，而乐亦无穷也！

至于负者歌于途，行者休于树，前者呼，后者应，伛偻 [4] 提携，往来而不绝者，滁人游也。临溪而渔，溪深而鱼肥；酿泉为酒，泉香而酒洌 [5]；山肴野蔌 [6]，杂然而前陈者，太守宴也。宴酣之乐，非丝 [7] 非竹 [8]；射者中，弈者胜，觥筹 [9] 交错，起坐而喧哗者，众宾欢也。苍颜白发，颓然乎其间者，太守醉也。

已而夕阳在山，人影散乱，太守归而宾客从也。树林阴翳 [10]，鸣声上下，游人去而禽鸟乐也。然而禽鸟知山林之乐，而不知人之乐；人知从太守游而乐，而不知太守之乐其乐也。醉能同其乐，醒能述以文者，太守也。太守谓谁？庐陵 [11] 欧阳修也。

【注释】

[1] 琅琊：山名，在今安徽滁州西南。据说，东晋元帝在当琅琊王时，曾在此山避难，故名。

[2] 太守：汉代郡的长官称太守，这里是作者沿用旧称。

[3] 霏：雨雪纷飞的样子。这里指林中的雾气。

[4] 伛偻（yǔ lǚ）：腰背弯曲。

[5] 洌：水清。这里指酒清而不浑浊。

[6] 蔌（sù）：蔬菜。

[7] 丝：弦乐。

[8] 竹：管乐。

[9] 觥筹：觥，古代饮酒用的大杯，用木或铜制。筹，用竹子制成的计数用具。在这里指记饮酒数量的筹码。

[10] 翳：障蔽，掩蔽。

[11] 庐陵：今江西吉水。欧阳修先代为庐陵望族，所以这么自称。

【解读】

宋仁宗庆历五年欧阳修因替革新派范仲淹等辩护被贬为滁州太守，次年写了这篇优美的抒情散文。

作者用他"与民同乐"的理想之笔写到了醉翁亭周遭环境及由来，进而由景及人写出往来亭中之人，即作者和众宾客。他们娱于山水之中，"亦寄酒为迹者也"。山间朝暮四时景物变化无穷，而游人乐趣也没有穷尽，作者从"滁人游""太守宴""众客欢""太守醉"四个层面描绘了不同的游宴之乐。宴会散尽，作者与众友人归去，醉同其乐，醒述以文，陶醉其中。

这篇游记极写醉翁亭四时景色之美和自己所享山水之乐，表明了作者政治失意后放情山水以自娱的情怀。游记中写了滁人和众宾客的游乐及自己"醉能同其乐"的和谐场面，体现了其治滁政令宽简、与民同乐的思想和情怀，也委婉地表现了自己治滁的政绩。但其着意表现的还是自己放情山水的旷达情怀，即自己无辜被贬，但绝不耿耿于心、戚戚于怀，在逆境中泰然处之。这正是其光明磊落、不计得失的为人大节所在。

在艺术手法上，作者以诗化的语言描绘了山水之美、游人之乐，使全文充满和谐轻快的气氛，由一"乐"字将山水风光、游人活动和个人感情的抒发贯穿为一个有机整体，使全文条理清晰，正如茅坤所评"昔人读此文，谓如游幽泉邃石，入一层才见一层"。从句法看全文虽采用同类句法，即前半句叙述或描写，后半句说明，但各句都有变化，不显雷同。文章一口气用了二十一个"也"却不显呆板，句句是记山水，却句句是记亭，记太守，这有助于层次划分，也利于表现怡然之乐。朱熹谈到此文认为"多是修改到妙处"，言简意赅、突兀不凡，如写山间朝暮、四时景致既少而精，表现了高度的概括性和形象性。同时该文散中带骈、骈散相间的句式也为文章增添了优美多变的色调。总之，文章以清新明朗的格调实践了作者的文学主张，体现了欧阳修达观的思想，诚如过珙所言，全文尤妙在"醉翁之意不在酒""太守之乐其乐"两句，有无限乐民之乐意，确为文章之创调。

秋 声 赋

欧阳子方夜读书，闻有声自西南来者，悚然 [1] 而听之，曰："异哉！"初淅沥以萧飒 [2]，忽奔腾而砰湃 [3]，如波涛夜惊，风雨骤至。其触于物也，铮铮铮铮 [4]，金铁皆鸣；又如赴敌之兵，衔枚 [5] 疾走，不闻号令，但闻人马之行声。余谓童子："此何声也？汝出视之。"童子曰："星月皎洁，明河 [6] 在天，四无人声，声在树间。"

余曰："噫嘻悲哉！此秋声也，胡为而来哉？盖夫秋之为状也：其色惨淡，烟霏云敛 [7]；其容清明，天高日晶；其气栗冽 [8]，砭 [9] 人肌骨；其意萧条，山川寂寥。故其为声也，凄凄切切，呼号愤发。丰草绿缛 [10] 而争茂，佳木葱茏 [11] 而可悦；草拂之而色变，木遭之而叶脱。其所以摧败零落者，乃其一气之余烈 [12]。夫秋，刑官也 [13]，于时为阴 [14]；又兵象也 [15]，于行用金 [16]。是谓天地之义气，常以肃杀而为心 [17]。天之于物，春生秋实，故其在乐也，商声主西方之音 [18]，夷则为七月之律 [19]。商，伤也，物既老而悲伤；夷，戮也，物过盛而当杀。"

"嗟乎！草木无情，有时飘零。人为动物，惟物之灵 [20]；百忧感其心，万事劳其形，有动于中，必摇其精 [21]。而况思其力之所不及，忧其智之所不能，宜其渥然丹者为槁木 [22]，黟然黑者为星星 [23]。奈何以非金石之质，欲与草木而争荣？念谁为之戕贼，亦何恨乎秋声！"

童子莫对，垂头而睡。但闻四壁虫声唧唧，如助余之叹息。

【注释】

[1] 悚（sǒng）然：惊惧的样子。

[2] 淅沥以萧飒：雨声混合着风声。以，而。

[3] 砯湃：同"澎湃"，波涛汹涌的样子。

[4] 鏦鏦铮铮：金属互相撞击的声音。

[5] 衔枚：古代进军时常令军士口中衔枚（形状像筷子），防止喧哗，借以保密。

[6] 明河：天河。

[7] 烟霏云敛：烟云密聚（阴晦的天气）。霏，飞。敛，聚。

[8] 栗冽：寒冷的样子。

[9] 砭（biān）：原指用以治病的石针。这里是针刺的意思。

[10] 缛：繁茂。

[11] 葱茏：草树繁盛的样子。

[12] 一气：指秋气。余烈：余威。

[13] 夫秋，刑官也：周朝以天地四时之名命官（谓之六卿），司寇为秋官，掌管刑法、狱讼。

[14] 于时为阴：以阴阳配合四时，春夏属阳，秋冬属阴。《汉书·律历志上》："春为阳中，万物以生；秋为阴中，万物以成。"又《春秋繁露·阴阳义》："阴者，天之刑也。"

[15] 又兵象也：古代征伐，多在秋天。

[16] 于行用金：以五行（金、木、水、火、土）分配四时，因此说秋天属金。《汉书·五行志上》："金，西方，万物既成，杀气之始也。"

[17] 是谓天地之义气，常以肃杀而为心：《礼记·乡饮酒义》："天地严凝之气，始于西南，而盛于西北，此天地之尊严气也，此天地之义气也。"

[18] 商声主西方之音：古代音律说以五声（宫、商、角、徵、羽）分配四时，秋天为商声。《礼记·月令》载孟秋、仲秋、季秋之月，"其音商"。西方，是秋天的方位。

[19] 夷则为七月之律：以十二律（黄钟、大吕、太簇、夹钟、姑洗、中吕、蕤宾、林钟、夷则、南吕、无射、应钟）分配十二月，七月为夷则。

[20] 人为动物，惟物之灵：意谓人是万物的灵长，不同于无情的草木。《尚

书·周书·泰誓上》："惟人万物之灵。"

[21]《庄子·在宥》有："必静必清？无劳女形，无摇女精，乃可以长生。"此四句用其意从反面说。精，精神。

[22] 渥然丹者为槁木：红润的容颜变得枯槁。

[23] 黟（yī）然黑者为星星：意思是黑发变成白发。黟，黑貌。星星，喻白色。

【解读】

本文作于宋仁宗嘉祐四年，作者时年五十三岁，在京任翰林学士给事中，充御试进士详定官，处于官运较好时期。然而此前作者曾三次被贬，回首往事，面对朝廷内部的钩心斗角、互相倾轧，不能不令人神伤。所以作者此赋以秋声发端，描绘了暮秋山川寂寥、草木零落的萧条景象，借此抒发了人生易老的悲秋情怀，凝聚了宦海沉浮、人事忧劳、形神渐衰的飘零之感，其中既有理想不得实现，宏图难展的感慨，又流露出无为无扰的老庄思想。

全文借用传统赋主客问答的形式，以主人公欧阳子与童子的对话展开，由秋声引发无穷慨叹。秋的色、容、气、意种种情状让人倍感肃杀寂寥，通过自然万物的转变，显出秋实为万物主刑者，进而以有情人类与无情草木对比，感叹人为忧思所苦更易衰老颓败，发出"奈何以非金石之质，欲与草木而争荣"的慨叹，言外之意即人应清心寡欲，善于养生。这可以说是"庆历新政"失败后作者长期苦闷情绪的反映，而"亦何恨乎秋声"说不怨天，正隐含了对人事的慨叹，体现了他思想进退的矛盾。该赋以多重比喻把无形秋声写得有形有色、有情有义，如开头一段连用三个比喻把秋声由远及近以至撞击的声响渲染得淋漓尽致，以声之凄凄切切摧败万物的气势衬托出了秋的萧瑟。而铺排句式的运用进一步渲染了秋声及秋的凌厉。文章由声及物，由情及理，步步逼近，感慨万端，而又议论横生，由自然之秋上升到人生之秋，满腔怅恨中以"四壁虫声唧唧"作结，以秋虫哀鸣点染秋声，悲秋之慨含而不露，而与童子的对答更以童子的稚气衬托出主人公的悲慨，深化了主题。

作者既保留了古赋铺排、问答的特点，又打破了骈赋、律赋多用僻字、对偶及讲究声律带来的束缚，一变为奇偶相间、散韵结合、语言明白晓畅的新型赋体，呈现出散文化的倾向，使赋获得了新的生命，该文实为体现其理论主张的典范之作。

苏　洵

苏洵（1009—1066），字明允，号老泉，眉州眉山（今四川眉山）人。苏洵少时不好读，19岁时娶妻程氏，27岁时立下决心发奋读书，经过十多年的苦读，学业大进。仁宗嘉祐元年（1056年），他带领其子苏轼、苏辙到汴京，谒翰林学士欧阳修。欧阳修很赞赏他的《权书》《衡论》《几策》等文章，认为可与贾谊、刘向相媲美，于是向朝廷推荐，一时公卿士大夫争相传诵，文名因而大盛。嘉祐二年（1057年），二子同榜应试及第，轰动京师。苏洵长于散文，尤擅政论，议论明畅，笔势雄健，有《嘉祐集》传世。

六　国　论

六国破灭，非兵不利，战不善，弊在赂秦[1]。赂秦而力亏，破灭之道也。或曰："六国互丧，率[2]赂秦耶？"曰："不赂者以赂者丧，盖失强援，不能独完。故曰，弊在赂秦也。"

秦以攻取之外，小则获邑，大则得城。较秦之所得，与战胜而得者，其实百倍；诸侯之所亡，与战败而亡者，其实亦百倍。则秦之所大欲，诸侯之所大患，固不在战矣。

思厥先祖父，暴霜露，斩荆棘，以有尺寸之地。子孙视之不甚惜，举以予人，如弃草芥。今日割五城，明日割十城，然后得一夕安寝。起视四境，而秦兵又至矣。然则诸侯之地有限，暴秦之欲无厌，奉之弥繁，侵之愈急，故不战而强弱胜负已判矣。至于颠覆，理固宜然。古人云："以地事秦，犹抱薪救火，薪不尽，火不灭。"此言得之。

齐人未尝赂秦，终继五国迁灭，何哉？与嬴[3]而不助五国也。五国既丧，齐亦不免矣。燕、赵之君，始有远略，能守其土，义不赂秦。是故燕虽小国而后亡，斯用兵之效也。至丹以荆卿为计，始速祸焉[4]。赵尝五战于秦，二败而三胜，后秦击赵者再，李牧[5]连却之。洎牧以谗诛[6]，邯郸为郡[7]，惜其用武而不终也。且燕、赵处秦革灭殆尽之际，可谓智力孤危，战败而亡，诚不得已。向使三国[8]各爱其地，齐人勿附于秦，刺客不行，良将犹在，则胜负之数，存亡之理，当与秦相较，或未易量。

呜呼！以赂秦之地封天下之谋臣；以事秦之心礼天下之奇才；并力西向，则吾恐秦人食之不得[9]下咽也。悲夫！有如此之势，而为秦人积威[10]之所劫[11]，日削月割，以趋于亡。为国者无使为积威之所劫哉！

夫六国与秦皆诸侯，其势弱于秦，而犹有可以不赂而胜之之势。苟以天下[12]之大，下而从[13]六国破亡之故事[14]，是又在六国下矣。

【注释】

[1] 赂秦：贿赂秦国，意谓用割地的办法来讨好秦国。

[2] 率：都。

[3] 与嬴：指和秦国联合。

[4] 丹：指燕太子丹。荆卿：荆轲。燕太子丹派荆轲刺秦王未成，秦大怒终灭燕。速祸：指加速了秦国灭燕的祸患。

[5] 李牧：赵国大将，曾屡次打败秦兵。

[6] 洎牧以谗诛：洎（jì），及至。《史记·廉颇蔺相如列传》载，赵幽缪王七年（前229年），秦使翦攻赵，赵使李牧等御之。秦以金贿赂赵王宠臣郭开，为反间计，郭开诬李牧谋反，赵王信谗，暗中捕杀李牧。

[7] 邯郸为郡：指秦灭赵后。把赵国变成秦国的一个郡。邯郸：赵国都城，这里代指赵国。

[8] 三国：指楚、魏、韩三个与秦为邻的国家。

[9] 食之不得：形容秦王畏惧东方合纵，吃不下饭。

[10] 积威：积累起来的威势，指秦国长期以来对六国的威胁。

[11] 劫：指控制。

[12] 天下：指北宋统治的疆域。

[13] 下而从：降低而重蹈。

[14] 故事：旧事，前事。

【解读】

苏洵著有《权书》十篇，均为史论著作，本文为第八篇。北宋自真宗时与契丹订澶渊之盟后，不断输银纳绢并割地求和，其后又与西夏屈辱求和，苏洵故作此文以讽之。文章以六国赂秦而相继丧亡的历史教训告诫统治者，宋步六国后尘，必蹈六国之覆辙，并进一步指出：六国虽势弱，犹有取胜之可能，以宋之强大面对外敌一味妥协屈服，实在六国之下。文章借论史而抨击时政，正中要害，表现了作者卓越的政治见解、无畏的勇气和对国家命运的深切关注，具有重要的现实意义。正如何仲默所评："老泉论六国赂秦，其实借论宋赂契丹之事，而卒以此亡，可谓深谋先见之识矣。"

文章开篇以否定句式加强肯定语气，提出全文中心论点：六国破灭，弊在赂秦。然后从"赂秦而力亏，破灭之道"与"不赂者以赂者丧"两方面分析，证实论点。韩、魏、楚三国割地终因"秦欲无厌"而覆亡；齐、赵、燕虽义不赂秦而终因不能同仇敌忾败亡，因而六国破灭归根结底的原因在于赂秦。作者由此生发议论，针对六国破灭的教训，设想存国之道即封谋臣，礼奇才，并力西向，借六国故事给宋朝统治者以当头棒喝。全文结构布局可谓条理井然，层次明晰，而其中运用的对比论证方法在层层对比、逐层推进中，既使文章简单明了又显出其论证严密。如以秦攻取和被赂所得、诸侯战败与赂秦所亡对比，得出"秦之所大欲，诸侯之所大患，固不在战矣"，虽不明言而皆知"弊在赂秦"。又以"先祖父"披荆斩棘开创事业与"子孙视之不甚惜"相对比，衬托统治者守国的重要性，论证了"赂秦而力亏"的分论点。而第四段写齐、燕、赵灭亡，先从正面申诉原因：不同仇敌忾；又从反面作假设之词，正反对比进一步证明了"不赂者以赂者丧"，从而归结到中心论点上。

该文虽为史论，但语言生动形象、质朴简劲，如只以"侵之愈急"就刻画出了秦的贪婪。行文中又结合否定、感叹句式加强批判力度，抒发一腔愤慨，使文章充满强烈的主观感情色彩，有很强的感染力。总之，此文"借古伤今，淋漓深痛"，最能代表苏洵论辩文风格，"欲能与《战国策》相伯仲"。

周敦颐

周敦颐（1017—1073），道州营道（今湖南道县）人。原名敦实，字茂叔，避宋英宗（赵曙）的旧讳，改名敦颐。历任洪州分宁县主簿、南安军司理参军令、合州判官等职。嘉祐六年（1061年）升任国子博士、通判虔州。赴任途中，经过庐山，爱其风景，筑书堂于山麓；堂前有小溪发源于莲花峰，他便以故居营道濂溪之名命之。晚年定居在此，世称濂溪先生。

他是宋代有名的唯心主义哲学家，理学中濂洛学派的创始人，二程（程颐、程颢）是他的学生。著有《周子全书》。

爱 莲 说

　　水陆草木之花，可爱者甚蕃[1]。晋陶渊明独爱菊[2]；自李唐来，世人甚爱牡丹[3]；予独爱莲之出淤泥而不染，濯清涟而不妖[4]，中通外直，不蔓不枝[5]，香远益清，亭亭净植，可远观而不可亵玩焉[6]。

　　予谓菊，花之隐逸者也；牡丹，花之富贵者也；莲，花之君子者也。噫！菊之爱，陶后鲜有闻；莲之爱，同予者何人[7]？牡丹之爱，宜乎众矣！

【注释】

[1] 蕃：多。

[2] 晋陶渊明独爱菊：东晋著名诗人陶渊明唯独喜爱菊花。

[3] 自李唐来，世人甚爱牡丹：唐朝统治以来，世人喜爱牡丹成风。唐李肇《国史补》记载当时盛况说："京城贵游，尚牡丹……每春暮，车马若狂，以不耽玩为耻。执金吾铺官围外寺观种以求利，一本有直数万者。"

[4] 清涟：清澈的水波。妖：妖冶。

[5] 不蔓不枝：不牵蔓，不长枝节。

[6] 香远益清：香气传得越远越显得清幽。亭亭：直立的样子。植：树立。亵玩：近玩，含有不尊重的意味。

[7] 同予者何人：和我相同的还有谁呢？

【解读】

《爱莲说》是篇托物言志的散文小品，颇为后人称颂。作者通过对莲花的歌颂说明爱莲的道理，借以表现自己的人格操守，勉励人们要有不同流合污的高尚人格，并暗讽社会上追求功名利禄、庸俗不堪的人们。

作者以人们对花的不同喜好来说明其人品的高下。他认为菊花虽好，却幽居独处、孤芳自赏；牡丹虽艳，但一派富贵气象，这同于流俗；只有莲花，虽根陷污淖尚能洁身自好，清高不凡。作品进而表明自己之爱莲，莲之胜菊正在于其身处污浊环境而能保持"高尚的节操"。

从结构章法来看，文章虚实相生，深浅相成。如"水陆草木之花……不可亵玩焉"多以描述笔法，以浅、实为主；而"予谓菊……宜乎众矣"以议论笔墨写得很深致。这样交错极有章法，正如唐彪《读书作文谱》中

所说："文章非实不足以阐发义理，非虚不足以摇曳神情，故虚实常宜相济也。浅以指陈其概要，而深以刻画其精微，故深浅不可相离也。"作者在此基础上又运用衬托手法，先后三次用菊和牡丹衬托莲花：第一次衬托表明自己的喜好与众不同；第二次见出莲花品格高出百花，犹然"花之君子"；第三次借以慨叹没有志同道合的世人。三次衬托作用各不相同，每运用一次就使主题更深一重，表达自己洁身自好、鄙薄世俗、耿直不阿的君子操守。而文中杂以比喻的运用，表面咏物实则写人，把菊比为"隐逸者"，以贞秀之姿表现人的孤傲；把牡丹称为"富贵者"，以雍容华贵之态表现世人之庸俗；而以莲花喻君子，则借清新飘逸表现纯正无邪。多种手法的运用使该文摇曳生姿，精工传神，于古朴自然中凸现出作者的高尚人格。

曾巩（1019—1083），字子固，抚州南丰（今江西南丰县）人。生于一个官宦人家，年十六，即笃志为古文。十八岁时随父曾易占迁移至玉山县（在江西境内）。二十岁时再周游全国，得到当时名士王安石和欧阳修的赏识，后来成了欧阳修的得意门生，并称"欧曾"。1057年他中进士后，历任太平州司法参军、馆阁校勘、越州通判，济州、福州知州。后受宋神宗邀请，到京师担任中书舍人。有《元丰类稿》和《隆平集》传世。

曾 巩

墨　池 [1] 记

　　临川 [2] 之城东，有地隐然而高，以临于溪，曰新城。新城之上，有池洼然而方以长 [3]，曰王羲之 [4] 之墨池者，荀伯子 [5]《临川记》云也。羲之尝慕张芝 [6]，临池学书，池水尽黑，此为其故迹，岂信然邪？

　　方羲之之不可强以仕，而尝极东方，出沧海 [7]，以娱其意于山水之间；岂有徜徉肆恣 [8]，而又尝自休于此邪？羲之之书晚乃善，则其所能，盖亦以精力自致者，非天成 [9] 也。然后世未有能及者，岂其学不如彼邪？则学固岂可以少哉，况欲深造道德者邪？

　　墨池之上，今为州学舍 [10]。教授王君盛恐其不彰也 [11]，书“晋王右军墨池”之六字于楹间以揭之 [12]。又告于巩曰：“愿有记。”推王君之心，岂爱人之善，虽一能不以废 [13]，而因以及乎其迹邪？其亦欲推其事以勉其学者邪？夫人之有一能而使后人尚之如此，况仁人庄士 [14] 之遗风余思被于来世者何如哉！

　　庆历八年 [15] 九月十二日，曾巩记。

【注释】

　　[1] 墨池：在今江西省抚州市临川区，相传是东晋书法家王羲之练习书法洗砚的地方。

　　[2] 临川：今江西省抚州市临川区。宋为抚州治所。

　　[3] 洼然：凹下去的样子。方以长：方而长。

　　[4] 王羲之：字逸少，晋琅琊（今山东省临沂市）人，官至右将军、会稽内史，东晋著名的书法家。前人论其字“以为飘若浮云，矫若惊龙”。

　　[5] 荀伯子：荀伯子（378—438），南朝宋颍川颍阴（今河南省许昌市）人。

　　[6] 张芝：字伯英，东汉末年的书法家，擅草书，世人称之为“草圣”。传说他勤奋刻苦练字，因为常洗笔砚的缘故，临近的池都被染黑了。

[7] 极东方：指游到最东边的地方。沧海：这里指海。出沧海：出游东海。

[8] 徜徉肆恣：徜徉，随意漫游。肆恣，尽情任意。这里是指王羲之尽情地游山玩水。

[9] 天成：天然生成。

[10] 州学舍：宋代州、郡、府、县都设有学校。这里指抚州。学舍，即指学校房舍。

[11] 教授：官名，指州学教授。彰：著名，显扬。

[12] 楹间：厅堂前部的柱子中间。揭：挂起，标出。

[13] 虽一能不以废：即使是一技之长，也不湮没他。这里指王羲之书法这一技能。

[14] 庄士：庄重之士。

[15] 庆历八年：宋仁宗（赵祯）庆历八年（1048年）。

【解读】

本文写于宋仁宗庆历八年，当时各州郡王都在兴学，作者应抚州州学教授王君之请特意为州学而写，虽名为记，实则是一篇优美的劝学文章。

文章先记王羲之墨池故迹，回应题目，并指出王羲之的书法之所以取得卓越成就，是由于其"以精力自致"，而非"天成"。后世学者之所以不能超越他，是因为"学不如彼邪"，进而推论出刻苦勤学是必不可少的，而且由此认识到道德的修为也应如此。文章接下去叙写作记原因，一方面点明州学王教授表彰王羲之墨池精神和王君请他作记的经过；另一方面又推究王教授用心固然是"爱人之善"，更主要的还在于"推其事以勉其学者"，再次回应前文对主旨的论述，并含蓄地引出劝学之意，以勉励后学，激励情志，一气呵成。全文结语"夫人之有一能而使后人尚之如此，况仁人庄士之遗风余思被于来世者何如哉"，文意由王羲之的书法推及"仁人庄士"的修养与德行，并勉励后学不仅要擅长一"能"，更要不断加强道德修养。这样文章从勤学和劝学两方面充分说明学习的重要性，见解精辟，发人深省。

文章在写作上因事立论，借墨池说明王羲之书法精妙的原因所在，即勤敏好学，因而学习的重要性被提出，由此引发到劝学的高度。这种因事立论、夹叙夹议的手法使文章既不空泛又颇有理论见地，可谓尺幅千里。曾巩是宋初诗文革新运动的积极支持者，散文创作往往委曲周详、词不迫切而思致明晰，本文堪为代表，语言简淡自然、平和雅正，诚如林琴南所说"欧曾之文，心平气和。有类于庸，实则非庸"。

《资治通鉴》，简称《通鉴》，是北宋司马光主编的一部长篇编年体史书，共294卷，三百多万字，耗时19年。记载的历史由周威烈王二十三年（前403年）写起，一直到五代的后周世宗显德六年（959年）征淮南，计跨16个朝代，包括秦、汉、晋、隋、唐统一王朝和战国七雄、魏蜀吴三国、五胡十六国、南北朝、五代十国等等其他政权，共1362年逐年记载的详细历史。它是中国的一部编年体通史，在中国史书中有极重要的地位。

《资治通鉴》

淝水之战

太元八年，秋，七月。

秦王坚[1]下诏大举入寇[2]。民每十丁遣一兵；其良家子[3]年二十已下有材勇者，皆拜羽林郎[4]。又曰："其以司马昌明为尚书左仆射，谢安为吏部尚书，桓冲为侍中；势还不远，可先为起第。"良家子至者三万余骑，拜秦州[5]主簿[6]赵盛之为少年都统[7]。是时，朝臣皆不欲坚行，独慕容垂、姚苌[8]及良家子劝之。阳平公融[9]言于坚曰："鲜卑、羌虏[10]，我之仇雠[11]，常思风尘之变以逞其志，所陈策画，何可从也？良家少年皆富饶子弟，不闲[12]军旅，苟为谄谀[13]之言以会[14]陛下之意耳。今陛下信而用之，轻举大事，臣恐功既不成，仍有后患，悔无及也。"坚不听。

甲子，坚发长安，戎卒[15]六十余万，骑二十七万，旗鼓相望，前后千里。九月，坚至项城[16]，凉州[17]之兵始达咸阳[18]，蜀、汉之兵方顺流而下，幽、冀[19]之兵至于彭城[20]，东西万里，水陆齐进，运漕万艘。阳平公融等兵三十万，先至颍口[21]。

诏以尚书仆射谢石为征虏将军、征讨大都督，以徐、兖二州刺史谢玄为前锋都督，与辅国将军谢琰、西中郎将桓伊等众共八万拒之；使龙骧将军胡彬以水军五千援寿阳[22]。琰，安之子也。

是时秦兵既盛，都下震恐。谢玄入，问计于谢安，安夷然，答曰："已别有旨。"既而寂然。玄不敢复言，乃令张玄重请。安遂命驾出游山墅，亲朋毕集，与玄围棋赌墅。安棋常劣于玄，是日，玄惧，便为敌手而又不胜。安遂游陟，至夜乃还。桓冲深以根本为忧，遣精锐三千入卫京师，谢安固却之，曰："朝廷处分已定，兵甲无阙，西藩宜留以为防。"冲对佐吏叹曰："谢安石有庙堂之量，不闲将略。今大敌垂至，方游谈不暇，遣诸不经事少年拒之，众又寡弱，天下事已可知，吾其左衽矣！"

冬，十月，秦阳平公融等攻寿阳；癸酉，克之，执平虏将军[23]徐元喜等。

融以其参军河南郭褒为淮南太守[24]。慕容垂拔郧城[25]。胡彬闻寿阳陷，退保硖石[26]，融进攻之。秦卫将军[27]梁成等帅众五万屯于洛涧[28]，栅淮以遏东兵[29]。谢石、谢玄等去洛涧二十五里而军，惮成不敢进。胡彬粮尽，潜遣使告石等曰："今贼盛粮尽，恐不复见大军。"秦人获之，送于阳平公融。融驰使白秦王坚曰："贼少易擒，但恐逃去，宜速赴之！"坚乃留大军于项城，引轻骑八千，兼道[30]就融于寿阳。遣尚书朱序来说谢石等，以为："强弱异势，不如速降。"序私谓石等曰："若秦百万之众尽至，诚难与为敌。今乘诸军未集，宜速击之；若败其前锋，则彼已夺气，可遂破也。"

石闻坚在寿阳，甚惧，欲不战以老[31]秦师。谢琰劝石从序言。十一月，谢玄遣广陵相刘牢之[32]帅精兵五千趣[33]洛涧，未至十里，梁成阻涧为陈[34]以待之。牢之直前渡水，击成，大破之，斩成及弋阳太守[35]王咏；又分兵断其归津[36]，秦步骑崩溃，争赴淮水，士卒死者万五千人，执秦扬州刺史王显等，尽收其器械军实[37]。于是谢石等诸军，水陆继进。秦王坚与阳平公融登寿阳城望之，见晋兵部阵严整，又望八公山[38]上草木，皆以为晋兵，顾谓融曰："此亦劲敌，何谓弱也！"怃然[39]始有惧色。

秦兵逼淝水而陈[40]，晋兵不得渡。谢玄遣使谓阳平公融曰："君悬军深入，而置陈逼水，此乃持久之计，非欲速战者也。若移陈少却，使晋兵得渡，以决胜负，不亦善乎！"秦诸将皆曰："我众彼寡，不如遏之，使不得上，可以万全。"坚曰："但引兵少却，使之半渡，我以铁骑蹙[41]而杀之，蔑[42]不胜矣！"融亦以为然，遂麾[43]兵使却。秦兵遂退，不可复止。谢玄、谢琰、桓伊等引兵渡水击之。融驰骑略陈[44]，欲以帅退者，马倒，为晋兵所杀，秦兵遂溃。玄等乘胜追击，至于青冈[45]；秦兵大败，自相蹈藉[46]而死者，蔽野塞川。其走者闻风声鹤唳[47]，皆以为晋兵且至，昼夜不敢息，草行露宿，重以饥冻，死者什七八。初，秦兵少却，朱序在陈后呼曰："秦兵败矣！"众遂大奔。序因与张天锡、徐元喜皆来奔。获秦王坚所乘云母车[48]。复取寿阳，执其淮南太守郭褒。

坚中流矢，单骑走至淮北，饥甚，民有进壶飧[49]、豚髀[50]者，坚食之，赐帛十匹，绵十斤。辞曰："陛下厌苦安乐，自取危困。臣为陛下子，陛下为臣父，安有子饲其父而求报乎！"弗顾而去。坚谓张夫人曰："吾今复何面目治天下乎！"潸然流涕[51]……

【注释】

[1] 秦王坚：前秦王符坚，氐族人，十六国时期前秦的皇帝。早期很有作为，曾统一中国北方，国力一度超过东晋数倍，很有机会统一全国，但是在淝水之战中惨败。鲜卑、羌等部族相继叛变，西燕慕容冲攻入长安，符坚出逃被杀。

[2] 入寇：侵入东晋。

[3] 良家子：出身清白的子女。

[4] 羽林郎：官名，汉代所置，皇家禁卫军军官。

[5] 秦州：今甘肃天水。

[6] 主簿：官名，是各级主官属下掌管文书的佐吏。

[7] 都统：武官名，始置于十六国时期，为统兵将官。

[8] 慕容垂：又名慕容霸，鲜卑族人。384 年建立后燕，后投降前秦。淝水之战中暗中保存实力，在前秦败后叛变。姚苌：后秦武昭帝，羌族。十六国时期后秦政权的开国君主。357 年与前秦战于三原，兵败投降，后为符坚部将，累建战功。淝水之战后，前秦大败，姚苌趁机自立。385 年缢杀符坚于新平佛寺（今彬县南静光寺），称帝于长安，国号大秦。

[9] 阳平公融：符融，符坚之弟，封阳平公。

[10] 鲜卑、羌虏：即分别指慕容垂、姚苌的国家。

[11] 仇雠（chóu）：仇敌。

[12] 闲：同"娴"，熟悉，精通。

[13] 谄（chǎn）谀：奉承拍马。

[14] 会：迎合。

[15] 戎卒：兵士。

[16] 项城：今河南项城。

[17] 凉州：今武威，地处甘肃河西走廊东端。

[18] 咸阳：今陕西咸阳。

[19] 幽、冀：今河北地区。

[20] 彭城：今江苏徐州。

[21] 颍口：今安徽颍上东南的西正阳镇。

[22] 寿阳：今安徽寿县。

[23] 平虏将军：东晋武官名。

[24] 淮南太守：治所在安徽寿县，今安徽淮河以南地区的地方长官。

[25] 郧（yún）城：今湖北安陆。

[26] 硖（xiá）石：安徽凤台、寿县一带。

[27] 卫将军：官名，汉代设立，掌握禁兵，与闻政务。

[28] 洛涧：即洛水。

[29] 栅淮以遏东兵：在淮水上设立栅栏以阻挡东晋军队。栅，动词，用竹、木、铁条等做成的阻拦或防卫物。遏，阻拦，阻挡。

[30] 兼道：加倍赶路。

[31] 老：使得对方衰竭，疲惫。

[32] 刘牢之：东晋名将。

[33] 趣（qū）：趋赴，奔向。

[34] 陈：同"阵"，军阵。

[35] 弋（yì）阳太守：江西弋阳地区的地方官。

[36] 归津：退路。

[37] 器械军实：军用器械和粮饷。

[38] 八公山：位于寿县城北，距城2.5公里，南临淝水，北濒淮河。

[39] 怃（wǔ）然：怅然失意的样子。

[40] 陈：同"阵"，布阵。

[41] 蹙（cù）：逼近，逼迫。

[42] 蔑：没有。

[43] 麾（huī）：指挥。

[44] 驰骑略陈：骑着马来回奔驰，想要压住阵脚。陈，同"阵"。

[45] 青冈：今安徽凤台西北。

[46] 蹈藉（jí）：践踏。

[47] 风声鹤唳（lì）：形容惊慌失措或自相惊扰。唳，鹤叫声。

[48] 云母车：以云母为饰的车。

[49] 壶飧（sūn）：一壶水泡饭。飧，晚饭，饭食。

[50] 豚（tún）髀（bì）：猪腿。

[51] 潸（shān）然流涕：伤心流泪的样子。

【解读】

前秦王苻坚在王猛的辅佐下，将前秦治理得有声有色，也征服了周围很多小国，国力强大，苻坚的名望也越来越高。东晋无论多么弱小，在南北朝人的眼中，终归是正朔之所在。苻坚在自信自满的时候很自然就想到了伐晋。他的心腹谋臣王猛在临终前曾经劝谏他不要起意南征。但是在 383 年，苻坚终于还是决心要和东晋打一仗。

这场仗打得几乎毫无悬念。苻坚的臣下、亲人无一赞成出兵，时人非常清醒地看到前秦的庞大架构中缺陷众多，臣服的诸国各怀异心，而东晋远不如苻坚以为的不堪一击。可是苻坚这一次非常坚定，或者更准确地说，这就是一意孤行。

最初交战双方的情况和苻坚想的差不多，数十万大军的声势也让晋军畏惧。但是刘牢之和梁成一战，前秦军败了，东晋军胜了，东晋军开始有了信心，而寿阳城里的苻坚已开始草木皆兵。其后的淝水一役，前秦军还没怎么打就已经兵败如山倒。《资治通鉴》按时间顺序详细记载，展现了苻坚在战争前后迥异的心态对比，读起来甚至有点残酷。

但是在这次记述得相当简单的战争中，苻坚确实要负主要的责任。这是一个关于知人知己的反面例证，联系到《资治通鉴》写作的初衷，作者是要明鉴君主在认识和判断上的错误可以带来多么严重的后果。

王安石

　　王安石（1021—1086），字介甫，号半山，封荆国公。宋临川（今江西省抚州市）人，唐宋八大家之一。他出生在一个小官吏家庭。王安石少好读书，记忆力强，受到较好的教育。庆历二年（1042年）进士，先后任淮南判官、常州知州、提点江东刑狱等地方的官吏。治平四年（1067年）神宗初即位，诏王安石知江宁府，旋召为翰林学士。熙宁二年（1069年）提为参知政事，从熙宁三年起，两度任同中书门下平章事，推行新法。熙宁九年罢相后，隐居，病死于江宁（今江苏南京市）钟山，谥号“文”。有《王临川集》《临川集拾遗》等存世。

答司马谏议书

某[1]启：昨日蒙教，窃以为与君实游处相好之日久[2]，而议事每不合，所操之术[3]多异故也。虽欲强聒[4]，终必不蒙见察，故略上报[5]，不复一一自辨。重念蒙君实视遇[6]厚，于反复不宜卤[7]莽，故今具道所以[8]，冀君实或见恕也。

盖儒者所争，尤在于名实[9]；名实已明，而天下之理得矣。今君实所以见教者，以为侵官[10]、生事[11]、征利[12]、拒谏，以致天下怨谤也。某则以谓：受命于人主，议法度而修之于朝廷[13]，以授之于有司[14]，不为侵官；举先王之政[15]，以兴利除弊，不为生事；为天下理财，不为征利；辟[16]邪说，难壬人[17]，不为拒谏。至于怨诽之多，则固前知其如此也。人习于苟且非一日，士大夫多以不恤国事、同俗自媚于众[18]为善。上[19]乃欲变此，而某不量敌之众寡，欲出力助上以抗之，则众何为而不汹汹[20]然？盘庚之迁，胥怨者民也，非特朝廷士大夫而已；盘庚不为怨者故改其度，度义而后动，是而不见可悔故也[21]。如君实责我以在位久，未能助上大有为，以膏泽斯民，则某知罪矣；如曰今日当一切不事事，守前所为而已[22]，则非某之所敢知。

无由会晤，不任区区向往之至[23]！

【注释】

[1] 某：作者本人自称。

[2] 与君实游处相好之日久：司马光，字君实。游处，交游相处。

[3] 所操之术：所执持的政治主张和见解。

[4] 强聒（guō）：勉强地解释让人听。

[5] 略上报：简单地写回信。

[6] 视遇：看待。

[7] 反复：指书信来往。卤：同"鲁"。

[8] 具道所以：详细说明这样做的理由。

[9] 盖儒者所争，尤在于名实：谓儒者特别重视综核名实，即名称（概念）与实质必须相符。

[10] 侵官：侵夺原来机构的职权。

[11] 生事：司马光认为变法是生事扰民。

[12] 征利：谓设法增加财政收入，与民争利。

[13] 修之于朝廷：在朝廷上加以讨论、修正。

[14] 有司：负专责的官吏。

[15] 举：兴办，实施。先王：指古代的贤君。

[16] 辟：排斥，抨击。

[17] 难壬人：驳斥巧辩的小人。《尚书·虞书·舜典》："而难任人。"壬，通"任"。

[18] 同俗自媚于众：附和世俗，讨好众人。

[19] 上：指宋神宗赵顼。

[20] 汹汹：同"匈匈"，喧扰、争吵。

[21] 盘庚不为怨者故改其度（dù），度义而后为，是而不见可悔故也：盘庚改变迁都的计划不为人民怨恨，那是由于他考虑到这样做合理，然后行动，他认为完全正确，所以没有什么地方要悔改。

[22] 如曰今日当一切不事事，守前所为而已：引用前文司马光反对"生事"的说法，即什么事都不做。事事，做事。守前所为，遵守祖宗的陈规旧法，不予改革。

[23] 不任区区向往之至：表示衷心敬仰之意，为旧时书信中的客套语。不任，不胜。区区，诚心。向往，仰慕。

【解读】

宋神宗熙宁二年王安石推行新法，次年二月，谏议大夫司马光给当时的宰相王安石写了一封三千多字的长信——《与王介甫书》，对新法大加指责，并要求取消新法，恢复旧制。王安石立即回了这封信。这是一篇书信体政论文，针对司马光信中责难新法的主要观点，作者从"侵官、生事、征利、拒谏"四个方面逐一加以驳斥，尖锐地批评了只顾私利，不顾国家大计并且因循守旧的社会风气，揭露了保守派"多以不恤国家，同俗自媚于众为善"的卑劣行径，表明了自己以国事为重，实行变法的坚定立场和知难而进的积极进取精神，具有政治改革家的思想、气魄。

本文具有极强的概括性、针对性。全文仅三百五十字却回答了三千三百字长信提出的问题，它概括出对方信中的五个主要论点，即"侵官、生事、征利、拒谏"和因此招致的"天下怨谤"，并对此以几个简短干脆的否定句予以反驳，善于抓住其实质直刺要害。如对"怨谤之多"的驳斥，不是否定这一事实，而是指出招怨的原因，即由于"人习于苟且非一日""士大夫多以不恤国事、同俗自媚于众为善"，这就抓住了问题实质且反驳有力，使文章显得有理有据、环环相扣，富于论辩性和逻辑性，说理透辟。论辩中可谓"以子之矛攻子之盾"，针对对方儒家之教，回信从儒家所争的"名实"入手，以雄辩的事实说明对方给自己所加罪名和推行新法之实不相符合，从而使对方陷入无可辩驳的境地。本文不仅有驳论文的义正词严、锋芒毕露，也有书信体的谦虚有礼、委婉含蓄，二者巧妙融合，于剑拔弩张中见谦和客气。

总之，本文正是由于其语言的简劲、质朴、峭拔严整和高超的立意、高度的概括性与逻辑性成为王安石政论文代表作。"理足气盛，故劲悍廉厉无枝叶"诚可谓切中肯綮之论。

游褒禅山记

褒禅山[1]亦谓之华山，唐浮图慧褒始舍于其址，而卒葬之，以故其后名之曰"褒禅"。今所谓慧空禅院者，褒之庐冢[2]也。距其院东五里，所谓华阳洞者，以其乃华山之阳名之也。距洞百余步，有碑仆道，其文漫灭，独其为文[3]犹可识，曰"花山"。今言"华"，如"华实"之"华"者，盖音谬也。

其下平旷，有泉侧出，而记游者甚众，所谓前洞也。由山以上五六里，有穴窈然[4]，入之甚寒，问其深，则其好游者不能穷也，谓之后洞。余与四人拥火以入，入之愈深，其进愈难，而其见愈奇。有怠而欲出者，曰："不出，火且尽。"遂与之俱出。盖^[5]余所至，比好游者尚不能十一，然视其左右，来而记之者已少；盖其又深，则其至又加少矣。方是时，余之力尚足以入，火尚足以明也。既其出，则或咎其欲出者，而予亦悔其随之，而不得极夫^[6]游之乐也。

于是余有叹焉。古人之观于天地、山川、草木、虫鱼、鸟兽，往往有得，以其求思之深而无不在也。夫夷以近，则游者众；险以远，则至者少。而世之奇伟瑰怪非常之观，常在于险远，而人之所罕至焉。故非有志者不能至也。有志矣，不随以止也，然力不足者，亦不能至也。有志与力，而又不随以怠，至于幽暗昏惑而无物以相之，亦不能至也。然力足以至焉，于人为可讥，而在己为有悔。尽吾志也而不能至者，可以无悔矣，其孰能讥之乎？此余之所得也。

余于仆碑，又以悲夫古书之不存^[7]，后世之谬其传而莫能名者，何可胜道也哉！此所以学者不可以不深思而慎取之也。

四人者：庐陵萧君圭君玉，长乐王回深父，余弟安国平父、安上纯父。至和元年七月某日，临川王某记。

【注释】

[1] 褒禅山：在安徽省含山县北十五里，海拔204米。据《含山县志》载："褒禅山旧名华山，以唐贞观慧褒禅师得名。"

[2] 庐冢：也作庐墓。庐，屋舍。冢，坟墓。

[3] 为文：有文字。为：有。

[4] 窈然：深幽貌。

[5] 盖：副词，大概。

[6] 夫：代词，那。

[7] 古书之不存：古代文献失传。

【解读】

《游褒禅山记》是一篇别致的游记形式的说理散文。它通过对褒禅山的所见所感，慨发议论，说明在生活中，要实现远大志向、伟大的事业或研究学问，在客观条件允许下，必须具有坚强的意志，坚持不懈；要不避险远，要讲究方式，才能达到预期效果。

由此可知，这篇游记不同于一般散文，赋予景观以深刻的哲理和强烈的思辨色彩，因事而见理，则是它的突出的艺术特点。

文章首先概括性地介绍褒禅山，介绍它的别名和山名的由来，一禅院、一山洞、一仆碑、前洞、后洞。接着具体描写游洞的经过。

描写中，运用了对比手法。前洞的"平旷"与后洞的"窈然"相对比；前洞的"记游者甚众"与后洞的"来而记之者已少""其至又加少"相对比；"予所至"之浅与"好游者"所至之深相对比；"怠而欲出者"与"与之俱出"者相对比；作者进洞时"其见愈奇"的欣喜之情与出洞后因"不得极夫游之乐"的懊悔心情相对比。这些对比，看似写景，实非写景，后文的议论，全在这些景观的对比之中，它们实是后文议论的前提或基础。仿佛是水到渠成，文章很自然地转入议论，作者先写心得，后写感受。

"于是余有叹焉"一句承上启下，一个"叹"字引发出议论，精辟地阐述了宏伟的目标、险远的道路与必不可少的主客观条件三者之间的内在联系。分析了"志""力""物"三者之间的联系，强调了"志"这一主观因素的主导意义，指出了"力"与"物"这些客观条件的重要作用，从而说明：探究任何一种学问或事物，只有尽己之志，尽己之力，才能达到目的，即使不能达到目的也无所悔。这个观点是全文的主旨。有了这个心得，认识就产生了新的飞跃，就会有更加深刻的感受，所以作者很自然地要借仆碑证讹一事，进一步抒发个人的感受：从游山所得，进而引申论证治学应取的态度，从仆碑的轻信盲从、以讹传讹，进而论证治学的"深思而慎取"，使文章的说理进入一个更深的境界。

古人写游记一类的文章，方法很多，各有不同。有的单纯描绘所见景观，有的以记游为主，兼有抒情、议论，有的在记游的基础上大发议论，且将文章的中心放在议论上。王安石的这篇《游褒禅山记》，就是属于后一类文章。

这篇散文的创作经验是十分宝贵的，它启迪我们应该善于从生活中发现和挖掘闪光的宝藏，使之成为文章，昭示后人，启迪来者，《游褒禅山记》给了我们很好的启示。

苏轼（1037—1101），字子瞻，又字和仲，号"东坡居士"。眉州（今四川眉山）人。北宋著名的文学家、书画家、词人、诗人、美食家，唐宋八大家之一，豪放派词人的代表。他的诗、词、赋、散文，成就皆极高，而且擅长书法和绘画，是中国文学艺术史上罕见的全才，也是中国数千年历史上公认的文学艺术造诣最杰出的大家之一。其散文与欧阳修并称"欧苏"；诗与黄庭坚并称"苏黄"；词与辛弃疾并称"苏辛"；书法名列"苏黄米蔡"，北宋四大书法家之一；他的画则开创了湖州画派。苏轼现存世的文学著作共有2700多首诗，300多首词，以及大量散文作品。最早的成名文章是嘉祐二年（1057年）应试时的《刑赏忠厚之至论》。诗文有《东坡七集》等。

苏　轼

留 侯 论

古之所谓豪杰之士者，必有过人之节。人情有所不能忍者，匹夫见辱，拔剑而起，挺身而斗，此不足为勇也。天下有大勇者，卒[1]然临之而不惊，无故加之而不怒。此其所挟持者甚大，而其志甚远也。

夫子房受书于圯[2]上之老人也，其事甚怪；然亦安知其非秦之世有隐君子者，出而试之？观其所以微见其意者，皆圣贤相与警戒之义，而世人不察，以为鬼物，亦已过矣。且其意不在书。当韩之亡，秦之方盛也，以刀锯鼎镬[3]待天下之士，其平居无罪夷灭者，不可胜数，虽有贲、育[4]，无所复施。夫持法太急者，其锋不可犯，而其势未可乘。子房不忍忿忿之心，以匹夫之力，而逞于一击[5]之间。当此之时，子房之不死者，其间不能容发，盖亦已危矣。千金之子，不死于盗贼，何者？其身之可爱，而盗贼之不足以死也。子房以盖世之才，不为伊尹[6]、太公[7]之谋，而特出于荆轲[8]、聂政[9]之计，以侥幸于不死，此固圯上之老人所为深惜者也。是故倨傲鲜腆[10]而深折之，彼其能有所忍也，然后可以就大事，故曰："孺子可教也。"

楚庄王伐郑[11]，郑伯肉袒牵羊[12]以逆。庄王曰："其君能下人，必能信用其民矣。"遂舍之。勾践之困于会稽，而归臣妾于吴者，三年而不倦[13]。且夫有报人之志，而不能下人者，是匹夫之刚也。夫老人者，以为子房才有余而忧其度量之不足，故深折[14]其少年刚锐之气，使之忍小忿而就大谋。何则？非有平生之素，卒然相遇于草野之间，而命以仆妾之役，油然[15]而不怪者，此固秦皇帝之所不能惊，而项籍[16]之所不能怒也。

观夫高祖之所以胜，项籍之所以败者，在能忍与不能忍之间而已矣。项籍唯不能忍，是以百战百胜而轻用其锋；高祖忍之，养其全锋而待其弊，此子房教之也。当淮阴破齐而欲自王[17]，高祖发怒，见于词色，由此观之，犹有刚强不忍之气，非子房其谁全之？

太史公[18]疑子房以为魁梧奇伟，而其状貌乃如妇人女子，不称其志气。

而愚以为，此其所以为子房欤！

【注释】

[1] 卒：同"猝"，突然。

[2] 坯（yí）：桥。据史书记载，张良年轻时曾在下邳的桥上遇见一位老人。老人故意把鞋落在桥下，命张良拾起来给他穿上，张良照办了。老人说："孺子可教也。"随后命张良在五天后的清晨到这里见他。后来，张良在前两次赴约时都比老人去得晚，老人严厉地批评了他。第三次张良半夜里就到了那里，老人来到后，很高兴，赠送给他一部兵书，叫他认真揣摩，说是"读此则为王者师矣"。

[3] 刀锯鼎镬（huò）：都是古代的刑具，引申为残酷的刑罚。镬，大锅。

[4] 贲、育：孟贲、夏育，古代传说中的勇士。

[5] 逞于一击：张良年少时，为了刺杀秦始皇，曾雇用勇士用铁锤在秦始皇东巡至博浪沙时进行伏击，但未成功。张良因此逃亡在外。

[6] 伊尹：商朝开国功臣。

[7] 太公：即姜太公，名吕尚，周朝开国功臣。

[8] 荆轲：战国时刺客，曾为燕太子刺秦王。

[9] 聂政：也是战国时刺客，曾为严仲子刺杀韩相侠累。

[10] 腆：惭愧。

[11] 楚庄王伐郑：楚庄王，春秋时五霸之一。公元前597年，楚庄王攻打郑国，逼近郑国国都，郑襄公出城请罪，庄王遂退兵。

[12] 肉袒牵羊：古代战败者脱去上衣，裸露肢体，并牵一只羊到对方军门，表示降服之意。

[13] 勾践之困于会稽，而归臣妾于吴者，三年而不倦：吴、越为邻国，公元前494年越国被吴国打败，越王勾践投降后，备受屈辱，勾践都一一忍受，终被吴王放归。其后勾践奋发图强，最后消灭了吴国。

[14] 折：挫折。

[15] 油然：自然而然，平平常常。

[16] 项籍：项羽，羽是项籍的字。

[17] 淮阴破齐而欲自王：淮阴，淮阴侯韩信（前231—前196），秦末淮

阴（今属江苏）人，初从项羽，后归刘邦。据史书载，韩信为刘邦手下得力大将，他率兵攻下齐国后，派人向刘邦提出请求，希望封自己为假（临时代理的意思）齐王。刘邦大怒，痛斥韩信的无理要求。当时张良暗示刘邦不能得罪韩信，刘邦便立时改口同意韩信的请求，说，何必称假王，封真王也可以。于是封他为齐王。后有人告发韩信欲谋反，遂降为淮阴侯。最后为吕后所杀。

[18] 太史公：《史记》的作者司马迁的自称。关于司马迁对张良的评论，见《史记·留侯世家》。

【解读】

　　本文是苏轼早年论史的作品，所论主要从《史记·留侯世家》中黄石公赐书予张良的神奇故事生发开来，转向对张良性格以及其日后成功原因的评价。苏轼在此文中翻空出奇，认为张良辅佐刘邦灭秦楚兴汉室的原因不在黄石公所授天书之功，而是张良"忍"的性格使然，"忍小忿以就大谋"才是关键所在，全文围绕一个"忍"字论证自己的论点，并且引史据经很有气势。

　　从内容看全文可分三个层次，首先在第一段提出中心论点："天下有大勇者，卒然临之而不惊，无故加之而不怒。"并举出古代豪杰"必有过人之节"，用"匹夫之勇"反衬之，这点明了过人之节就是一个"忍"字。在文章第二层次，即二、三、四三个自然段作者就中心论点逐步加以论证。作者认为张良圯上受书的传说并非人常说的神鬼显灵，而是圣贤告诫人们要隐忍。然后分析张良狙击秦王是匹夫之勇，故而黄石公羞辱他，增强其忍耐性，这是从传说本身论证。而郑襄公和勾践忍辱负重以图报仇雪耻的史实则表明想要报仇，便要以低姿态屈尊于人，这样才能成就事业，否则便为匹夫之勇。然后又由史转入传说，明确指出圯上老人的做法正是"深折少年刚锐之气，使之忍小忿而就大谋"，再次回应了中心论点，突出了"忍"的重要。第四段刘邦、项羽一成一败的史实证明刘邦的"忍"战胜了项羽的"不忍"，而刘邦的"忍"又是张良所劝之功，从侧面反映出张良之忍的重要意义。第三层虽说只写张良貌似女子般柔弱，实则以相征人。其状貌有女子之形，却能显现出忍的特征，这种志气宏伟、含而不露的特点正是张良过人之处，能忍便是这一性格的具体体现，这成为文章中心论点的补充说明。

　　纵观全篇，苏轼以新颖的立论，充分的论据给历史传说以新的内涵与社会意义，虽然其中不免片面性，但他的主张在做人、做事方面还是有积极意义的。苏轼此文议论纵横捭阖，援经引古，雄辩有力，气势颇盛。语言上浅显畅达，表现了汪洋恣肆、雄辩豪放的风格，正如明人杨慎所言："东坡文如长江大河，一泻千里，至其浑浩流转、曲折变化之妙，则无复可以名状。"颇能概括此文特色。

石 钟 山 记 [1]

《水经》云："彭蠡之口有石钟山焉[2]。"郦元以为下临深潭，微风鼓浪，水石相搏，声如洪钟[3]。是说也，人常疑之。今以钟磬[4]置水中，虽大风浪不能鸣也，而况石乎？至唐李渤始访其遗踪，得双石于潭上，扣而聆之，南声函胡，北音清越，桴止响腾，余韵徐歇[5]，自以为得之矣。然是说也，余尤疑之。石之铿然[6]有声者，所在皆是也，而此独以"钟"名，何哉？

元丰七年六月丁丑，余自齐安舟行适临汝[7]，而长子迈将赴饶之德兴尉，送之至湖口[8]，因得观所谓石钟者。寺僧使小童持斧，于乱石间择其一二扣之，硿硿焉[9]，余固笑而不信也。至暮夜月明，独与迈乘小舟至绝壁下。大石侧立千尺，如猛兽奇鬼，森然欲搏人[10]；而山上栖鹘，闻人声亦惊起，磔磔[11]云霄间；又有若老人欬且笑于山谷中者，或曰："此鹳鹤也。"余方心动欲还，而大声发于水上，噌吰[12]如钟鼓不绝。舟人大恐。徐而察之，则山下皆石穴罅[13]，不知其浅深，微波入焉，涵澹[14]澎湃而为此也。舟回至两山间，将入港口，有大石当中流，可坐百人，空中而多窍[15]，与风水相吞吐，有窾坎镗鞳[16]之声，与向之噌吰者相应，如乐作焉。因笑谓迈曰："汝识之乎？噌吰者，周景王之无射也[17]；窾坎镗鞳者，魏庄子之歌钟[18]也。古之人不余欺[19]也。"

事不目见耳闻而臆断其有无，可乎？郦元之所见闻，殆与余同，而言之不详；士大夫终不肯以小舟夜泊绝壁之下，故莫能知；而渔工水师虽知而不能言。此世所以不传也。而陋者乃以斧斤考击而求之，自以为得其实。余是以记之，盖叹郦元之简，而笑李渤之陋也。

【注释】

[1]《石钟山记》：选自《经进东坡文集事略》卷四十九。石钟山位于江西省湖口县，西临鄱阳湖。当地有两个石钟山，一在县治南，叫上钟山；一在县治北，叫下钟山。两山相向，都高达几十米，当地人称为双钟。

[2]《水经》：是一部专门记载江河源流的地理书。据说是三国时人所著，作者姓名不传。彭蠡（lǐ）：即鄱阳湖，在江西省北部。

[3] 郦元：即郦道元，北魏人，《水经注》的作者。洪钟：大钟。

[4] 磬（qìng）：是古代的一种打击乐器。

[5] 李渤：唐洛阳人，唐宪宗元年间做江州刺史时，曾寻访过古石钟山，写有《辩石钟山记》一文。其中说："次于南隅，忽遇双石……询诸水滨，乃曰：'石钟也，有铜铁之异焉。'……若非潭滋其力。山涵其英，联气凝质。发为至灵，不然则安能产兹奇石乎！乃知山乃石名，归矣。"聆：听。南声函胡：南面的石头声音浊重、模糊。北音清越：北面的石头声音清脆、高亢。桴：(fú)，鼓槌。腾：上升。余韵：尾声。

[6] 铿（kēng）然：形容敲击金石所发出的响亮声音。

[7] 元丰：宋神宗赵顼年号。齐安：今湖北省黄冈市。临汝：今河南省汝州市。

[8] 将赴饶之德兴尉：将要去饶州的德兴县（今江西省德兴市）做县尉。湖口：今江西省湖口县。

[9] 硿硿（kōng）焉：硿硿地响。硿硿：用斧击石的声音。

[10] 森然欲搏人：森然：阴森恐怖的样子。欲搏人：想要扑打人。

[11] 栖鹘(hú)：宿巢的鹘鸟。鸟类止宿叫栖。鹘：一种凶猛的鸟。磔磔(zhé)：鸟鸣声。

[12] 噌吰：沉重而响亮的钟声。

[13] 罅（xià）：裂缝。

[14] 涵澹：形容水波动荡的样子。

[15] 窍（qiào）：窟窿。

[16] 鞳（tà）：钟鼓撞击的声音。

[17] 周景王：姬贵，东周的一个帝王。无射（yì）：钟名。

[18] 魏庄子之歌钟：魏绛，春秋时晋国大夫，谥号庄子。歌钟：即编钟，

古代的一种乐器。

[19] 不余欺：即"不欺余"，没有欺骗我。

【解读】

本文写于宋神宗元丰七年（1084年）阴历六月。当年正月，苏轼由黄州团练副使移官汝州团练副使，其长子苏迈将赴任德兴尉，于是苏轼从水路绕道江西，送苏迈到湖口。六月，二人到达湖口，夜游石钟山考察其得名的真正原因后，苏轼写下了这篇带有科学考察性质的游记。

文章通过对石钟山命名的怀疑，以及作者夜游石钟山探得其命名真相经过的记叙，说明了事须耳闻目见才可断其有无的道理，表现了作者注重调查研究的探索求实精神。全文大致可分为三段。第一段对前人的言论产生疑问，由前人的两种错误说法（郦元说与李渤说）引出下文，作者亲自去探求此中奥秘。第二段写作者亲自游览湖口，探访石钟山的经过，从声音与山水的关系中发现了秘密，"空中而多窍，与风水相吞吐"，这样便找到了石钟山得名的真正原因。第三段作者从亲自解开石钟山得名疑虑中生发感想，即"事不目见耳闻而臆断其有无"是错误的，人们必须注重实践，亲自调查，切不可凭主观想象去判断事物，这样文章便由单纯记事上升到了一定的哲理高度。

文章层次清晰，结构严谨，中心突出。第一段的论述为第二段亲自夜游石钟山打下基础，而第二段作者找到石钟山命名的原因又为第三段生发议论做好准备，这样从设疑到解疑，从自己解疑到分析别人为什么会产生似是而非的结论，层层深入，步步推进，从而达到深化主题的目的。记叙与议论、描写与抒情的结合，使文章生动且充满情趣，又有理性为依托。在描写中，作者善用比喻、夸张等修辞手法，使所见之物、所记之事特别真实生动，夜游石钟山，见常人所未见，闻常人所未闻，绘声绘色，让读者仿佛身临其境，见其搏人之形，闻其磔磔之声。另外，文章对石洞、石缝的描写，对中流大石的描写，对水流的形容，简洁明白，生动传神，语言绮丽而又自然。

前 赤 壁 赋

　　壬戌 [1] 之秋，七月既望 [2]，苏子与客泛舟游于赤壁之下。清风徐来，水波不兴。举酒属客，诵明月 [3] 之诗，歌窈窕 [4] 之章。少焉，月出于东山之上，徘徊于斗牛 [5] 之间。白露横江，水光接天。纵一苇之所如，凌万顷之茫然。浩浩乎如冯虚御 [6] 风，而不知其所止；飘飘乎如遗世独立，羽化 [7] 而登仙。

　　于是饮酒乐甚，扣舷而歌之。歌曰："桂棹 [8] 兮兰桨，击空明兮溯 [9] 流光。渺渺兮予怀，望美人 [10] 兮天一方。"客有吹洞箫者，依歌而和之。其声呜呜然，如怨如慕，如泣如诉，余音袅袅，不绝如缕，舞幽壑之潜蛟，泣孤舟之嫠妇 [11]。

　　苏子愀然 [12]，正襟危坐而问客曰："何为其然也？"

　　客曰："月明星稀，乌鹊南飞，此非曹孟德 [13] 之诗乎？西望夏口 [14]，东望武昌 [15]，山川相缪 [16]，郁乎苍苍，此非孟德之困于周郎 [17] 者乎？方其破荆州 [18]，下江陵 [19]，顺流而东也，舳舻 [20] 千里，旌旗蔽空，酾 [21] 酒临江，横槊 [22] 赋诗，固一世之雄也，而今安在哉！况吾与子渔樵于江渚 [23] 之上，侣鱼虾而友麋鹿。驾一叶之扁舟，举匏樽 [24] 以相属。寄蜉蝣 [25] 于天地，渺沧海之一粟 [26]。哀吾生之须臾 [27]，羡长江之无穷。挟飞仙以遨游，抱明月而长终。知不可乎骤 [28] 得，托遗响 [29] 于悲风。"

　　苏子曰："客亦知夫水与月乎？逝者如斯 [30]，而未尝往也；盈虚者如彼，而卒 [31] 莫消长也。盖将自其变者而观之，则天地曾不能以一瞬；自其不变者而观之，则物与我皆无尽也，而又何羡乎？且夫天地之间，物各有主，苟非吾之所有，虽一毫而莫取。惟江上之清风，与山间之明月，耳得之而为声，目遇之而成色，取之无禁，用之不竭，是造物者 [32] 之无尽藏也，而吾与子之所共适 [33]。"

　　客喜而笑，洗盏更酌。肴核 [34] 既尽，杯盘狼藉 [35]。相与枕藉 [36] 乎舟中，不知东方之既白。

【注释】

[1] 壬戌：按照古代干支纪年推算，壬戌为宋神宗元丰五年（1082年）。

[2] 既望：十六日。望为十五日。既，过了。

[3] 明月：指曹操的《短歌行》，其中有"月明星稀，乌鹊南飞"的名句。

[4] 窈窕：指《诗经》中的《关雎》篇，其中有"窈窕淑女，君子好逑"等句。

[5] 斗牛：北斗星和牵牛星。

[6] 冯虚：腾空而起，冯，同"凭"。御：驾驶。

[7] 羽化：指飞升上天成了神仙。

[8] 棹（zhào）：划船工具，前推者为桨，后推者为棹。

[9] 溯：逆流而上。

[10] 美人：古文中常以"美人"指贤人或所思念的人。

[11] 嫠（lí）妇：寡妇。

[12] 愀（qiǎo）然：忧愁不乐的样子。

[13] 曹孟德：即曹操，字孟德。

[14] 夏口：地当在汉水入长江之口，因汉水自沔阳以下也称夏水，故名夏口，故址在今湖北汉口。

[15] 武昌：今湖北鄂城。

[16] 缪（liǎo）：通"缭"，环绕。

[17] 周郎：周瑜，字公瑾，年少时被人昵称为"周郎"，三国时东吴名将。汉献帝建安十三年（208年），曹操率军南下，周瑜与刘备合兵，大败曹兵于赤壁。

[18] 荆州：今湖北襄阳。

[19] 江陵：今属湖北。

[20] 舳舻（zhú lú）：泛称船只，一说为大船。舳，船后舵。舻，船头。

[21] 酾（shī）：斟酒。

[22] 槊（shuò）：古代兵器，像长矛。

[23] 渚（zhǔ）：江中的小洲。

[24] 匏樽：用葫芦做的酒器。

[25] 蜉蝣：一种昆虫，据说只能活几个小时，朝生暮死。

[26] 粟：小米。

[27] 须臾：片刻之间。

[28] 骤：迅速。

[29] 遗响：余音。

[30] 逝者如斯：这原是孔子说的话，见《论语·子罕》："子在川上曰：'逝者如斯夫。'"逝，消失，流失。斯，如此，这样。

[31] 卒：最后，最终。

[32] 造物者：创造万物的主宰者。

[33] 适：一作"食"，享用。

[34] 核：有核的果实。

[35] 狼藉：杂乱无序的样子。

[36] 相与枕藉：是说彼此紧靠着睡觉。

【解读】

苏轼因"乌台诗案"被贬为黄州团练副使。元丰五年七月他与友人游览了赤壁矶，并写下这篇著名的赋。当时苏轼因文字下狱，无辜被贬，又做闲散官，内心郁积了不为时用的悲慨，所以这篇赋是排遣内心苦闷，聊以自慰的作品。通过夜游赤壁，抒发了作者对江山风月的清奇秀美和对历史人物的无限感慨，又以主客问答的形式，延及对宇宙人生哲理的探讨，表现出纵情山水，寄意风月的老庄思想，流露出浓郁的苦闷不平情绪，同时也有乐观旷达、不以得失为怀的洒脱态度。

文章以泛舟夜游赤壁为线索，紧密围绕自己思想感情的起伏变化而依次展开。首段描绘了清风、明月、白露、水光所交织的江上美景，在这诗情画意的境界中与友人纵舟饮酒赋诗，于是产生了飞升仙境的超然之感。此时友人箫声的凄切哀鸣引起了人生无常的感受，气氛陡然由壮怀逸兴转为触景生情的感念叹息，情绪由喜及悲，大有惆怅失意之慨。针对客人即景怀古抒发天地永恒而人生短暂的感叹，主人以变与不变、物我无尽的旷达言辞消释哀愁，气氛由悲转喜，以大家重振精神尽情欢乐结束全文。文中主客问答的长篇对话是苏轼内心世界的独白，以客代主，借客抒慨极为巧妙，代表了作者思想的两个方面。这表现在全篇思想感情从乐到悲，又由悲转喜的过程中，反映了作者思想矛盾冲突，即以乐观取代悲观，以积极战胜消极。

　　本文一方面适当运用赋体传统表现手法，如设为主客问答，抑客伸主以及楚辞体句式，同时又摆脱了大赋板滞的形式和齐梁骈俪的文风，大量使用散句，使文章内容和形式达到了完美融合。并且作者将叙事、写景、议论、抒情有机地结合起来，描写景物生动形象，由景生情，从景生发议论，大段的说理融于水、月、风等大自然具体形象之中并不显枯燥乏味，构成了统一完美的艺术境界和艺术形象，曲折地传达出作者复杂的思想感情。赋中诗情画意、令人神往的境界使全篇洋溢着浓厚的浪漫主义色彩。

苏辙（1039—1112）字子由，眉州眉山（今属四川）人。嘉祐二年（1057年）与其兄苏轼同登进士科。神宗朝，为制置三司条例司属官。因反对王安石变法，出为河南推官。哲宗时，召为秘书省校书郎。元祐元年为右司谏，历官御史中丞、尚书右丞、门下侍郎。晚年居颍川（今河南省许昌市），自号颍滨遗老。唐宋八大家之一，与父洵、兄轼齐名，合称"三苏"。有《栾城集》。

苏　辙

上枢密韩太尉书

太尉执事[1]：辙生好为文，思之至深。以为文者气之所形；然文不可以学而能，气可以养而致。孟子曰："我善养吾浩然之气。"今观其文章，宽厚宏博，充乎天地之间，称其气之小大。太史公[2]行天下，周览四海名山大川，与燕、赵[3]间豪俊交游，故其文疏荡[4]，颇有奇气。此二子者，岂尝执笔学为如此之文哉？其气充乎其中而溢乎其貌，动乎其言而见乎其文，而不自知也。

辙生年十有九年矣。其居家所与游者，不过其邻里乡党[5]之人，所见不过数百里之间，无高山大野可登览以自广；百氏之书[6]虽无所不读，然皆古人之陈迹，不足以激发其志气。恐遂汩没[7]，故决然舍去，求天下奇闻壮观，以知天地之广大。过秦、汉之故都[8]，恣观终南、嵩、华[9]之高，北顾黄河之奔流，慨然想见古之豪杰。至京师，仰观天子宫阙之壮，与仓廪府库、城池苑囿[10]之富且大也，而后知天下之巨丽。见翰林欧阳公[11]，听其议论之宏辩，观其容貌之秀伟，与其门人贤士大夫游，而后知天下之文章聚乎此也。太尉以才略冠天下，天下之所恃以无忧，四夷[12]之所惮以不敢发，入则周公、召公[13]，出则方叔、召虎[14]，而辙也未之见焉。

且夫人之学也，不志[15]其大，虽多而何为！辙之来也，于山见终南、嵩、华之高，于水见黄河之大且深，于人见欧阳公，而犹以为未见太尉也。故愿得观贤人之光耀，闻一言以自壮，然后可以尽天下之大观而无憾者矣。

辙年少，未能通习吏事。向之来非有取于斗升之禄[16]，偶然得之，非其所乐。然幸得赐归待选[17]，使得优游[18]数年之间，将归益治其文，且学为政。太尉苟以为可教而辱教[19]之，又幸矣。

【注释】

[1] 执事：长官手下办事的人。古人在给有一定地位的人写信时常用作套语，表示不敢向对方直陈，只能向其手下人陈述的意思。

[2] 太史公：指司马迁。司马迁曾任太史令，故称。

[3] 燕、赵：指今河北及山西东北部一带，战国时为燕、赵两国属地，故称。古代认为这一地带的人"多慷慨悲歌之士"。

[4] 疏荡：形容文章的风格通畅奔放，富于变化。

[5] 乡党：周代以五百家为党，一万二千五百家为乡。这里泛指家乡。

[6] 百氏之书：春秋战国时诸子百家的著作，如《荀子》《庄子》等，后泛指各种不同流派的带有哲理性的著作。

[7] 汩（gǔ）没：埋没，一生平庸而无所作为。

[8] 秦、汉之故都：指秦朝国都咸阳（今属陕西），西汉的国都长安（今陕西西安），东汉的国都洛阳（今属河南）。

[9] 终南、嵩、华：终南，终南山，在今陕西西安南。嵩，嵩山，在今河南登封。华，华山，在今陕西华阴。

[10] 囿（yòu）：古代帝王豢养动物的园林。

[11] 欧阳公：欧阳修，当时任翰林学士。苏辙在考中进士后，曾去拜谒过欧阳修。

[12] 四夷：原指四方各少数民族，在这里特指北宋边境的辽、西夏政权。夷，古代对少数民族的蔑称。

[13] 周公、召公：都是周文王的儿子，他们都是周代的开国功臣，其后又辅佐成王治国。

[14] 方叔、召虎：都是周宣王时的大臣，以战功著称。

[15] 志：有志于。"志"在这里用作动词。

[16] 禄：俸禄，官吏的薪俸。

[17] 待选：古代在考中进士后，已取得做官资格，但还不能马上授予官职。在等待期间称为待选。

[18] 优游：悠闲自在地度日。

[19] 辱教：降低自己的身份来指教别人。"辱"是古文中为了尊敬对方

常用的套语。

宋仁宗嘉祐二年（1067年），十九岁的苏辙与其兄苏轼一起考中进士，随即写了这封信给韩琦。苏辙写此信的目的虽然只是想拜谒韩琦，可内容却迂回婉曲，摆脱了一般干谒文章直接歌颂甚至奉承所见之人的格调，写得潇洒疏荡而有奇气，成为其散文中的传世名篇。

文章开头与众不同，撇开拜见本意畅谈文必养气，并以孟轲养气以充其文，司马迁周游以养其气二例为证，说明养气对文人写文章有着重要的作用。在对古文气说内涵的解释中，苏辙看重司马迁借周游开阔阅历与视野来提高文气的做法，所以下面紧随上文，在第二段写自己为作文养气而登览交游。在文中历述游览奇闻壮观之举，"恣观终南、嵩、华之高；北顾黄河之奔流，慨然想见古之豪杰"，所有这一切都使作者眼界大开，并且自然由观物转到拜访名人上来，于是写见欧阳公而叹服"天下之文章聚乎此"。行文至此，对韩琦的拜访自然进入文章，所以作者以四贤比韩琦的才略威望，从而达到自己的目的。所有这些都是在婉转曲折中不知不觉完成的，吴楚材评价说："意只是欲求见太尉，以尽天下之大观，以激发其气志，却以得见欧阳公，引起求见太尉；以历见名山大川、京华人物，引起得见欧阳公；以作文养气，引起历见名山大川、京华人物。注意在此，而立言在彼，绝妙奇文。"（《古文观止》卷十一）一语道出本文以客陪主的写作特色。第三段，以反诘句开头，提出为学必须"志其大"，再用"于山""于水""于人"三句，陪衬烘托出以未见韩琦为憾事。"犹以为未见太尉"一句，将前文汪洋之势一齐收卷，从而转入对"愿得观贤人之光耀"本意的论述，而"尽天下之大观"则与前文"求天下奇闻壮观"遥相呼应，周严细密。最后一段申明求见韩琦的目的，文章虽没径直说出，但却以先说自己年少不通吏事，引出来京考取进士的目的"非有取于斗升之禄"；再由赐归待选，说到自己"益治其文""且学为政"，点出自己追求的并非是官位、名声，而是要精进学业，交结名士，以增加自己的见闻。文势几经跌宕，最后以请韩琦"辱教之"收结，点明求见目的。

该文虽为拜谒文章，作者却写得不卑不亢，极有分寸，显示出自己不同一般的志向。全文采用迂回入题的手法，先以作文养气为开始，然后写自己以游览天下名山大川，结交天下名士来养气，太尉乃名流之士，理所应当拜见，最后在文章末尾点明求见之意。文章在论述的过程中层层递进，步步转折，汪洋洒脱，奇思壮采，自始至终都洋溢着少年英锐之气。

清代储欣以"疏荡有奇气"评价苏辙此文，可谓正中肯綮，此文也因此成为苏辙的代表作之一。

范成大（1126—1193），字至能，自号石湖居士，吴郡（今江苏苏州）人。宋高宗绍兴二十四年（1154年）进士，任徽州司卢参军，累迁吏部员外郎。后出知处州，颇有政绩。孝宗乾道六年（1170年）以资政殿大学士出使金国，慷慨不屈，几乎被杀。后历任静江、成都、建康等地行政长官，淳熙时官至参知政事。晚年隐居故乡石湖。以诗著称，南宋诗坛四大家之一，与陆游、杨万里、尤袤齐名。亦工词，风格清逸婉峭，也有关心国事、愤慨苍凉之作。有《石湖诗》，词集《石湖词》。

范成大

峨眉山行纪（节选）

乙未[1]，大霁[2]。……过新店、八十四盘、娑罗平[3]。娑罗者，其木叶如海桐，又似杨梅，花红白色，春夏间开，惟此山有之。初登山半即见之，至此满山皆是。大抵大峨之上，凡草木禽虫悉非世间所有。昔固传闻，今亲验之。余来以季夏，数日前雪大降，木叶犹有雪渍斓斑之迹。草木之异，有如八仙[4]而深紫，有如牵牛而大数倍，有如蓼而浅青。闻春时异花尤多，但是时山寒，人鲜能识之。草叶之异者亦不可胜数。山高多风，木不能长，枝悉下垂。古苔如乱发鬖鬖挂木上，垂至地，长数丈。又有塔松，状似杉而叶圆细，亦不能高；重重偃蹇如浮图[5]，至山顶尤多。又断无鸟雀，盖山高，飞不能上。

自娑罗平过思佛亭、软草平、洗脚溪，遂极峰顶光相寺[6]，亦板屋数十间，无人居，中间有普贤小殿。以卯初登山，至此已申后。初衣暑绤[7]，渐高渐寒，到八十四盘则骤寒。比及山顶，亟挟纩[8]两重，又加毳衲驼茸[9]之裘，尽衣笥中所藏，系重巾，蹑毡靴，犹凛栗不自持，则炽炭拥炉危坐。山顶有泉，煮米不成饭，但碎如砂粒。万古冰雪之汁，不能熟物，余前知之。自山下携水一缶来，财[10]自足也。移顷，冒寒登天仙桥，至光明岩，炷香。小殿上木皮盖之。王瞻叔[11]参政尝易以瓦，为雪霜所薄[12]，一年辄碎。后复以木皮易之，翻可支二三年。人云佛现[13]悉以午，今已申后，不若归舍，明日复来。逡巡[14]，忽云出岩下傍谷中，即雷洞山也。云行勃勃如队仗，既当岩则少驻。云头现大圆光，杂色之晕数重。倚立相对，中有水墨影，若仙圣跨象[15]者。一碗茶顷，光没，而其傍复现一光如前，有顷亦没。云中复有金光两道，横射岩腹，人亦谓之"小现"。日暮，云物皆散，四山寂然。乙夜灯出[16]，岩下遍满，弥望以千百计。夜寒甚，不可久立。

丙申[17]，复登岩[18]眺望。岩后岷山万重；少北则瓦屋山，在雅州[19]；少南则大瓦屋，近南诏[20]，形状宛然瓦屋一间也。小瓦屋亦有光相，谓之"辟支佛[21]现"。此诸山之后,即西域雪山,崔嵬刻削,凡数十百峰。初日照之,雪色洞明,如烂银晃耀曙光中。此雪自古至今未尝消也。山绵延入天竺诸蕃[22],相去不知几千里,望之但如在几案间。瑰奇胜绝之观,真冠平生矣。

复诣岩殿致祷,俄氛雾四起,混然一白。僧云:"银色世界也。"有顷,大雨倾注,氛雾辟易。僧云:"洗岩雨也,佛将大现。"兜罗绵云[23]复布岩下,纷郁而上,将至岩数丈辄止,云平如玉地。时雨点有余飞。俯视岩腹,有大圆光偃卧平云之上,外晕三重,每重有青、黄、红、绿之色。光之正中,虚明凝湛,观者各自见其形现于虚明之处,毫厘无隐,一如对镜,举手动足,影皆随形,而不见傍人。僧云:"摄身[24]光也。"此光既没,前山风起云驰。风云之间,复出大圆相光,横亘数山,尽诸异色,合集成采,峰峦草木,皆鲜妍绚蒨,不可正视。云雾既散,而此光独明,人谓之"清现"。凡佛光欲现,必先布云,所谓"兜罗绵世界[25]"。光相依云而出;其不依云,则谓之"清现",极难得。食顷,光渐移,过山而西。左顾雷洞山上,复出一光,如前而差小。须臾,亦飞行过山外,至平野间转徙,得得[26]与岩正相值,色状俱变,遂为金桥,大略如吴江垂虹[27],而两圮[28]各有紫云捧之。凡自午至未,云物净尽,谓之"收岩",独金桥现至酉后始没。

【注释】

[1] 乙未:宋孝宗淳熙四年(1177年)六月二十七日。

[2] 大霁:雪后天色转晴。

[3] 娑罗平:平,通"坪",山中小块平地。娑罗,昙花。宋宋祁《益都方物略记》:"娑罗花,生峨眉山中,类枇杷,数葩合房,春开,叶在表,花在中。"佛家认为此花有祥瑞之兆。

[4] 八仙:绣球花。

[5] 浮图:佛塔。一作"浮屠"。

[6] 极:达到最高处。光相寺:在大峨山绝顶。旧名光普殿。

[7] 绤(xì):粗葛布,文中指夏天衣服。

[8] 纩(kuàng):丝棉。

[9] 毳衲驼茸:毳(cuì),鸟兽的细毛。衲(nà),僧衣。驼茸,骆驼的细毛绒。

[10] 财:通"才"。

[11] 王瞻叔：名之望，曾任四川成都府路计度转运副使。孝宗时拜参知政事。

[12] 薄：接近，迫近。

[13] 佛现：即"佛光"。它是太阳光照射处云雾上所生的彩色光环。因峨眉山是佛教名山，人们便把它联想成"佛现"。

[14] 逡（qūn）巡：形容时间极短，顷刻之间。

[15] 仙圣跨象：指普贤菩萨骑着大象。佛寺中普贤塑像，往往骑着白象。

[16] 乙夜：二更时分，晚上十点左右。《颜氏家训·书证》："汉、魏以来，谓为甲夜、乙夜、丙夜、丁夜、戊夜，亦云一更、二更、三更、四更、五更。"灯出：灯指神灯或圣灯。峨眉山顶夜间时可望见状如萤火、繁星般的光点，人称"神灯"。起因可能是磷火，也可能是树皮腐烂所发的光。

[17] 丙申：此指六月二十八日。

[18] 岩：指光明岩。

[19] 雅州：今四川雅安。

[20] 南诏：古国名，在今云南大理一带。

[21] 辟支佛：辟支迦佛陀的简称，指悟道之佛，为一通称。

[22] 天竺诸蕃：天竺，印度。诸蕃，指各少数民族和外国。

[23] 兜罗绵云：像兜罗绵一般的云。兜罗，树名，梵语。它所生的絮叫兜罗绵。

[24] 摄身：摄取自身的影子。

[25] 兜罗绵世界：意为"云海"。

[26] 得得：恰好。

[27] 吴江垂虹：吴江（今属江苏）的垂虹桥。本名利往桥，因上有垂虹亭，故名。因作者家乡常见，故有此联想。

[28] 两圯（yí）：指桥的两边。

【解读】

此文节选自范成大的《吴船录》。《吴船录》是作者于 1177 年六月从成都被召回朝的旅途日记。本文主要写的是峨眉山"佛光昼见，神灯夜来"的景色，作者在文中细致地观察，将"佛光"出现的美景描绘出来。

全文以日记体游记的形式，记述了两天之内观赏"佛光"的情景，全文可分为四段。

第一段作者交代登山的时间与天气特点，"乙未，大雾"，然后开始写佛殿的情况。作者此次出游目的是为了看"佛光"，所以写出自己虔诚地焚香和人们对佛殿的保护，从艺术上为文章蒙上了一层神秘的面纱，也为下文"佛光"的显现做了铺垫。第二段主要写佛光的"小现"和"神灯夜来"的情景。在这里作者以一波三折的手法，先写来时已过佛现最佳时刻——午后，作者心中遗憾，"逡巡"二字将此时作者矛盾心理表现出来。而这时奇迹出现，作者不禁由忧转喜，"云头现大圆光，杂色之景数重"，"佛光"小现，作者对其做了"中有水墨影，若仙圣跨象者"的描绘；而描写"神灯夜来"，作者则以简洁之笔述之，"乙夜灯出，岩下遍满，弥望以千百记。夜甚寒，不可久立"。这是为了烘托"佛光"的环境氛围。第三段写眺望西域雪山的情景，先交代"复登岩眺望"的时间，然后将眺望所见的万重岷山和大小瓦屋山的情景生动地描写出来。第四段，描述了"佛光"大现，"清现"以及"金桥"的美轮美奂之景。作者以由表及里、由近及远的手法，将"佛光"大现的情景，以浓重的色彩，从视觉上表现出来，给人一种居高临下的感觉。对于"清现"的描述，作者抓住它"不依云"的特点，把笔墨用在"清现"后形成的"金桥"上，以形象的比喻"大略如吴江垂虹，而两圮各有紫云捧之"，将"金桥"出现的华丽之景勾画出来。

纵观全文，作者以游踪为线索，将峨眉山"佛光""神灯"这两种独特景观描写出来。在语言上运用华美、色彩性强的词语，使人在静穆的艺术氛围中，得到美的升华。

文天祥（1236—1283），原名云孙，字履善，又字宋瑞，号文山，庐陵（今江西省吉安市）人。宋理宗宝祐时进士。官至丞相，封信国公。临安危急时，他在家乡召集义军，坚决抵抗元兵的入侵。兵败被俘，始终不屈于元朝的威逼利诱，最后从容就义。他后期的诗作主要记述了抗击元兵的艰难历程，表现了坚贞的民族气节，慷慨悲壮，感人至深。有《文山先生全集》《文山乐府》。名篇有《正气歌》《过零丁洋》。

文天祥

《指南录》后序

　　德祐二年[1]正月十九日，予除右丞相兼枢密使，都督诸路军马[2]。时北兵已迫修门外[3]，战、守、迁皆不及施。缙绅、大夫、士萃于左丞相府[4]，莫知计所出。会使辙交驰，北邀当国者相见，众谓予一行为可以纾祸。国事至此，予不得爱身；意北亦尚可以口舌动也。初，奉使往来，无留北者，予更欲一觇北，归而求救国之策。于是辞相印不拜，翌日，以资政殿学士行[5]。

　　初至北营，抗辞慷慨，上下颇惊动，北亦未敢遽轻吾国[6]。不幸吕师孟构恶于前[7]，贾余庆献谄于后[8]，予羁縻不得还[9]，国事遂不可收拾。予自度不得脱，则直前诟虏帅失信，数吕师孟叔侄为逆[10]，但欲求死，不复顾利害。北虽貌敬，实则愤怒。二贵酋名曰馆伴，夜则以兵围所寓舍，而予不得归矣。

　　未几，贾余庆等以祈请使诣北；北驱予并往，而不在使者之目[11]。予分当引决[12]，然而隐忍以行。昔人云："将以有为也。[13]"至京口，得间奔真州[14]，即具以北虚实告东西二阃[15]，约以连兵大举。中兴机会，庶几在此[16]。留二日，维扬帅下逐客之令[17]。不得已，变姓名，诡踪迹，草行露宿，日与北骑相出没于长淮间[18]。穷饿无聊，追购又急，天高地迥，号呼靡及。已而得舟，避渚洲，出北海，然后渡扬子江，入苏州洋，展转四明、天台，以至于永嘉。[19]

　　呜呼！予之及于死者不知其几矣！诋大酋[20]当死；骂逆贼[21]当死；与贵酋处二十日，争曲直，屡当死；去京口，挟匕首以备不测，几自刭死[22]；经北舰十余里，为巡船所物色，几从鱼腹死[23]；真州逐之城门外，几彷徨死；如扬州，过瓜洲扬子桥[24]，竟使遇哨，无不死；扬州城下，进退不由，殆例送死；坐桂公塘土围中，骑数千过其门，几落贼手死[25]；贾家庄几为巡徼所陵迫死[26]；夜趋高邮，迷失道，几陷死；质明避哨竹林中，逻者数十骑，几无所逃死^[27]；至高邮，制府檄下，几以捕系死^[28]；行城子河^[29]，出入乱尸中，舟与哨相后先，几邂逅死；至海陵^[30]，如高沙^[31]，常恐无辜死；道海安、如皋^[32]，凡三百里，北与寇往来其间，无日而非可死；至通州^[33]，几以不纳死；以小舟涉鲸波^[34]出，无可奈何，而死固付之度外矣。呜呼！死生，昼夜事也^[35]；死而死矣，而境界危恶，层见错出，非人世所堪。痛定思痛^[36]，痛何如哉！

予在患难中，间以诗记所遭，今存其本，不忍废，道中手自抄录：使北营，留北关外，为一卷；发北关外，历吴门、毗陵^[37]，渡瓜洲，复还京口，为一卷；脱京口，趋真州、扬州、高邮、泰州、通州，为一卷；自海道至永嘉，来三山^[38]，为一卷。将藏之于家，使来者读之，悲予志焉。

呜呼！予之生也幸，而幸生也何所为？求乎为臣^[39]，主辱臣死^[40]，有余僇^[41]；所求乎为子，以父母之遗体行殆而死^[42]，有余责。将请罪于君，君不许；请罪于母，母不许；请罪于先人之墓，生无以救国难，死犹为厉鬼以击贼，义也；赖天之灵，宗庙之福，修我戈矛，从王于师^[43]，以为前驱，雪九庙^[44]之耻，复高祖^[45]之业，所谓"誓不与贼俱生"，所谓"鞠躬尽力，死而后已^[46]"，亦义也。嗟夫！若予者，将无往而不得死所矣。向也使予委骨于草莽，予虽浩然无所愧怍，然微以自文于君亲^[47]，君亲其谓予何！诚不自意返吾衣冠，重见日月^[48]，使旦夕得正丘首^[49]，复何憾哉！复何憾哉！

是年夏五，改元景炎^[50]，庐陵^[51]文天祥自序其诗，名曰《指南录》。

【注释】

[1] 德祐：宋恭帝赵㬎年号，"德祐二年"为 1276 年。

[2] 右丞相兼枢密使,都督诸路军马：这是文天祥全衔。南宋时置左右丞相，右相之位略次于左相。枢密使为掌管全国军政的最高长官。《宋史·职官志七》："……赵鼎先以知枢密院事为都督川陕荆襄诸军事,其后与（张）浚并相,并带兼都督诸路军马入衔。"即其例。

[3] 时北兵已迫修门外：文天祥《指南录·自序》："时北兵驻高亭山,距修门三十里。"北兵，指元兵。修门，国都的门。

[4] 萃于左丞相府：聚集在左丞相吴坚的府第。

[5] 以资政殿学士行：《宋史·职官志二》载："景德二年，王钦若罢参政，真宗特置资政殿学士以宠之……景祐四年，王曾罢相复除。二十年间除三人，皆前宰相也。"后相沿为例，宰相罢政，多授以此官。

[6] "初至北营"等四句：《指南录卷一·纪事》载："予诣北营，辞色慷慨……大酋（元丞相伯颜）为之辞屈而不敢怒。诸酋相顾动色，称为丈夫。是晚诸酋议良久，忽留予营中。当时觉北未敢大肆无状。"

[7] 吕师孟构恶于前：吕文焕守襄阳降元，其侄吕师孟为兵部侍郎，于德祐元年十二月出使元军请求称侄纳币。《指南录卷一·纪事》云："先是，予赴平江（府治今江苏苏州），入疏言：'叛逆遗孽不当待以姑息，乞举《春秋》诛乱贼之法。'意指吕师孟。朝廷不能行。"构恶之事指此。构恶，结怨。

[8] 贾馀庆献谄于后：贾馀庆为同签书枢密院事、知临安府，与文天祥同使元军。元军扣留文天祥，贾馀庆实预其谋。《指南录卷一·使北》："贾馀庆凶狡残忍，出于天性，密告伯颜，使启北庭，拘予于沙漠。"献谄，指向敌人献媚。

[9] 予羁縻不得还：《元史·伯颜传》："顾天祥举动不常，疑有异志，留之军中。天祥数请归，伯颜笑而不答。天祥怒曰：'我此来为两国大事，彼皆遣归，何故留我？'伯颜曰：'勿怒。汝为宋大臣，责任非轻，今日之事，正当与我共之。'令忙古歹、唆都馆伴羁縻之。"时忙古歹为万户，唆都为建康安抚使，都是元朝的高级将领。

[10] 直前诟虏帅失信，数吕师孟叔侄为逆：事见《指南录卷一·纪事》："正月二十日至北营，适与（吕）文焕同坐，予不与语。越二日，予不得回阙，诟虏酋失信，盛气不可止……至是，文焕云：'丞相何故骂焕以乱贼？'予谓：'国家不幸至今日，汝为罪魁，汝非乱贼而谁！三尺童子皆骂汝，何独我哉！'焕云：'襄守六年不救。'予谓：'力穷援绝，死以报国可也。汝爱身惜妻子，既负国，又隳家声。今合族为逆，万世之贼臣也。'（吕师）孟在傍甚忿，直前云：'丞相上疏欲见杀，何为不杀取师孟！'予谓：'汝叔侄皆降北，不族灭汝，是本朝之失刑也，敢有面皮来做朝士！予实恨不杀汝叔侄……'"

[11] "贾馀庆等以祈请使诣北"等三句：《元史·世祖纪》：至元十三年二月，"宋主晨率文武百僚诣祥曦殿望阙上表，乞为藩辅，遣右丞相兼枢密使贾馀庆，枢密使谢堂、端明殿学士签枢密院事刘岊奉表以闻……遣其右丞相贾馀庆等

充祈请使，诣阙请命。右丞相命吴坚、文天祥同行"。

[12] 分当引决：理当自杀。

[13] 见韩愈《〈张中丞传〉后叙》："城陷，贼以刃胁张巡，巡不屈，即牵去，将斩之；又降霁云，云未应，巡呼云曰：'南八，男儿死耳，不可为不义屈！'云笑曰：'欲将以有为也。公有言，云敢不死！'即不屈。"

[14] 至京口，得间奔真州：《指南录卷三·脱京口》："二月二十九日夜，予自京口城中间（jiàn）道出江涘，登舟溯金山，走真州。"京口，今江苏镇江。真州，治所在今江苏仪征。

[15] 东西二阃（kǔn）：指淮南东路制置使李庭芝（驻扬州）和淮南西路制置使夏贵（驻庐州，今安徽合肥）。阃，边帅。

[16] 《指南录卷三·议纠合两淮复兴》记载，文天祥到了真州，守将苗再成向其陈述恢复策略，文天祥认为"中兴机会在此"，即作书与李庭芝、夏贵，约双方连兵大举。此事可见《宋史·文天祥传》。

[17] 维扬帅下逐客之令：《宋史·文天祥传》："扬有脱归兵言，密遣一丞相入真州说降矣。庭芝信之，以为天祥来说降也，使再成亟杀之。再成不忍，绐天祥出相城垒。以制司文示之，闭之门外。"

[18] 长淮间：即淮水以南，当时淮南东路一带地区。

[19] 因长江中沙洲为敌所据，须避开。北海，长江口以北的海域。渡过扬子江口，入苏州洋（今上海市附近海面）。四明，今浙江宁波。天台，今属浙江。永嘉，今浙江温州。

[20] 诟大酋：指前文"诟虏帅失信"事。

[21] 骂逆贼：指痛斥吕文焕、吕师孟叔侄叛国一事。

[22] 去京口，挟匕首以备不测，几自到死：《指南录卷三·候船难》："予先遣二校坐舟中，密约待予甘露寺下。及至，船不知所在，意窘甚，交谓船已失约，奈何！予携匕首，不忍自残，甚不得已，有投水耳。"

[23] 见《指南录卷三·上江难》："予既登舟，意溯流直上，他无事矣。乃不知江岸皆北船，连亘数十里，鸣栌唱更，气焰甚盛。吾船不得已，皆从北船边经过，幸而无问者。至七里江，忽有巡者喝云：'是何船？'梢答以'河鲀船'。巡者大呼云歹船！'歹者，北以是名反侧奸细之称。巡者欲经船前，适潮退，搁浅不能至。是时舟中皆流汗。其不来，侥幸耳物色，搜寻。"

[24] 瓜洲：在扬州市南四十里长江边。扬子桥：即扬子津，在扬州市南十五里。

[25] 见《指南录卷三·至扬州》："予不得已，去扬州城下，随卖柴人趋其家，而天色渐明，行不能进。至十五里头，半山有土围一所，旧是民居，毁荡之馀，无椽瓦，其间马粪堆积。时惟恐北有望高者，见一队人行，即来追逐，只得入此土围中暂避。又数千骑随山而行，正从土围后过。一行人无复人色，傍壁深坐，恐门外得见。若一骑入来，即无噍类矣！时门前马足与箭筒之声，历落在耳，只隔一壁。幸而风雨大作，北骑径去。"桂公塘，扬州城外小丘。

[26] 贾家庄几为巡徼所陵迫死：《指南录卷三·贾家庄》："予初五日随三樵夫，黎明至贾家庄，止土围中。卧近粪壤，风露凄然……是夜雇马趋高沙。"又《扬州地公官》："初五至晚，地分官五骑咆哮而来，挥刀欲击人，凶焰甚于北。亟出濡沫（给钱），方免毒手。"贾家庄，在扬州之北。巡徼，扬州宋军巡查的哨兵。

[27] 见《指南录卷三·高沙道中》："予雇骑夜趋高沙，越四十里，至板桥，迷失道。一夕由田畈中，不知东西。风露满身，人马饥乏。旦行雾中不相辨。须臾四山渐明，忽隐隐见北骑，道有竹林，亟入避。须臾，二十余骑绕林呼噪。虞候张庆右眼内中一箭，项二刀，割其髻，裸于地。帐兵王青缚去。杜架阁（杜浒）与金应，林中被获，出所携黄金赂逻者得免。予藏处与杜架阁不远，北马入林，过吾旁三四皆不见，不自意得全。"高邮，今江苏省高邮市。

[28] 见《指南录卷三·至高沙》："予至高沙（即高邮），奸细之禁甚严……闻制使有文字报诸郡，有以丞相来赚城，令觉察关防。于是不敢入城，急买舟去。"

[29] 城子河：在高邮市东南。

[30] 海陵：今江苏泰州。

[31] 如高沙：指到了海陵以后，同在高邮的艰险遭遇相似。高沙即高邮。

[32] 海安、如皋：江苏省地名。

[33] 通州：治所在今江苏南通。

[34] 涉鲸波：指出海。鲸波，比喻巨浪。

[35] 死生，昼夜事也：《庄子·至乐》："死生为昼夜。"成玄英疏："以生为昼，

以死为夜，故天不能无昼夜，人焉能无死生。"意谓生死是很平常的事。

[36] 痛定思痛：语出韩愈《与李翱书》："如痛定之人，思当痛之时，不知何能自处也。"

[37] 吴门：今江苏苏州。毗陵：古县名，治所在今江苏常州。

[38] 三山：福建福州市的别称，以域内东有九仙山、西有闽山（乌石山）、北有越王山得名。

[39] 求乎为臣：《礼记·中庸》："君子之道四，丘未能一焉。所求乎子，以事父未能也；所求乎臣，以事君未能也；所求乎弟，以事兄未能也；所求乎朋友，先施之未能也。"

[40] 主辱臣死：此句为古谚，指皇帝受辱，臣子理应效死。《史记·范睢蔡泽列传》："臣闻'主忧臣辱，主辱臣死'。"

[41] 僇（lù）：通"戮"。《广雅·释诂》："戮，辱也。"又："戮，罪也。"《史记·范睢蔡泽列传》："名在僇辱而身全者，下也。"

[42] 以父母之遗体行殆而死：《礼记·祭义》："身也者，父母之遗体也……不敢以先父母之遗体行殆。"殆，危险。

[43] 修我戈矛，从王于师：见《诗·秦风·无衣》："王于兴师，修我戈矛，与子同仇。"

[44] 九庙：古代皇帝立九庙以祭祀祖先。文中指朝廷。

[45] 高祖：开国的皇帝，子孙以其开创国家之伟业，称为高祖。此指宋太祖赵匡胤。

[46] 鞠躬尽力，死而后已：见诸葛亮《后出师表》。"尽力"或作"尽瘁"。

[47] 微以自文于君亲：无法掩盖自己对皇帝、对父母的过失。微，无。文，掩饰。此指上文"有余僇""有余责"之事。

[48] 诚不自意返吾衣冠，重见日月：指没有料到能回到宋朝，恢复汉族的衣冠（指任职），重新见到皇帝。

[49] 正丘首：见《礼记·檀弓上》："狐死正丘首。"郑玄注："正丘首，正首丘也。"孔颖达疏："所以正首而向丘者，丘是狐窟穴根本之处，虽狼狈而死，意犹向此丘。"引申为死于故乡、故国。

[50] 是年夏五，改元景炎：《宋史·瀛国公纪》载：德祐二年，"五月乙未

朔，（陈）宜中等乃立（赵）昰于福州，以为宋主，改元景炎"。

[51] 庐陵：文天祥为吉州吉水（今属江西）人。吉州在唐称庐陵郡，宋代沿袭。这里是以郡名自称其籍贯。

【解读】

《指南录》是文天祥所作四卷诗集。作者取《渡扬子江》诗"臣心一片磁针石，不指南方不肯休"之意为诗集名。此文即为诗集后记，但作者于文中没有阐述美学见解或文学主张，而是记叙了自己出使元军，与敌酋进行针锋相对的斗争，痛斥叛徒，逃出敌营辗转颠沛，历尽千难万险终于逃归的九死一生的遭遇，表现了作者威武不屈的浩然正气、百折不挠的坚强意志、视死如归的献身精神和始终不渝的爱国热情。

全文感情激越，气势磅礴，节奏感强，笼罩着一种绝不屈服的坚贞刚强的气势。如第一段写元军已兵临城下，宋王朝危在旦夕。作者以凛然正气临危不惧，挺身赴敌谈判并且寻求救国之策。他面对强敌慷慨陈词，正气压倒了元军气焰。下面文章转入具体险情的叙述，在内容上更加触目惊心，情感上更为婉切动人，笔致细腻入微，写出"境界危恶，层见错出，非人世所堪"。其中作者连用了十八个排比，更兼短句，将层出不穷的险情连成一幅残酷画面，营造了紧张气氛，读来惊心动魄，使人于巨大的场面中体会出异族入侵造成的颠沛之苦，从而取得了超越时空局限的美感，引起长久的同情心与悲凉感。文章语言精练简劲，自然贴切，如写从水路奔永嘉，运用"避、出、渡、入、展转、至"等动词无一重复，各有妙处，既可体现作者的机智沉着，又显出时局的紧迫。又如逃难中面临各种遭遇，同是赴死，却又形形色色各不相同，这是他逃脱途中情形的真实写照，感人肺腑。

这篇序文运笔峻削，曲折变化而又详略得当，作者的经历曲折坎坷，所以文章的叙述、总的结构也富于变化，一开始出使元营的原因交代得简洁明了，粗笔勾勒，继而突出叙述了逃难遭遇。写其报国忠心，以及历尽千辛万苦，冲破险隘难关，百折不回、万死不辞的气魄。该文是惊天地、泣鬼神的民族正气之歌。

钟嗣成，元代文学家。字继先，号丑斋，大梁（今河南开封）人。久居杭州。屡试不中。顺帝时编著《录鬼簿》二卷，有至顺元年（1330年）自序，载元代杂剧、散曲作家小传和作品名目。所作杂剧今知有《章台柳》《钱神论》《蟠桃会》等七种，皆不传。所作散曲今存小令五十九首，套数一套。

钟嗣成

《录鬼簿》序

　　贤愚寿夭[1]、死生祸福之理，固兼乎气数而言，圣贤未尝不论也。盖阴阳之屈伸[2]，即人鬼之生死。人而知夫生死之道，顺受其正[3]，又岂有岩墙、桎梏之厄哉[4]！虽然，人之生斯世也，但[5]知以已死者为鬼，而未知未死者亦鬼也。酒瓮饭囊[6]、或醉或梦、块然[7]泥土者，则其人虽生，与已死之鬼何异？此遭固未暇论也。其或[8]稍知义理，口发善言，而于学问之道，甘为自弃，临终之后，漠然无闻，则又不若块然之鬼为愈[9]也。

　　余尝见未死之鬼吊[10]已死之鬼，未之思[11]也，特一间耳[12]。

　　独不知天地开辟，亘古迄今，自有不死之鬼在。何则？圣贤之君臣，忠孝之士子，小善大功，著在方册者[13]，日月炳焕[14]，山川流峙[15]，及乎千万劫[16]无穷已，是[17]则虽鬼而不鬼者也。余因[18]暇日，缅怀古人，门第卑微，职位不振[19]，高才博识，俱有可录。岁月弥久，湮没无闻，遂传其本末，吊以乐章。复以前乎此者，叙其姓名，述其所作。冀乎初学之士，刻意词章，使冰寒于水，青胜于蓝，则亦幸矣。名之曰《录鬼簿》。

　　嗟乎！余亦鬼也，使已死未死之鬼，作不死之鬼，得以传远，余又何幸[20]焉！若夫高尚之士、性理之学[21]，以为得罪于圣门者，吾党且啖蛤蜊[22]，别与知味者[23]道。

　　至顺元年，龙集庚午月建甲申二十二日辛未，古汴[24]钟继先自序。

【注释】

[1] 夭：短命，早死。

[2] 屈伸：指交替。

[3] 顺受其正：指顺应生死变化的规律。正，正常变化，即规律。

[4] 岩墙：牢狱的石墙。桎梏：脚镣和手铐。厄：困厄，灾难。

[5] 但：只，仅仅。

[6] 酒罂（yīng）饭囊：同"酒囊饭袋"。罂，酒器，小口大腹。

[7] 块然：无知觉的样子。

[8] 或：有的。

[9] 愈：更加、尤甚。

[10] 吊：吊唁，哀悼。

[11] 未之思：没有想到。

[12] 特：只不过。间：空隙，引申为差别很小。

[13] 著：记录。方册：典籍、书籍。

[14] 炳焕：彪炳辉煌，光明、显著。

[15] 山川流峙：指像山川那样永远耸立，奔流不息。

[16] 劫：佛教把天地的一成一败称为一劫，指一段极长的时间。

[17] 是：代词，这。

[18] 因：副词，趁着。

[19] 振：高。

[20] 幸：有幸，幸运。

[21] 性理之学：指宋以来的理学。

[22] 吾党：我们，指和我一样的人。啖（dàn）：吃。蛤蜊：蚌类，肉可食。此处指不管别人如何，自顾自吃蛤蜊。典出《南史·王融传》："不知许事，且食蛤蜊。"

[23] 知味者：指懂得作者意图及杂剧艺术的人。

[24] 汴：开封的古称。

【解读】

《录鬼簿》大约成书于元至顺元年（约1330年），记录了自金代末年到元朝中期的杂剧、散曲艺人等80余人。此是其序言。

该文章立论鲜明，思路清晰，文笔精练，幽默泼辣。文章围绕"鬼"字谋篇，开门见山，指出世间有两种鬼，一种鬼是"酒囊饭袋"，另一种鬼是不思进取、麻木不仁者。按说后一种鬼要比前者好，但作者却说后者不如前者，由此自然引出下面话题——未死之鬼和已死之鬼的问题，接着一语破的，顺势点出文章主旨，"亘古迄今，自有不死之鬼在"。作者借鬼写人，热情讴歌了那些地位虽然卑微但才能却非常出众的元代剧作家们，表达了自己独特的生死观、审美观和不以贫富贵贱、地位高下看人的人文思想。

司马迁说过，"人固有一死，或重于泰山，或轻于鸿毛"，而作者在本文中幽默地把"鬼"分成两种：即"已死之鬼"和"未死之鬼"。"人之生斯世也，但知以已死者为鬼，而未知未死者也鬼也。酒罂饭囊、或醉或梦、块然泥土者，则其人虽生，与已死之鬼何异？"实属不谋而合。有的人，活得光明磊落，犹如"日月炳焕，山川流峙"。有的杂剧作家虽然是小人物，"门第卑微，职位不振"，但他们"高才博识"，创作了佳品，不论已故也罢，在世也罢，人们都将永远怀念他们。文章字里行间激荡着作者肯定杂剧家们的巨大成绩的热情，表现出与维护封建社会道德教条的理学家们相悖逆的思想倾向，可谓是挑战传统价值观念的战斗檄文。

另外，该文层次井然，语言幽默泼辣，巧妙犀利。文章借鬼写人，大胆而巧妙地揭露那些只知吃喝玩乐的酒囊饭袋，只知空口白话、甘心自暴自弃的人，虽然活着，却跟死鬼并没有两样，这本身就是一种辛辣的讽刺。文章最后说："若夫高尚之士、性理之学，以为得罪于圣门者，吾党且啖蛤蜊，别与知味者道。"借用典故，巧用譬喻，告诉人们：不管别人如何批评，我都坚持自己的认识。含蓄中见出坚定，幽默中见出讽刺，不仅恰到好处，而且作为全文的结尾，尖锐泼辣而又幽默风趣。

明

代

明代从1368年太祖朱元璋开国到1644年思宗朱由检自缢，前后共计277年。明代文学的发展演变，大致可分为前后两个阶段：从明初到正德年间是明代文学的前期，从嘉靖年间到明亡是明代文学的后期。

元、明之际，文坛一度繁华，出现了具有时代使命感的诗文作家宋濂、刘基、高启等，他们的作品具有较强的现实批判性。但之后的明初文坛，文学发展步入低潮期。明代中期，文坛上出现了复古主义思潮。弘治、正德年间，以李梦阳、何景明为代表"前七子"反对"台阁体"。嘉靖中期以后，文坛上又出现了以李攀龙、王世贞为首的"后七子"。前后七子的文学活动，是对明代前期程朱理学思想、台阁体文风和八股文的反拨，却又走入了拟古的误区。嘉靖年间，以王慎中、唐顺之、茅坤、归有光为代表的另一文学复古流派——唐宋派，提倡唐宋文风。

嘉靖、万历年间，文坛出现一位反对拟古主义的杰出思想家李贽，提出著名的"童心说"。万历年间，湖北"公安三袁"即袁宗道、袁宏道、袁中道为代表的公安派继续起来反对拟古主义。袁宏道提出著名的性灵说。公安派之后，湖北竟陵人钟惺、谭元春为代表的"竟陵派"针对公安派浅俗轻率的弊端，在重视"性灵"的同时更加主张向古人学习。晚明文坛产生了大量小品文，率真直露，注重真情实感，代表作家有"公安三袁"、张岱、王思任等。

宋　濂

　　宋濂（1310—1381），字景濂，号潜溪，别号玄真子、玄真道士、玄真遁叟。浦江（今浙江浦江）人。他家境贫寒，但自幼好学，曾受业于元末古文大家吴莱、柳贯、黄溍等。他一生刻苦学习，"自少至老，未尝一日去书卷，于学无所不通"。元朝末年，元顺帝曾召他为翰林院编修，他以奉养父母为由，辞不应召，修道著书。至正二十年（1360年），与刘基、章溢、叶琛同受朱元璋礼聘，尊为"五经"师。洪武初主修《元史》，官至翰林学士承旨、知制诰。后因牵涉胡惟庸案，谪茂州，中途病死。谥号文宪。有《宋学士文集》。

送东阳马生序

余幼时即嗜学[1]。家贫无从致[2]书以观，每假借于藏书之家，手自笔录，计日[3]以还。天大寒，砚冰坚，手指不可屈伸，弗之怠。录毕，走送之，不敢稍逾约。以是人多以书假余，余因得遍观群书。既加冠[4]，益慕圣贤之道，又患无硕师[5]名人与游，尝趋百里外，从乡之先达[6]执经叩问。先达德隆望尊[7]，门人弟子填其室，未尝稍降辞色[8]。余立侍左右，援疑质理[9]，俯身倾耳以请；或遇其叱咄[10]，色愈恭，礼愈至，不敢出一言以复；俟[11]其欣悦，则又请焉。故余虽愚，卒获有所闻。

当余之从师也，负箧曳屣[12]，行深山巨谷中。穷冬烈风，大雪深数尺，足肤皲裂[13]而不知。至舍，四肢僵劲[14]不能动，媵人持汤沃灌[15]，以衾拥覆，久而乃和。寓逆旅[16]，主人日再食，无鲜肥滋味之享。同舍生皆被绮绣，戴朱缨宝饰之帽，腰白玉之环，左佩刀，右佩容臭[17]，烨然[18]若神人。余则缊袍[19]敝衣处其间，略无慕艳意，以中有足乐者，不知口体之奉[20]不若人也。盖余之勤且艰若此。今虽耄老，未有所成，犹幸预君子之列，而承天子之宠光，缀公卿之后，日侍坐备顾问，四海亦谬称其氏名，况才之过于余者乎？

今诸生学于太学[21]，县官日有廪稍之供[22]，父母岁有裘葛之遗[23]，无冻馁之患矣；坐大厦之下而诵《诗》《书》，无奔走之劳矣；有司业、博士[24]为之师，未有问而不告、求而不得者也。凡所宜有之书，皆集于此，不必若余之手录、假诸人而后见也。其业有不精、德有不成者，非天质之卑，则心不若余之专耳，岂他人之过哉！

东阳马生君则，在太学已二年，流辈[25]甚称其贤。余朝京师，生以乡人子谒[26]余，撰长书以为贽[27]，辞甚畅达；与之论辩，言和而色夷[28]。自谓少时用心于学甚劳，是可谓善学者矣。其将归见其亲也，余故道为学之难以告之。谓余勉乡人以学者，余之志也；诋我夸际遇之盛而骄乡人者，岂知余者哉！

【注释】

[1] 嗜（shì）学：特别喜爱读书。

[2] 致：取得，得到。

[3] 计日：计算日期。

[4] 加冠：成人。古代男子20岁时行加冠礼，表示成人。

[5] 硕师：学养深厚、知识渊博的老师。

[6] 先达：有道德、学问且名声显赫的前辈。

[7] 德隆望尊：道德深厚，名声响亮。

[8] 未尝稍降辞色：意为没有略微改变对门人弟子的那种庄重的言辞和严肃的脸色。

[9] 援疑质理：提出疑问，探询义理。

[10] 叱咄（duō）：呵斥。

[11] 俟：等待。

[12] 负箧（qiè）曳屣（xǐ）：背着箱子，拖着鞋子。

[13] 皲（jūn）裂：皮肤因寒冷干燥而破裂。

[14] 僵劲：僵硬。

[15] 媵（yìng）人：古代妇女出嫁时随嫁的人。这是指侍女或男仆。沃灌：浇灌。沃，灌溉，浇水。

[16] 逆旅：客馆，旅店。

[17] 容臭（xiù）：香囊。

[18] 烨然：光彩照人的样子。

[19] 缊（yùn）袍：新旧絮混杂做成的袍子。

[20] 口体之奉：吃和穿所享有的供给。

[21] 太学：国家的最高学府。

[22] 县官：这里指朝廷。廪稍：官仓供给粮食。

[23] 裘：皮袄。葛：麻布衣。遗（wèi）：给予。

[24] 司业、博士：太学官名，负责太学管理、教学。

[25] 流辈：同流之辈。意为一起在太学学习的人。

[26] 谒：拜见。

[27] 贽：初次拜见尊长时的见面礼。

[28] 夷：平和。

【解读】

这是一篇赠序。作者为劝勉马君则等太学生刻苦读书而作。

文章推己及人，首先写自己少年时读书的经历，在叙述自己"嗜学"与"家贫"的现实矛盾和设法借书过程中所遇的种种磨难时，寥寥几笔即表现出他认真踏实的求学态度——或"手自笔录"，或"趋百里外"向先达求教，"或遇其叱咄，色愈恭，礼愈至，不敢出一言以复"。文章开篇叙及的读书难、求师难，也都围绕作者好学这一主旨展开的，接下来作者用自己外出求学时"穷冬""烈风""大雪"的严酷环境与同舍人诸种优裕的生活学习条件比较，表明自己不但不以此为苦，"略无慕艳意"，反而"中有足乐"，从中更见作者认真执着的求学态度。以下则笔锋一转，回到现实，细数今之太学生供足、师备、书全的优越条件，并指出他们"业不精、德有不成"是因为"心不若余之专耳"。这再次点明学习态度端正之必要。最后作者道出写作此文的目的是"勉乡人以学者"。

此序主旨明确，结构紧凑。作者以亲身经历为线索，运用夹叙夹议手法将文章写得情真意切，语重心长。他善用对比手法，分别以自己的穷寒与富家子弟的优裕、自己当年学习条件的恶劣与"今诸生"学习条件的优越对比，从而达到劝勉诸生的目的。

另外，文章语言简洁朴实，体现出作者深厚的文学修养和"辞达道明"的文学主张。

刘基（1311—1375），字伯温，浙江青田人。元武宗至大四年出生于江浙行省处州路青田县南田山武阳村，故时人称他刘青田。明洪武三年封诚意伯，人们又称他刘诚意。明武宗正德九年被追赠太师，谥文成，因而后人又称他刘文成、文成公。南田武阳村于1948年被划入新设置的文成县，县名就是为了纪念刘基。在文学史上，刘基与宋濂、高启并称"明初诗文三大家"。有《诚意伯文集》。

刘　基

卖 柑 者 言

　　杭有卖果者，善藏柑，涉寒暑不溃[1]。出之烨然，玉质而金色[2]。置于市，贾十倍，人争鬻之[3]。予贸[4]得其一，剖之，如有烟扑口鼻，视其中，则干若败絮。予怪而问之曰："若所市于人者，将以实笾豆[5]，奉祭祀，供宾客乎？将炫外以惑愚瞽也[6]？甚矣哉为欺也！"

　　卖者笑曰："吾业是有年矣。吾赖是以食吾躯[7]。吾售之，人取之，未尝有言，而独不足子所乎？世之为欺者不寡矣，而独我也乎？吾子未之思也。"

　　"今夫佩虎符、坐皋比者，洸洸乎干城之具也[8]，果能授孙、吴之略耶[9]？峨大冠、拖长绅者，昂昂乎庙堂之器也[10]，果能建伊、皋之业耶[11]？盗起而不知御[12]，民困而不知救，吏奸而不知禁，法斁而不知理，坐糜廪粟而不知耻[13]。观其坐高堂，骑大马，醉醇醴而饫肥鲜者[14]，孰不巍巍乎可畏，赫赫乎可象也[15]？又何往而不金玉其外，败絮其中也哉！今子是之不察，而以察吾柑！"

　　予默然无以应。退而思其言，类东方生[16]滑稽之流。岂其愤世疾邪者耶？而托[17]于柑以讽耶？

【注释】

　　[1] 杭有卖果者，善藏柑，涉寒暑不溃：杭，指浙江省杭州市。柑，果名，形似橘而大。涉，经历。溃，指腐烂。

　　[2] 烨然：色彩鲜艳的样子。玉质而金色：质地像玉一样温润，颜色像金子一样闪亮。

　　[3] 贾十倍，人争鬻之：贾，同"价"，价格。鬻（yù），卖。此处是购买的意思。

　　[4] 贸（mào）：买卖，这里是应取买意。

　　[5] 若：你。市：卖。笾（biān）豆：古代礼器，供盛食物之用。

　　[6] 炫：炫耀。愚瞽：傻子和瞎子。

[7] 此两句意思是说我做这种职业已多年了，也靠它维持生活。食（sì），供给，喂养。躯，身体。

[8] 虎符：形如虎的兵符。皋比：虎皮。洸（guāng）洸：威武的样子。干城之具：喻保卫国家的将领。《诗经·周南·兔罝》："赳赳武夫，公侯干城。"具，这里指人才。

[9] 孙、吴：指我国古代著名的军事家孙武和吴起。

[10] 峨：高。拖：下垂。绅（shēn）：古代士大夫束在腰间并垂下一部分用作装饰的大带子。庙堂之器：喻朝廷的栋梁之材。

[11] 伊、皋：伊，指伊尹，商汤的名臣。皋，指皋陶，舜时掌管刑法的大臣。

[12] 御：抵御。

[13] 蠹（dù）：败坏。坐糜廪粟：坐着浪费国家仓库里的粮食。

[14] 醇醴：香醇的酒。饫（yù）：饱食。

[15] 巍巍：高不可及的样子。赫赫：气势盛大的样子。象：效法。

[16] 东方生：即东方朔，汉武帝弄臣，诙谐滑稽，善讽谏。

[17] 托：假借。

【解读】

这是一篇对话体刺世散文。作者通过卖柑人之口，用形象的比喻揭露了封建统治者"金玉其外，败絮其中"的腐朽本质。

作者以买柑者的身份，从所见之柑说起。从外表看，此柑"出之烨然，玉质而金色"，但"视其中"却"干若败絮"，柑的表里不一引起买柑者的不满，于是"怪而问之"，接着便以"欺"引起责难。这实在是妥帖至极，不经意间便引出了卖柑者的反诘与议论。

文中卖柑者的话是正文部分。针对责难，他首先提出"世之为欺者不寡"，这是一种普遍存在的社会现象。接着便借题发挥由文欺说到武欺，淋漓尽致，骂尽世间欺世盗名的各种丑行。最后卖柑者以反诘句"今子是之不察，而以察吾柑"作结。文章结尾处以"岂其愤世疾邪者耶？而托于柑以讽耶"点明题旨，表达了作者的讽谏之意。

这篇文章用形象的笔触刻画了当时社会文恬武嬉、欺世盗名的丑态，有很强的批判意义。对话体的运用，使文章的结构紧凑，语言活泼生动，说理形式鲜活。

高启（1336—1374），明代诗人，字季迪，长洲（今江苏苏州）人。明初受诏入朝修《元史》，授翰林院编修。洪武三年（1370年）朱元璋拟委任他为户部右侍郎，他固辞不赴，返青丘授徒自给。后被朱元璋借苏州知府魏观一案腰斩于南京。高启为明初著名诗人，与杨基、张羽、徐贲合称"吴中四杰"。

高启

书博鸡者事

博鸡 [1] 者，袁州 [2] 人，素无赖 [3]，不事产业 [4]。日抱鸡呼少年博市中，任气 [5] 好斗，诸为里侠者皆下之 [6]。

元至正 [7] 间，袁有守多惠政 [8]，民甚爱之。部使者臧，新贵 [9]，将按郡 [10] 至袁。守自负年德，易之 [11]，闻其至，笑曰："臧氏之子也。"或以告臧，臧怒，欲中守法 [12]。会袁有豪民尝受守杖 [13]，知使者意嗛 [14] 守，即诬守纳己赇 [15]。使者遂逮 [16] 守，胁服 [17]，夺 [18] 其官。袁人大愤，然未有以报 [19] 也。

一日，博鸡者遨 [20] 于市，众知有为 [21]，因让 [22] 之曰："若素名勇 [23]，徒能藉贫屦者耳 [24]。彼豪民恃其资 [25]，诬去贤使君 [26]，袁人失父母 [27]。若诚 [28] 丈夫，不能为使君一奋臂 [29] 耶？"博鸡者曰："诺 [30]。"即入闾左 [31] 呼子弟素健者，得数十人，遮 [32] 豪民于道。豪民方华衣 [33] 乘马，从 [34] 群奴而驰。博鸡者直前捽下 [35]，提殴 [36] 之。奴惊，各亡 [37] 去。乃褫豪民衣自衣 [38]，复自策其马 [39]，麾众拥豪民马前 [40]，反接 [41]，徇诸市 [42]，使自呼曰："为民诬太守者视此 [43]！"一步一呼，不呼则杖，其背尽创。豪民子闻难 [44]，鸠宗族童奴百许人 [45]，欲要篡 [46] 以归。博鸡者逆 [47] 谓曰："若欲死而父 [48]，即前斗 [49]；否则阖门善俟 [50]，吾行市 [51] 毕，即归 [52] 若父，无恙 [53] 也。"豪民子惧遂杖杀其父 [54]，不敢动，稍敛 [55] 众以去。袁人相聚从观 [56]，欢动一城。郡录事骇之 [57]，驰白府 [58]。府佐快其所为 [59]，阴纵之 [60] 不问。日暮，至豪民第 [61] 门，捽使跪，数 [62] 之曰："若为民不自谨 [63]，冒 [64] 使君，杖汝，法也。敢用是为怨望 [65]，又投间 [66] 蔑污使君，使罢 [67]，汝罪宜 [68] 死。今姑贷汝 [69]，后不善自改，且复妄言 [70]，我当焚汝庐，戕汝家矣 [71]。"豪民气尽，以额叩地，谢不敢 [72]。乃释之。

博鸡者因告众曰："是足以报使君未耶 [73]？"众曰："若所为诚快，然使君冤未白 [74]，犹 [75] 无益也。"博鸡者曰："然。"即连楮 [76] 为巨幅，广 [77] 二丈，大书一"屈"字，以两竿夹揭 [78] 之，走诉行御史台 [79]。台臣弗为理 [80]，乃与其徒日张"屈"字游金陵市中[81]。台臣惭，追受其牒[82]，为复守官而黜臧使者[83]。方[84]是时，博鸡者以义闻东南[85]。

高子[86]曰："余在史馆[87]，闻翰林天台[88]陶先生言博鸡者之事。观袁守虽得民[89]，然自喜轻上[90]，其祸非外至也[91]。臧使者枉用三尺[92]，以仇一言之憾[93]，固贼戾[94]之士哉！第为上者不能察[95]，使匹夫攘袂[96]群起以伸[97]其愤，识者固知元政素弛[98]，而变兴自下之渐矣[99]。"

【注释】

[1] 博鸡：斗鸡赌输赢。

[2] 袁州：治所在今江西省宜春市。

[3] 素无赖：平日游手好闲。

[4] 不事产业：不从事生产劳动。

[5] 任气：意气用事。

[6] 里：乡里，当地。下：佩服，退让。这句意思是说，许多在当地有侠义行为的人都对他退让。

[7] 至正：元顺帝妥欢帖睦尔的年号（1341—1368）。

[8] 守：州郡的长官，就是下面说的"太守"，实际是指知府。惠政：善政。

[9] 新贵：新近显贵得势。

[10] 按郡：巡察州郡地方。

[11] 这两句意思是说，袁州太守依仗着自己年老有德，看不起那个姓臧的使者。"易"是轻视的意思。

[12] 这两句意思是说，使者想要利用法律来伤害太守。

[13] 会：刚巧。豪民：土豪。尝：曾经。杖：杖刑，用木棍打背、臀或腿。

[14] 嗛：通"嫌"，怀恨之意。

[15] 纳：接受。赇（qiú）：贿赂。

[16] 逮：逮捕。

[17] 胁服：威逼认罪。

[18] 夺：罢免。

[19] 报：对付。

[20] 遨（áo）：游逛。

[21] 有为：可以有所作为。

[22] 让：责备。

[23] 这句意思是说，你一向以勇敢出名。

[24] 徒能：只能。藉：践踏，这里是欺压的意思。贫孱（chán）：贫穷弱小。

[25] 恃（shì）：依仗。资：钱财。

[26] 去：指罢免。使君：指太守。

[27] 父母：比喻有惠政的太守。

[28] 诚：确实是。

[29] 奋臂：举臂，表示出力。

[30] 诺：表示答应的声音。

[31] 闾左：这里指贫民聚居的地方。

[32] 遮：挡。

[33] 华衣：穿着一身华丽的衣服。

[34] 从：跟随。

[35] 直前：一直向前。捽（zuó）：揪。

[36] 提殴：用手提着加以殴打。

[37] 亡：逃。

[38] 褫（chǐ）：剥。自衣：穿在自己身上。

[39] 复：又。策其马：用马鞭子赶马。

[40] 麾（huī）：指挥。拥：围。

[41] 反接：双手反绑着。

[42] 徇诸市：让他在市场上游街示众。

[43] 这句意思是说，做老百姓而诬告太守的，就会落得这样的下场。

[44] 难：祸事。

[45] 鸠（jiū）：聚集。宗族：同一父系家族的成员。童：未成年的仆人。百许人：一百多人。

[46] 要（yāo）篡：拦路抢走。

[47] 逆：面对面迎上去。

[48] 而父：你的父亲。

[49] 这两句意思是说，你如果想让你的父亲死掉，那就上前来对打。

[50] 这句意思是说，否则就关门坐在家里好好地等着。

[51] 行市：在市场上游行。

[52] 归：还。

[53] 无恙：不会受害。

[54] 遽：即刻。这句意思是说，豪民之子害怕博鸡者会立即用棍杖打死他父亲。

[55] 敛：招拢，约束。

[56] 相聚从观：互相追随着挤在一起观看。

[57] 郡录事：州郡地方上掌管文书的官吏。骇：惊惧。

[58] 白：告知。府：古时县以上一级的地方行政单位。

[59] 府佐：府一级官员的副职。快：感到高兴。这句意思是说，府佐对博鸡者所做的事感到高兴。

[60] 阴纵之：暗中放任不管。

[61] 第：官僚、贵族的家宅。

[62] 数：列举过错。

[63] 不自谨：自己不检点。

[64] 冒：冒犯。

[65] 用是：因此。怨望：怨恨。这句意思是说，你竟敢因此而怀恨在心。

[66] 投间：趁机，钻空子。

[67] 罢：罢免。这句意思是说，使他丢了官。

[68] 宜：应当。

[69] 姑：暂且。贷：饶恕。

[70] 这两句意思是说，今后如果不好好改过自新，并且还要胡说乱讲。

[71] 庐：房屋。戕（qiāng）：杀害。

[72] 谢不敢：认罪，表示不敢再犯。

[73] 是：这。报：报答。

[74] 白：申雪。

[75] 犹：还，仍然。

[76] 楮（chǔ）：纸。楮是树，它的树皮纤维可造纸，所以古人把纸叫作楮。

[77] 广：宽度。

[78] 揭：高举。

[79] 行御史台：设在地方的执行御史台职责的官署。御史台是中央监察机关。

[80] 理：处理。

[81] 徒：同伙。张：指打开横幅。金陵：今江苏省南京市。

[82] 追：事后补行。牒：公文，这里指状纸。

[83] 复：恢复。黜（chù）：罢免。

[84] 方：正当。

[85] 这句意思是说，博鸡者由于他的侠义行为而闻名于东南一带地方。

[86] 高子：作者自称。

[87] 史馆：官署名，掌管监修国史之事。

[88] 翰林：官名，明代在科举考试中选拔一部分人入翰林院为翰林官。明代的翰林院是掌管修史、著作、图书等事的官署，史馆就并在其中。天台：今浙江天台县。

[89] 得民：受到人民的爱戴。

[90] 自喜：自以为自己很好。轻上：瞧不起上级。

[91] 这句意思是说，袁州知府的得祸，不是由于外来的原因。

[92] 三尺：指剑，这里指操生杀之权。这句意思是说姓臧的使者滥用权力。

[93] 仇（chóu）：报复。憾：怨恨。

[94] 贼戾（lì）：不正派，凶残。

[95] 第：但。为上者：做上级的人。察：明察。

[96] 匹夫：泛指平民。攘袂（rǎng mèi）：捋起袖子。

[97] 伸：这里是发泄的意思。

[98] 识者：有见识的人。元政：元代的政治。紊弛（wěn chí）：混乱、松弛。

[99] 这句意思是说，事变从下面兴起的趋势已经渐渐形成了。

【解读】

"书……事"，意为"记……的事"，标明文章体裁和记叙范围。博鸡者，指以斗鸡为赌博的人。该文记叙了元朝末年以博鸡者为首的袁州下层群众路见不平、"攘袂群起以伸其愤"的事迹，歌颂了博鸡者不畏强横、不畏权势、敢于斗争的侠义精神，反映了当时社会的黑暗。

博鸡者是个充满矛盾的人物。他"不事产业"，社会地位低下，但"诸为里侠者"对他却甘拜下风，更为可贵的是他敢于与有权有势的坏人做斗争，不管坏人是豪民还是新贵。他"素无赖"，却能为人所不能为，为人所不敢为。他"任气好斗"，但不是一味蛮干，而是能审时度势，采取不同的对策。如他惩治豪民，先是组织力量，把豪民从马上揪下来，摔在地上，狠狠地打，并脱下他的衣服，反绑着双手，游街示众等，都有几分蔑视王法的"无赖"习气，但无一不是侠义精神的体现。当豪民子纠合百余人想抢回他父亲时，博鸡者在敌众我寡的情况下，不是只顾"好斗"，而是晓以利害，使对方不敢轻举妄动，从而控制了局势，掌握了斗争的主动权。对豪民的斥责与警告，更是堂堂正正，使豪民不得不叩头认罪。为袁守鸣"屈"的斗争，目的是为袁守复官，问题得由上级官府解决，因此博鸡者采取合法而又独具特色的斗争形式，"乃与其徒日张'屈'字游金陵城中"，终于使原来不肯受理此案的台臣不得不"为复守官而黜臧使者"。所有这些，都说明博鸡者不仅有敢于斗争的勇，而且有善于斗争的智。他的侠义行为使他过去被"无赖"行径所蒙住的勇与智，一下子焕发出道德的光辉，而他自己也就"以义闻东南"。作者通过事态的发展，成功地刻画出博鸡者的矛盾统一的性格特征。

该文所记博鸡者的事迹，暴露了元朝末年统治阶级内部或互相斗争，或互相勾结，上层的人对权贵、豪民的不法行为不闻不问，下层群众却能仗义向恶势力进行冲击，由此反映了"元政紊弛，而变兴自下之渐"的社会现实。该文的意义也就在此。

归有光

归有光（1507—1571），字熙甫，又字开甫，别号震川，又号项脊生，是"唐宋八大家"与清代"桐城派"之间的桥梁，被称为"唐宋派"，江苏昆山人。早年从师于同邑魏校。嘉靖十九年（1540年）中举，后曾八次应进士试皆落第。徙居嘉定（今上海市嘉定区）安亭，读书讲学，作《冠礼》《宗法》二书。从学的常数百人，人称"震川先生"。嘉靖四十四年（1565年）他60岁时始中进士，授湖州长兴县（今浙江长兴县）知县。后任顺德府通判，专门管辖马政。隆庆四年（1570年）为南京太仆寺丞，留掌内阁制敕房，修《世宗实录》，卒于官。有《震川先生集》。

项 脊 轩 志

项脊轩[1]，旧南阁子也。室仅方丈，可容一人居。百年老屋，尘泥渗漉[2]，雨泽下注；每移案，顾视无可置者。又北向不能得日，日过午已昏。余稍为修葺[3]，使不上漏。前辟四窗，垣墙周庭，以当南日。日影反照，室始洞然[4]。又杂植兰桂竹木于庭，旧时栏楯[5]，亦遂增胜。借书满架，偃仰啸歌，冥然[6]兀坐，万籁有声；而庭阶寂寂，小鸟时来啄食，人至不去。三五之夜[7]，明月半墙，桂影斑驳，风移影动，珊珊可爱。

然予居于此，多可喜，亦多可悲。先是庭中通南北为一，迨诸父异爨[8]，内外多置小门墙，往往而是。东犬西吠，客逾庖而宴[9]，鸡栖于厅。庭中始为篱，已为墙，凡再变矣。家有老妪，尝居于此。妪，先大母[10]婢也。乳二世。先妣[11]抚之甚厚。室西连于中闺，先妣尝一至。妪每谓予曰："某所，而[12]母立于兹。"妪又曰："汝姊在吾怀，呱呱而泣；娘以指叩门扉，曰：'儿寒乎？欲食乎？'吾从板外相为应答。"语未毕，余泣，妪亦泣。余自束发[13]，读书轩中。一日，大母过余曰："吾儿，久不见若[14]影，何竟日默默在此，大类女郎也？"比去，以手阖门，自语曰："吾家读书久不效，儿之成，则可待乎！"顷之，持一象笏[15]至，曰："此吾祖太常公宣德[16]间执此以朝，他日汝当用之。"瞻顾遗迹，如在昨日，令人长号不自禁。

轩东，故尝为厨；人往，从轩前过。余扃牖[17]而居，久之，能以足音辨人。轩凡四遭火，得不焚，殆有神护者。

项脊生曰："蜀清守丹穴，利甲天下，其后秦皇帝筑女怀清台[18]。刘玄德与曹操争天下，诸葛孔明起陇中。方二人之昧昧[19]于一隅也，世何足以知之？余区区处败屋中，方扬眉瞬目，谓有奇景，人知之者，其谓与坎井之蛙[20]何异？"

余既为此志，后五年，吾妻来归。时至轩中，从余问古事，或凭几学书。吾妻归宁[21]，述诸小妹语曰："闻姊家有阁子，且何谓阁子也？"其后六年，吾妻死，室坏不修。其后二年，余久卧病无聊，乃使人复葺南阁子，其制稍异于前。然自后余多在外，不常居。

庭有枇杷树，吾妻死之年所手植也，今已亭亭如盖[22]矣。

【注释】

[1] 项脊轩：作者远祖归隆道，曾居住太仓之项脊泾，作者故以项脊给自己的书阁命名。

[2] 渗漉（lù）：水从孔隙漏下。

[3] 修葺（qì）：修补。

[4] 洞然：明亮。

[5] 栏楯（shǔn）：栏杆。

[6] 冥然：静静的样子。

[7] 三五之夜：阴历十五日之夜。

[8] 诸父异爨（cuàn）：伯叔父分居分食。

[9] 客逾庖而宴：客人越过厨房而赴宴。

[10] 大母：祖母。

[11] 先妣：去世的母亲。《礼记·曲礼》载："生曰父、曰母、曰妻，死曰考、曰妣、曰嫔。"

[12] 而：你。

[13] 束发：古人以十五岁为成童之年，把头发束起来盘到头顶上。

[14] 若：你。

[15] 象笏：又称象简。古时大臣朝见君主时拿象笏。

[16] 太常公：指夏昶。昶字仲昭，昆山人。永乐（明成祖年号）进士，历官太常寺卿。宣德：明宣宗年号。

[17] 扃（jiōng）牖（yǒu）：关闭窗户。

[18] 见《史记·货殖列传》："巴蜀寡妇清，其先得丹穴，而擅其利数世，家亦不訾。清，寡妇也，能守其业，用财自卫，不见侵犯。秦皇帝以为贞妇而客之，为筑女怀清台。"

[19] 昧昧：昏暗不明。

[20] 坎井之蛙：比喻目光短浅的人。

[21] 归宁：已婚女子回家省亲。

[22] 盖：伞。

【解读】

这是一篇优秀的抒情散文。文章笔意虽清淡，感情却极为真挚。作者远祖归隆道曾居住在太仓的项脊泾，故作者将自己的书斋命名为项脊轩。

全文共分六段。首段介绍项脊轩内外的景物，重点描写修整后清静幽雅、生趣盎然的环境，同时着意描绘自己在轩中读书的情景。第二段、第三段由喜而悲，先追述诸父分居后庭中的凌乱，然后记老妪说亡母之事，记祖母话语，记轩中之幽静以及轩屡遭火而"得不焚"，这是全文的主要部分。第四段描写一些琐事，作为小结。第五段感叹自己的局促。最后一段以对亡妻的悼念收束全文。

文章既有写景叙事，又有议论抒情，一切都围绕项脊轩展开。虽所记多为生活中的琐事，但连缀时脉络清晰，条理分明。作者善于选取生活中具有典型性的细节加以灵活巧妙地组织和安排。如他用"东犬西吠，客逾庖而宴，鸡栖于厅"表现封建大家庭分家以后混乱不堪的局面。

此外，作者善用浅白的口语表现人物的情感。如母亲说："儿寒乎？欲食乎？"祖母说："吾家读书久不效，儿之成，则可待乎！"妻子述诸小妹语："闻姊家有阁子，且何谓阁子也？"这样的叙述亲切动人。正如王锡爵所评："无意于感人，而欢愉惨恻之思，溢于言语之外。"

本文最精彩之处在于结尾对亭亭如盖的枇杷树的描述，睹物思人，表现了作者对物是人非的感慨，给读者留下无尽的回味。

宗臣（1525—1560），字子相，兴化（今江苏省兴化市）人。嘉靖二十九年（1550年）进士，官至福建提学副使。诗文主张复古，与李攀龙、王世贞、谢榛、梁有誉、徐中行、吴国伦齐名，世称"后七子"。著有《宗子相集》。

宗臣

报刘一丈书

　　数千里外，得长者时赐一书，以慰长想，即亦甚幸矣。何至更辱馈遗 [1]，则不才益将何以报焉？书中情意甚殷，即长者之不忘老父，知老父之念长者深也。至以"上下相孚，才德称位 [2]"语不才，则不才有深感焉。夫才德不称，固自知之矣。至于不孚之病，则尤不才为甚。

　　且今之所谓"孚"者何哉？日夕策马候权者之门，门者故不入，则甘言媚词作妇人状，袖金以私 [3] 之。即门者持刺 [4] 入，而主者又不即出见。立厩中仆马之间，恶气袭衣袖，即饥寒毒热不可忍，不去也。抵暮，则前所受赠金者出，报客曰："相公倦，谢客矣。客请明日来。"即明日，又不敢不来。夜披衣坐，闻鸡鸣，即起盥栉 [5]，走马抵门。门者怒曰："为谁？"则曰："昨日之客来。"则又怒曰："何客之勤也？岂有相公此时出见客乎？"客心耻之，强忍而与言曰："亡奈何矣，姑容我入！"门者又得所赠金，则起而入之，又立向 [6] 所立厩中。幸主者出，南面 [7] 召见，则惊走匍匐 [8] 阶下。主者曰："进！"则再拜，故迟不起。起则上所上寿金 [9]。主者故不受，则固请；主者故固不受，则又固请。然后命吏纳之。则又再拜，又故迟不起，起则五六揖始出。出，揖门者曰："官人幸 [10] 顾我，他日来，幸无阻我也。"门者答揖。大喜，奔出。马上遇所交识，即扬鞭语曰："适自相公家来，相公厚我，厚我！"且虚言状。即所交识，亦心畏相公厚之矣。相公又稍稍语人曰："某也贤，某也贤。"闻者亦心计交赞之。此世所谓"上下相孚"也。长者谓仆能之乎？

　　前所谓权门者，自岁时伏腊 [11] 一刺之外，即经年不往也。间道经其门，则亦掩耳闭目，跃马疾走过之，若有所追逐者。斯则仆之褊衷 [12]，以此长不见悦于长吏 [13]，仆则愈益不顾也。每大言曰："人生有命，吾惟守分尔矣！"长者闻之，得无厌其为迂乎？

　　乡园多故，不能不动客子之愁。至于长者之抱才而困，则又令我怆然有感。天之与先生者甚厚，亡论长者不欲轻弃之，即天意亦不欲长者之轻弃之也。幸宁心哉！

【注释】

[1] 馈遗（kuì wèi）：赠送礼物。

[2]"上下相孚，才德称位"：是刘一丈给宗臣信中的话。孚（fú），信任。称，相称。

[3] 私：暗地里贿赂。

[4] 刺：谒见时用的帖子。

[5] 盥栉（guàn zhì）：洗脸梳头。

[6] 向：从前。

[7] 南面：古代以面向南为尊位。

[8] 匍匐（pú fú）：趴着。

[9] 上寿金：奉献金银作为祝寿的礼物。

[10] 幸：副词，含有请求、希望之意。下同。

[11] 岁时伏腊：指一年中逢年过节的时候。岁时：一年四季。伏腊：夏天的伏日和冬天的腊日。

[12] 褊（biān）衷：心胸狭隘。

[13] 长（zhǎng）吏：地位较高的官员。

【解读】

这篇文章是宗臣回复他父亲的朋友刘一丈的信。明世宗嘉靖中叶，严嵩、严世藩父子当朝，恃宠揽权，贿赂成风。一时间，无耻的投机之徒，竞相奔走其门下，丑态百出。宗臣针对这种社会现象，借给刘一丈回信之机，尽情发泄内心激愤。

文章针对刘的来信中"上下相孚，才德称位"两句展开论述。此处，作者极力描绘当时官场中奔走权门、摇尾乞怜的下层官僚的丑态，以及相府把门人与主人沆瀣一气，收受贿赂的作威作福的情形。他认为这种情形是现实中所谓的"上下相孚"。接着用对比的手法表明自己洁身自好，不屑向权门折腰的态度。最后以劝慰刘一丈"宁心"自好的话作结。

这篇文章的主旨是表明作者洁身自好的态度，同时揭露当时官场的腐朽、丑恶现象。

作者擅用白描笔法，将那些干谒权贵、奴颜媚骨、阿谀逢迎的小官僚描绘得惟妙惟肖，并能把他们的语言和行为巧妙地给合在一起。这说明作者具有超凡的艺术概括力和表现力。

李贽（1527—1602），字宏甫，号卓吾，别号温陵居士等，泉州晋江（今福建省泉州市）人。26岁中举，30岁被选为河南辉县教谕，官至云南姚安府知府。晚年著书讲学，对当时的假道学、程朱理学和封建传统进行了强烈抨击，引起当权者的不满。于是因"敢倡乱道，惑世诬民"之罪被捕，死于狱中。李贽是泰州学派后期代表人物，哲学观点没有摆脱王守仁思想和禅的影响。他的文章长于分析，犀利、泼辣。主要著述有《焚书》《续焚书》《藏书》《续藏书》等。

李　贽

题孔子像于芝佛院

　　人皆以孔子为大圣，吾亦以为大圣；皆以老、佛为异端，吾亦以为异端。人人非真知大圣与异端也，以所闻于父师之教者熟也；父师非真知大圣与异端也，以所闻于儒先之教者熟也；儒先亦非真知大圣与异端也，以孔子有是言也。其曰"圣则吾不能[1]"，是居谦也。其曰"攻乎异端[2]"，是必为老与佛也。

　　儒先亿度[3]而言之，父师沿袭而诵之，小子蒙聋[4]而听之。万口一词，不可破也；千年一律，不自知也。不曰"徒诵其言"，而曰"已知其人"；不曰"强不知以为知"，而曰"知之为知之[5]"。至今日，虽有目，无所用矣。

　　余何人也，敢谓有目？亦从众耳。既从众而圣之[6]，亦从众而事[7]之，是故吾从众事孔子于芝佛之院。

【注释】

　　[1] 圣则吾不能：《孟子·公孙丑上》云："昔者子贡问于孔子曰：'夫子圣矣乎？'孔子曰：'圣则吾不能，我学不厌而教不倦也。'"意思是我不是圣贤。

　　[2] 攻乎异端：《论语·为政》曰："攻乎异端，斯害也已。"异端，可解释为不正确的议论。

　　[3] 亿度（duó）：主观推测。亿，通常写作"臆"。

　　[4] 蒙聋：指昏乱模糊的意思。

　　[5] 知之为知之：《论语·为政》曰："知之为知之，不知为不知，是知也。"这里指出道学家们只取孔子原话的上半句，装作一切都"知"，实际上是"强不知以为知"。

　　[6] 圣之：意思是把孔子当作圣人。

　　[7] 事：侍奉，指供奉孔子像。

【解读】

这是一篇驳论性的杂文。作者曾在湖北的龙潭芝佛院著书、讲学十几年。此文是他在芝佛院时所作。

文章首先写当时的社会风气：尊孔子为圣人，斥道教与佛教为异端，作者指出人们这是盲从"父师之教"。第二段写世代沿袭此风造成人们"万口一词""千年一律"地盲目崇奉孔子，甚至到了可笑的地步。文章最后作者写自己也是"既从众而圣之，亦从众而事之"，但作者这么写是故意用反语。这种写法绵里藏针，锐利至极，直刺人心。

这篇文章充分体现了李贽文章见解独到、思想进步，敢于直接向传统的尊孔理念提出挑战的特色。文章写法独特，先立后驳，正如作者自述"我谓文章就时而攻打出来，就他城池，食他粮草，统率他兵马，直冲横撞，搅得他粉碎，故不费一毫气力而自然有余也"（《续焚书·与友人论文》）。

此外，文字精辟精警，讽刺中带着诙谐的情趣也是这篇文章的一大特色。

袁宏道

　　袁宏道（1568—1610），字中郎，湖广公安（今湖北省公安县）人，明代文学家。万历二十年（1592年）进士，任吴县（今属江苏省）知县，历国子博士，官至礼部员外郎。有《袁中郎全集》。

　　袁宏道与兄袁宗道、弟袁中道，并称"三袁"，是明后期文坛上公安派的创始人，共同进行了反"复古主义"的斗争。他们认为，时代有其个性，人也具有"性灵"，文学应表现出独特的个性才有生命力，应在内容、形式上打破任何束缚，表现自我真实的思想感情和个性精神。

满 井 游 记

　　燕地寒，花朝节后，余寒犹厉。冻风时作，作则飞沙走砾，局促一室之内，欲出不得。每冒风驰行，未百步辄返。

　　廿二日，天稍和，偕数友出东直，至满井。高柳夹堤，土膏微润，一望空阔，若脱笼之鹄。于时冰皮始解，波色乍明，鳞浪层层，清澈见底，晶晶然如镜之新开而冷光之乍出于匣也。山峦为晴雪所洗，娟然如拭，鲜妍明媚，如倩女之靧面[1]而髻鬟之始掠也。柳条将舒未舒，柔梢披风，麦田浅鬣[2]寸许。游人虽未盛，泉而茗者，罍[3]而歌者，红装而蹇者，亦时时有。风力虽尚劲，然徒步则汗出浃背。凡曝沙之鸟，呷浪之鳞，悠然自得，毛羽鳞鬣之间，皆有喜气。始知郊田之外，未始无春，而城居者未之知也。夫不能以游堕事，而潇然于山石草木之间者，惟此官也。而此地适与余近，余之游将自此始，恶能无纪？己亥之二月也。

【注释】

[1] 靧（huì）面：洗脸。

[2] 鬣（liè）：马鬃。

[3] 罍（léi）：古代盛酒的器具。

【解读】

　　文章开头就不落窠臼。作者在文中要表现的是早春时节那美丽的景色，但开头却大写气候恶劣，说明想游却不能游。这样，就起了两个作用。其一，是用城内的枯燥局促与城外春色春意形成对比，从而得出结论："始知田郊之外，未始无春，而城居者未之知也。"这样写，实际上是反映了作者对城市、官场的厌弃和投身于大自然怀抱的欣喜之情。其二，在结构上体现出作者"不拘格套""发人所不能发"的创作主张。

从第二段开始，作者突然笔锋一转去写春游。"廿二日，天稍和，偕数友出东直，至满井"短短一句之中，交代了出游日期、春游地点及行走路线，显得干净利落。下面即进入对满井春色的正面描绘。作者先写远景，给人一种总体印象。然后，转入近景的描绘，作者选择三组优美的镜头来表现早春二月满井一带的旖旎风光。作者写满井之春，并没有全面地去细描详绘，而是抓住水、山、田野这三组镜头，通过冰皮、水波、山峦、晴雪、柳条、麦苗这几个典型事物来以点带面，从内在气质上把满井初春的气息写活了。

总而言之，在作者的笔下，不但那些泉而茗者、罍而歌者、红装而蹇者的游人都是自得其乐，而且曝沙之鸟，呷浪之鱼，也都有一种摆脱拘牵，放情于春光中的喜气。这种情志，实际上是作者厌弃官场、倾慕大自然的主观感觉的折射，而这种主观感觉又随着草木向荣，禽鸟的欢叫，春风的鼓荡变得更浓更深。情与景、主观与客观达到了很好的交融。

魏学洢

　　魏学洢（1596—1625），字子敬，明代浙江嘉善（今浙江省嘉兴市）人，为诸生，好学工文，是明代著名的散文家。其父魏大中因上疏弹劾魏忠贤结党树威，触怒魏忠贤及其同党，被诬下狱，死于狱中。魏学洢扶梓归家，晨夕号泣，不久悲愤而死，只活了30岁。崇祯初年诏旌为孝子。作品有《茅檐集》。

核 舟 记

明有奇巧人曰王叔远，能以径寸之木 [1]，为宫室、器皿、人物，以至鸟兽、木石，罔不因势象形，各具情态。尝贻余核舟一，盖大苏泛赤壁 [2] 云。

舟首尾长约八分有奇，高可二黍许。中轩敞者为舱，箬篷 [3] 覆之。旁开小窗，左右各四，共八扇。启窗而观，雕栏相望焉。闭之，则右刻"山高月小，水落石出" [4]，左刻"清风徐来，水波不兴" [5]，石青糁之 [6]。

船头坐三人，中峨冠而多髯者为东坡，佛印 [7] 居右，鲁直 [8] 居左。苏、黄共阅一手卷 [9]。东坡右手执卷端，左手抚鲁直背。鲁直左手执卷末，右手指卷，如有所语。东坡现右足，鲁直现左足，各微侧，其两膝相比者，各隐卷底衣褶中，佛印绝类弥勒，袒胸露乳，矫首昂视，神情与苏、黄不属。卧右膝，诎右臂支船，而竖其左膝，左臂挂念珠倚之，珠可历历数也。

舟尾横卧一楫。楫左右舟子各一人。居右者椎髻仰面，左手倚一衡木，右手攀右趾，若啸呼状。居左者右手执蒲葵扇，左手抚炉，炉上有壶，其人视端容寂 [10]，若听茶声然。

其船背稍夷，则题名其上，文曰"天启壬戌 [11] 秋日，虞山 [12] 王毅叔远父刻"，细若蚊足，钩画了了 [13]，其色墨。又用篆章一，文曰"初平山人"，其色丹。

通计一舟，为人五；为窗八；为箬篷，为楫，为炉，为壶，为手卷，为念珠，各一：对联、题名并篆文，为字共三十有四。而计其长曾不盈寸。盖简桃核修狭者为之。

魏子详瞩 [14] 既毕，诧曰："嘻，技亦灵怪矣哉！《庄》《列》所载，称惊犹鬼神 [15] 者良多，然谁有游削于不寸之质 [16]，而须麋 [17] 了然者？假有人焉，举我言以复于我，亦必疑其诳。今乃亲睹之。由斯以观，棘刺之端，未必不可为母猴也 [18]。嘻，技亦灵怪矣哉！"

【注释】

[1] 径寸之木：直径为一寸的木头。

[2] 大苏泛赤壁：苏轼泛舟游赤壁。大苏，指苏轼。

[3] 箬（ruò）篷：箬竹叶做的船篷。

[4]"山高月小，水落石出"：苏轼《后赤壁赋》中的名句。

[5]"清风徐来，水波不兴"：苏轼《前赤壁赋》中的名句。

[6] 石青糁之：以青色颜料涂在刻字上。

[7] 佛印：《续传灯录》云："佛印禅师名了元，字觉老，苏东坡谪黄州，佛印住庐山，曾与他酬唱往还。"

[8] 鲁直：黄庭坚，字鲁直。

[9] 手卷：横幅的书画卷。

[10] 视端容寂：眼睛正视（茶炉），神态十分平静。

[11] 天启壬戌：明熹宗天启二年（1622 年）。

[12] 虞山：在今江苏省常熟县西北，这里借指常熟。

[13] 了了：清楚的意思。

[14] 详瞩：仔细地看。

[15] 惊犹鬼神：惊叹（它）好像是鬼神所造。

[16] 游削于不寸之质：在不到一寸的材料上进行雕刻。

[17] 须麋：即须眉。

[18] 棘刺之端，未必不可为母猴也：意谓在荆棘刺的尖子上未必不能刻成一个母猴。

【解读】

这是一篇事物说明文。所谓核舟，是用桃核雕刻而成的一只小船。核舟的雕刻者王叔远把这件工艺品送给作者，作者惊叹他手艺精巧奇特，遂作此篇以赞扬民间手艺人出色的智慧和超凡的技巧。

文章第一段介绍雕刻者王叔远及其技艺，并点出核舟所涉题材是有关苏东坡泛舟赤壁的。第二段概括介绍核舟的大小和形状。第三段介绍舟头，描述了苏东坡、黄鲁直、佛印三人的独特姿态。第四段介绍船尾，描写两个舟子的神态和行动。第五段介绍船背及王叔远的题名。第六段介绍全舟人数、物数、字数。揭示出如此多的东西，竟刻在这"曾不盈寸"的桃核上，实在是"技亦灵怪矣哉"，最后作者以魏子的感叹作结，借别人之口抒发自己的惊诧之情。

王叔远作为雕刻艺人，善于捕捉和刻画具有代表性的人物形象，他把鲁直、佛印与苏东坡同塑于一舟之上，可见他对苏轼等三人的身世与思想极为了解。而本文作者领会其意，以重墨来描写三人。虽然是说明一件雕刻之物，却写得栩栩如生。苏东坡与鲁直"共阅一卷"，可见二者关系之亲密，佛印"神情与苏、黄不属""卧右膝，诎右臂支船，而竖其左膝，左臂挂念珠倚之"，可见他比苏、黄二人更为超脱。而这些都体现了刻者与作者的心通意会、山水相成。这篇文章行文畅达，介绍船体结构井然有序，从中可见作者非凡的审美能力和文字组织能力。

张岱（1597—1679），又名维城，字宗子，又字石公，号陶庵，别号蝶庵居士，晚号六休居士，明末清初山阴（今浙江绍兴）人。寓居杭州。出身仕宦家庭，曾祖张文恭，祖父张汝霖皆曾为朝廷官员，父张耀芳，为鲁藩长史司右长史，早年过着衣食无忧的生活，晚年穷困潦倒，避居山中，仍然坚持著述。一生落拓不羁，淡泊功名。张岱爱好广泛，颇具审美情趣。喜欢游山逛水，深谙园林布置之法；既懂音乐，又谙弹琴制曲；善品茗，茶道功夫相当深厚；喜欢收藏，鉴赏水平很高；又精通戏曲，编导评论都要求至善至美。张岱是公认的明代散文大家，著有《陶庵梦忆》《西湖梦寻》《石匮书》(已亡逸)、《夜航船》《三不朽图赞》等。

张 岱

西湖七月半

西湖七月半 [1]，一无可看，止可看看七月半之人。看七月半之人，以五类看之。其一，楼船箫鼓，峨冠 [2] 盛筵，灯火优傒 [3]，声光相乱，名为看月而实不见月者，看之；其一，亦船亦楼，名娃 [4] 闺秀，携及童娈 [5]，笑啼杂之，环坐露台 [6]，左右盼望，身在月下，而实不看月者，看之；其一，亦船亦声歌，名妓闲僧，浅斟低唱，弱管轻丝 [7]，竹肉 [8] 相发，亦在月下，亦看月而欲人看其看月者，看之；其一，不舟不车，不衫不帻 [9]，酒醉饭饱，呼群三五，跻 [10] 入人丛，昭庆、断桥 [11]，嚣呼嘈杂，装假醉，唱无腔曲 [12]，月亦看，看月者亦看，不看月者亦看，而实无一看者，看之；其一，小船轻幌 [13]，净几暖炉，茶铛旋煮 [14]，素瓷静递 [15]，好友佳人，邀月同坐，或匿影树下，或逃嚣里湖 [16]，看月而人不见其看月之态，亦不作意 [17] 看月者，看之。

杭人游湖，巳出酉归 [18]，避月如仇。是夕好名 [19]，逐队争出，多犒门军酒钱。轿夫擎燎，列俟 [20] 岸上。一入舟，速舟子急放断桥，赶入胜会。以故二鼓 [21] 以前，人声鼓吹 [22]，如沸如撼 [23]，如魇如呓，如聋如哑。大船小船，一齐凑岸，一无所见，止见篙击篙，舟触舟，肩摩肩，面看面而已。少刻兴尽，官府席散，皂隶 [24] 喝道去。轿夫叫，船上人怖以关门 [25]，灯笼火把如列星，一一簇拥而去。岸上人亦逐队赶门，渐稀渐薄，顷刻散尽矣。

吾辈始舣 [26] 舟近岸，断桥石磴始凉，席其上 [27]，呼客纵饮。此时月如镜新磨 [28]，山复整妆，湖复颒面 [29]，向之浅斟低唱者出，匿影树下者亦出。吾辈往通声气，拉与同坐。韵友 [30] 来，名妓至，杯箸安，竹肉发。月色苍凉，东方将白，客方散去。吾辈纵舟，酣睡于十里荷花之中，香气拍人，清梦甚惬。

【注释】

[1] 西湖：即今杭州西湖。七月半：农历七月十五，又称中元节。

[2] 峨冠：头戴高冠，指士大夫。

[3] 优傒（xī）：优伶和仆役。

[4] 娃：美女。

[5] 童娈（luán）：容貌娇好的家童。

[6] 露台：船上露天的平台。

[7] 弱管轻丝：轻柔的管弦音乐。

[8] 竹肉：指管乐和歌喉。

[9] 帻（zé）：古代的一种头巾。

[10] 跻：通"挤"。

[11] 昭庆：寺名。断桥：西湖白堤的桥名。

[12] 无腔曲：没有腔调的歌曲，形容唱得乱七八糟。

[13] 幌（huàng）：古同"晃"，摇动、摆动的意思。

[14] 铛（chēng）：温茶、酒的器具。旋（xuàn）：随时，随即。

[15] 素瓷静递：雅洁的瓷杯无声地传递。

[16] 逃嚣：躲避喧闹。里湖：西湖的白堤以北部分。

[17] 作意：故意做出姿态。

[18] 巳（sì）：巳时，上午九时至十一时。酉：酉时，下午五时至七时。

[19] 是夕好名：七月十五这天夜晚，人们喜欢这个名目。

[20] 列俟（sì）：排着队等候。

[21] 二鼓：二更，约为夜里十一点左右。

[22] 鼓吹：指鼓、钲、箫、笳等打击乐器、管弦乐器奏出的乐曲。

[23] 如沸如撼：像水沸腾，像物体震撼，形容喧嚷。

[24] 皂隶：衙门的差役。

[25] 怖以关门：用关城门来恐吓。

[26] 舣（yǐ）：使船靠岸。

[27] 席其上：在石磴上摆设酒筵。

[28] 镜新磨：刚磨制成的镜子。古代以铜为镜，磨制而成。

[29] 靧（huì）面：洗脸。

[30] 韵友：风雅的朋友。

【解读】

这是一篇游记散文，描绘了杭州人七月半游西湖的盛况。七月半，指农历七月十五日中元节，这是一个宗教节日，佛教徒在这一天举行盂兰盆会，追祭亡灵，解除他们倒悬之苦。道教在这一天也诵经施食。而杭州风俗，则在这一天全城人共同游湖，尽情玩乐。

文章开门见山地点出主要内容，"西湖七月半"，只可看看当时的游人。而游湖的人可分"五类"：第一类是有身份、有地位的官僚，坐着豪华的船只，摆着丰盛的酒席，声乐齐鸣，有意自炫，"名为看月而实不见月者"；第二类是富贵之家，千金闺秀，露天坐在船上的平台上，娇声笑啼，"身在月下，而实不看月"；第三类是在船上且说且笑的名妓或闲僧，故弄丝竹，附庸风雅，"亦在月下，亦看月而欲人看其看月者"；第四类是市井中的好事之人，他们与前三类人不同，不坐船，不乘车，衣衫不整，三五成群，大呼小叫，"月亦看，看月者亦看，不看月者亦看，而实无一看者"；第五类是清雅之士，他们坐小船，挂帷幔，煮好茶，二三好友，绝色佳人，一同赏月，自然为之，毫无显耀做作之态，"看月而人不见其看月之态，亦不作意看月者"。

作者描写五类人，观察细致，描摹生动，褒贬之词溢于言表，对那些附庸风雅、忸怩做作之人进行深刻的嘲讽。

文章第三段写大多数杭州人游湖并不是为随意消遣，而是好虚名，凑热闹，众出则已出，众归则已回，毫无主见，把真正的明月佳景错过了。而"吾辈"却在其他游客散尽之后，在明月下浅斟低唱，直至"月色苍凉，东方将白""客方散去"，显示出作者独特的审美情趣。

这篇文章，作者观察视角独特，把月色、湖水作为陪衬之景，而把游人作为主要的观照对象，从中可见作者敏锐的观察力。

另外，作者善于处理人与物的关系，行文有条不紊，活泼生动。

张　溥

张溥（1602—1641），字天如，明末文学家。张溥自幼勤学，所读书必手抄六七篇，因此他命名自己的书房为"七录斋"。张溥青年时期正是魏忠贤阉党专政，东林党人受到残酷镇压的时代。他怀着救国救民的强烈愿望，以继承东林为己任，结交社会上有气节、有操守、有学识的士大夫知识分子，重视发现和推举有操守的学者，组织了爱国社团复社，成为复社的领袖。

在文学上，针对当时士大夫空疏不学的弊病，他提出"兴复古学"的主张，同时强调"居今之世"，必须"为今之言""务为有用"。他写过不少抨击时政的文章，内容充实，风格朴质。曾编辑《汉魏六朝百三名家集》。著有《七录斋集》等。

五人墓碑记

五人者，盖当蓼洲周公[1]之被逮，激于义而死焉者也。至于今，郡之贤士大夫请于当道[2]，即除魏阉废祠[3]之址以葬之，且立石于其墓之门，以旌[4]其所为。呜呼，亦盛矣哉！

夫五人之死，去今之墓而葬焉，其为时止十有一月耳。夫十有一月之中，凡富贵之子、慷慨得志之徒，其疾病而死，死而湮没[5]不足道者亦已众矣，况草野[6]之无闻者欤！独五人之皦皦[7]，何也？

予犹记周公之被逮，在丁卯三月之望[8]。吾社之行为士先者[9]，为之声义[10]，敛资财以送其行，哭声震动天地。缇骑[11]按剑而前，问："谁为哀者？"众不能堪，抶而仆之[12]。是时以大中丞抚吴者[13]为魏之私人，周公之逮所由使[14]也。吴之民方痛心焉，于是乘其厉声以呵，则噪而相逐。中丞匿于溷藩[15]以免。既而以吴民之乱请于朝，按[16]诛五人，曰颜佩韦、杨念如、马杰、沈扬、周文元，即今之傫然[17]在墓者也。

然五人之当刑也，意气扬扬，呼中丞之名而詈[18]之，谈笑以死。断头置城上，颜色不少变。有贤士大夫发五十金，买五人之脰而函[19]之，卒与尸合。故今之墓中，全乎为五人也。

嗟夫！大阉之乱，缙绅而能不易其志者，四海之大，有几人欤？而五人生于编伍[20]之间，素不闻诗书[21]之训，激昂大义，蹈死不顾，亦曷[22]故哉？且矫诏纷出，钩党之捕遍于天下[23]，卒以吾郡发愤一击，不敢复有株治[24]。大阉亦逡巡畏义[25]，非常之谋难于猝发[26]，待圣人之出而投缳道路[27]，不可谓非五人之力也。

由是观之，则今之高爵显位，一旦抵罪[28]，或脱身以逃，不能容于远近，而又有剪发杜门[29]，佯狂不知所之[30]者，其辱人贱行[31]，视五人之死，轻重固何如哉！是以蓼洲周公忠义暴[32]于朝廷，赠谥[33]美显，荣于身后，而五人亦得以加其土封[34]，列其姓名于大堤之上。凡四方之士，无有不过而拜且泣者，斯[35]固百世之遇也。不然，令五人者保其首领[36]，以老于户牖之下[37]，则尽其天年[38]，人皆得以隶使之，安能屈[39]豪杰之流，扼腕[40]墓道，发其志士之悲哉！故予与同社诸君子，哀斯墓之徒有其石也，而为之记，亦以明死生之大，匹夫之有重于社稷也。

贤士大夫者，冏卿因之吴公[41]，太史文起文公[42]，孟长姚公也。

【注释】

[1] 蓼洲周公：周顺昌，号蓼洲，明末吴县（今江苏苏州）人，万历年间进士。他一生为官清廉。后因得罪朝廷权监魏忠贤，被捕入狱，冤死在狱中。

[2] 士大夫：此处指有声望的读书人。当道：执掌政权的人。此指江苏巡抚和苏州知府。

[3] 除：修治，整理。魏阉（yān）：指魏忠贤。阉，宦官。魏忠贤在明熹宗时为秉笔太监，兼管皇帝的特务机关东厂。他专断国政，使国家政事日益腐败，且反对他的人屡遭镇压，导致斗争愈来愈尖锐。熹宗死后被黜职。废祠：魏忠贤当权时，其党羽和各地无耻官吏为他建立生祠（给活人修的庙），阉党失势后，这些生祠就成了废祠。

[4] 旌（jīng）：表彰。

[5] 湮（yān）没：埋没。

[6] 草野：指民间。

[7] 皦皦（jiǎo）：明亮的样子。

[8] 丁卯：即明熹宗天启七年（1627年）。望：夏历每月十五日。

[9] 吾社：指复社。先：先导，引申为楷模。

[10] 声义：伸张正义。

[11] 缇骑（tí qí）：本指古代侍从贵官的骑士。此处指明代专门逮捕人犯的东厂和锦衣卫特务机关的吏役。

[12] 抶（chì）：笞打。仆：倒下。

[13] 大中丞抚吴者：以大中丞出任安抚的人。此指毛一鹭，他是魏忠贤的死党。大中丞，官名，掌管接受公卿的奏事，以及推荐、弹劾官员的事务。

[14] 所由使：由他指使。

[15] 溷（hùn）：厕所。藩：篱笆。

[16] 按：审查，追查。

[17] 傫然：堆积的样子。

[18] 詈（lì）：骂。

[19] 脰（dòu）：颈项，此处指头。函：匣子，这里用作动词，指装入匣子里。

[20] 编伍：旧时的居民组织，五家编为一伍。此处代指平民。

[21] 诗书：这里泛指儒家经典。

[22] 曷：何。

[23] 矫诏：假托皇帝名义下达的诏书。钩党：相牵连的同党。

[24] 株治：因一人之罪而惩治所有受牵连的人。

[25] 逡（qūn）巡畏义：因畏惧正义而犹豫不前。

[26] 非常之谋：指篡夺皇位的阴谋。猝（cù）：仓促，突然。

[27] 圣人：封建社会对皇帝的尊称。此指崇祯皇帝。投缳（huán）道路：崇祯皇帝即位的当年，根据贡生钱嘉征所控魏忠贤的十大罪状，将魏忠贤贬谪凤阳（今属安徽），看守皇陵。途中又下诏追回他治罪，魏忠贤深知自己罪不可赦，行至阜城（今河北）自缢身亡。缳，即绳索。

[28] 抵罪：根据所犯罪行加以惩处。

[29] 剪发：削发为僧。杜门：闭门不出。杜，关闭。

[30] 佯狂：假装疯狂。之：往。

[31] 辱人贱行：可耻的人品，低下的行为。

[32] 暴（pù）：显露。

[33] 谥（shì）：古代的帝王或官员死后，根据死者生前的功过给予的表明褒贬的称号。

[34] 加：扩大。土封：指坟墓。

[35] 斯：这。

[36] 令：假设。首领：指头。

[37] 户牖（yǒu）之下：指家中。牖，窗户。

[38] 天年：自然的寿命。

[39] 屈：此作使动用法，"使……屈身"。

[40] 扼腕：用手握腕，表示激动或惋惜。

[41] 冏（jiǒng）卿：太仆卿的别称，为九卿之一。因之吴公：吴默，字因之。

[42] 太史：史官，明清两朝修史的事由翰林担任，因此，对翰林官也有"太史"之称。文起文公：文震孟，字文起。

【解读】

这是一篇碑记。张溥所记五人之死，反映了明末发生在江南的一场激烈的政治斗争。明熹宗朱由校在位时，宦官魏忠贤擅权专政，残害忠良，以东林党人为首的开明知识分子和下层劳动人民，同阉党进行了不屈不挠的斗争。文中所记五人之事，就是在这样的背景下发生的。作者颂扬五人功绩，指斥阉党混淆是非、祸国殃民。

文章首先介绍五人墓的缘起：五人激于义而死，贤士大夫于所葬之处，为之立碑。继而举"富贵之子、慷慨得志之徒"死不足道，以衬托五人之死光荣伟大。后以议论结篇，阐明作此文的主旨，"以明死生之大，匹夫之有重于社稷也"，并补出贤士大夫的姓和字，以照应开篇。

文中，作者成功地运用了夹叙夹议的表现手法。在记录事件的经过时，融注了褒贬爱憎之情，同时也点明了五人之死的伟大意义，使死难者的行为得到理念和情感上的升华。

这篇文章的成功之处还在于运用了对比的手法。用"富贵之子、慷慨得志之徒"的死而无闻与五人死后之荣盛对比；用"缙绅"迫于阉党淫威改变初志和五人"激昂大义，蹈死不顾"对比；用"高爵显位"之人的苟全性命、忍辱偷生与五人的临危不惧、视死如归对比，以此反衬出五人精神的崇高伟大和行为的光明磊落。

此文风格质朴劲健，慷慨悲凉，充分反映出"复社"文人"兴复古学"的文学主张。

夏完淳（1631—1647），字存古，松江华亭（今上海市松江区）人。与父夏允彝、师陈子龙，并有声名。明亡后，跟随父、师起兵抗清；事败以后，夏允彝与陈子龙先后死难。夏完淳复入吴易军中参与军事。吴易败后，流亡并继续从事抗清活动。顺治四年（1647 年）夏，因上表谢鲁王遥授中书舍人，被人告发，入狱，不屈而死，年仅十七岁。著作有《夏内史集》《玉樊堂词》。

夏完淳

狱中上母书

不孝完淳今日死矣，以身殉父，不得以身报母矣。痛自严君见背，两易春秋。冤酷日深，艰辛历尽。本图复见天日，以报大仇，恤死荣生，告成黄土。奈天不佑我，钟虐[1]明朝。一旅[2]才兴，便成齑粉。去年之举[3]，淳已自分必死，谁知不死，死于今日也！斤斤[4]延此二年之命，菽水之养[5]无一日焉。致慈君[6]托迹于空门，生母[7]寄生于别姓，一门漂泊，生不得相依，死不得相问。淳今日又溘然先从九京[8]，不孝之罪，上通于天。

呜呼！双慈在堂，下有妹女，门祚衰薄，终鲜兄弟[9]。淳一死不足惜，哀哀八口，何以为生？虽然，已矣。淳之身，父之所遗；淳之身，君之所用。为父为君，死亦何负于双慈？但慈君推干就湿[10]，教礼习诗，十五年如一日；嫡母慈惠，千古所难。大恩未酬，令人痛绝。慈君托义融女兄[11]，生母托之昭南女弟[12]。

淳死之后，新妇遗腹得雄[13]，便以为家门之幸；如其不然，万勿置后[14]。会稽大望[15]，至今而零极矣。节义文章，如我父子者几人哉？立一不肖后如西铭先生[16]，为人所诟笑，何如不立之为愈耶？呜呼！大造[17]茫茫，总归无后，有一日中兴再造[18]，则庙食千秋，岂止麦饭豚蹄，不为馁鬼而已哉！若有妄言立后者，淳且与先文忠在冥冥诛殛顽嚚[19]，决不肯舍！

兵戈天地，淳死后，乱且未有定期。双慈善保玉体，无以淳为念。二十年后，淳且与先文忠为北塞之举矣。勿悲勿悲！相托之言，慎勿相负。武功甥将来大器[20]，家事尽以委之。寒食、盂兰，一杯清酒，一盏寒灯，不至作若敖之鬼[21]，则吾愿毕矣。新妇结褵二年，贤孝素著，武功甥好为我善待之，亦武功渭阳情[22]也。语无伦次，将死言善[23]，痛哉痛哉！

人生孰无死，贵得死所耳。父得为忠臣，子得为孝子，含笑归太虚，了我分内事。大道本无生，视身若敝屣。但为气所激，缘悟天人理。恶梦十七年，报仇在来世。神游天地间，可以无愧矣。

【注释】

[1] 钟：聚集。虐：指灾祸。

[2] 一旅：古代兵制，五百人为一旅。据说夏少康曾凭借"有田一成，有众一旅"的基础，终于恢复了国家（《史记·吴太伯世家》）。后世便以一旅代称刚建立的义军。

[3] 去年之举：指作者1646年在吴易军中抗清，吴军遭清兵击袭失败，避居乡间一事。

[4] 斤斤：同"仅仅"。

[5] 菽水之养：《礼记·檀弓下》云："啜菽饮水尽其欢，斯之谓孝。"后世以菽水之养代指对父母的报答。菽，豆。

[6] 慈君：指作者的嫡母盛氏，后削发为尼。

[7] 生母：指作者的生母陆氏，是夏允彝的妾。

[8] 九京：亦称"九原"，本是古代晋国贵族的墓地（《礼记·檀弓下》）。后来用九泉泛指墓地。

[9] 终鲜兄弟：《诗经·郑风·扬之水》原句。鲜：少，此指没有。

[10] 推干就湿：意即把床上干处让给孩儿，自己睡在湿处。《父母恩重难报经》："第五回干就湿恩，颂曰：母愿身投湿，将儿移就干。"指天下母亲抚育子女的辛劳。

[11] 义融女兄：作者的姐姐夏淑吉，字美南，号荆隐。义融是她的别号。

[12] 昭南女弟：作者的妹妹夏惠吉，字昭南，号兰隐。

[13] 新妇：指作者结婚两年的妻子钱秦篆，嘉善钱旃之女。遗腹：妻子怀孕后，丈夫死去，生下的儿子，叫遗腹子。雄：此指男孩。

[14] 置后：抱养别人的孩子为后嗣。

[15] 会稽大望：会稽郡的大族。此指夏姓大族。会稽，古郡名，作者的家乡松江县旧属会稽郡。

[16] 西铭先生：张溥，字天如，别号西铭，卒于明崇祯十四年。无子，由钱谦益等代为立嗣。

[17] 大造：造化，指上天。

[18] 中兴再造：指恢复明朝。

[19] 先文忠：作者的父亲夏允彝死后，赐谥文忠。顽嚚（yì）：顽固不化。这里指宗族中人。

[20] 武功甥：作者姐姐夏淑吉的儿子侯檠，字武功。作者被捕后，曾写诗给他说："大仇俱未报，仗尔后生贤。"（《寄荆隐女兄兼武功侯甥》）大器：大材。

[21] 若敖之鬼：没有后代的饿鬼。若敖为楚国的同姓氏族。

[22] 渭阳情：指舅甥之间的情谊。

[23] 将死言善：《论语·泰伯》曰："人之将死，其言也善。"指人临死时所说的一些由衷的话。

【解读】

这是一封诀别书。写于作者抗清失败被捕入南京监狱后。

文章第一段写自己舍身就义，忠孝不能两全。情思切切，出语沉痛至极。作者念父恋母，悼死慰生，他怀抱临死"不得以身报母"的遗恨，想到"慈君推干就湿，教礼习诗，十五年如一日；嫡母慈惠，千古所难。大恩未酬，令人痛绝"，这在彰明父母教养之恩的同时，反映出作者深藏于心的深深愧疚。慈母哺育之恩，终生难报，何况作者又自感"菽水之养无一日"。此恨绵绵，怎能几言尽之。与母诀别后，作者嘱托自己的姐姐、妹妹、妻子钱秦篆以及外甥诸家人，要自重自励，要以"节义文章"为重，国将不保，何以家为？最后叙述作者自己所依之道，"人生孰无死，贵得死所耳"，以及自己笑傲生死的凛然正气，"大道本无生，视身若敝屣"，体现了他视死如归的英雄气概。

这篇文章充满了国破家亡的悲愤，也表现出作者至死不渝、忠贞爱国的抗争意识。

作者以至诚之情为线索，一方面在琐碎家事、谆谆嘱托之中流露出对慈母、姊妹、爱妻的依恋不舍之情；另一方面却又将恢复明王朝的大志放在私情之上，体现出他"重于社稷"的激烈情怀。

清代

明崇祯十七年（1644年），李自成率军攻陷北京，明朝灭亡。清朝乘机攻入山海关，揭开了中国最后一个封建王朝的帷幕。到清宣统三年（1911年）清朝灭亡，清王朝统治中国267年。

中国文学到清代经过数度变迁、数度形态各异的辉煌，有着丰厚而多彩的历史积累。鸦片战争以前的清代文学呈现出一种集中国古代文学之大成的景观，各种文体再度辉煌，蔚为大观，诸多样式齐头并进，全面繁荣。可以说，举凡以往各代曾经盛行过、辉煌过的文学样式，大都在清代文坛上占有一席之地。

清初散文沿着明代"唐宋派"的路线向前发展，讲求"载道"，如顾炎武、黄宗羲、王夫之等学者主要写经世致用之文。另外较重要的散文作家是被称为"清初三大家"的侯方域、魏禧和汪琬。魏以观点卓越、析理透辟见长，汪则写人状物笔墨生动，侯方域影响最大，继承韩、欧传统，融入小说笔法，流畅恣肆，委曲详尽，推为第一。康熙年间，安徽桐城人方苞开创了桐城派，其同乡刘大櫆、姚鼐等继承发展，使其成为清代影响最大的散文派别。桐城派以"义法"为基础，发展成具有严密体系的古文理论，形成纵贯清代文坛的蔚蔚大派。进入近代以后，龚自珍受经世思潮的影响，开创了经世散文的新风，标志着清代散文的转折。后来梁启超开创了"新文体"散文，以通俗而富有煽动力的文字承载新思想。

黄宗羲

　　黄宗羲（1610—1695），字太冲，号南雷，又号梨洲，余姚（今浙江省余姚市）人。他早年继承东林遗志，参与对阉党的斗争，并成为复社的领导之一。明亡以后，他又组织抗清运动，设世忠营，在四明山结寨防守。晚年则隐居著书讲学，清朝屡次请他出仕均遭拒绝。在政治、军事、经济等方面，黄宗羲曾提出许多新的见解，是我国 17 世纪重要的思想家和历史学家。他的文章朴实无华，笔锋犀利，说理透彻。著作有《南雷文案》《明夷待访录》《宋元学案》等。

柳 敬 亭 传

余读《东京梦华录》[1]《武林旧事记》[2]，记当时演史小说者数十人。自此以来，其姓名不可得闻。乃近年共称柳敬亭之说书。

柳敬亭者，扬之泰州[3]人，本姓曹。年十五，犷悍无赖，犯法当死，变姓柳，之盱眙[4]市中为人说书，已能倾动其市人。久之，过江，云间[5]有儒生莫后光见之，曰："此子机变，可使以其技鸣。"于是谓之曰："说书虽小技，然必句性情[6]，习方俗，如优孟摇头而歌[7]，而后可以得志。"敬亭退而凝神定气，简练揣摩，期月[8]而诣莫生。生曰："子之说，能使人欢咍嗢噱矣。"又期月，生曰："子之说，能使人慷慨涕泣矣。"又期月，生喟然曰："子言未发而哀乐具乎其前，使人之性情不能自主，盖进乎技矣[9]。"由是之扬，之杭，之金陵，名达于缙绅间。华堂旅会，闲亭独坐，争延之使奏其技，无不当于心称善也。

宁南[10]南下，皖帅[11]欲结欢宁南，致敬亭于幕府。宁南以为相见之晚，使参机密。军中亦不敢以说书目敬亭。宁南不知书[12]，所有文檄，幕下儒生设意修词，援古证今，极力为之，宁南皆不悦。而敬亭耳剽口熟，从委巷活套中来者，无不与宁南意合。尝奉命至金陵，是时朝中皆畏宁南，闻其使人来，莫不倾动加礼，宰执以下俱使之南面上坐，称柳将军，敬亭亦无所不安也。其市井小人昔与敬亭尔汝者，从道旁私语："此故吾侪同说书者也，今富贵若此！"

亡何国变，宁南死。敬亭丧失其资略尽，贫困如故时，始复上街头理其故业。敬亭既在军中久，其豪猾大侠、杀人亡命、流离遇合、破家失国之事，无不身亲见之，且五方土音，乡欲好尚，习见习闻，每发一声，使人闻之，或如刀剑铁骑，飒然浮空，或如风号雨泣，鸟悲兽骇，亡国之恨顿生，檀板之声无色，有非莫生之言可尽者矣。

[1]《东京梦华录》：宋孟元老撰，共十卷。是作者南渡后追忆北宋东京汴梁的繁盛景况，记载当时开封许多人情风土习俗及社会典制、艺文资料等。

[2]《武林旧事记》：宋周密撰，为作者入元后追忆南宋都城杭州山川、风俗、市肆、物产及诸色伎艺而作。

[3] 扬：扬州府。府治在今江苏扬州市。泰州：今江苏泰州市。

[4] 盱眙：县名，在今江苏西部。

[5] 云间：西晋文学家陆云家在华亭（今上海市松江），常对客自称"云间陆士龙"，因别称松江为"云间"。

[6] 句（gōu）性情：勾画、描摹人物的性格。句，同"勾"。

[7] 优孟摇头而歌：语出《史记·滑稽列传》："太史公曰：'优孟摇头而歌，负薪者以封。'"优孟，春秋楚国的艺人，善谈笑讽谏。楚相孙叔敖死，其子穷困负薪。优孟穿上孙叔敖生前衣冠，向楚庄王献酒，楚庄王以为孙叔敖复生欲以为相。优孟即以孙叔敖子穷困之事为言，楚庄王于是给孙叔敖子以封地，使他摆脱困境。这句话意思是说说书要像优孟那样，达到形神毕肖以至于乱真的地步。

[8] 期（jī）月：一整月。

[9] 进乎技矣：《庄子·养生主》："臣之所好者道也，进乎技矣。"句意谓柳敬亭说书的艺术已经超过技艺的范围。

[10] 宁南：指左良玉（1599—1645），字昆山，明末山东临清人。

[11] 皖帅：指安徽提督杜宏域。他与柳敬亭是故交。

[12] 不知书：《明史·左良玉传》称他"目不知书"，说左良玉不是读书人出身。

【解读】

柳敬亭是明末清初一位颇有盛名的大说书家。和其同时代的著名文人除黄宗羲外，还有吴伟业、周容等人，都给他写过传记，张岱写过一篇《柳敬亭说书》，描述了柳敬亭高超的说书技艺。清代著名戏曲作家孔尚任，在他的传奇剧本《桃花扇》中，十分生动地描绘了柳敬亭豪爽、勇敢、侠义的行为，充分表现了他的爱国热情和机智、诙谐的性格特征。吴伟业在《梅村集》里写过柳敬亭传，把他比作战国时期的鲁仲连。然而黄宗羲认为，这是不伦不类的，甚至把写文章的体式都颠倒了，所以另给柳敬亭作了传。这就是本文。

黄宗羲认为，柳敬亭是微不足道的人物，给他作传的目的是为了给后来学者确立写文章的体式标准。其意是说：写文章作传记不宜言过其实，随意拔高人物，而应如实反映，才合乎文章写作的体式。于是，黄宗羲的《柳敬亭传》成了记载柳敬亭生平业绩较为重要的一篇。

李渔（1611—1680），字笠鸿、谪凡，号笠翁，浙江兰溪人。戏曲理论家。著有《闲情偶寄》，内容涉及戏剧理论、饮食、园艺等方面。此外，他还另有传奇小说等作品传世。

李 渔

芙 蕖

芙蕖与草本诸花似觉稍异，然有根无树，一岁一生，其性同也。谱云：
"产于水者曰草芙蓉，产于陆者曰旱莲。"则谓非草本不得矣。予夏季倚此为
命者[1]，非故效颦于茂叔[2]而袭成说于前人也。以芙蕖之可人，其事不一而足，
请备述之。

群葩当令时，只在花开之数日，前此后此皆属过而不问之秋矣。芙蕖则
不然，自荷钱出水之日，便为点缀绿波。及其茎叶既生，则又日高日上，日
上日妍。有风既作飘摇之态，无风亦呈袅娜之姿，是我于花之未开，先享无
穷逸致矣。迨至菡萏[3]成花，娇姿欲滴，后先相继，自夏徂秋，此则在花为
分内之事，在人为应得之资者也。及花之既谢，亦可告无罪于主人矣；乃复
蒂下生蓬，蓬中结实，亭亭独立，犹似未开之花，与翠叶并擎，不至白露为
霜而能事不已。此皆言其可目者也。

可鼻，则有荷叶之清香，荷花之异馥；避暑而暑为之退，纳凉而凉逐之生。
至其可人之口者，则莲实与藕皆并列盘餐而互芬齿颊者也。

只有霜中败叶，零落难堪，似成弃物矣；乃摘而藏之，又备经年裹物之用。

是芙蕖也者，无一时一刻不适耳目之观，无一物一丝不备家常之用者也。
有五谷之实而不有其名，兼百花之长而各去其短，种植之利有大于此者乎？

予四命之中，此命为最。无如酷好一生，竟不得半亩方塘为安身立命之
地。仅凿斗大一池，植数茎以塞责，又时病其漏[4]，望天乞水以救之，殆所
谓不善养生而草菅其命者哉。

【注释】

[1] 倚此为命者：李渔《笠翁偶集·种植部》言曰："予有四命，各司一时：
春以水仙、兰花为命，夏以莲为命，秋以秋海棠为命，冬以蜡梅为命。无此
四花，是无命也。"下文的"予四命之中，此命为最"亦出此处。

[2] 茂叔：宋周敦颐，字茂叔。

[3] 菡萏（hàn dàn）：荷花的别名。

[4] 病其漏：因池水渗漏而烦恼。

【解读】

芙蕖，又名荷花、莲花。宋人周敦颐曾著《爱莲说》赞赏其出淤泥而不染的高贵品质。本文承袭周文余绪，从观赏价值和实用价值两方面赞美芙蕖。

芙蕖的外表极其引人注目，故作者以较多的笔墨写其"可目"。群葩花开只数日，"前此后此皆属过而不问之秋"。芙蕖的生长期则很长，从夏到秋，无时不美。"自荷钱出水之日，便为点缀绿波""及其茎叶既生，则又日高日上，日上日妍。有风既作飘摇之态，无风亦呈袅娜之姿，是我于花之未开，先享无穷逸致矣""迨至菡萏成花"，更是"娇姿欲滴""及花之既谢""乃复蒂下生蓬，蓬中结实，亭亭独立，犹似未开之花，与翠叶并擎，不至白露为霜而能事不已"，观其生长过程，从叶、茎、花到莲蓬，无处不散发着美感。

接下来，作者依次叙述芙蕖的可鼻——"有荷叶之清香，荷花之异馥"；可口——"莲实与藕皆并列盘餐"；可用——"霜中败叶""摘而藏之"，可备经年裹物之用。这是芙蕖的实用价值，与它的观赏价值互为表里。

通过对上述两方面价值的描述，作者得出结论：芙蕖"无一时一刻不适耳目之观，无一物一丝不备家常之用""有五谷之实而不有其名，兼百花之长而各去其短"。因此，作者视芙蕖为四命之最，对其酷爱至极。但他却没有半亩方塘种植之，只能"凿斗大一池"，聊植数茎，安慰自己。这让人在感叹他痴心芙蕖之余，又生出无限的理解和同情。

本文详略得当、叙议结合，以生动活泼的语言、严谨精巧的结构全面细致地介绍了芙蕖。

侯方域（1618—1655），字朝宗，商丘（今河南省商丘市）人。22岁到南京应试时，他结交陈定生等复社人士，抨击阉党余孽阮大铖、马士英等人。福王在南京称帝后，侯方域遭到阮大铖等人的残酷迫害，无奈投奔史可法避祸。待清兵南下，才返回故乡河南。他早年以诗和时文扬名天下，后致力于古文研究。著有《四忆堂诗集》《壮悔堂文集》。

侯方域

马伶[1]传

马伶者，金陵梨园部[2]也。金陵为明之留都[3]，社稷[4]百官皆在；而又当太平盛时[5]，人易为乐。其士女之问桃叶渡、游雨花台[6]者，趾相错[7]也。梨园以技鸣[8]者，无虑[9]数十辈，而其最著者二：曰兴化部，曰华林部。

一日，新安贾[10]合两部为大会，遍征[11]金陵之贵客文人，与夫妖姬静女[12]，莫不毕集[13]。列兴化于东肆[14]，华林于西肆，两肆皆奏《鸣凤》[15]——所谓椒山先生[16]者。迨半奏[17]，引商刻羽[18]，抗坠疾徐[19]，并称善也。当两相国论河套[20]，而西肆之为严嵩[21]相国者曰李伶，东肆则马伶。坐客乃西顾而叹[22]，或大呼命酒[23]，或移坐更近之，首不复东[24]。未几更进[25]，则东肆不复能终曲。询其故，盖马伶耻出李伶下，已易衣遁矣[26]。

马伶者，金陵之善歌者也。既去[27]，而兴化部又不肯辄以易之[28]，乃竟辍[29]其技不奏，而华林部独著。去后且三年[30]，而马伶归，遍告其故侣[31]，请于新安贾曰："今日幸[32]为开宴，招前日宾客，愿与华林部更奏[33]《鸣凤》，奉[34]一日欢。"既奏，已而[35]论河套，马伶复为严嵩相国以出，李伶忽失声[36]，匐匐[37]前，称弟子。兴化部是日遂凌出[38]华林部远甚。其夜，华林部过[39]马伶："子[40]，天下之善技也，然无以易[41]李伶。李伶之为严相国，至矣[42]，子又安从授之而掩[43]其上哉？"马伶曰："固然[44]，天下无以易李伶，李伶即[45]又不肯授我。我闻今相国昆山顾秉谦[46]者，严相国俦[47]也。我走[48]京师，求为其门卒[49]三年，日侍昆山相国于朝房[50]，察其举止，聆其语言[51]，久乃得之。此吾之所为师也。"华林部相与罗拜[52]而去。

马伶名锦，字云将，其先西域[53]人，当时犹称马回回[54]云。

侯方域曰：异哉，马伶之自得师也！夫其以李伶为绝技，无所干求[55]，乃走事昆山[56]，见昆山犹之见分宜[57]也。以分宜教分宜[58]，安得不工[59]哉！呜呼！耻其技之不若[60]，而去数千里，为卒三年，倘三年犹不得，即犹不归尔[61]。其志如此，技之工又须问耶？

【注释】

[1] 马伶：姓马的演员。伶：古时称演戏、歌舞、作乐的人。

[2] 金陵：南京市旧名。梨园部：戏班。《新唐书·礼乐志》记载，唐玄宗"选坐部伎子弟三百，教于梨园，号梨园弟子"。后世因此称戏剧团体为梨园。部，行业的组织。

[3] 明之留都：明代开国时建都金陵，成祖朱棣迁都北京，以金陵为留都，改名南京，也设置一套朝廷机构。

[4] 社稷：古代帝王、诸侯所祭的土神和谷神。

[5] 盛时：国家兴隆的时期。

[6] 问：探访。桃叶渡：南京名胜之一，是秦淮河的古渡口，相传东晋王献之送其妾桃叶在此渡江，因而得名。雨花台：在南京中华门外，三国时称石子岗，又称聚宝山。

[7] 趾相错：脚印相交错，形容游人之多。

[8] 以技鸣：因技艺高而出名。

[9] 无虑：大约。

[10] 新安：今安徽歙（shè）县。贾（gǔ）：商人。

[11] 征：召集。

[12] 妖姬：艳丽女人。静女：语出《诗经·邶风·静女》"静女其姝"，指少女。

[13] 毕集：都来了。

[14] 肆：店铺，这里指戏场。

[15]《鸣凤》：指明代传奇《鸣凤记》，传为王世贞门人所作，演夏言、杨继盛诸人与权相严嵩斗争的故事。

[16] 椒山先生：杨继盛，字仲芳，号椒山，容城（今属河北省）人，官至南京兵部右侍郎，因弹劾严嵩被害。

[17] 迨（dài）：等到。半奏：演到中间。

[18] 引商刻羽：演奏音乐。商、羽，古五音名。

[19] 抗坠疾徐：声音高低快慢。

[20] 两相国论河套：指《鸣凤记》第六出《两相争朝》，情节是宰相夏

言和严嵩争论收复河套事。河套，地名，在明代，河套为鞑靼人所聚居，经常内扰，杨继盛、夏言诸人主张收复，严嵩反对，所以发生廷争。

[21] 严嵩：字惟中，分宜（今属江西）人，弘治年间中进士，得到明世宗信任。他弄权纳贿，结党营私，陷害忠良，是著名的奸臣。

[22] 西顾：往西看，指为华林部李伶的演出所吸引。叹：赞叹，赞赏。

[23] 命酒：叫人拿酒来。

[24] 首不复东：头不再往东看，意为不愿看兴化部马伶演出。

[25] 未几：没有多久。更进：继续往下演出。

[26] 盖马伶耻出李伶下，已易衣遁矣：原因是马伶耻于居李伶之下，卸装逃走。易衣，这里指卸装。

[27] 既去：已离开。既，表示行动完成。

[28] 辄以易之：随便换人。辄，可引申为随便。

[29] 辍（chuò）：停止。

[30] 且三年：将近三年。

[31] 故侣：旧日伴侣，指同班艺人。

[32] 幸：冀也，希望。

[33] 更奏：再次献演。

[34] 奉：敬献。

[35] 已而：不久。

[36] 失声：控制不住，不觉出声。

[37] 匍匐：伏在地上。

[38] 凌出：高出，凌驾于对方之上。

[39] 华林部：指华林部伶人。过：拜访。

[40] 子：你，对对方的尊称。

[41] 易：轻视。引申为胜过。

[42] 为：此是扮演的意思。至矣：像极、妙极。

[43] 安从授之：从哪里学到。掩其上：盖过他。掩，盖过。

[44] 固然：确实。

[45] 即：通"则"。

[46] 昆山：县名，在江苏省。顾秉谦：明熹宗天启年间（1621—1627）

曾为首辅，是阉党中人。

[47] 俦（chóu）：同类人。

[48] 走：跑到。

[49] 门卒：门下的差役。

[50] 朝房：百官上朝前休息的地方。

[51] 察其举止，聆其语言：观察其行动，聆听其言语。聆，听。

[52] 罗拜：数人环列行礼。

[53] 西域：古代地理名称，指今新疆维吾尔自治区及中亚一部分地方。

[54] 回回：旧时对于回族的泛称。

[55] 无所干求：没有办法得到。

[56] 走事昆山：到顾秉谦处去做仆从。事，侍奉。昆山，古人习惯以籍贯指代人，这里即指顾秉谦。下句"分宜"，即指严嵩，严嵩为分宜（今江西分宜县）人。

[57] 见昆山犹之见分宜：见到顾秉谦就好像见到了严嵩。

[58] 以分宜教分宜：意即以生活中的严嵩为榜样来学演严嵩。

[59] 工：精。

[60] 耻其技之不若：耻于自己的演技不如人家。不若，不如。

[61] 尔：同"耳"，表决然语气。

【解读】

1639 年（明思宗崇祯十二年），侯方域游历南方，后来居留南京，参加复社，与魏党余孽阮大铖进行过斗争。这篇人物小传，是他寓居南京时写就。文章采录了南京当时的传说，以张扬马伶其人其事，并将矛头指向顾秉谦，旁敲侧击，来讥讽阮大铖。

这篇人物传记把笔墨集中在结果截然相反的两场演出对垒上。第一次马伶在对垒中失败，负气出走，到实际生活中去学习，三年后技艺大进，在第二次竞赛中获得成功。作者通过记叙马伶这一件事，显示了马伶好胜、自强的性格特征。文中讲述了马伶为提高自己的表演艺术，不断刻苦学习、努力探索的故事。马伶作为一位有名的演员，在经历一次演出失败之后，他并没有气馁，而是励志奋发，远走几千里，不惜为人奴仆去深入生活，观察人物的言行举止，体验人物的思想感情，终于塑造出了深受观众赞赏的舞台形象。这个故事表明，艺术是现实生活的反映，艺术家要想获得成功就必须深入生活，不断地进行学习和探索，闭门造车是不能取得高度成就的。

文章选材集中，简繁得当，先叙两次会演，马伶始败终胜，后借马伶答问，叙其缘由，颇有章法。

　　林嗣环，字铁崖，号起八。明万历三十五年（1607年）生，福建晋江人，清代顺治年间进士。明崇祯十五年（1642年）壬午科中举人，继而于清顺治六年（1649年）己丑科登进士第。授太中大夫，持简随征，便宜行事。后调任广东琼州府先宪兼提督学政。官至广东提刑按察司副使，分巡雷琼道兼理学政，山西左参政道。著有《铁崖文集》《海渔编》《岭南纪略》《湖舫存稿》《秋声诗》等。

林嗣环

口　技

京 [1] 中有善口技者。会宾客大宴，于厅事 [2] 之东北角，施八尺屏幛，口技人坐屏幛中，一桌、一椅、一扇、一抚尺而已。众宾团坐。少顷 [3]，但闻屏幛中抚尺一下，满堂寂然，无敢哗者。

遥闻深巷中犬吠，便有妇人惊觉欠伸，其夫呓语。既而儿醒，大啼。夫亦醒，令妇抚儿乳，儿含乳啼，妇拍而呜之。夫起溺 [4]，妇亦抱儿起溺，床上又一大儿醒，猗猗 [5] 不止。当是时，妇手拍儿声，口中呜声，儿含乳啼声，大儿初醒声，床声，夫叱大儿声，溺瓶中声，溺桶中声，一齐凑发，众妙毕备。满座宾客，无不伸颈，侧目，微笑，默叹，以为妙绝也。

既而夫上床寝，妇又呼大儿溺，毕，都上床寝。小儿亦渐欲睡。夫齁声 [6] 起，妇拍儿亦渐拍渐止。微闻有鼠作作索索 [7]，盆器倾侧，妇梦中咳嗽之声。宾客意少舒，稍稍正坐。

忽一人大呼："火起！"夫起大呼，妇亦起大呼。两儿齐哭。俄而 [8] 百千人大呼，百千儿哭，百千犬吠。中间力拉崩倒之声，火爆声，呼呼风声，百千齐作；又夹百千求救声，曳屋许许声，抢夺声，泼水声。凡所应有，无所不有。虽人有百手，手有百指，不能指其一端；人有百口，口有百舌，不能名其一处也。于是宾客无不变色离席，奋袖出臂，两股战战 [9]，几欲先走。

而忽然抚尺一下，众响毕绝 [10]。撤屏视之，一人、一桌、一椅、一扇、一抚尺而已。

【注释】

[1] 京：京城。

[2] 厅事：大厅，客厅。原指官府办公的地方，亦作"听事"。后来私宅的堂屋也称听事。

[3] 少（shǎo）顷（qǐng）：不久，一会儿。

[4] 溺：小便。

[5] 狺狺（yín yín）：原指犬吠声，此处指孩子唠叨不止。

[6] 齁（hōu）声：即鼾声。

[7] 作作索索：拟声词，模拟老鼠活动的声音。

[8] 俄而：一会儿，不久。

[9] 两股战战：两条大腿都颤抖。股，大腿。战战，打战。

[10] 众响毕绝：各种声音全部消失。毕绝：全部消失。

【解读】

本文选自《虞初新志·秋声诗自序》。《虞初新志》是清代张潮编选的笔记小说，多系浙江人士的文章。林嗣环以福建人的撰述杂于其间，可推想《口技》是他流寓杭州时所作。

文章第一段交代口技表演者和表演的时间、地点、设施、道具以及开演前的气氛。这段的重点是将简单的道具——列出，指明仅有"一桌、一椅、一扇、一抚尺而已"，别无他物，为下文展示口技艺人技术的高超做铺垫。第二段至第四段描写了表演者的精彩表演和听众的反应。这部分是全文的主体，描写口技艺人所表演的两个场面：一是一个四口之家在深夜由睡而醒、由醒复睡的情形；二是发生在这个家庭附近的一场大火灾的情形。在这一部分中，丈夫、妇人、小孩睡前的各种声音以及一家人由醒复睡的情形使人如临其境。而随后一场突然而至的大火用类似画外音的手法，以"一人大呼：'火起！'"突然加快节奏。接着写这个四口之家突然遭到意外变故的情形，声音杂乱、逼真。至此，口技表演达到了最高潮。最后一段再次交代表演者的道具仅"一桌、一椅、一扇、一抚尺而已"，与首段相呼应，说明在演出中未增加任何道具，刚才的精彩表演的确是从"口"中发出的。

此文原是林嗣环《秋声诗》的序言。作者曾说："噫，若而人者，可谓善画声矣！遂录其语以为《秋声》序。"原意是借口技艺人的"善画声"，说明《秋声诗》亦是"善画声"的诗作，而所谓"善画"，就是今天人们常说的善于绘声绘色地描写。他的《秋声诗》如何，且不去论它，单独来看这篇散文，则是用高超的笔法记叙了一场精彩的口技表演，读来如临其境，如闻其声，令人叹服。

魏　禧

　　魏禧（1624—1680），清代散文家。字冰叔，一字叔子，号裕斋。宁都（今属江西）人。明末诸生，明亡后隐居翠微峰，所居之地名勺庭，人又称他为"勺庭先生"。康熙年间，举博学鸿词，不应，逝于扬州。

　　魏禧与其兄魏祥、弟魏礼，都能文章，世称"三魏"。他们的文集合编为《宁都三魏全集》。著有《魏叔子文集》22卷，《兵法》1卷，《诗集》8卷，《左传经世》10卷，《日录》3卷，《兵谋》1卷，《兵法》1卷，《兵迹》12卷。

大 铁 椎 传

　　庚戌十一月，予自广陵 [1] 归，与陈子灿同舟。子灿年二十八，好武事，予授以左氏兵谋兵法 [2]，因问：“数游南北，逢异人乎？”子灿为述大铁椎，作《大铁椎传》。

　　大铁椎，不知何许人，北平陈子灿省兄河南，与遇宋将军家。宋，怀庆 [3] 青华镇人，工技击 [4]，七省好事者皆来学，人以其雄健，呼宋将军云。宋弟子高信之，亦怀庆人，多力善射，长子灿七岁，少同学，故尝与过 [5] 宋将军。

　　时座上有健啖客，貌甚寝 [6]，右胁夹大铁椎，重四五十斤，饮食拱揖不暂去。柄铁折叠环复，如锁上练，引之长丈许。与人罕言语，语类楚声 [7]。扣其乡及姓字，皆不答。

　　既同寝，夜半，客曰：“吾去矣！”言讫不见。子灿见窗户皆闭，惊问信之。信之曰：“客初至，不冠不袜，以蓝手巾裹头，足缠白布，大铁椎外，一物无所持，而腰多白金。吾与将军俱不敢问也。”子灿寐而醒，客则鼾睡炕上矣。

　　一日，辞宋将军曰：“吾始闻汝名，以为豪，然皆不足用。吾去矣！”将军强留之，乃曰：“吾数击杀响马贼，夺其物，故仇我。久居，祸且及汝。今夜半，方期我决斗某所。”宋将军欣然曰：“吾骑马挟矢以助战。”客曰：“止！贼能且众，吾欲护汝，则不快吾意。”宋将军故自负，且欲观客所为，力请客。客不得已，与偕行。将至斗处，送将军登空堡上，曰：“但观之，慎弗声，令贼知也。”

　　时鸡鸣月落，星光照旷野，百步见人。客驰下，吹觱篥 [8] 数声。顷之，贼二十余骑四面集，步行负弓矢从者百许人。一贼提刀突奔客，客大呼挥椎，贼应声落马，马首裂。众贼环而进，客奋椎左右击，人马仆地，杀三十许人。宋将军屏息观之，股栗欲堕。忽闻客大呼曰：“吾去矣。”尘滚滚东向驰去。后遂不复至。

　　魏禧论曰：子房得力士，椎秦皇帝博浪沙中 [9]，大铁椎其人欤？天生异人，必有所用之。予读陈同甫[10]《中兴遗传》，豪俊侠烈魁奇之士，泯泯然不见功名于世者，又何多也？岂天之生才不必为人用欤？抑用之自有时欤？子灿遇大铁椎为壬寅岁，视其貌当年三十，然则大铁椎今四十耳。

子灿又尝见其写市物帖子，甚工楷书也。

【注释】

[1] 广陵：今江苏省扬州市。

[2] 左氏兵谋兵法：指《左传》。《左传》中有很多论及军事谋略和战争的文字。

[3] 怀庆：怀庆府，治所在今河南沁阳市。

[4] 技击：原指战国时经过技巧训练的步兵，后泛指搏击对打的武艺。

[5] 与过：一同拜访。

[6] 寝：丑陋。

[7] 楚声：湖北、湖南一带地区的口音。

[8] 觱篥（bì lì）：即茄管，一种号角类乐器。出自龟兹，后传入内地。

[9] 子房得力士，椎秦皇帝博浪沙中：张良，字子房，汉初政治家。先世为韩国贵族，秦灭韩后，他设法谋害秦王。后得力士，以铁椎狙击秦始皇于博浪沙（今河南原阳东南）。

[10] 陈同甫：陈亮，字同甫，南宋爱国词人，有《龙川集》《中兴遗传》等。其《中兴遗传序》提出要为南宋初年以来的抗金志士立传，"将旁求广集，以备史氏之缺遗"。书凡二十卷，分大臣、大将、死节、死事、能臣、能将、直士、侠士、辩士、义勇、群盗、贼臣等二十门。

【解读】

《大铁椎传》是清代文学家魏禧的一篇传记散文。铁椎，古兵器。传主姓名无考，十分勇武，以其兵器来命名。这是一篇带有传奇色彩的人物传记，作者善于层层设疑，读来引人入胜。但直到文章结尾，我们仅知道传主是个身怀绝技的人，至于他为什么来找宋将军，为什么后来又说宋将军"不足用"，则讳莫如深。由此可以看出，作者写这个人物是有所寄托的。宋将军陪衬出了大铁椎的性格特点。

文章第一段交代写作的缘由。第二段才进入正题，简略介绍认识大铁椎的过程。第三段至第四段具体描写了当时相识的情景以及神出鬼没的情节。这一部分写得相当有趣，而且大铁椎来无影去无踪的特点，写得如同武侠小说。第五段写大铁椎与宋将军一起前往决斗场所。第六段描写大铁椎与响马贼决斗的场面。作品借助人物的语言、动作、心理，正、侧面结合的方式，刻画了人物武艺高强的特点，写得相当细腻动人。

本文的语言十分简练，但我们依然能够从外貌、语言、行动等方面感受到主人公豪爽而深沉的性格。大铁椎前来拜访宋将军，目的是结交能够干大事的真正英雄。待他细心观察发现宋将军武艺平庸、缺乏胆识后，就果断做出了"皆不足用"的结论，决定告辞，这是他深沉性格的一面。

全篇以星夜决斗这一部分写得最为精彩。写环境："鸡鸣月落，星光照旷野"，突出了决斗的肃杀气氛。写来者之多，武器之盛，步齐环集，声势浩大，越发衬出大铁椎的勇敢。而那个"工技击"、有虚名、挺自负的宋将军，在一旁看着，竟吓得不敢喘大气儿，两腿哆嗦几乎要跌下来。这一描写更从侧面衬托出"大铁椎"的勇猛过人。正面描写大铁椎奋椎挥击，人马四面扑地。寥寥几笔，就把他过人的神力，高强的武艺，豪迈的性格，刻画得淋漓尽致。

方苞（1668—1749），字凤九，号灵皋，晚年号望溪，桐城（今安徽省桐城市）人。清康熙四十五年中进士，官至礼部右侍郎。他是"桐城派"的创始人之一，论文注重"义""法"。"义"要求文章阐发封建伦理观念，而"法"则对文章的词语、章法给出种种限制，这使"桐城派"的散文具有极大的局限性。著有《望溪文集》等。

方　苞

左忠毅公逸事

先君子[1]尝言，乡先辈左忠毅公视学京畿[2]，一日，风雪严寒，从数骑出微行，入古寺，庑[3]下一生伏案卧，文方成草。公阅毕，即解貂[4]覆生，为掩户。叩之寺僧，则史公可法[5]也。及试，吏呼名至史公，公瞿然[6]注视；呈卷，即面署第一[7]。召入，使拜夫人，曰："吾诸儿碌碌，他日继吾志者，惟此生耳。"

及左公下厂狱[8]，史朝夕狱门外。逆阉防伺甚严，虽家仆不得近。久之，闻左公被炮烙[9]，且夕且死，持五十金，涕泣谋于禁卒，卒感焉。一日，使史更敝衣草屦，背筐，手长镵[10]，为除不洁者。引入，微指左公处，则席地倚墙而坐，面额焦烂不可辨，左膝以下，筋骨尽脱矣。史前跪，抱公膝而呜咽。公辨其声而目不可开，乃奋臂以指拨眦[11]，目光如炬，怒曰："庸奴！此何地也？而汝来前。国家之事，糜烂至此，老夫已矣，汝复轻身而昧大义，天下事谁可支拄者？不速去，无俟奸人构陷[12]，吾今即扑杀汝！"因摸地上刑械，作投击势。史噤不敢发声，趋而出。后常流涕述其事以语人，曰："吾师肺肝，皆铁石所铸造也！"

崇祯末，流贼张献忠出没蕲、黄、潜、桐间。史公以凤庐道[13]奉檄守御。每有警，辄数月不就寝，使壮士更休，而自坐幄幕外，择健卒十人，令二人蹲踞而背倚之，漏鼓移则番代[14]。每寒夜起立，振衣裳，甲上冰霜迸落，铿然有声。或劝以少休，公曰："吾上恐负朝廷，下恐愧吾师也。"

史公治兵，往来桐城，必躬造左公第[15]，候太公、太母[16]起居，拜夫人于堂上。

余宗老涂山[17]，左公甥也，与先君子善，谓狱中语，乃亲得之于史公云。

【注释】

[1] 先君子：作者对其已过世的父亲方仲舒的称呼。

[2] 京畿：国都及其附近的地方。

[3] 庑（wǔ）：正房对面和两侧的小屋子。

[4] 解貂：脱下貂皮裘。

[5] 史公可法：史可法，字宪之，祥符（今河南省开封市）人。崇祯进士，南明时任兵部尚书大学士，清军入关时镇守扬州，1645年4月25日城破，殉难。

[6] 瞿然：惊视的样子。

[7] 面署第一：当面批为第一名。

[8] 厂狱：明代特务机关东厂所设的监狱。

[9] 炮烙：用烧红的铁炙烧犯人。

[10] 长镵（chán）：一种长柄的掘土工具。

[11] 眦（zì）：眼角。

[12] 构陷：诽谤陷害。

[13] 以凤庐道：以凤阳、庐州道员的身份。明清两代分一省为若干道，道的长官称为道员。

[14] 番代：轮流代替。

[15] 躬造左公第：亲自到左光斗的家里。

[16] 太公、太母：指左光斗的父母。

[17] 宗老涂山：宗老，同族的老前辈。涂山，方苞族祖父的号。

【解读】

左忠毅公即左光斗，明末桐城人，万历进士，官至左金都御史，为人刚毅正直。他因弹劾阉党魏忠贤，被诬入狱，惨死在狱中。后福王朱由崧嘉赏他刚正不阿的品行，追谥为"忠毅"。本文记叙了左光斗言传身教、舍生取义方面的两件事，表现了他忠贞刚毅、坚强不屈的美好品德。

因本文为"逸事"，故文章第一句说"先君子常言"，以证实所述事迹的可靠准确。"先君子"指作者的父亲。本文所记均为作者的父亲给他讲述的同乡先辈左光斗的事迹。

第一段写左光斗视学京畿，初逢史可法。事情的经过是：左光斗任京城地区学政时，在风雪严寒中微服视察。他在一座古寺中发现刚刚写好一篇文章伏案休息的史可法。史可法过人的才华深深地打动了左光斗。他爱才惜才，当即解下貂裘盖在史可法身上，并且等到考试的时候，当面将他定为第一名，还召史可法拜见夫人，待他像自己的子女。而这一切均是因为左光斗认为"他日继吾志事，惟此生耳"，从中可看出左光斗为国擢拔人才的耿耿忠心。

第二段写左光斗入狱后舍生取义、宁死不屈的事迹。作者略去左光斗被诬陷的过程以及在狱中的遭遇，而专门选取史可法化装后到狱中探望老师的所见所闻。一段肖像描写暗示左光斗遭受"炮烙"之刑。而其对深爱的学生的一顿斥责则表现了他虽身陷囹圄，却心忧国事、大义凛然的高尚品德。

第三段、第四段写史可法勤于职守和仁孝的品德，从侧面烘托出左光斗对他的言传身教。第五段简述"逸事"的来源，与前呼应，表明其真实性。

全文剪裁得当，内容精要，叙述清晰明了。作者以左史师生之谊为线索，从不同角度表现了左光斗"忠毅"的品格。

袁 枚

袁枚（1716—1798），字子才，号简斋，晚年自号仓山居士、随园主人，钱塘（今浙江杭州）人。袁枚是乾隆、嘉庆时期代表诗人之一，与赵翼、蒋士铨合称为"乾隆三大家"。乾隆四年（1739 年）进士，授翰林院庶吉士。乾隆七年外调做官，曾任江宁、上元等地知县，政声好，很得当时总督尹继善的赏识。三十三岁父亲亡故，辞官养母，在江宁（南京）购置隋氏废园，改名"随园"，筑室定居，世称随园先生。自此，他就在这里过了近 50 年的闲适生活，从事诗文著述，编诗话，发现人才，奖掖后进，为当时诗坛所宗。著作有《小仓山房全集》《随园诗话》《子不语》（又名《新齐谐》）等。

祭 妹 文

乾隆丁亥冬，葬三妹素文[1]于上元之羊山，而奠[2]以文曰：

呜呼！汝生于浙而葬于斯[3]，离吾乡[4]七百里矣。当时虽觭梦[5]幻想，宁知此为归骨所[6]耶！

汝以一念之贞[7]，遇人仳离[8]，致孤危托落[9]，虽命之所存，天实为之[10]；然而累[11]汝至此者，未尝非予之过也。予幼从先生授经[12]，汝差肩而坐[13]，爱听古人节义事[14]；一旦长成，遽躬蹈之[15]。呜呼！使汝不识《诗》《书》[16]，或未必艰贞[17]若是。

余捉蟋蟀，汝奋臂出其间[18]；岁寒虫僵，同临其穴[19]。今予殓汝葬汝，而当日之情形，憬然赴目[20]。予九岁，憩书斋，汝梳双髻[21]，披单缣[22]来，温《缁衣》一章[23]。适先生㸑户[24]入，闻两童子音琅琅然[25]，不觉莞尔，连呼"则则"[26]，此七月望日[27]事也。汝在九原[28]，当分明记之。予弱冠粤行[29]，汝掎[30]裳悲恸。逾三年，予披宫锦还家[31]，汝从东厢扶案出，一家瞠视而笑[32]，不记语从何起，大概说长安登科，函使报信迟早云尔[33]。凡此琐琐[34]，虽为陈迹，然我一日未死，则一日不能忘。旧事填膺[35]，思之凄梗[36]，如影历历，逼取便逝[37]。悔当时不将嫛婗[38]情状，罗缕纪存[39]。然而汝已不在人间，则虽年光倒流，儿时可再，而亦无与为证印者矣。

汝之义绝[40]高氏而归也，堂上阿奶[41]，仗汝扶持，家中文墨[42]，眂[43]汝办治。尝谓女流中最少明经义、谙雅故者[44]。汝嫂非不婉嫕[45]，而于此微缺然。故自汝归后，虽为汝悲，实为予喜。予又长汝四岁，或人间长者先亡，可将身后[46]托汝，而不谓汝之先予以去也。前年予病，汝终宵刺探[47]，减一分则喜，增一分则忧。后虽小差[48]，犹尚殗殜[49]，无所娱遣，汝来床前，为说稗官野史[50]可喜可愕之事，聊资一欢。呜呼！今而后，吾将再病，教从何处呼汝耶？

汝之疾也，予信医言无害，远吊扬州[51]；汝又虑戚吾心[52]，阻人走报；

及至绵惙[53]已极，阿奶问："望兄归否？"强[54]应曰："诺！"已予先一日梦汝来诀[55]，心知不祥，飞舟渡江，果予以未时[56]还家，而汝以辰时[57]气绝；四支[58]犹温，一目未瞑，盖犹忍死待予也[59]。呜呼痛哉！早知诀汝，则予岂肯远游？即游，亦尚有几许心中言，要汝知闻，共汝筹画[60]也！而今已矣！除吾死外，当无见期。吾又不知何日死，可以见汝；而死后之有知无知，与得见不得见，又卒难明[61]也。然则抱此无涯之憾，天乎人乎！而竟已乎！

汝之诗，吾已付梓[62]；汝之女，吾已代嫁[63]；汝之生平，吾已作传；惟汝之窀穸，尚未谋耳[64]。先茔[65]在杭，江广河深，势难归葬，故请母命而宁汝于斯，便祭扫也[66]。其傍，葬汝女阿印[67]；其下两冢，一为阿爷侍者[68]朱氏，一为阿兄侍者陶氏[69]。羊山旷渺，南望原隰[70]，西望栖霞[71]，风雨晨昏，羁魂[72]有伴，当不孤寂。所怜者，吾自戊寅年读汝哭侄诗后，至今无男[73]；两女牙牙[74]，生汝死后，才周晬[75]耳。予虽亲在未敢言老[76]，而齿危发秃，暗里自知；知在人间，尚复几日？阿品远官河南，亦无子女[77]，九族无可继者[78]。汝死我葬，我死谁埋！汝倘有灵，可能告我？

呜呼！生前既不可想，身后又不可知；哭汝既不闻汝言，奠汝又不见汝食。纸灰飞扬，朔风野大[79]，阿兄归矣，犹屡屡回头望汝也。呜呼哀哉！呜呼哀哉！

【注释】

[1] 素文：名机，字素文，别号青琳居士。袁枚的妹妹。

[2] 奠：祭献。

[3] 斯：此，这里。指羊山。

[4] 吾乡：袁枚的故乡在浙江钱塘（今杭州市）。

[5] 觭（jī）梦：这里是做梦的意思。觭，得。

[6] 宁知：怎么知道。归骨所：指葬地。

[7] 一念之贞：一时信念中的贞节观。贞，封建礼教对女子的一种要求，忠诚地附属于丈夫（包括仅在名义上确定关系而实际上未结婚的丈夫），不管其情况如何，都要从一而终，这种信念和行为称之为"贞"。

[8] 遇人仳（pǐ）离：《诗经·王风·中谷有蓷》："有女仳离，条其啸矣；条其啸矣。遇人之不淑矣。"这里化用其语，意指遇到了不好的男人而终被

离弃。遇人，是"遇人不淑"的略文。淑，善。仳离，分离，特指妇女被丈夫遗弃。

[9] 托落：即落拓（tuò），失意无聊。

[10] 存：注定。这两句意思是：虽然是你命中注定，实际上也是天意支配的结果。

[11] 累：连累，使之受罪。

[12] 授经：这里同"受经"，指读儒家的"四书五经"。封建社会里，儿童时就开始受这种教育。授，古亦同"受"。韩愈《师说》："师者，所以传道受（授）业解惑也。"

[13] 差（cī）肩而坐：谓兄妹并肩坐在一起。二人年龄有大小，所以肩膀高低不一。语出《管子·轻重甲》："管子差肩而问……"

[14] 节义事：指封建社会里妇女单方面、无条件地忠于丈夫的事例。

[15] 遽（jù）：骤然，立即。躬：身体，引申为"亲自"。蹈：实行。这两句意思是：一到长大成人，你马上亲身实践了它。

[16] 使：假使，如果。《诗》《书》——《诗经》《尚书》，指前文中先生所授的"经"。

[17] 艰贞：困苦而又坚决。

[18] 出其间：出现在捉蟋蟀的地方。

[19] 同临其穴：一同来到掩埋死蟋蟀的土坑边。

[20] 憬（jǐng）然赴目：清醒地来到眼前。憬然，醒悟的样子。

[21] 双髻（jì）：挽束在头顶上的两个辫丫。这是古代女孩子的发式。

[22] 单缣（jiān）：这里指用缣制成的单层衣衫。缣，双丝织成的细绢。

[23]《缁衣》：《诗经·郑风》中篇名。一章：《诗经》中诗凡一段称之为一章。

[24] 适：恰逢。奓（zhà）户：开门。

[25] 琅（láng）琅然：清脆流畅的样子。形容读书声。

[26] 则则：犹"啧啧"，赞叹声。

[27] 望日：阴历每月十五，日月相对，月亮圆满，所以称为"望日"。

[28] 九原：春秋时晋国卿大夫的墓地。语出《礼记·檀弓下》："赵文子与叔誉观乎九原。"后泛指墓地。

[29] 弱冠（guàn）：出自《礼记·曲礼上》："二十曰弱，冠。"意思是男子到了二十岁举行冠礼（正式承认他是个成年人）。弱，名词。冠，动词。后以"弱冠"表示男子进入成年期的年龄。粤行：到广东去。粤，广东省的简称。袁枚二十一岁时经广东到了广西他叔父袁鸿那里。

[30] 掎（jǐ）：拉住。

[31] 披宫锦还家：指袁枚于1739年（乾隆四年）考中进士，选授翰林院庶吉士，请假南归省亲的事。宫锦，宫廷作坊特制的丝织品，这里指用这种锦制成的宫袍。因唐代李白曾待诏翰林，着宫锦袍，后世遂用以称翰林的朝服。

[32] 瞠（chēng）视而笑：瞪眼看着笑，形容惊喜激动的情状。

[33] 函使：递送信件的人。唐时新进士及第，以泥金书帖，报登科之喜。此指传报录取消息的人，俗称"报子"。云尔：如此罢了。

[34] 凡此琐琐：所有这些细小琐碎的事。

[35] 填膺（yīng）：充满胸怀。

[36] 凄梗：悲伤凄切，心头像堵塞了一样。

[37] 逼取便逝：真要接近它、把握它，它就消失了。

[38] 婴婗（yīní）：婴儿。这里引申为儿时。

[39] 罗缕纪存：排成一条一条，记录下来保存着。

[40] 义绝：断绝情义。这里指离婚。

[41] 阿奶：指袁枚的母亲章氏。

[42] 文墨：有关文字方面的事务。

[43] 眴（shùn），即用眼色示意。这里当作"期望"解。

[44] 尝：曾经。明经义：明白儒家经典的含义。谙（ān）雅故：了解古书古事。语出《汉书·叙传》："函雅故，通古今。"谙，熟闻熟知。

[45] 婉嫕（yì）：温柔和顺。这句意思是：你嫂嫂（指袁枚的妻子王氏）不是不好，但是在这方面稍有欠缺。

[46] 身后：死后的一应事务。

[47] 终宵刺探：整夜打听、探望。

[48] 小差（chài）：病情稍有好转。差，同"瘥"。

[49] 淹殜（yèdié）：病得不太厉害，但还没有痊愈。

[50] 稗（bài）官野史：指私人编定的笔记、小说之类的历史记载，与官

方编定的"正史"相对而言。《汉书·艺文志》："小说家者流，盖出于稗官。"据说，西周设有掌管收录街谈巷议的官职，称为稗官，稗是碎米。稗官，取琐碎之义，即小官。

[51] 吊：凭吊，游览。这句意思是：对于你的病，我因相信了医师所说"不要紧"的话，方才远游扬州。

[52] 虑戚吾心：顾虑着怕我心里难过。戚，忧愁。

[53] 绵惙（chuò）：病势危险。

[54] 强（qiǎng）：勉强。

[55] 诀：诀别。袁枚有哭妹诗："魂孤通梦速，江阔送终迟。"自注："得信前一夕，梦与妹如平生欢。"

[56] 果：果真。未时：相当于下午一至三时。

[57] 辰时：相当于上午七时至九时。

[58] 支：同"肢"。

[59] 盖犹忍死待予也：这句意思是：你还在忍受着死亡的痛苦，等我回来见面。盖，发语词，表原因。

[60] 共汝筹画：和你一起商量，安排。

[61] 又卒难明：最终又难以明白。卒，终于。

[62] 付梓（zǐ）：付印。梓，树名。这里指印刷书籍用的雕版。素文的遗稿，附印在袁枚的《小仓山房全集》中，题为《素文女子遗稿》，袁枚为它写了跋文。

[63] 代嫁：指代妹妹做主把外甥女嫁出去。

[64] 窀穸（zhūn xī）：墓穴。这两句意思是：只有你的墓穴，还没有筹划措办罢了。

[65] 先茔（yíng）：祖先的墓地。

[66] 这句意思是：所以请示母亲，征得她同意而把你安顿在这里，以便于扫墓祭吊。古人乡土观念很重，凡故乡有先茔的，一般都应归葬；不得已而葬在他乡，一般被看作非正式、非永久性的。所以文中特地将此事作为一个缺憾而郑重提出，并再三申明原因。下文的"羁魂"，也是着眼于此而言的。

[67] 阿印：素文女儿名阿印。

[68] 阿爷：袁枚的父亲袁滨，曾在各地为幕僚，于袁枚三十三岁时去世。侍者：这里指妾。

[69] 阿兄：袁枚自称。陶氏：袁枚的妾。亳州人，工棋善绣。

[70] 望：对着。原隰（xí）：高而平的地叫原，低下而潮湿的地为隰。

[71] 栖霞：山名。一名摄山，在南京市东。

[72] 羁（jī）魂：飘荡在他乡的魂魄。

[73] 男：儿子。袁枚于乾隆二十三年（1758年）丧子。他的兄弟曾为此写过两首五言律诗，就是文所说的"哭侄诗"。袁枚写这篇祭文的时候还没有儿子。过后两年，至六十三岁，其妾钟氏才生了一个儿子，名阿迟。

[74] 两女：袁枚的双生女儿。也是钟氏所生。牙牙：小孩学话的声音。这里是说两个女儿还很幼小。

[75] 周晬（zuì）：周岁。

[76] 亲在未敢言老：封建孝道规定，凡父母长辈在世，子女即使老了也不得说老。否则既不尊敬，又容易使年迈的长辈惊怵于已近死亡。出《礼记·坊记》："父母在，不称老。"袁枚这句话，是婉转地表示自己已经老了。

[77] 阿品远官河南，亦无子女：袁枚的堂弟袁树，小名阿品，由进士任河南正阳县县令，当时也没有子女。据袁枚《先姊行状》所说，阿品有个儿子叫阿通，但那是袁枚写这篇《祭妹文》以后的事。

[78] 九族：指高祖、曾祖、祖父、父亲、本身、儿子、孙子、曾孙和玄孙。这里指血缘关系较近的许多宗属。无可继者：没有可以传宗接代的人，此处专指男性。

[79] 朔风野大：旷野上，北风显得更大。朔风，指寒风。

【解读】

祭文通常有固定的格式，其内容和形式都容易公式化，为后人传诵的不多。但袁枚的《祭妹文》却不拘格式，写得情真意切，生动感人，为后人传诵。这篇《祭妹文》是我国文学史上哀祭散文的珍品，表现了兄妹之间深挚的情感。

文中作者对亡妹的哀痛之情不单单是因为对妹妹的挚爱，还饱含着对她的同情和怜悯，对邪恶不公的愤懑，对"一念之贞"的痛恨，对自己未尽职责的无限悔恨。这使得文章包孕了丰富的思想内涵，增强了震撼读者心灵的力量。

被祭的袁素文是袁枚的三妹，名机，字素文。素文未出生时，其父母曾与高氏指腹为婚，高氏子成人后，却是市井无赖，极多劣迹。高氏提出了解除婚约，但袁素文囿于封建礼教，竟执意不肯。婚后，素文备受凌辱，终因不堪肆虐而返居娘家。自此忍辱含垢，年仅四十岁便凄楚离世。

《祭妹文》构思精巧，别具匠心，按照时间的先后顺序，从素文墓地入笔到病根祸源的交代，从野外同捉蟋蟀到书斋共读诗经，从胞妹送哥眼泪流到把盏喜迎兄长归，从离家出嫁到中道归返，从侍奉母亲以示其德到关爱长兄以显其情，从素文之死到后事料理，情节层层推进，感情风起浪涌，叙事历历可见，抒情句句见心，文情并茂，浑然一体。

袁枚不愧是写情的高手，写得有灵性又不事雕琢。作者在回忆童年与妹同度之琐事时，仿佛信手拈来，清灵隽妙；悲悼亲人之遽然长逝又字字珠玑，句句血泪，真挚动人，感人肺腑。他在叙事中寄寓哀痛，行文中饱含真情，同时还穿插些许景物描绘，从而使痛惜、哀伤、悔恨、无可奈何之情有机地糅合在一起，具有催人痛断肝肠的艺术感染力。

《祭妹文》确是一篇不可多得的真情之作。

姚鼐（1731—1815），字姬传，一字梦谷，室名惜抱轩，所以又称惜抱先生，清代桐城（今属安徽省）人。官至刑部郎中、记名御史。历主江宁、扬州等地书院，凡四十年。伯父姚范授以经文，与方苞、刘大櫆并称为"桐城三祖"。乾隆二十八年（1763年）进士。乾隆三十八年，清廷开四库全书馆，姚鼐被荐入馆充纂修官。自乾隆四十二年起，姚鼐先后主讲扬州梅花书院、安庆敬敷书院、歙县紫阳书院、南京钟山书院，致力于教育，因而他的弟子遍及南方各省。姚鼐是桐城派的集大成者，他强调"义理、考据、辞章，三者不可偏废"，有《惜抱轩全集》。

姚　鼐

登 泰 山 记

泰山之阳[1]，汶水[2]西流；其阴，济水东流，阳谷皆入汶，阴谷皆入济。当其南北分者，古长城也。最高日观峰，在长城南十五里。

余以乾隆三十九年十二月，自京师乘[3]风雪，历齐河、长清，穿泰山西北谷，越长城之限[4]，至于泰安。是月丁未，与知府朱孝纯子颍由南麓登。四十五里，道皆砌石为磴，其级七千有余。

泰山正南面有三谷，中谷绕泰安城下，郦道元所谓环水[5]也。余始循以入，道少半[6]，越中岭；复循西谷，遂至其巅。古时登山，循东谷入，道有天门。东谷者，古谓之天门溪水，余所不至也。今所经中岭及山巅崖限当道者，世皆谓之天门云。道中迷雾冰滑，磴几不可登。及[7]既上，苍山负[8]雪，明烛[9]天南；望晚日照城郭，汶水、徂徕[10]如画，而半山居雾若带然。

戊申晦，五鼓，与子颍坐日观亭，待日出。大风扬积雪击面。亭东自足下皆云漫，稍见云中白若摴蒱[11]数十立者，山也。极天，云一线异色，须臾成五彩；日上，正赤如丹，下有红光，动摇承之。或曰：此东海也。回视日观以西峰，或得日[12]，或否，绛皓驳色，而皆若偻。

亭西有岱祠，又有碧霞元君祠；皇帝行宫在碧霞元君祠东。是日，观道中石刻，自唐显庆以来，其远古刻尽漫失。僻不当[13]道者，皆不及往。

山多石，少土；石苍黑色，多平方[14]，少圜[15]。少杂树，多松，生石罅[16]，皆平顶。冰雪，无瀑水，无鸟兽音迹。至日观，数里内无树，而雪与人膝齐。

桐城姚鼐记。

【注释】

[1] 阳：山的南面、河的北面称作阳，反之称阴。

[2] 汶（wèn）水：河名，因其向西流，与大部分河流方向相反，所以有"汶水倒流"的说法。

[3] 乘：趁着，引申为冒着。

[4] 限：界限，这里指齐长城的城墙。

[5] 环水：泰安的护城河。

[6] 道少半：路不到一半。

[7] 及：等到……时。

[8] 负：背，这里指覆盖。

[9] 明烛：用如动词，照亮。

[10] 徂徕（cú lái）：山名，是泰山的姊妹山。山脉呈东北—西南走向，横亘连绵29公里，总面积250平方公里。其主峰太平顶，与泰山玉皇顶的直线距离约为30公里。

[11] 摴蒱（chū pú）：古代的一种游戏，像后代掷色子或飞行棋。用于掷的投子最初是用樗木制成，所以称"樗蒱"或"摴蒱"。樗蒱所用的骰子共有五枚，有黑有白。这里指的是白色的投子。

[12] 得日：获得阳光。

[13] 当：面对，对着。

[14] 平方：平整，方形。

[15] 圜（yuán）：同"圆"。

[16] 生石罅（xià）：草木生长在石缝里。

【解读】

乾隆三十九年（1774 年），姚鼐以养亲为名，告归乡里。回归途中，经泰安，与挚友朱孝纯同登泰山并著此文。文章记述作者在冬日登临泰山的经历颇具特色。

第一段写泰山周围的地理环境：山南有汶水西流，山北有济水东流，南北分界处，又有古长城横亘其间。最高的日观峰，则位于古长城南十五里。

第二段写作者在乾隆三十九年十二月离开京师，冒着风雪经过齐河、长清县，穿越泰山西北谷，抵达泰安的过程，和丁未日与朱孝纯由南麓登山四十五里的情况。此处，作者只简要叙述上山的路由石头砌成，四十五里就有七千多个台阶。

第三段是全文的主体部分，写作者由中谷入山，越过中岭，又沿西谷登上峰顶。途中，道路迷雾冰滑，"磴几不可登"，作者历经艰辛到达峰顶，则看到座座青山覆盖着皑皑白雪，照亮了南边天空，傍晚的夕阳照着泰安城，汶水、徂徕峰仿佛都在画中，而半山腰停留的云雾像轻柔的丝带。如此景致，怎能不令人心旷神怡，故作者的心情是不言而喻的。

第四段写作者与朱孝纯次日五鼓时分在日观亭看日出。冬日里，大风吹扬积雪，山谷中云雾弥漫，披雪的山峰像几十粒骰子耸立着，这时天的尽头出现一线奇异的色彩，片刻幻化成五色斑斓的云霞。太阳升起，红如丹砂，下有红光晃动，托着它向上。而回望日观峰以西诸峰，则或明或暗，色彩斑驳，显得十分矮小。

第五段概述作者游览山顶其他建筑及道中石刻的过程。最后一段总述泰山的特点："多石，少土；石苍黑色，多平方，少圆。少杂树，多松，生石罅，皆平顶。"又写山中冰雪奇观："雪与人膝齐。"

全文重点描绘了两处壮观景象，其余一笔带过。整个游历活动以日观峰为中心，又抓住季节特征，将严冬冰雪覆盖的泰山呈现在读者面前。姚鼐是桐城派古文家，本文体现了他重视义理、考据、辞章的严谨学风。

洪亮吉

洪亮吉（1746—1809），字君直，一字稚存，号北江，阳湖（今江苏省常州市武进区）人。乾隆五十五年中进士。任翰林院编修，出督贵州学政。嘉庆时，因针砭时弊，触怒皇上，充军伊犁。不久被放还，改号更生居士。擅于骈文，著有《洪北江诗文集》。

治 平 篇

人未有不乐为治平之民者也，人未有不乐为治平既久之民者也。治平至百余年，可谓久矣。然言其户口，则视三十年以前增五倍焉，视六十年以前增十倍焉，视百年、百数十年以前不啻增二十倍焉。

试以一家计之：高、曾[1]之时，有屋十间，有田一顷，身一人，娶妇后不过二人。以二人居屋十间，食田一顷，宽然有余矣。以一人生三计之，至子之世而父子四人，各娶妇即有八人，八人即不能无佣作之助，是不下十人矣。以十人而居屋十间，食田一顷，吾知其居仅仅足，食亦仅仅足也。子又生孙，孙又娶妇，其间衰老者或有代谢，然已不下二十余人。以二十余人而居屋十间，食田一顷，即量腹而食，度足而居，吾以知其必不敷矣。又自此而曾焉，自此而元焉，视高、曾时口已不下五六十倍，是高、曾时为一户者，至曾、元[2]时不分至十户不止。其间有户口消落之家，即有丁男繁衍之族，势亦足以相敌。

或者曰："高、曾之时，隙地未尽辟，闲廛[3]未尽居也。"然亦不过增一倍而止矣，或增三倍五倍而止矣，而户口则增至十倍二十倍，是田与屋之数常处其不足，而户与口之数常处其有余也。又况有兼并之家，一人据百人之屋，一户占百户之田，何怪乎遭风雨霜露饥寒颠踣而死者之比比乎？

曰：天地有法乎？曰：水旱疾疫，即天地调剂之法也。然民之遭水旱疾疫而不幸者，不过十之一二矣。曰：君相有法乎？曰：使野无闲田，民无剩力，疆土之新辟者，移种民以居之，赋税之繁重者，酌今昔而减之，禁其浮靡，抑其兼并，遇有水旱疾疫，则开仓廪、悉府库以赈之，如是而已，是亦君相调剂之法也。

要之，治平之久，天地不能不生人，而天地之所以养人者，原不过此数也；治平之久，君相亦不能使人不生，而君相之所以为民计者，亦不过前此数法也。然一家之中有子弟十人，其不率教者常有一二，又况天下之广，其游惰不事者何能一一遵上之约束乎？一人之居以供十人已不足，何况供百人乎？一人之食以供十人已不足，何况供百人乎？此吾所以为治平之民虑也。

【注释】

[1] 高、曾：指高祖父、曾祖父。

[2] 曾、元：指曾孙、玄孙。因避清圣祖玄烨讳，改"玄"作"元"。

[3] 闲廛（chán）：空闲的屋子。

【解读】

本文作于清乾隆五十八年（1793 年），是我国历史上最早讨论人口问题的文章。它指出清康乾年间人口增长过快，与经济发展速度不协调，由此可能引起社会危机。

文章开头首先提出论点：清自康熙朝至乾隆朝，百余年天下承平，但其中隐藏着严重的人口危机。比之前三十年、六十年或百年、百数十年人口增了近五倍、十倍、二十倍。

接着，作者细细算了一笔账：高祖或曾祖时，一家两人，居屋十间，食田一顷，生活"宽然有余"；到儿子一代，田地房屋不变，而人增加到十口，于是"其居仅仅足，食亦仅仅足"，生活质量大大下降；到孙子一代，人口已增加到二十余口，可田地房屋仍不变，所以只能过着"量腹而食，度足而居"的窘迫生活。这样的情况如果继续下去，生活的质量就可想而知。通过以上数字，作者论证了人口问题会带来经济问题，以至引起社会危机。这是一种以小见大的方法，家庭是社会的分子，从一个家庭的情况便可透视整个社会的现状。

经过正面论述后，作者将土地的增长与人口的增加做一比较，指出"田与屋之数常处其不足，而户与口之数常处其有余也"。同时，他还补充了土地兼并问题与人口问题之间的矛盾。

最后，作者综述上文观点，引出自己的忧虑："一人之居以供十人已不足，何况供百人乎？一人之食以供十人已不足，何况供百人乎？此吾所以为治平之民虑也。"这样经过层层推理论证，人口问题造成的社会问题便显而易见地摆在读者面前，引人深思和警觉。

全文明白晓畅，委婉亲切，且论述精警严密，逻辑性很强。但作者只提出了人口问题的严重性，却没有找到解决办法，使本文略显缺憾。

龚自珍（1792—1841），字璱（sè）人，号定庵，清代浙江仁和（今浙江杭州）人。清朝后期著名的思想家、文学家。38 岁中进士，官至礼部主事，1839 年作者 48 岁时辞官回南方讲学，《己亥杂诗》即作于这一年。1841 年逝世于云阳书院。

龚自珍反对西方列强侵略中国，支持林则徐查禁鸦片，对清朝严酷的思想统治和腐败的政治深感不满，力主"更法""改图"，废科举，重真才，以求挽救危局。他同林则徐、魏源等人组织"宣南诗社"，讲求经世致用之学，宣传改良主义思想。他的革新思想在当时曾产生很大的社会影响，并对后来康有为、梁启超的维新派政治改良运动有过重要的影响。

龚自珍著述丰富，有散文 300 多篇，诗词近 800 首。

龚自珍

病 梅 馆 记

江宁之龙蟠[1]，苏州之邓尉[2]，杭州之西溪[3]，皆产梅。或曰："梅以曲为美，直则无姿；以欹[4]为美，正则无景；以疏为美，密则无态。"固也[5]，此文人画士，心知其意，未可明诏大号，以绳[6]天下之梅也；又不可以使天下之民斫直、删密、锄正，以夭梅[7]、病梅为业以求钱也；梅之欹、之疏、之曲，又非蠢蠢求钱之民，能以其智力为也。有以文人画士孤癖之隐，明告鬻梅者，斫其正，养其旁条，删其密，夭其稚枝，锄其直，遏其生气[8]，以求重价，而江、浙之梅皆病。文人画士之祸之烈至此哉！

予购三百盆，皆病者，无一完者。既泣之三日，乃誓疗之，纵之，顺之。毁其盆，悉埋于地，解其棕缚。以五年为期，必复之全之。予本非文人画士，甘受诟厉[9]，辟病梅之馆以贮之。呜呼，安得使予多暇日，又多闲田，以广贮江宁、杭州、苏州之病梅，穷余生之光阴以疗梅也哉。

【注释】

[1] 江宁：今江苏省南京市。龙蟠：即龙蟠里，今南京市清凉山下。

[2] 邓尉：山名，今江苏省苏州市西南。邓尉山多梅树，每到开花时节，一望如雪，号称"香雪海"。

[3] 西溪：地名，今浙江省杭州市灵隐山西北。

[4] 欹：歪斜不正。

[5] 固也：向来都这样。

[6] 绳：衡量。

[7] 夭梅：使梅早死。

[8] 遏其生气：压抑它的生机。

[9] 诟厉：辱骂，憎恶。

【解读】

《病梅馆记》又名《疗梅说》，是龚自珍散文的代表作之一。清代盛行文字狱，在统治者专制统治下，人民有话不敢说、不能说，他们往往借助暗喻等方式表达内心的不满之情。本文借江南梅树的不幸遭遇，比喻封建统治阶级对人才的摧残和扼杀。

文章第一部分讲述病梅的成因。江宁的龙蟠、苏州的邓尉、杭州的西溪，都盛产梅花。有人说，梅树应以曲折歪斜、疏落为美，直立稠密的没有姿态。一些文人画士虽心有此意，却不能公开号召以此为标准衡量天下的梅树，也不能让天下人将梅树都斫直、删密、锄正，用病梅来赚钱。而且梅树的欹、疏、曲仅靠庸碌的赚钱者的才智和心力根本达不到。所以就有人把文人画士这种独特的爱好告诉卖梅树的人，教他们扼杀梅树的生机，以卖得高价。结果，江浙一带的梅树都成了病梅。文人画士引起的祸患竟如此惨烈。

第二部分叙说自己拯救病梅的情事。具体内容是："我购置了三百盆病梅，决心在五年内治好它们。我将它们都埋在地里，解开所有的束缚，使它们顺其自然地生长。我不是文人画士，甘心情愿忍受斥骂而拯救病梅。怎么才能使我有更多空闲，多置田地，普遍收藏江宁、苏杭的病梅，用尽我一生的时光治疗它们！"

本文不足三百字，借病梅表达了作者对病态社会的抨击，对黑暗社会的反抗。末段"安得"一声长叹，在沉重压抑的气氛下，发出激动人心的呼唤，表明作者对未来仍旧充满希望。他作为一代觉醒了的知识分子，正努力打破日趋没落的封建旧文化束缚，追寻新兴的资产阶级改良主义思想。

参考文献

［1］ 萧涤非等.唐诗鉴赏辞典.上海：上海辞书出版社，1983 年 12 月第 1 版

［2］ 王步高主编.唐诗鉴赏.南京：南京大学出版社，2006 年 7 月第 1 版

［3］ 王步高主编.唐宋词鉴赏.南京：南京大学出版社，2006 年 7 月第 1 版

［4］ 袁世硕，张可礼主编.中国文学史（上下）.北京：中国人民大学出版社，2006 年 11 月第 1 版

［5］ 姜亮夫等撰.先秦诗鉴赏辞典.上海：上海辞书出版社，1998 年 12 月第 1 版

［6］ 吴小如等编著.汉魏六朝诗鉴赏辞典.上海：上海辞书出版社，1992 年 9 月第 1 版

［7］ 缪钺等撰.宋诗鉴赏辞典.上海：上海辞书出版社，1987 年 12 月第 1 版

［8］ 周汝昌等著.唐宋词鉴赏辞典（唐、五代、北宋）.上海：上海辞书出版社，2011 年 3 月第 2 版

［9］ 周汝昌等著.唐宋词鉴赏辞典（南宋、辽、金）.上海：上海辞书出版社，2011 年 3 月第 2 版

［10］ 钱仲联等撰.元明清词鉴赏辞典.上海：上海辞书出版社，2002 年 12 月第 1 版

［11］ 陈振鹏，章培恒主编.古文鉴赏辞典（先秦、两汉、魏晋南北朝、隋唐五代）.上海：上海辞书出版社，1997 年 7 月第 1 版